KLAUS FUNKE

back to black

Kriminalroman

Impressum:

Sonderausgabe 2021
© by Klaus Funke
Herstellung und Verlag: BoD – Book on Demand, Norderstedt
Lektorat: e. Gutfried, Radebeul
Titelbild: Privat
ISBN: 9783755725817

Zum Buch

Alles fängt wie immer harmlos an: Einem älteren Mann ist die Partnerin davongelaufen. Er beauftragt einen Privatdetektiv. Doch dann überschlagen sich die Ereignisse. Es gibt Tote. Ermittlungen im Transsexuellenmillieu. Die entlaufene Partnerin entstammt dieser Szene. Es gibt einen weiteren Toten und einen Anschlag auf den Privatdetektiv. Die Polizei ermittelt. Bald stellt sich heraus, es geht auch um Drogen und um verschwundenes Geld aus einem zurückliegenden Bankraub. Der Privatermittler gerät immer tiefer hinein und auch persönlich in größere Gefahr. Dennoch findet er die Verschwundene. Sie lebt bei einem schwerreichen Amerikaner, hat wieder einmal ihre Identität gewechselt. Doch, da geschehen neue Morde. Ist es ein Rachfeldzug wegen der verschwundenen Beute? Der Privatermittler ist der Polizei fast immer einen Schritt voraus. Aber damit auch der Gefahr näher. Der Schluss? Er wird nicht verraten, er ist wie im Leben eine Überraschung und auch wieder keine...

Zum Autor

Klaus Funke, geboren in Dresden, ist ein bekannter Autor zahlreicher belletristischer Genres: Musikerromane – historische Romane – Romane zur politischen Gegenwart – Krimis – Kabarettistisches. Einige sind bei BoD erschienen, andere bei größeren Verlagen

back to black

He left no time to regret
Kept his dick wet
With his same old safe bet
Me and my head high
And my tears dry
Get on without my guy

You went back to what you knew
So far removed
From all that we went through
And I tread a troubled track
My odds are stacked
I'll go back to black

We only said goodbye with words
I died a hundred times
You go back to her
And I go back to
I go back to us
I love you much

It's not enough
You love blow and I love puff
And life is like a pipe
And I'm a tiny penny
Rolling up the walls inside

We only said goodbye with words
I died a hundred times
You go back to her
And I go back to
We only said goodbye with words

I died a hundred times
You go back to her
And I go back to
Black, black
Black, black
Black, black
Black
I go back to
I go back to

We only said goodbye with words
I died a hundred times
You go back to her
And I go back to
We only said goodbye with words

I died a hundred times
You go back to her
And I go back to black

(Songtext von Amy Winehouse)

In diesem Frühjahr merkte ich das erste Mal, dass ich alt wurde.

Ich konnte beim Pinkeln nicht mehr den Strahl sehen und er war ab und zu unterbrochen wie bei einem abgeknickten Gartenschlauch. Auch vergaß ich immer häufiger Namen, wo ich mich früher fast als ein wandelndes Adressbuch hätte ausgeben können. Plötzlich war er weg, der Name, und später, manchmal gleich, manchmal viel später tauchte er zu den unpassendsten Gelegenheiten wieder auf. Komisch, nicht wahr? Gut. Nicht, dass mich das alles besonders gestört hätte und ich machte mir auch keine Gedanken weiter. Ich spürte nur, irgendetwas war anders als sonst, ich war nicht mehr der alte, mich schien das „Früher-war-alles-besser-Syndrom" ergriffen zu haben.

Auch in meinem sonstigen Leben war in diesem Frühjahr vieles anders geworden. Ich hatte mein Jurastudium im 5. Semester abgebrochen. Irgendein alter Bekannter hatte mir vor einiger Zeit geraten: Studier doch noch was, egal was, auch wenn du schon über Vierzig bist, am besten Jura, das kannst´e immer brauchen. Und, da ich sowieso dabei war, alles umzukrempeln, nahm ich seinen Vorschlag an. Das war vor zwei Jahren gewesen: meine Frau war mir gerade davon gelaufen. Richtige Gründe hatte sie nicht angegeben. Kinder hatten wir nicht und wir waren ungefähr zehn Jahre zusammen gewesen, wenn man die Kennenlernphase mitrechnet. Eines Tages war sie weg, abgehauen mit einem zwanzig Jahre jüngeren Studenten. Seinen Namen weiß ich nicht. Vielleicht konnte er es besser als ich, auf alle Fälle länger. Scheiß drauf, ich würde ihr nicht nachtrauern oder gar hinterher rennen. Meine Schreiberei – richtige Schriftstellerei war es ja sowieso nie gewesen – hatte ich auch an den berühmten Nagel gehängt. Nicht viel war dabei herausgekommen und ich fand auch keinen richtigen Verlag. Gerademal 3 Bücher in 5 Jahren, mit Kleinauflagen von ein paar Hundert. Hatte alles nur viel Geld gekostet und noch mehr Nerven und Zeit. Nicht mal die Eitelkeit konnte ich richtig befriedigen. Nein, das war vorbei. Und so schien mir das Studieren gerade recht. Und es gefiel mir am Anfang auch ganz gut. Eine riesige Faulenzerei war das. Den ganzen Tag nur rumsitzen und zuhören, mal ein Seminar, eine Belegarbeit – na und? Dafür Studentenleben bis zum Abwinken - herrlich. Ich glaube, ich habe in den 5 Semestern alle Kneipen der

Stadt kennengelernt. Und ein bisschen Geld aus einer Erbschaft hatte ich auch, bekam sogar Bafög...

Doch nun gefiel mir das Studieren nicht mehr, alles öde und zum Einschlafen langweilig, ringsum nur so farblose Bürschchen, dafür jede Menge schönbunte Girls, aber ich kriegte nichts ab. Nicht eine einzige. Nicht mal die hässlichste interessierte sich für mich. Ich war einfach zu alt. Ein alter Knochen eben! Manche sagten „Oldie" zu mir, das waren noch die freundlichsten, andere riefen: „Na Opi? Schon die Rente beantragt?"

Wisst ihr wie das frustet, wenn dir einer die Rente zutraut und du bist gerademal 42?

Also hatte ich das Jurastudium aufgegeben. Doch irgendetwas muss man ja machen, irgendwie ein Pfund Kohle verdienen.

Da kam wieder der alte Bekannte, von dem ich schon erzählt habe, und er hatte wieder eine Bombenidee: Mensch, du hast jetzt ein paar Semester Jura studiert, früher hast du Bücher geschrieben, du kennst ein Haufen Leute bei der Polizei – das war natürlich Blödsinn und heillos übertrieben, denn genaugenommen kannte ich nur einen von der Polizei, nämlich Herrn Persicke, Paul Persicke, einen pensionierten Hauptkommissar von der Kripo, der wohnte bei uns im Erdgeschoss.

Also mach doch eine private Detektei auf, schlug mein Bekannter vor, ein paar Liebhaber aufspüren, irgendetwas Verlorenes wiederfinden, eine Perlenkette, einen entlaufenen Terrier oder sonst was, vielleicht als Krümelfresser bei einem oder mehreren Scheidungsanwälten. Irgend sowas, verstehst du? Los, melde ein Gewerbe an. Mach schon. Komm aus dem Arsch. Ich helfe dir auch am Anfang, mach für dich ein paar Botengänge oder knipse diesen oder jenen Ehebrecher mit der Polaroid oder mit ´nem Teleobjektiv, höre in der Kneipe die Gespräche der Verdächtigen mit dem Recorder ab.

So quatschte mein alter Bekannter – wahrscheinlich hatte er zu viel über Philip Marlowe gelesen - aber ihr glaubt es nicht, ich meldete tatsächlich ein Gewerbe an. Als Privatermittler, Privatdetektiv. Private Ermittlungen, Observationen, diskret, preiswert und schnell. Sogar staatliche Fördermittel würde ich kriegen, sagte die vom Arbeitsamt. Eine üppige Blondine mit einem Ausschnitt so groß wie eine Tunneleinfahrt. Die Jurastudien würden mir als Fachkenntnisse angerechnet. Sie servierte mir einen Kaffee, rückte mir auf den Pelz, sie roch nach Lavendelblüten und sie hatte verschiedenfarbig lackierte Fingernägel. Es hätte nicht viel gefehlt und sie hätte mich gleich in ihrem Dienstzimmer auf dem Schreibtisch vernascht, und ich stellte mir vor, mit dem nackten Hintern auf ihren Akten zu sitzen, während auf ihrem PC der Bildschirmschoner mit dem Logo vom Arbeitsamt vor sich hin trudelte. Ich verabschiedete mich schnell, hastig, überstürzt und raus war ich. Gottseidank.

Also, ihr glaubt es nicht, es ging wirklich los mit der Detektei. Ich hatte mir Visitenkarten und Flyer machen lassen und die dann überall, in einschlägigen Anwaltskanzleien und in den Fluren vom Amtsgericht ausgelegt, auch hatte ich annonciert, zweispaltig und exklusiv. Verdammt, das alles kostete mich einen Haufen Geld. Aber, ihr wisst ja: Ohne Speck – keine Mäuse.

Plötzlich eines Tages, ich glaube, es war mein dritter Tag als Privatdetektiv Franz Aufdegger, da klingelte mein Telefon. Aufdegger! Blöd, was? Ja, lacht nur, aber so heiß ich nun einmal, hat mir schon viel Spott eingebracht, der Scheißname. Wenigstens mit doppeltem „g", sonst mit „ck" wäre es noch blöder gewesen. Aber, sollte ich mir für viel Geld einen neuen Namen zulegen? Nein, natürlich nicht. Das Telefon war ein uraltes, mattschwarz, noch mit einer 5-Meter-Schnur und einer Wählerscheibe – so mit Löchern für die Finger, ich sag das nur für die, welche nie ein solches Telefon gesehen haben. Klar, es hatte weder Speicher noch Wahlwiederholung. Dafür echt Retro. Ich dachte, so was macht Eindruck, fast wie bei Columbo. Und es war auch tatsächlich das Eindrucksvollste in meinem Büro. Wenn ich mal von einem rotweißen Cadillac-Modell im Maßstab 1 : 18 absehe, der auf meinem wurmstichigen Schreibtisch absprungbereit wie ein Tiger stand. Ich hatte ihn aus einer Haushaltauflösung gerettet. War schon in der Sperrmüllpresse gelandet. Und natürlich, eindrucksvoll war auch die Mattglasscheibe in der Tür mit dem verschnörkelten Sütterlin-Logo „FA – Investigations* – so viel International*, will sagen so viel English*" muss sein.

(* bitte beim Lesen englisch aussprechen!)

Also mein Retro-Telefon klingelte - rring, rring - und es klingelte so den Nerv tötend schrill – rring, rring - richtig ins Unterbewusste dringend wie die alten Telefone früher geklungen haben – rring, rring - so ein Klingelton weckt Tote auf – rring, rring - erinnert ihr euch noch an die Eingangsszene von „Es war einmal in Amerika"? Genauso klingelte es. Rring, rring. So durchdringend, so vibrierend. Und ich genoss diesen Klingelton, ich ließ es rasseln, vielleicht eine ganze Minute lang. Wisst ihr wie lang eine Minute Telefongeklingel sein kann?

Also, ich nahm den alten Retro-Hörer in die Hand, er fühlte sich kalt an und er roch auch so herrlich antik. Der jahrzehntelange Tabakgeruch – es hatte vor 40 oder 50 Jahren mal einem entfernten Verwandten und veritablen Zigarrenraucher gehört - war bis ins Gehäuse gekrochen und hatte sich dort niedergelassen.

Ja, hier Aufdegger!

Erst hörte ich gar nichts, nur so ein Lispeln. Am anderen Ende war ein Flüsterer. Offenbar ein vollkommen schüchterner und ängstlicher Typ. Angst vor dem eigenen Entschluss – so einer. Er sprach hastig wie ein Schnellsprecher von der Arzneimittelwerbung im Fernsehen, wenn es um die Nebenwirkungen geht, und er sprach furchtbar leise und er lispelte nur so ins Telefon. Ich verstand bloß die Hälfte. Auf alle Fälle wollte er mich treffen, und zwar heute noch und in einem Gartenlokal an der Elbe. Das hieß Rosengarten. Ich kannte dieses Lokal, war aber schon länger nicht mehr dagewesen. Dort also wollte er mir alles erklären und mir einen Auftrag erteilen. Seinen Namen hatte ich nur halb verstanden: Irgendetwas mit Schollenau, Schlomau oder Schlottau oder so ähnlich. Er hatte auch seinen Beruf genannt. Er wäre Buchhändler, hatte er geflüstert und er redete so leise, dass ich ihn kaum verstehen konnte, zumal es just in diesem Moment unter meinem Fenster lärmte, weil ein 40-Tonner mit loser, scheppernder Ladung vorbeigepoltert war. Egal, die Uhrzeit verstand ich noch. Um sieben Uhr am frühen Abend sollte es sein. Klick! Das Gespräch war zu Ende.

Mensch, mein erster Auftrag!

Ich überlegte, ob ich so ganz normal zu dem Treff gehen sollte oder ob ich mich wie Sherlock Holmes verkleiden sollte. Ich entschied mich für den Alltagslook.

Wie immer kam ich zu spät. Ein altes Prinzip von mir, zu spät zu kommen, um von einem möglichst unauffälligen Beobachtungspunkt erst einmal zu schauen, wie nervös der andere ist, weil er glaubt, der Termin würde platzen. So war es auch hier. Ich sah den Buchhändler sofort, unabhängig davon, dass wir ein Erkennungszeichen, das auffällige Schwenken der Speisekarte nämlich, vereinbart hatten. Er wedelte nervös mit der Karte herum, blickte sich wie ein gehetztes Wild um, wirkte verstört und genervt. Der Buchhändler war ein auffallend dünner und zierlicher Mann, etwa im gleichen Alter wie ich, klein, zart, aber mit einem markanten Gesicht, das viele weibliche Züge aufwies, mit einer ziemlich großen, leicht gebogenen Nase, hervorstehenden Wangenknochen und einem schmallippigen, seltsam verkniffenen Mund. Alles in allem keine männliche Schönheit, eher wirkte er wie ein vertrockneter Archivar. Wie ein gealterter Junggeselle. Das Gesicht war unter den Augen stark gerötet, wie bei einem, der unter hohem Blutdruck leidet und kurz vor einem Herzanfall steht. So gesehen hätte das Wedeln mit der Speisekarte auch der Versuch gewesen sein können, sich Kühlung und frische Luft zuzufächeln...

Ich trat an den Tisch, deutete eine Verbeugung an, sagte:

Da bin ich. Sie sind Herr Schlottau?

Herr Aufdegger?

Der Buchhändler fuhr auf, sprang von seinem Stuhl hoch, reichte mir über die weiße Tischdecke hinweg seine kleine, trockene Hand. Sie fühlte sich an wie die einer Frau.

Oh guten Tag. Ja, ich bin der Buchhändler Schlottau. Hans-Jörg Schlottau.

Ich setzte mich. Auch mein Gegenüber nahm wieder Platz. Offenbar wusste er nicht, wie er beginnen noch was er sagen sollte und so stotterte er: Wollen wir etwas...? Er deutete auf die Speisekarte.

Trinken, meinen Sie? fragte ich zurück. Schlottau nickte heftig, scheinbar erleichtert.

Gut, trinken wir was.

Der Kellner kam. Ich sagte: Bringen Sie mir ein Kännchen Kaffee, schwarz ohne Zucker und einen großen Armagnac, gut gekühlt.

Und Sie? Der Kellner starrte vorgereckten Kopfes den Buchhändler an.

Ich? Ich nehme ein Glas Tee, grünen bitte, wenn's geht.

Und, da ich erstaunt aufschaute, entschuldigte er sich: Nein bitte, keinen Alkohol.

Der Kellner ging ab.

Ohne Umschweife eröffnete ich das Gespräch, denn ich spürte sofort, dass ich dies tun müsste. Vielleicht hätten wir uns sonst lange Minuten schweigend gegenüber gesessen. Also sagte ich das Banalste, was mir einfiel:

Wissen Sie, ich bin hier schon Jahre nicht mehr gewesen...

Wirklich extrem banal, dachte ich, beinahe albern und ich ergänzte rasch: Das letzte Mal, warten Sie, ja das ist bestimmt vor sechs oder sieben Jahren gewesen, da war ich noch verheiratet. Ja, ich war mit Jenny hier – Jenny so heißt meine Geschiedene.

Intuitiv hatte ich gespürt, dass ich das Thema auf das weibliche Geschlecht, auf die Ehe, auf eine Frau leiten müsste. Irgend sowas, ein Frauenproblem, ein Eheproblem, sowas hätte diesen Schlottau in meinen Köcher gebracht, dachte ich. Ich wusste es nicht, wirklich nicht, aber ich fühlte, ich roch es geradezu... und siehe da! Peng! Ich hatte ins Schwarze getroffen... eine glatte Zwölf.

Der Buchhändler wurde rot übers ganze Gesicht, bis hinter die Ohren und bis in den Hals hinein zog sich die Röte – er sah wie ein rötlicher Pfirsich aus, natürlich nicht wie ein frischer, eher wie einer, der schon ein paar Tage überlagert ist. Oder ein anderes Bild: er öffnete seinen schmallippigen Mund und er wirkte wie ein an Land gezogener untermaßiger Karpfen, der nach Luft schnappt – und er blieb stumm wie ein Fisch, das Maul halb geöffnet - die Worte wollten einfach nicht heraus aus ihm. Sie steckten fest. Marke Kloß im Hals. Um im Bild mit dem Fisch zu bleiben: Er hatte den Köder mitsamt dem Haken verschluckt, verdrehte die Augen und hielt sein Maul offen... o.k. Schluss mit den Bildern. Es reicht.

Ich half ihm, ich fragte direkt, fragte brutal: Es geht um eine Frau? Ihre Frau?

Der Buchhändler klappte seinen Mund zu, schluckte, man sah seinen Adamsapfel wie einen Paternoster auf- und niederfahren, dann kam ein trockenes „Ja" von seinen Lippen. Am liebsten hätte er zur Seite geblickt. Aber das ging irgendwie nicht. Ich fragte schnell und hart nach:

Was ist passiert?

Sie ist weg, seit 3 Monaten.

Wie, sie ist weg?

Ja, sie hat mich verlassen, ist einfach verschwunden, von einem Tag auf den anderen.

Apropos „anderen", fragte ich hundsgemein nach. Hat sie ´n „andern"?

Nn... nein, um Gotteswillen. Ich glaub nicht. Nein, ich weiß es nicht.

Wo ist sie denn hin? Gewöhnlich fliehen Ehepartnerinnen zu ihren Müttern... oder zu irgendwelchen nahen Verwandten, zu Schwestern, Tanten, Nichten oder zu Töchtern, wenn sie schon älter sind und welche haben.

Nein. Ihre Mutter lebt nicht mehr... und nahe Verwandte? Ich weiß nicht...nein.

Der Buchhändler senkte den Kopf, er schien zu zittern. Dann ballte er seine kleinen Fäuste und eine dicke Träne rollte seine welke Pfirsichwange hinab.

Verdammt, ich weiß es nicht. Ich weiß überhaupt nichts, stieß er hervor.

Also, Sie wissen nicht, wohin Ihre Partnerin verduftet sein könnte? Sie haben keine Ahnung? Gibt es wirklich keine Spur, keinen Verdacht, wo sie sein könnte?

Nein.

Dann fiel mir etwas ein und ich fragte: Hat sie ein Lieblingslokal? Manchmal wissen die was. Vielleicht hat sie sich beim Chef, beim Barkeeper oder einem Kellner ausgeheult?

Wieder wurde der Buchhändler feuerrot. Dann stotterte er: Ich... ich glaube i... im „Drag-Queen" ist sie manchmal gewesen.

Was?? In diesem Schuppen? So, so. Im „Drag-Queen", hm, entgegnete ich.

Das „Drag-Queen" war eine im Stadtteil Neustadt bekannte Schwulenkneipe, ein übles Lokal, bekannt als Treffpunkt von Schwulen, Transen und allerlei Gelichter, sogar in der Drogenszene eine frequentierte Adresse, auch Kriminelle und Halbweltdamen sollen da zu finden sein.

Und dort, in diesem Etablissement, haben Sie da nicht mal nachgefragt?

Um Gotteswillen, Herr Aufdegger, wehrte Schlottau ab, in so ein Lokal gehe ich nicht... mein Ruf...nein, niemals immerhin, wissen Sie, ich führe eine respektable Buchhandlung, habe Auszeichnungen bekommen, ich stehe in der Öffentlichkeit, habe viele ehrenwerte Stammkunden, das gute Bürgertum der halben Stadt verkehrt bei mir...

Klar, ich verstehe... aber zur Polizei hätten Sie gehen können? Warum tun Sie das nicht?

Ich? Zur Polizei? Wegen meiner Chanel? Dass das dann aktenkundig wird? Nein.

Ach, Ihre Frau heißt Chanel? Natürlich Schlottau, Chanel Schlottau?

Nein, nein, wir sind nicht verheiratet. Sie heißt Chanel Santini...

Oh, Santini, das klingt aber verdammt nach Künstlername? Und ein bisschen Französisch? Ist sie Italienerin... Kanadierin, Amerikanerin, Französin?

Um Gotteswillen, nein. Chanel, Chanel Santini, ist tatsächlich ihr, sagen wir mal Künstlername. Steht sogar in ihrem Ausweis. Mit bürgerlichem Namen heißt sie Beierle. Geboren in Plauen vor dreißig Jahren. Sie ist letzte Woche Dreißig geworden... oh, nicht mal ihren Geburtstag haben wir... wieder seufzte der Buchhändler, wieder rollte eine Träne.

Der arme Kerl tat mir leid. Ich wollte ihn aufmuntern, fragte: Sie ist wohl Künstlerin, Ihre Partnerin? Ich meine wegen des Namens...

Hm, ja gewissermaßen ist sie das - eine Künstlerin. Sie hat ein bisschen gemodelt, wollte zum Film, es gab sogar schon so eine Art Vorvertrag, auch Probeaufnahmen... aber dann ist daraus nichts geworden...

Sie bekam wohl ein Kind? fragte ich roh und rücksichtslos wie einer vom Finanzamt.

Nein, um Gotteswillen, Kinder, nein, niemals... das war es nicht.

Was war es dann?

Ach, das hängt wohl mit ihrem spontanen Charakter zusammen. Nein, plötzlich wollte sie nicht mehr. Sie wollte lieber singen... in einer Band... und sie hat auch wirklich eine schöne Stimme, so einen vollen, rauchigen Alt, wenn Sie wissen, was ich meine...

Ich nickte, o.k. kann es mir vorstellen

Ja und sie hatte da ein paar Typen, alles Musiker, wohl auch im „Drag-Queen" kennengelernt. Die wollten ein Demo-Tab aufnehmen... Pardon, so richtig weiß ich nicht Bescheid. Ich hab ihr viel Freiheit gelassen. Sie sollte sich selbst finden, ausprobieren, wenn Sie wissen, was ich meine..... sie hat ja generell eine künstlerische Ader, schon ein bisschen auch ein exhibitionistisches Talent, wenn Sie wissen, was ich meine...

Wieder nickte ich. Klar, kann ich mir vorstellen... haben Sie ein Foto von ihr?

Ja, hab ich, antwortete der Buchhändler und er sah plötzlich stolz aus, als er mir die Fotographie über den Tisch schob...er blühte regelrecht auf, beschaute mich mit einem Lauerblick.

Es war eine Hochglanzfotografie, schon ein bisschen abgegriffen, Postkartenformat, ein typisches Bewerbungsfoto. Die junge Frau darauf, mittelgroß, sehr attraktiv, dunkle Haare, hinten zu einem Knoten geknüpft, asiatischer Typ mit mandelförmigen dunklen Augen, wenig geschminkt, sinnlicher Mund, die Figur schlank, nicht sehr viel Brust, unten schmal gebaut, insgesamt ein tolles Weib. Solche sind gefragt, dachte ich. Die machte was her, ohne Zweifel, auf so eine kann man stolz sein, wenn man sie im eigenen Besitz hat... trotzdem irgendwie, ich beschaute mir die Fotografie genauer, drehte sie hin und her, trotzdem, irgendetwas stimmte nicht mit der Dame. Da war etwas, ich konnte es mir nicht erklären, nicht enträtseln, da war etwas Falsches, Unechtes, ordinär Präsentables...mein Instinkt sagte mir: O.k., das wird ein richtiger Fall, hier werde ich mich festbeißen.

Ich fragte: Herr Schlottau, darf ich die Fotografie behalten? Nur zu Recherchezwecken, verstehen Sie. Sie kriegen sie dann unbeschadet wieder... ich lächelte.

Gewiss, sagte der Buchhändler, behalten sie die nur... ich hab ja noch ein paar mehr.

Oh Pardon, da wär noch was! Ich machte die berühmte Bewegung zwischen Daumen und Zeigefinger. Für den Anfang bin ich mit einem Pauschalhonorar einverstanden. Sagen wir Fünfhundert fürs erste. Wenn dann noch zusätzliche Ausgaben hinzukommen, werden wir sehen...

Gewiss, mein Herr, das versteht sich. In Ordnung Fünfhundert. Ich habe hier eine Art Vertrag aufgesetzt. Muss ja alles seine Ordnung haben. Der Betrag müsste noch eingetragen werden. Er zog ein paar Blätter aus seiner Jacke, reichte sie mir über den Tisch.

O.k. sagte ich, ich schau mir das durch – ich schwenkte die Blätter - und schicke Ihnen die unterschriebenen Kopien zu. Einverstanden? Oder wir treffen uns. Ganz wie Sie wollen.

Zuschicken wäre gut. Treffen können wir uns ja, wenn Bedarf besteht...

Wir gaben uns die Hände. Seine kleine schmale Frauenhand lag in meiner Pranke.

Auf Wiedersehen. Ja, machen Sie´s gut.

༄

Ich hatte meinen alten Bekannten angerufen, ich wollte ihn dabei haben, wenn ich ins „Drag-Queen" ging. Das würde mich beruhigen. Mein alter Bekannter – er hieß übrigens, was heißt „hieß", er heißt heute noch immer Willi Nagelschmied – also, der war im früheren Leben mal Wrestling-Kämpfer gewesen, auch Ringer, Boxer, alles sowas, ein Kraftmensch. Inzwischen natürlich älter geworden, älter als ich, schon über die Fünfzig. Er arbeitete ab und zu bei einer Security-Firma, ansonsten liebte er das Motoradfahren, besaß eine japanische Rennmaschine, ein prächtiges Teil in Schwarzrot, eine „Ninja" mit über 120 PS. Nein, ich bin nie mitgefahren, der Willi fährt, wie man hier sagt, wie eine gesengte Sau, bin doch nichts lebensmüde und einen Organspendenausweis hab ich auch nicht.

Also Willi sollte mich in das Lokal begleiten. Es war schon nach 20 Uhr. Die Sonne war eben untergegangen, in den Straßen hatten sie die ersten Lampen angezündet. Ein paar Fenster wurden hell. Es roch nach Sommerabend und irgendwoher auch nach glimmender Holzkohle und Gegrilltem. Man hörte entfernt Lachen und Musik. Irgendeinen uralten Rock'n Roll von Fats Domino. Autos hupten. Paare flanierten. Willi und ich, wir hatten uns ein paar Straßen entfernt vom „Drag-Queen" getroffen, wir wollten zu Fuß hingehen. Mit den Parkplätzen war es dort sowieso schlecht. Ich berichtete Willi kurz von meinem Gespräch mit dem Buchhändler. Ach, so einer, rief er und lachte, ich wette, mit diesem Weib stimmt was nicht, da stinkt was ganz gehörig, glaub mir, ich hab das im Urin. Meine Blase drückt schon wieder...

Wir gingen ein paar Minuten, dann tauchte das Portal des „Drag-Queen" auf, links und rechts die beleuchteten Werbetafeln mit den Angeboten an Getränken, Speisen und Unterhaltung. Ja, es gab mittwochs, freitags und samstags kleine Showeinlagen, Gesang, Tanz, Striptease, Akrobatik, Zauberkunst – all sowas. Im Ganzen nichts Besonderes, eher billiger Provinzkram. Oben über dem Eingang ein vorstehendes Dach mit kleinen, verschieden farbigen Lämpchen, darüber Neonreklame, eine stilisierte Drag-Queen und eine Banane in Gelb und Rot. Drei Stufen führten hinauf zum Eingang, dann kam eine doppelte Schwingtür, die Treppe war mit einem abgetretenen, grünen Kunststoffteppich belegt, wisst ihr, so eine Matte wie sie Skispringer beim Sommerspringen benutzen.

Früher, kurz nach dem Krieg, das Viertel war von Bomben verschont worden, war dieses Lokal eine wahre Proletenkneipe gewesen, zuerst noch in Privatbesitz, so mit Samstagstanz, wo eine Drei-Mann-Combo „Die drei Colandos", Klavier, Bass Schlagzeug, aufspielten, manchmal auch zusätzlich mit Saxophon. Später kam das Lokal in Staatsbesitz, nannte sich HO-Gaststätte „Hotel Königshof", Hotel deshalb, weil obendrüber noch ein Flur mit sechs oder acht Zimmern dazugehörte. Es gab samstags Tanz und ganz bürgerlich zum Sonntagnachmittag Tanztee. Es spielten abwechselnd verschiedene Combos oder ‚wie sie sich später nannten, Bands, mit Show- und Gesangseinlagen, sogar ein paar DDR-Stars hatten hier ihre Auftritte gehabt, Sänger wie der Schöbel oder der Holm, auch die Fischer sind ein paar Mal aufgetreten. Nichts Großes, nur so

Gelegenheitsmucken. Trotzdem, typisch DDR, der „Königshof" wurde als Geheimtipp gehandelt. Zum Ende der DDR umso mehr, weil hier Verpönte, Verbotene, auch mal ein kleiner, noch unbekannter Weststar, aufgetreten sind. Sogar das „Neue Forum" hat hier mal eine Versammlung abgehalten. Ehrengast soll „Rio Reiser" gewesen sein. Alles natürlich streng geheim. Einladung nur per Flüsterpropaganda. Ob die berüchtigte Stasi im „Königshof" einen Dauergast platziert hatte, weiß ich nicht. Angeblich soll der Wirt ein IM gewesen sein...

Dann kam die Wende. Mensch! Dreißig Jahre ist das nun schon her. Der „Königshof" wurde abgewickelt, stand zwei oder drei Jahre leer. Dann kaufte ein Westdeutscher, ein wohlhabender Pfälzer, den Laden und machte ein Szenelokal daraus. Das „Drag-Queens". Treffpunkt für Transsexuelle, Crossdresser, Schwule und Lesben. Was für eine Sensation Mitte der Neunziger. Das Geschäft boomte wie irre. Das Lokal wurde blitzschnell stadt - und landesbekannt. Dann aber kam die Rutsche, die schiefe Bahn. Dreimal wechselten die Geschäftsführer. Es half nichts, der Ruf sank zusehends, zu viele Kriminelle, vor allem Drogen und Prostitution, Gewalt, zu viele Polizeieinsätze, auch im Internet eine zunehmend übel beleumundete Adresse. Ich kannte den Laden nur aus den Anfangsjahren, also aus den Neunzigern, war selbst hier in der Straße, weil Einbahnstraße, Sackgasse, kaum Parkplätze und so, schon ein paar Jahre nicht mehr gewesen...

Wir gingen langsam über die Straße, dann auf dem Bürgersteig auf das Lokal zu, ich hatte schon die Hand am Geländer, als plötzlich oben vor uns die Schwingtüren mit einem mächtigen Ruck aufgingen Es segelte etwas die Treppen herunter, rutschte noch zwei Meter auf dem Bürgersteig und landete schließlich zwischen zwei parkenden Autos im Rinnstein. Es landete auf Händen und Knien und gab einen hohen, singenden Ton von sich, wie eine in die Enge getriebene Ratte. Langsam erhob es sich, angelte nach einer Schirmmütze und trat zurück auf den Bürgersteig. Es war ein dünner, ziemlich abgerissener Jüngling in einem abgeschabten, lilafarbenen Anzug, mit einer rosa Schleife im Knopfloch. Er hatte glattgestrichenes, geöltes schwarzes Haar. Er stand da mit offenem Mund und stieß einen Jammerlaut aus. Ein paar Straßenpassanten waren stehen geblieben, glotzten ihn gleichgültig an, gingen dann kopfschüttelnd weiter. Der junge Kerl setzte sich seine Schirmmütze auf, drückte sich an die Wand, schob sich, mit den Händen Halt suchend, ein paar Schritte weiter, dann voll aufgerichtet ging er, seinen Lauf beschleunigend, ohne ein weiteres Wort davon. Oben in den Schwingtüren erschien ein großer, kräftiger Mensch, ein Möbelwagen von einem Mann, in schwarzer Uniform mit Aufnähern wie ein New-Yorker Cop, offenbar der Rausschmeißer, er schaute dem davonlaufenden Kerl nach, machte dann eine wegwerfende Handbewegung, brummte irgendwas. Er sah mich an und erklärte: Weißt ´e, so´n kleiner Stinker, wollte sich aufspielen, hab ihn rausgeschmissen. Haste gesehen wie er geflogen ist - wie ein Vögelchen?

Plötzlich hellte sich sein Gesicht auf. Er hatte meinen Bekannten Willi entdeckt und als alten Bekannten erkannt, er rief: Mensch Willi, was willst´n du hier?

Mein Freund erwiderte den Gruß: Hallo Timo! Wohl Dienst heute, was?

Ja, Scheiße. Ist bloß so´n Gelegenheitsjob. Aushilfe, weißt du. Einer von denen hier ist krank geworden. Hat ´ne Schlägerei letzte Woche nicht vertragen. So muss ich jetzt die ganze Woche schieben. Scheiße, eh...

Sie gaben sich die Hand, schlugen sich kameradschaftlich auf die Schultern. Sau, eh...

Die Schwingtüren schwangen auf, Willi hatte nur ganz leicht mit dem Daumen dagegen gedrückt. Wir traten ein.

Es war halbdunkel drin. Viel rotes Licht. Viel Samt. Plastikpflanzen im Kübel. Gipsfiguren, mannshoch. Antike nackte Jünglinge. Und es war ziemlich still. Von weiter hinten kamen vage Geräusche. Ich sah ein paar Spieltische, ein Billard, einen Musikautomaten.

Der Wachmann Timo starrte mich an, begutachtete mich. Dann sagte er wie zu sich selbst: Scheißstinker! Da hat die Schicht gleich Scheiße angefangen. Aber geflogen ist er schön, richtig elegant... er hatte mich, während sprach, an der Schulter angefasst. Meine Schulter tat sofort weh. Einen Griff wie ein Eisenbieger. Er murmelte: Weißt du, wenn die Schicht so beginnt, möchte ich keinem raten, mich blöde anzuquatschen...

Ich ließ ihn stehen, machte meinem Willi ein Zeichen. Wir gingen weiter. Es waren noch wenige Leute hier, kaum halbvoll der Laden. Ich steuerte auf die Bar zu, Willi folgte mir. Ein paar Leute, die dort gestanden hatten, gingen weg, verwandelten sich in stille Schatten. Ich wusste nicht, warum. Flohen sie vor uns? Flößten wie ihnen Angst ein? Es waren lauter so bunte Typen, mit lila Haaren und Piercings, manche tuntig angezogen, kaum ein alter Knacker wie Willi und ich, auffallend wenig Frauen und Mädchen. Es roch nach Gras und ein wenig süßlich nach Sandelholz, vielleicht war es auch Opium...ja, es roch wie es in manchen China-Kneipen riecht. Der Musikautomat dudelte leise irgendwas. Heute gab es keine Live-Musik oder irgendwelche Einlagen.

Am Ende der langen Theke lehnte ein langer, schlanker Rotkopf, den Nacken hoch ausrasiert, er trug ein gelbes Sweatshirt, die Ärmel fehlten, sodass die nackten Schultern, übersät mit Sommersprossen, daraus hervorragten wie bei einem Masseur, natürlich viel magerer und dünner. Es war der Barkeeper, ein Bursche lange noch keine Vierzig, vielleicht sogar noch nicht mal Dreißig. Er war überall mit silbernen Piercings gespickt, an den unmöglichsten Stellen, wahrscheinlich auch an seinem Schniedel oder an den Hoden, er sah aus wie ein blinkender Robot-man. Dazu war er wie eine Nutte geschminkt, die Augenbrauen und Wimpern blauschwarz getuscht, die Lippen lila.

Willi, schon immer resoluter als ich, winkte dem Barmann. Klar, seine Größe forderte Achtung und Demut.

Eh, gib uns mal zwei Manhattan!

Der Barmann machte ein komisches Gesicht. Es hätte nicht viel gefehlt und er hätte gefragt: Manhattan? Was is´n das? Er bewegte sich in Zeitlupe... schien unentschlossen.

Willi rief ihm zu: Eh, Mann, komm aus´ m Arsch! Weißt du nicht, was ein Manhattan ist? Nimm einfach 4 cl Bourbon Whiskey, dazu 4 cl süßen Wermut, Maraschino-Kirsch-Wasser und 1 Spritzer Bitter-Orange. Klar? Oder soll ich´s selber machen und Willi setzte zu einer Bewegung an, als wolle er über die Theke springen. Der Barmann machte ängstliche Augen.

N... nein, ich weiß schon.

Komisch, irgendwie erwartete ich, dass er noch ein „Süßer" dranhängt. Aber er sagte nichts weiter. Und auf einmal beeilte er sich, stellte uns flink die Drinks vor die Nase, dazu einen Spießer mit einem blau schimmernden Fähnchen. Bitte sehr, die Herren...

Wir schlürften unsere Drinks.

Ich fixierte den Barkeeper, sah wie er, als ich den Mund öffnete, zusammenzuckte.

Sagen Sie mal, fragte ich, Sie kennen doch die Chanel Santini?

Willi neben mir verstärkte meine Frage, er reckte sich hoch, der Barmann schrumpfte so wie sich der Willi hochreckte, auf Puppengröße: Hast du gehört, Mann, mein Kumpel will wissen, ob du die Chanel Santini kennst?

Chanel Santini, sagen Se? nuschelte der Barmann, die hab ich ni mehr gesehen inner letzten Zeit, nee mein Herr, schon lange ni mehr.

Ich wiederholte, ganz ruhig und langsam: Wir haben gefragt, ob du die Dame kennst, nicht ob du sie wann gesehen hast. Klar?

Ich? Ob ich die Chanel Santini kenne?

Genau.

Also, eichentlich kenne ich die nich. Nur so vom Sehen, nee mehr eichentlich nich, nur so flüchtig. Versteh'n Se... den Rest verschluckte er. Seine Augen rollten pikiert.

Und wie lange panschst du hier schon die Cocktails? fragte Willi

Mein Freund meint, wie lange du hier schon angestellt bist? präzisierte ich.

Der Barmann schien zu überlegen, wieder rollte er seine großen, hellblauen Augen rollte sie zwischen den getuschten Wimpern. Muss'sch mal nachdenken, er nahm sein Wischtuch, wischte damit verlegen über die silbernen Armaturen, den Ausguss, legte es dann beiseite und begann an den Fingern abzuzählen.

So ungefähr zwanz'ch Monate, schätz ich, knappe zwee Jahre, so ungefähr...

Mann! Willi runzelte drohend die Stirn, willst du uns verarschen?

Ich sagte: Bitte mal etwas genauer!

Der Barmann verdrehte wieder seine Glasmurmelaugen, er schluckt ein paar Mal, sodass sein Adamsapfel auf und nieder hüpfte wie eine Maus, die sich in seine Kehle verirrt hat, auf seiner Stirn helle Perlen. Es glänzte blanker Schweiß.

Gut. Dann neunzehn Monate! Um es genau zu sagen, kam es ein bisschen trotzig von ihm.

Noch ´n Manhattan für uns! rief Willi, und schüttle mal die Flöhe aus deiner Hosen. Los n bissel plötzlich! Wir haben nich ewig Zeit.

Die Augen verdrehend machte sich der Keeper zu schaffen. Nur kurze Zeit und er stellte die Drinks vor uns ab.

Also nochmal, begann ich wieder. Kennst du die Chanel Santini? Wann war die das letzte Mal hier? Aber bitte genau, mit Uhrzeit wenn ´s geht.

Der Barmann schlotterte, denn Willi hatte sich zu voller Größe aufgerichtet.

Ich erklärte ihm: Mein Lieber, ich würde dir raten, jetzt zu antworten. Mein Kollege – ich deutete mit dem Glas auf Willi – wird sonst ungeduldig. Ihm kribbelt es schon in den Fingern. Und bitte keine Witze. Wir verstehen heute extrem wenig Spaß.

So isses, ergänzte Willi, und er schnappte nach dem blassen Keeper-Händchen, drückte es in seiner mächtigen Faust zusammen, und wie im Märchen, wo der Riese Wasser aus dem Stein presst, so standen jetzt dem Barmann die Schweißperlen wie klares Wasser auf der Stirn. Je mehr Willis große Faust drückte, desto mehr Schweiß quoll dem armen Kerl ins Gesicht. Sein Kopf war wie eine abgestellte, aber undichte Brause! Der Barmann verdrehte seine blauen Glasmurmelaugen, stöhnte wie ein Delinquent unter der Folter, stammelte, bitte, bitte aufhören...

Na dann mach´s Maul auf, Burschi.

Oh, oh mh, machte der Barmann, Willi hatte ihn losgelassen, ich gloobe vor drei Tagen isse das letzte Mal hier gewesen, die Chanel Santini. Am besten isses, Mister, Sie fragen unsren Chef, den Herrn Lehmann, Herrn Carsten Lehmann. Der kennt die Chanel näher, wenn ich mal so sagen darf... und ein kleines Lächeln huschte dem Keeper übers schweißnasse Gesicht. Er schien sich zu freuen, dass ihm das mit dem Chef noch rechtzeitig eingefallen war.

Gut, und wo isser, dein Chef?

Der Barmann, offenbar ein bisschen zu früh froh, lachte, sagte: Auf Schmetterlingsjagd!

Kerl! brummte Willi, gib mir deine Hand nochmal.

Und mit einem Satz hatte sich mein Freund über die Theke geschwungen und das Kerlchen in den Schwitzkasten genommen.

Die Situation drohte zu eskalieren. Wir hatten zu viel Aufsehen erregt. Ein paar Gäste waren aufmerksam geworden, sie standen auf, kamen langsam näher.

Verflixt. Ich wollte keinen Skandal.

Mensch Willi! zischte ich, lass ihn los. Mach keinen Ärger, den Chef kriegen wir schon noch. Denk endlich mal Weiß, nicht wie ein verdammter Brooklyn-Nigger. Weißt wohl wiedermal nicht wohin mit deiner Kraft? Protz!

Willi machte den Mund spitz, pfiff verächtlich. Du mit deinen blöden Vergleichen. Er ließ den Barmann los. Oder besser, er lockerte seinen Griff.

Plötzlich geschah eine Überraschung.

Denn tatsächlich, wahrscheinlich hatte der etwas gehört oder man hatte ihn gerufen, jedenfalls der Chef des Lokals „Drag-Queens", der ehrenwerte Herr Lehmann, stand plötzlich wie aus dem Nichts neben mir an der Bar.

Was´n hier los!? Was soll das? Was machen Sie hier?

Ich zuckte die Achseln. Nix is los, Meister. Wir machen hier nur unsren Job.

Willi wollte den Chef gleich mit „hopp" nehmen, doch ich wehrte das ab.

Herr Lehmann herrschte mich an. Auf seiner Stirn eine geschwollene Ader, dick wie ein fetter, roter Regenwurm.

Gehen Sie! schrie er. Augenblicklich verlassen Sie mein Lokal. Sonst rufe ich die Polizei!

Die ist schon da! rief ich geistesgegenwärtig.

Was? Er starrte mich ungläubig an. Wer sind Sie?

Ja, wir sind sowas Ähnliches wie die Polizei. Und Sie sind Herr Lehmann, der Leiter dieses Etablissements? Richtig?

Etablissement?! Was soll das heißen, mein Herr? Ja, ich bin hier der Chef. Und Moment mal?

Er schien jetzt erst zu begreifen, sein Ton wurde noch lauter und zwingender:

Wieso sind Sie nicht angemeldet, wenn Sie hier meine Mitarbeiter befragen? Es ist üblich, sich zuerst beim Vorgesetzten anzumelden. Was sind das für Methoden?

Ich sah meinen Willi an, er sah mich an und wurde verlegen. Ich fragte: Sag mal, du solltest uns doch anmelden? Beim Geschäftsführer?

Ja, ja. Ha.. ha.. hab´ ich vergessen.

Was?? Bist du nicht bei Trost? Es ist doch üblich, dass man sich zuerst bei den Vorgesetzten anmeldet, wieso weißt du das nicht??

An meinem Ton merkte Willi, wie „ernst" ich das Ganze nahm. Sofort spielte er den Betroffenen, machte ein belämmertes Gesicht.

Ich..... ich... ich wollte dir das auch eben noch sagen, aber d... d ... dann...

Schon gut Kollege, darüber reden wir noch.

Ich drehte mich abrupt weg und wieder dem Chef, Herrn Lehmann, zu.

Dieser hatte sich vor mir aufgebaut. Seine gebuckelte Nasenspitze berührte beinahe die meinige, die eben und glatt war. Zwei Zentimeter dazwischen. Zwei Nasen wie zwei Schnäbel. Kampfhähne! Die Haare aufgerichtet. Ich konnte seinen Atem riechen. Und der roch ekelhaft süßlich und ein bisschen auch nach Alkohol. Lehmann rot vor Zorn. Sein Puls ging schnell. Er schien erregt wie selten in seinem Leben. Lehmann war ein Mann von ungefähr fünfzig, nicht sehr groß, aber breit wie eine Anbauwand, graumeliert mit Stirnglatze und einer dunklen Hornbrille, ganz wie ein Apotheker oder wie einer vom höheren Dienst im Finanzamt oder wie die Typen aus der Stadtverwaltung.

O.k., sagte ich, da holen wir das jetzt nach. Ich muss Sie dringend sprechen, Herr Lehmann. Mein Name ist Aufdegger, Franz Aufdegger. Es geht um eine Person, die in Ihrem Hause verkehrt und die gesucht wird. Ich bin Privatdetektiv.

Ach, so einer?

Er maß mich von oben bis unten, kniff die Augen ein wenig zu, biss sich auf die Unterlippe.

Um welche „Person" geht es?

Er hatte das Wort „Person" betont, wollte mir offenbar seine Nichtachtung zeigen, was in der Bemerkung „ach, so einer!" gipfelte.

Ich sagte: Die Sache ist kein Spaß und auch kein Hobby von mir. Ich schlag hier nicht meine Freizeit tot. Die Gesuchte heiß Chanel Santini Santini.

Ich sah wie Herr Lehmann unmerklich zusammenzuckte. Sein linkes Augenlid war hängengeblieben, es zitterte und verharrte auf halber Augapfelhöhe, seine Mundwinkel zogen sich nach unten, auch war er ein bisschen blasser geworden. Oh, Treffer! dachte ich.

Können wir irgendwo ungestört reden?

Der Chef Lehmann nickte. Können wir.

In diesem Moment hörte man ein fernes Telefonklingeln. Es klang fast wie mein altes, antikes Telefon, nur ein bisschen leiser. Gut, es war ja auch weiter weg, aber durchdringend klingelte es wie bei mir …

Herr Lehmann fuhr hoch. Er erschrak. Seine Ohren schienen voll auf Empfang.

Oh Pardon, entschuldigte er sich, ein Telefongespräch in meinem Büro, ich kann es von hier hören. Es ist enorm wichtig, ich erwarte den Anruf schon seit drei Stunden. Warten Sie bitte ein paar Minuten, bin gleich wieder für Sie da.

Ich fragte: Können wir nicht gleich mitgehen, Herr Lehmann, mit in Ihr Büro. Wir warten auch vor der Tür, wenn Ihr Telefonat nicht für fremde Ohren bestimmt ist. Dann sind wir gleich vor Ort und können unser Gespräch…

Willi nickte zustimmend. O.k. sagte er so freundlich, dass ich erstaunt war, wir warten vor ihrer Bürotür und wir legen unsere Ohren auch nicht ans Holz. Versprochen.

Nein, nein, meine Herren, entschuldigen Sie, ich bin sofort wieder bei Ihnen. Unser Gespräch führen wir hinter der Bar. Nicht in meinem Büro. Da ist ein kleiner abgeschiedener Raum. Da ist es besser. Bis gleich.

Er verschwand eiligen Schrittes. Ich schaute ihm nachdenklich hinterher. Mit war sein unruhiger, unsicherer Gang aufgefallen. Er öffnete die Tür, die hinauf zu seinem Büro führte, schloss sie vorsichtig hinter sich. Man hörte ihn eine Treppe hochsteigen. Seine Schritte wurden leiser. Eine Tür schlug zu. Nicht sehr laut. Dann war es still.

Ich sah den Barmann an, der Barmann sah mich an. Willi unterhielt sich mit seinem Security-Kumpel. Der Barmann polierte seine Theke, obwohl es dort nichts zu polieren gab. Auf einmal langte er mit dem rechten Arm unter die Theke. Ich hatte eine Eingebung. Rasch packte ich seinen Arm. Es war ein dünner, magerer Arm. Ich sah den Kerl fest an.

Was hast du denn da unten, he?

Nichts! Er rollte wieder seine Augen. Sein glänzendes, gecremtes Gesicht wurde fahl.

Mein Freund - ich kippte meinen Kopf in Richtung Willi - ist ein knalliger Typ, er hat alle Kampfsportarten durchprobiert, nichts war ihm hart genug. Wir suchen Chanel Santini. Du kennst das Mädchen. Du hast zwar gesagt, dein Chef kennt sie besser, aber wir glauben dir nicht.

Der Barmann rollte die Augen, die Augenbrauen hatte er in beängstigende Höhe gezogen.

Wir denken, fuhr ich fort, du weißt was, hältst aber das Maul. Warum? Was gibt es bei diesem Mädchen zu verschweigen? Und dann, mein Freund: Was hast du unter deiner Theke?

Eine Erziehungshilfe!

Was? Quatsch keinen Blödsinn.

Einen kleinen Revolver, 'ne Röhm. Nichts Großes, ist zugelassen, hab den Schein.

Sonst noch was?

Liegt in 'ner Zigarrenkiste. Ganz friedlich. Aber irgendwie hab heute ich so'n Gefühl...

Was für ein Gefühl? Los!

Er verstummte, verdrehte die Augen, sein Kopf fuhr herum.

Von irgendwo nicht weit weg, vielleicht hinter der Tür, durch die Herr Lehmann verschwunden war, kam ein dumpfer Knall. Es klang wie 'ne zugeschlagene Tür. Hätte der Wind sein können.

Der Barmann erstarrte zur Steinsäule, dann tastete er nach seiner Zigarrenkiste.

Ich zischte ihm zu: Lass das! Rühr dich nicht vom Fleck.

Willi, komm! rief ich, ich glaube, es ist was aus dem Ruder gelaufen.

Wir liefen an der Theke lang. Dort hinten! Ich zeigte auf die Tür zum Obergeschoss.

Krachend flog die Tür auf. Heraus kam mit einem federnden Satz ein mir unbekannter Typ. Schwarzhaarig, finstere Visage, 2 m hoch, 1 m breit, in einem hellen Mantel mit Schiebermütze, Schottenmuster a la Sherlock Holmes, so eine mit Schirm vorn und Schirm hinten. Der Kerl grinste, halb verlegen, halb siegesgewiss und zufrieden. Ich sah wie er einen 45´iger amerikanischen Armeecolt in der linken Manteltasche verstaute. Er handhabte das relativ schwere Ding als wäre es eine Wasserpistole. Hatte Pfoten, groß wie Kindernachttopf-deckel. Er sah sich kurz um, rief mir und Willi und den anderen entsetzten Gästen mit Donnerstimme zu:

Eh, keine Zicken! Pfoten zur Decke! Keiner rührt sich. Der erste, der wackelt, hat ein Loch im Kopf. Klar? Eh, duu daa, dröhnte er mit seinem Schaljapin-Bass und er meinte den Barmann, der trotz aller Schminke weiß wie eine Kalkwand geworden war. Heb schön deine beiden Flossen hoch, nicht nur eine Pfote. Verstanden? Wenn ich das nochmal erlebe, hast du nur noch ein Auge. Keine Angst, ich komm nicht näher, ich treff deine Birne auch von hier. Klar?

Er wollte weitergehen, auf einmal aber blieb er stehen, fasste mich ins Auge. Sprach mich an, als ob er mir, nur mir allein, etwas erklären müsse. Weiß der Teufel warum? Keine Ahnung. Ich kannte ihn nicht, er kannte mich nicht. Oder wusste er doch, wer ich war? Ich kriegte ein mulmiges Gefühl. Ein bisschen wackelten meine Knie. Scheiße. Verdammt, ich wurde tatsächlich alt. Dann rief der Kerl mir zu:

Eh duu! Der Scheißkerl hat wirklich nichts gewusst. Tut mir leid. Adios!

Er drehte sich weg. Nochmal musterte er prüfend das Lokal, lachte in sich hinein, ging schließlich seelenruhig zum Ausgang. Er wirkte wie einer, der ganz lässig und nebenbei, so nach dem Essen als Nachtisch eine Bank ausgeraubt hätte. Er schritt weit aus, der Mantel wehte.

Die Schwingtüren quietschten leise, schwangen aus, schlossen sich. Aus! Der Spuk war vorbei.

Erst herrschte im „Drag-Queen" noch ein paar Minuten lähmendes Entsetzen. Alle sahen sich mit großen Augen an. Manche hielten sich an den Händen. Hatte man das vielleicht alles nur geträumt? War das real? Dann, als ob der Sand in der Uhr abgelaufen wäre, quakte alles durcheinander. Wildes Gekreisch, Gebrüll. Handys piepten. Das übliche Chaos.

Ich ging, gefolgt von Willi, durch die offenstehende Tür. Weiter kam uns niemand nach. Angst lähmte die Leute. Wir stiegen die paar Stufen hinauf. Oben wieder eine offene Tür, eine mit Mattglasscheibe wie vor meinem Büro. Eine schwarze Glasinschrift „Büro – Herr Lehmann".

Wir sahen einen umgestürzten Stuhl, einen zerwühlten Schreibtisch, einen offenen Rollschrank, zersplitterte Bilderahmen, aus einem Rahmen fehlte das Foto ganz. Sonst hielt sich das Chaos in Grenzen. Auf einem Drehsessel mit hoher Lehne hockte zusammengesunken Herr Lehmann. Sein Kopf hing schlaff zur Seite, die Arme noch angewinkelt, ein Bein wie ausgerenkt, als ob er in letzter Sekunde noch hätte aufspringen wollen. Ich sah nur einen Einschuss. Auf der linken Seite der Brust. Drumherum viel Blut. Auch auf dem Fußboden massenhaft Blut. Zwei riesige Pfützen. So viel Blut von einem einzelnen Mann. Am Schreibtisch war rechts ein Schub halb herausgezogen. Darin eine Pappkiste mit öligem Papier, ein Putzläppchen, ein Kistchen mit Patronen. Dort hatte Herr Lehmann wohl seine Pistole aufbewahrt. Zur eigenen Sicherheit wie er dachte. Sicher hat er einen Waffenschein. Es hatte ja einige Überfälle und Randale gegeben, alles aktenkundig und polizeibekannt, ich erinnerte mich.

Diese Waffe nun, nachdem er sich niedergesetzt hatte, vor seinem Besucher herauszuholen, welcher ihn, irgendwo im Büro verborgen, wahrscheinlich schon erwartet hatte und der den Ahnungslosen sicherlich auch mit einem Handyanruf hier herauf gelockt hatte, musste Lehmann wohl für eine glänzende Idee gehalten haben. Es war seine letzte...

Natürlich, klar, die Pistole war weg, ich fand sie nirgends, auch nicht unter dem Schreibtisch, hatte wohl der große Kerl, sein Mörder, mitgenommen.

Ich nahm den Telefonhörer in die Hand, er lag wie verlassen, wie eine stumme Mahnung auf dem Schreibtisch. Ich rief die Polizei an. Willi, sagte ich, bleib bitte noch hier, wir warten, bis die Jungs kommen.

◈

Ein Hauptkommissar namens Günter Kalthagen hatte den Fall übernommen.

Als die Jungens vom Polizeirevier Nord sich hierher auf den Weg gemacht, aus ihrem Streifenwagen heraus gequält und die Treppe hochgepoltert waren, hatten sich der Rausschmeißer, der Barmann, der Küchenchef und ein Kellner längst verpisst.

Ein Glück, ein paar Gäste konnten wir als Zeugen feststellen, sie sollten später vernommen werden, sonst waren der Willi und ich mit den Beamten erst mal allein...

Kalthagen, ein missmutiger, fünfzigjähriger Typ, schien ständig verärgert oder eingeschnappt zu sein, gelbgallig sein Gesicht mit mächtigen, blauvioletten Tränensäcken, dazu ganz im Gegensatz hatte er fast weibisch gepflegte, rosafarbene Hände, die er beinahe die ganze Zeit, die wir im Revier miteinander sprachen, auf der grünen Schreibtischunterlage gefaltet hielt, wiewohl er mit zwei Fingern seiner rechten unentwegt an einem kapitalen, goldfarbenen Siegelring drehte, den er an seiner linken Hand trug. Ich glaube es war der Mittelfinger, an dem er drehte, wie ein Zauberer, der einen geheimen Wunsch hatte. Komisch, ein Ring am Mittelfinger? Mich irritierte das. Er war erst seit kurzem Leiter von einer der vier städtischen Mordkommissionen, hatte aber seinen Sitz nicht in der Zentrale auf der Schießgasse, sondern hier mitten in der Neustadt im Revier Nord auf der Friedensstraße. Also nicht weit vom „Drag-Queen" weg. Früher war Kalthagen Zivilfahnder gewesen oder was weiß ich nicht noch alles - er hatte eine ziemlich bunte Polizeikarriere hingelegt, mit einigen Abstürzen und ein paar kleineren Erfolgen. Er war verheiratet und hatte 6 Kinder. Später erfuhr ich, dass dies nicht alles eigene Kinder waren, sondern auch sogenannte Pflegekinder dabei waren. Seine Frau betreute ein diesbezügliches Projekt.

Unsere erste Unterhaltung fand in seinen Diensträumen statt, ich weiß nicht, ob es sein eigenes Zimmer war. Glaube aber nicht. Eher ein abgetakelter, wenig genutzter Verhörraum. Jedenfalls war es fast kahler Raum ohne Bilder oder Schmuck, in dem ein paar Stühle und zwei Tische, in einer Ecke ein winzig kleiner, fast könnte man sagen, ein Reiseschreibtisch stand. Der Bodenbelag bestand aus abgetretenem, schmutzig braunen Linoleum, in der Luft hing ein Geruch von kaltem Zigarrenstümpfen, Bohnerwachs, Aktenstaub und eingeschlafenen Füßen. Ich sah auch bald warum, denn Kalthagen hatte offenbar die schlechte Angewohnheit sich während der Gespräche seine Schuhe, alte schiefgetretene Latschen unbestimmter Herkunft, von den Füßen zu ziehen. Man sah seine filzigen Wollsocken mit gegitterten Durchbruchsstellen an den Fersen.

Mein Respekt sank wie die Temperatur nach einem plötzlichen Kälteeinbruch. Dieser Mann machte insgesamt nicht den Eindruck, als ob er mit einem Burschen wie dem Lehmann-Mörder vom „Drag-Queen" fertig werden könnte.

Er zündete sich eine neue Zigarre an und warf das Streichholz auf den Fußboden, wo es sich zu zahllosen anderen gesellte. Voller Bitterkeit und Enttäuschung sagte er:

Scheiße! Wieder bloß so ´n Milieumord…

Und da ich ihn erstaunt anstarrte, ergänzte er:

Was soll´s sonst sein? Nach fast 5 Jahren in diesem Revier hab ich ´n ganz guten Riecher dafür. Interessiert im Grunde keine Sau. Wird kaum eine Notiz in der Zeitung bringen, auch im Rundfunk nichts und im Lokalfernsehen sowieso nichts als Schweigen. Die Bevölkerung soll nicht beunruhigt werden. Iss wie früher! Die DDR hatte deswegen ja auch die beste Kriminalstatistik in Mitteleuropa.

Was sollte ich dazu sagen? Ich hielt den Mund. Willi sagte natürlich auch nichts…

Kalthagen nahm meine Karte vom Tisch, warf sie wieder hin. Sie rutschte wie ein Jeton noch ein paar Zentimeter, drehte sich um sich selbst, blieb liegen.

Franz Aufdegger, Private Ermittlungen! So einer also. Und ha, ha, ha – da haben Sie sich aber einen tollen Namen gewählt: Aufdegger! Außerdem falsch geschrieben! Müsste „Aufdecker" heißen, mit „ck".

Ich entgegnete leicht verärgert: Pardon, Herr Hauptkommissar, ich heiße so. Kann nichts dafür. Darüber haben sich schon ganz andere das Maul zerrissen... und ich wollte noch ergänzen: als Sie kaltes Würstchen – ließ es aber.

Kalthagens Miene hatte sich zu einer Lachfratze verzogen. Ich musste an Victor Hugo´s „Der lachende Mann" denken. Er sah lustig und zugleich schrecklich aus. Aber er konnte sich offenbar noch nicht beruhigen. Aufdegger! Aufdegger! Ha ha ha! Das ist, wie wenn ein Pathologe „Aufschneider" heißt. Ha, ha, ha. Oder ein Friseur „Mäher, Schnitter oder Kahlkopf" oder sich ein Frauenarzt „Höhlenforscher" nennt. Ha, ha, ha...

Ha-ha-ha! Ich ahmte sein Lachen nach. Uralte Witze. Darüber hat schon meine Großmutter nicht mehr gelacht... ich machte eine empörte Miene. Auch, Willi ganz solidarisch, zeigt ein böses Gesicht.

Kalthagen fragte: Sagen Sie mal, *Sie* Privatermittler, Sie waren doch sozusagen vor Ort?

Ich nickte und zündete mir eine Zigarette an, allerdings mit ´nem Feuerzeug. Streichhölzer besaß ich gar nicht.

Ich meine, fuhr der Hauptkommissar fort, was haben Sie denn gemacht, als der Kerl den Geschäftsführer abknallte?

Gar nichts. Wir hörten nur einen Knall. Nicht sehr laut und es hätte auch ein Türen-Knallen sein können. Außerdem, das war doch nicht im Lokal, sondern oben im Geschäftsführerzimmer. Aber, das wissen Sie doch alles schon, Herr Hauptkommissar. Wir, mein Kollege und ich, wir haben im Lokal unten derweil eine Befragung durchgeführt.

Eine Befragung? Klingt ziemlich vornehm und professionell.

Ja. Klingt es das?

Los jetzt! Spucken Sie´s aus. Was haben Sie gefragt und vor allem wen haben Sie in die Mangel genommen? Soll ja, wie ich hörte, dabei ziemlich handfest zugegangen sein?

Handfest? Wie meinen Sie das?

Mann, hören Sie auf mit Ihren Spitzfindigkeiten. Was wollten Sie von den Leuten wissen? Das will *ich* jetzt wissen.

Wir suchen eine Dame.

Eine Dame? So?

Ja, die Frau eines Buchhändlers, Chanel Santini heißt sie. Die ist, wie es im Polizeijargon heißt, seit ein paar Wochen abgängig.

Die Frau eines Buchhändlers? Wirklich? Was für eine tolle Aufgabe!

Tja, was ein Privatermittler eben so macht. Kleinvieh, Herr Hauptkommissar. Kleinvieh!

Aber, wie sagt man, fragte der Kalthagen und feixte, Kleinvieh macht doch auch Mist. Was kriegt man denn als Privatermittler so dafür? Wie viel gibt es da Honorar? Was spendiert so einer. Ein Buchhändler - oha! Sollen ja alle Millionäre sein. Na los, sagen Sie mal. Bloß, dass ich ´ne Vorstellung kriege. Vielleicht, wenn ich hier rausfliege, mach ich auch ´ne Agentur auf und suche Buchhändlersgattinnen. Na los, machen Sie sich nackig, wie viel isses denn?

Berufsgeheimnis, Herr Hauptkommissar. Berufsgeheimnis! Ich frag Sie doch auch nicht, was Sie heute wieder für Spesen abrechnen werden, mit Datum und Tagestemperatur...

Werden Sie hier nicht pampig, Mann... also weiter.

Ein Beamter war hereingekommen, hatte dem Kalthagen ein Aktenblatt vorgelegt. Er wartete auf die Unterschrift für ein zweites Blatt, verschwand wieder.

Also Aufdegger, Kalthagen nahm das Blatt, das er eben bekommen hatte, setzte seine Lesebrille auf, die ihm an einem Lederbändchen um den Hals hing, setzte sie ziemlich weit vorn auf die Nase, fast auf die Nasenspitze, und las dann in dem Blatt. Dazu lächelte er, indes, je mehr er las, je mehr seine Augen lesend hin und her und nach unten schwangen, desto breiter wurde sein Lächeln, ging schließlich in befriedigendes Grinsen über.

Sehen Sie, Herr Privatermittler, so geht Polizeiarbeit!

Kalthagen schnippte mit dem Finger auf das Blatt, es knisterte, gab einen kleinen trockenen Knall ab. Sehen Sie, mein Lieber, fuhr er fort, wir wissen jetzt, wer unser neuer Kunde im „Drag-Queen" gewesen ist, wir wissen wie er heißt und so weiter, das heißt auf gut Deutsch: Der Mann ist kein neuer, er ist ein alter Kunde. Ein guter alter Bekannter von mir, sogar! Ich persönlich hatte schon zwei- oder dreimal das Vergnügen mit ihm. Das letzte Mal vor acht Jahren...

Sie machen uns neugierig, Herr Hauptkommissar. Können Sie uns nicht an Ihrem Wissen teilhaben lassen so wie die Bienchen an einer großen Blüte... wir saugen so gerne fremden Honig?

Mensch, hören Sie mit dem komischen Gequatsche auf, Ihrem süßlichen Gesäusel. Hören Sie auf damit, Mann. Schluss!

Also, ich setze mich artig zurecht, mache ein Gesicht wie ein gemaßregelter Schüler, der seinem Lehrer gefallen will.

O.k., is ja gut, brummt Kalthagen, offenbar von meinem Verhalten beruhigt oder entzückt, je nachdem. Ziemlich stolz sagt er: Der Mann heißt Friedrich Killgries, natürlich keine Sau von seinen Kumpels nennt ihn so, da heißt er nur der „Freddy", manchmal auch „Kill-Freddy". Warum „Kill-Freddy"? Das sag ich noch. Jedenfalls, er ist zweiundvierzig Jahre alt, hier irgendwo in der Nähe geboren, in Pirna glaube ich, ja in Pirna – Kalthagen stippt mit seinem gelbbraunen Zigarrenfinger auf eine Stelle seines Papiers - hat aber von seinen zweiundvierzig Jahren fast sechzehn gesessen. Fünfzehn dreiviertel, um genau zu sein. Er hat auch mal zweieinhalb Jahre in den Staaten „studiert", zuerst in Brooklyn, dann in Chicago, hat dort gleich zu Beginn ein Ding gedreht, nichts Großes, nein, nur so ´nen kleinen unbedeutenden Bankraub, wo es um zwanzig Riesen gegangen ist, nicht mehr. Klar, er musste einsitzen, dann haben sie ihn rausgeschmissen und in den Flieger nach Europa gepackt. Warum sollten die so einen durchfüttern? Ich verstehe das. Obwohl, da kann der Freddy stolz sein, das machen die Amis nämlich ganz selten: Überstellung an die deutsche Justiz. Gut. Jedenfalls dort im Amiknast, im berühmten Sing Sing in Ossining, etwa 50 km südlich weg von New York, da hat er seinen letzten Schliff gekriegt, der Freddy. Den Feinschliff sozusagen. Ein bissel schwul soll er auch sein...

Das sind die doch alle, unterbrach ich den Hauptkommissar.

Ich musste lachen und ergänzte: Wenn die ein paar Jahre „drin" gewesen sind, werden sie sozusagen „rumgedreht". Hineingegangen als ganz Normaler und herausgekommen als „Hinterlader". Ha, ha, ha... Manche sollen sogar richtige Bräute dort haben, so mit Heirat, natürlich ohne Standesamt oder Pastor, aber mit Hochzeitsnacht, mit Ringen und Eifersucht, dem ganzen Schnickschnack und all sowas... bei einigen soll es sogar über die Haftzeit hinaus anhalten, die leben dann später zusammen... bei den Weibern läuft das übrigens ganz genauso...

Ja, ja kenn ich, wehrte der Polizist ab, weiß ich alles, verehrter Herr Schlauberger und Privatermittler. Wir haben ja laufend mit solchen Leuten zu tun... Mindestens „bi" bleibt immer übrig. Lieber „bi" als nie, ha, ha, ha.... Kalthagen lachte, kratzte sich an der Nase.

Mann, hat der ´ne dreckige Lache, dachte ich.

Aber der Kommissar wurde schnell wieder ernst, er scharrte unter dem Tisch mit seinen gestopften Socken und sagte: Ok. Ich muss da nochmal was nachrecherchieren. Mmh, denke, denke, irgendwie hockt mir da was im Gedächtnis – ich glaub, einer von Freddys Knastbrüdern hat mir mal was gesteckt, damals, als ich den das letzte Mal geschnappt hatte – ja, der Killgries hätte, so sagte mir sein Zellenkumpel, der hätte so eine „falsche Braut" im Bau gehabt, aber die, oder besser: „der" wäre ein paar Monate vor ihm entlassen worden und dann irgendwo abgetaucht. Natürlich weiß ich weder Namen noch Näheres, der Kumpel hatte keinen Namen genannt oder ich hab ihn vergessen... außerdem sind das im Knast sowieso immer nur „Spitznamen". Scheiße! Aber irgendwas is hängengeblieben... könnte ja sein, dass der Freddy seine Verflossene, sprich: seinen Verflossenen noch immer sucht und dass... oder?

Kalthagen kniff ein Auge zu, er fixierte mich und er machte den Eindruck, als ob ihm plötzlich eine Bombenidee durch den Kopf geschossen wäre, er fragte mich: Sagen Sie mal, wie war das mit der Dame, nach der Sie suchen? Wie hieß die gleich?

Chanel Santini... so hat sie der Buchhändler genannt... aber, Hauptkommissar, Moment... vergessen Sie ´s, ich denke, da irren Sie gewaltig, es gibt keinen einzigen Hinweis, dass diese Dame Chanel Santini, so eine vermeintliche „Braut" aus dem Knast oder dem früheren Leben Ihres Freddy wäre. Schließlich hat sie – eindeutig eine „sie", ich habe das Bild gesehen - bis jetzt als Partnerin mit einem sehr ehrenwerten Menschen, nämlich diesem Buchhändler Schlottau, zusammengelebt. Mann Kalthagen, die hat in seinem Laden bedient, bei Lesungen assistiert... ihm die Abrechnungen aufgearbeitet, die Steuererklärungen vorbereitet, hat ihn kutschiert, die Korrespondenz erledigt. Nein, dieser Buchhändler machte mir weiß Gott nicht den

Eindruck, als ob es sich bei seiner „Partnerin" um eine Transe gehandelt hätte. Nee, Herr Hauptkommissar, da sage ich nur: Holzweg! Herr Hauptkommissar, Holzweg!

Na gut, meinetwegen, fahren Sie sich runter, was regen Sie sich so auf, mein Bester. War ja bloß 'ne Idee von mir. Sie wissen als Ermittler doch, man soll keine Spur verachten und sei sie noch so abwegig.

Binsenweisheiten, Herr Hauptkommissar. Bloße Theorie.

Ich winkte ab. sagte. O.k. Hauptkommissar, Sie stehen unter Druck, das verstehe ich. Und Sie haben Ihren Fisch an der Angel, denjenigen – ich lachte – der Ihnen immer wieder am Köder lutscht. Aber bitte, reden Sie weiter...

Na gut, Aufdegger, antwortete Kalthagen nun wieder ganz gemütlich. Er zündete sich 'ne neue Zigarre an, warf wieder das Streichholz auf den Fußboden.

Gut also zurück zu meinem alten Bekannten. O.k. der Freddy ist also ein sogenannter Schwerer Junge, aber einer mit einem Maß an Beschränktheit, das ihn mir beinahe schon wieder sympathisch erscheinen lässt. Ein richtiger Tollpatsch im Sinne des Strafrechts, wenn Sie wissen, was ich meine. Der kriegt nichts wirklich hin. Tappt immer wieder in was rein. Glaubt aber von sich selber, er wäre der Schlaueste. Die Nachteile: Der Bursche ist blitzschnell und er ist absolut skrupellos, hat weder Hemmungen, noch vor irgendwas Angst. Und der Kerl ist bärenstark, hat Kräfte wie ein Auerochse. Dennoch, so einen, Sie sagten es eben ganz treffend, so einen fängst du immer wieder - wie der Angler, der in seinem Lieblingsteich immer wieder denselben Karpfen fängt, ihn vom Haken löst, ihn wieder reinsetzt und in ein paar Tage später wieder rausholt...

Also, Kollege...

Oha, „Kollege"? Da muss ich mir aber 'nen Knoten ins Ohr machen. Ich – Ihr Kollege!? Boah!

Kalthagen saugt an seiner Zigarre, pafft ein paar Ringe in die Luft:

Bleiben Sie doch mal cool, Aufdegger. Mein Freddy ist jetzt gerademal vierzehn Tag draußen. Und schon geht's wieder los. Die alte Scheiße. Es ist immer das Gleiche mit dem Kerl. Sonst waren es Kleinigkeiten. Mal 'ne Tankstelle oder ein Spielcasino. Oder er hat einen Türsteher niedergeschlagen, einen Wagen geklaut. Nun hat er gleich mit einem Mord wieder angefangen. Das kotzt mich an. Ich muss ihn zur Fahndung ausschreiben.

Kalthagen beugte sich zur Seite, spuckte in seinen Papierkorb und fragte. Also wie war das nun? Bitte nochmal von vorn: Was haben Sie gemacht die ganze Zeit?

Was 'n für 'ne ganze Zeit?

Na, die ganze Zeit, wo der Killgries dem Geschäftsführer Lehmann ins Jenseits befördert hat.

Mensch, wie viele Male muss ich das noch sagen?

Ich drehte mich zu Willi um und der nickte bestätigend.

Das war, fuhr ich fort, doch nicht eigentlich im Lokal, das war doch oben im Zimmer des Geschäftsführers. Ihr schwerer Junge Freddy wird sich dort oben versteckt haben und auf den Lehmann gewartet haben, als der wegen dem Lärm, den der Barmann unten bei uns gemacht hat, runter gekommen ist.

Lärm? Unten bei Ihnen? Ich denke, Sie haben nur 'ne Befragung gemacht?

War auch so. Nur der Barmann, den wir in der Mangel hatten, wollte nicht so wie wir und da hat mein Partner Willi – ich neigte den Kopf in seine Richtung - ihn überredet. Das ging eben nicht im Flüsterton. Sie kennen das ja.

Gut, Kalthagen wippte mit seinem Stuhl, der Lehmann kam also aus seinem Geschäftsführerzimmer herunter zu Ihnen, weil es ihm zu laut geworden war...

So ähnlich.

Und dann?

Dann hat er uns ermahnt und ist wieder nach oben gestiefelt.

Ermahnt?

Na ja, so ähnlich. Was ein Geschäftsführer ebenso sagt, in so 'ner Situation. Es waren ja auch Gäste im Lokal. Die sind schon unruhig geworden.

Gut, gut. Und wie lange hat das gedauert, ich meine seine Ermahnung?

Nicht sehr lange. Vielleicht ein paar Minuten...

Geht das auch genauer!

Ja, also so ungefähr fünf oder acht Minuten.

Gut. Und dann?

Dann ist er wieder hoch. Wir hörten ihn die Treppe hochsteigen, die Tür zuschlagen. Wir haben weiter gemacht mit dem Barmann. Der wollte uns nämlich noch immer nicht alles sagen... aber dann plötzlich hörten wir einen Knall. Nicht sehr laut. Klang eigentlich wie 'ne zugeschlagene Tür...

O.k. Und dann? Lassen Sie sich doch nicht alles aus'm Rüssel saugen.

Rüssel? Ich bitte Sie. Mann, Kalthagen. Wo sind Ihre Manieren?

Meinetwegen aus Ihrer Nase...

Kalthagen spuckte wieder in seinen Papierkorb. Diesmal zusammen mit ein paar Zigarrenkrümeln, die ihm zwischen Lippen oder die Zähne gekommen schienen.

Also. Was war dann?

Mensch, Herr Hauptkommissar, Sie nerven wirklich. Wir wollten hoch, denn es hatte alles in allem doch ziemlich verdächtig geklungen, da kam uns Ihr alter Kunde Freddy entgegen. Das heißt, er kam direkt von oben, vom Geschäftsführerbereich. Er steckte noch in aller Gemütsruhe seinen Colt, einen 45 iger amerikanischen Armeecolt, ein Riesengerät, verlängerter Lauf, vielleicht 30 cm lang, in die Manteltasche, dann warnte er uns und drohte, wir sollten ruhig bleiben, keiner sollte sich rühren, er hielt den Colt nochmal hoch, zielte auf den Barmann, weil der Blödmann eine dumme Bewegung gemacht hatte, die Freddy für 'nen Versuch gehalten hat, eine Waffe zu ziehen. War natürlich Blödsinn... klar.

Und dann?

Dann schlenderte er in aller Gemütsruhe zum Ausgang und verschwand.

Und weiter?

Und weiter? Dann sind wir, mein Partner und ich, hoch ins Geschäftsführerzimmer... und da haben wir die Scheißbescherung gesehen... die ganze Sauerei, den toten Lehmann in einer Blutpfütze und so weiter, den Rest kennen Sie... mehr hab ich nicht zu berichten, Herr Hauptkommissar...

Einen 45'iger Armeecolt, sagen Sie, habe der Freddy gehabt?

Ja, hab ich gesagt. Werd wohl einen 45´iger Army-Colt kennen?

Von mir aus... Aber der gute Lehmann ist nicht mit dieser Waffe erschossen worden, sondern mit seiner eigenen Sic-Sauer.

Mensch, Kalthagen, Was macht das für ´nen Unterschied? Tot ist tot, ob mit ´nem 45 ´iger Armeecolt oder ´ner Sic-Sauer, das ist doch Rille...

Wollen Sie mich auf ´n Arm nehmen, Aufdegger?

Ich will keinen auf ´n Arm nehmen, entgegnete ich, aber, wie ich gesagt hab, so war es nun mal und mit welcher Waffe der Lehmann ins Jenseits befördert wurde... das ist doch wirklich...

Ich brach ab, wandte mich zu Willi um, gab ihm ein Zeichen, die Bullen seien einfach so blöd. Ich sagte: Jedenfalls haben wir in seinem Zimmer keine Waffe gefunden und Ihre Leute werden sicher auch nichts gefunden haben. Oder? Also läuft Ihr guter Herzensfreddy jetzt mit zwei Kanonen rum. Da kommt Freude auf, gelle?

Kalthagen winkt ab: Die Sic-Sauer hat er dem Lehmann abgenommen, ist doch klar.

Auf die Idee wäre ich alleine gar nicht gekommen, entgegnete ich und zündete mir auch ´ne Zigarette an, reichte die Packung zu Willi rüber. Der nahm sie dankbar und griff sich ein Stäbchen. Auf alle Fälle, redete ich weiter, ich hab den Kerl gesehen und Sie nicht. Der würde uns beide unter den Arm nehmen wie Strohpuppen. Dass er jemand umgebracht hatte, hab ich erst mitgekriegt, als er weg war. Ich wiederhole mich zum x-ten Male, ich hörte zwar ´nen Knall aber ich dachte mir nichts weiter dabei. Nur der Barmann, den wir in der Mangel hatten, schien eine Ahnung zu haben, dass was passiert sein könnte. Der machte plötzlich ´nen langen Hals und wurde blass. Vielleicht hat der auch gewusst, dass der Freddy im Hause war oder er hat ihn reinkommen sehen. Egal. Wir haben jedenfalls niemanden von der Statur dieses Freddy reinkommen sehen. Wir nicht. Stimmts Willi?

Willi nickte und sog an seiner Zigarette.

Kalthagen spuckte wieder in den Papierkorb. Wo nimmt der bloß die Spucke her? überlegte ich, aber da sabbelte der Kalthagen schon weiter:

Ja klar, Aufdegger, Sie dachten sich nichts weiter dabei. Tolle Gedankengänge von einem Privatschnüffler. Fünf Minuten aus dem Fenster gucken und an nichts denken! kenne ich von der Polizeischule... aber als sie seinen 45´iger Colt sahen, muss Ihnen doch eingefallen sein, das man so ein Ding nicht wie einen Notizblock mit sich herumschleppt. Mit diesem 45 ´iger in der Pfote hat Freddy damals die Commerz-Bank-Filiale in der Wilsdruffer ausgeraubt, weswegen er dann die letzten sieben Jahre eingesessen hat.

Mensch, Kalthagen, sagte ich, Sie Menschenkenner, wie der angezogen war, im feinen Anzug, mit Trenchcoat und Schottenkappe. Ich glaub nicht, dass er zu dem Lehmann raufgegangen ist, um den kaltzumachen. Nee, das muss sich so ergeben haben, gewissermaßen aus einem Streit heraus, zum Beispiel als der Lehmann die Bombenidee hatte, seine Sic-Sauer aus dem Schreibtisch hervorzuholen und den Freddy damit zu bedrohen. Ich wette, sowas kann Ihr Freddy bestimmt nicht leiden. Und Sie sagen, der is schnell und skrupellos. Also hat er dem Lehmann die Sic-Sauer ganz fix abgenommen und einfach abgedrückt. Und zwar, ehe der Lehmann piep sagen konnte. Könnte auch sein, dass sie gerungen haben als der Freddy dem Lehmann die Waffe aus der Hand winden wollte und dass sich da der Schuss gelöst hat. Sie wissen ja, alles ist möglich. Aber Vorsatz, das glaub ich nich. Nee, der Freddy is da hochgestiefelt zu dem Lehmann, weil er was wissen wollte, der wollte den Kerl nicht abknallen, ganz bestimmt nicht. Vielleicht hat er jemanden gesucht hat, ne Freundin oder ´nen alten Kumpel. Ja, gewiss, ich sage, wahrscheinlich ´ne Freundin, von der er wusste, dass der Lehmann weiß, wo die steckt. Die Knastis haben doch alle immer irgendwo ´ne gute, alte Freundin und wenn die rauskommen, wollen die erst mal... - ich machte die typische Handbewegung, die ´nen Fuck anzeigt. Und da Ihr Freddy erst ein paar Tage wieder draußen ist, redete ich in meinem Eifer weiter, muss es sich um sowas handeln, auf alle Fälle um etwas, das vor seinem letzten Kuraufenthalt liegt. Um „Alte Liebe", sozusagen. Vielleicht auch um liegengebliebene Geschäfte. Der berühmte vergrabene Schatz. So was. Wobei ich, wie gesagt, eher an alte Freundin denke... Es kann nur so gewesen sein, lieber Herr Hauptkommissar. Denken Sie doch mal nach... bitte. Und außerdem, ich hab so 'ne dumpfe Ahnung, dass *meine* Suche, also die nach dieser mysteriösen Chanel Santini, irgendwie mit Ihrem Freddy-Scheiß zusammenhängt. Wissen Sie Kalthagen, ich hab bei solchen Ahnungen, Sie können auch Visionen dazu sagen, immer so 'n Kribbeln im linken Ohrläppchen – und diesmal juckt es wie verrückt. Ich wette, da is was. Sie sprachen eben ja selber auch von 'ner Braut aus dem Knast. Wobei ich Ihre Theorie mit 'nem Schwulenpärchen nicht teile. Da scheint mir Ihr Freddy nicht der Typ zu sein. Der is doch mehr Macho, oder? Nee, unsere Braut, das heißt meine Gesuchte, das is 'n echtes Weib, keine Transe, nee, niemals, vielleicht 'ne ehemalige Nutte so aus 'm Bordell oder von der Wohnwagenkarawane. Die seilen sich ja bekanntlich manchmal aus 'm Milieu ab und versuchen 'ne bürgerliche Existenz. Das würde passen. Stimmts, Willi, so könnte es sich zusammenreimen?

Mein alter Freund Willi sagte kein Wort, stattdessen nickte er stumm und qualmte weiter. Komisch, dachte ich, wie der mit so einer kleinen Lulle so einen Rauch machen kann? Auch der Kalthagen paffte seine Zigarre weiter. Ich sage euch, ein Nebel war in der Bude wie in London zu Zeiten von Sherlock Holmes.

Sie werden ihn schon kriegen, Ihren Freddy, sagte ich gewissermaßen abschließend, gutmütig und lächelnd.

Klar, mit *dem* Anzug, *dem* Trenchcoat und der Schottenkappe, ganz bestimmt, antwortete Kalthagen sardonisch grinsend.

O.k. vielleicht hat er noch andere Klamotten, vielleicht sogar 'nen Benz irgendwo versteckt und gebunkerte Kohle und Freunde, die ihn verpfeifen...

Wieder zündete Kalthagen ein Streichholz an, denn seine Zigarre war ausgegangen. Wieder warf er das Hölzchen auf den Fußboden.

Natürlich kriegen wir den, sagte er, und zwar bevor ich meinen Pensionsantrag geschrieben hab. Und wissen Sie, wie viele Leute ich dafür hab'? Nur einen, nämlich mich, und wenn ich Sie mitrechne, wobei ich das gar nicht darf, dann zwei. Und warum? Weil das alles hier im Grunde keine Sau interessiert. Rückfalltäter! Pah! Dafür haben wir keine Zeit. Das ist Ihr Fall, Kalthagen, höre ich den Polizeirat schon quatschen. Sie kennen den Jungen ja gut. Also, bringen Sie ihn wieder rein... - so läuft das, mein Lieber.

Na, na mein lieber Hauptkommissar, sagte ich, Ihr Polizeirat hat doch Recht, Sie sind der einzige, der den Freddy schnappen kann... und beeilen Sie sich, sonst hinterlässt der Killgries noch eine richtige Blutspur, und vielleicht müssen dann sogar ein paar von Ihren Streifenjungs dran glauben. Sie schaffen das schon... und wissen Sie was?

He, was soll ich wissen?

Sie haben Recht, Kalthagen, ich bin irgendwie an Ihrer Seite... wenn auch nicht offiziell. Zu Zweit machen wir die Sache. Ich suche meine Dame, die entschwundene Buchhändlergattin, und Sie fangen den Freddy... und ich wette, irgendwie machen wir zwischen den beiden dann noch den berühmten Knoten. Wie hat der olle Clausewitz gesagt? Getrennt marschieren – vereint schlagen! Einverstanden?

Kalthagen kam nicht dazu, mir zu antworten.

Das Telefon klingelte auf seinem Tisch. Er legte die Zigarre umständlich und behutsam ab. Trotzdem fiel die meiste Asche runter. Er fluchte, griff den Hörer: Ja? Ich höre? Am anderen Ende sprudelte irgendwer irgendwas in den Hörer. Kalthagen schien erfreut, zugleich auch genervt, antwortete irgendwas, gab Befehle. Ich hörte nicht hin, er würde mir ja sowieso gleich alles brühwarm verklickern. Er legte auf.

Und so war es, Kalthagen schäumte über wie Brausepulver: Sie haben ihn im Visier, plapperte er aufgeregt. Ja, das is mein Freddy! Eins fünfundneunzig groß, hundertdreißig Kilo, mit Trenchcoat und Schottenkappe. Sie fahren hinter ihm her. Er ist im Polizeifunk unter Kontrolle. Warten nur auf meinen Befehl. Ich lass ihn aber noch weiter beobachten. Hab Zeit. Nein, noch kein´ Zugriff... wir haben ihn ja fest im Griff.

Na, na, na... hoffentlich entwischt er Ihnen nicht noch in letzter Sekunde.

Ach was, Kalthagen wirkte entspannt und zuversichtlich. Nee, nee, der hängt wieder am Haken. Er griff sich die Zigarre, nahm wieder ein Streichholz, wieder segelte es zu den anderen auf den Fußboden

Lässig, gönnerhaft sagte er zu mir: Gut. Ihr Vorschlag mit dem Clausewitz ist o.k. Gehen Sie nur Ihrer Damenspur weiter nach. Vielleicht interviewen Sie mal die frisch gebackene Witwe. Angela

Lehmann heißt sie. Vielleicht weiß die trotz aller Trauer was. Der Lehmann soll Ihre Verschwundene ja gut gekannt haben, wie Ihnen Ihr Barmann gesagt hat. Also, Sie haben ja alle Zeit, Aufdegger, mal ´n bisschen nach der verschwundenen Dame zu gucken. Wär ´ auch ´n Job, der von der Polizei gedeckt wäre. Is´n Vorteil für Sie, oder?

Vorteil! Vorteil! ich äffte ihn nach, rief: Und? Was springt raus für mich? Was gibt´s ´n für Geld? Ich meine, wenn ich jetzt teilweise Ihre Arbeit mache? Ihre Scheißpolizeiarbeit?

Kalthagen feixte sein dreckigstes Feixen: Ich denke, Ihr Buchhändler zahlt? Holen Sie doch da noch was raus. Erschwerniszuschlag oder so. Ha, ha, ha...

Ich bin nur ein kleines Licht hier bei der Kripo, redete Kalthagen weiter und breitete seine weibischen Hände aus wie ein indischer Guru, aber auch kleine Lichter können manchmal nützlich sein. Sehen Sie´s doch mal so: Sie werden immer wieder viel Ärger mit unserer Behörde haben. Stimmts? Also könnte es vielleicht nix schaden, wenn Sie ab jetzt hier auch mal ´nen Freund hätten... is doch auch was wert, oder? Manchmal mehr als Kohle...

Ich antwortete: Ihre Nächstenliebe beeindruckt mich... aber davon werd ich nicht satt. Wenn´s wenigstens ´ne Spesenabrechnung wäre, die ich bei Ihrer Behörde geltend machen könnte.

Spesenabrechnung? Was ist schon Geld, mein lieber Aufdegger, nee mit Geld können wir nich dienen, aber, Sie hätten sozusagen einen moralischen Kredit bei mir. Was glauben Sie wie Sie uns bei der letzten Polizeireform durcheinandergewirbelt haben, hier weht kein warmer Fön, hier bläst ein eisiger Wind. Nee. Ich würd Ihnen das nie vergessen, wenn Sie mir ein bisschen helfen würden. Wirklich nie...

Ich seufzte, drehte mich zu Willi um, blickte auf meine Armbanduhr.

Okay, Hauptkommissar, mein nächster Erfolg gehört Ihnen. Ich schau mal bei der Witwe Lehmann rein, vielleicht ergibt sich da was. Wo wohnt die gleich? Ich hab´s vergessen oder Sie haben´s mir noch nicht gesagt. Bitte, lassen Sie mich nicht wie ´n Trottel aussehen. Wenn ich da erst suchen muss – das kostet wieder, vor allem meine Zeit.

Die Lehmann? Kalthagen kratzte sich an der Nase. Warten Sie – er blätterte in einem Adressbüchlein – da sieht man es wieder, dachte ich, eine moderne Polizei hätte Tabletts oder wenigstens Smartphones gehabt, unsere Jungs aber arbeiten noch wie vor vierzig Jahren.

Hier hab ich's! Die Lehmann wohnt in der Hellerauer Siedlung, die Lehmanns haben dort ein Reihenhäuschen, so mit Vorgärtchen und niedrigem, grüngestrichenen Zaun. Boxdorfer Straße 5. Idyllisch, 'ch war zwar noch nie da, kenne ja den Lehmann praktisch nicht. Hab ihn nur ein oder zweimal getroffen. Wegen irgendeiner kleineren Sache. Wegen Drogen oder 'ner Schlägerei in seiner Kneipe oder so. Hab aber gehört – woher, weiß ich nicht – dass die liebe Frau Lehmann ziemlich an der Flasche hängt, ein Flaschenkind sozusagen, lebte wohl auch meistens alleine, der Verstorbene ließ sich selten sehen, hatte wohl noch 'ne Stadtwohnung. Wie gesagt: Gerüchte! Hab's nie recherchiert.

Ich bedankte mich. Wir gaben uns die Hand. Willi auch. Ich ging über das altersschwache Linoleum und die muffige Treppe nach draußen. Willi immer hinter mir. Auf der Straße verabschiedete ich auch den, sagte, danke, ich melde mich, wenn ich dich nochmal brauche.

Ich tappte zu meinem Wagen, schloss auf, ließ mich in die Polster fallen. Uff! Der Fall ging auf wie ein Hefekuchen. Und was würde für mich dabei rausspringen? Alles ungewiss und alle Fragen offen. Den Buchhändler konnte ich schließlich nicht unbegrenzt melken.

∞

Hellerau. Boxdorfer Straße 5. Ein kleines Reihenhäuschen. Unscheinbar. Offenbar jahrelang nichts mehr daran gemacht. Keine Farbe an den Fensterrahmen. Die Fenster selber blind, zwei davon an der Front mit Sprüngen, wie halb eingeschlagen. Das Dach in bedauernswerten Zustand, herausgebrochene Schindeln, der Schornstein zum Einstürzen marode. Das Gärtchen und der Rasen vorm Haus verwildert und ausgedörrt. Mein Gott! Was war der Lehmann nur für ein Hausbesitzer! Hatte der kein Geld? Oder hat der hier tatsächlich nicht mehr gewohnt? Das Haus machte wirklich einen schlimmen Eindruck. Links gab es eine Veranda. Dort stand einsam und hoffnungslos eine zerfledderte Hollywoodschaukel, die Fransen ihrer Überdachung bewegte der Wind, auf der anderen Seite, die in einen Hof mündete, den man von der Straße nicht richtig einsehen konnte, tanzten auf einer hellblauen Plastikleine ausgebleichte Wäschestücke, ehemals weiße, jetzt vergilbte Unterwäsche, Handtücher von unbestimmbarer Farbe, ein eingerissenes, geblümtes Nachthemd, Kniestrümpfe, die nicht zusammenpassten.

Ich suchte nach einer Parklücke, fand sie zwei Häuser weiter und ging zurück.

Die Klingel hing an einem losen Draht, sie ging nicht. Ich klopfte an die Tür, die ehemals von blauer, jetzt abgeblätterter Farbe einen morschen Eindruck machte. Das grünliche, ovale Fensterchen in der Mitte hatte einen Sprung. Ich klopfte lange und heftiger werdend. Dazu rief ich: Eh! Hallo, niemand zu Hause? Nach endlosen Sekunden, vielleicht Minuten hörte ich schlurfende Schritte hinter der Tür. Die Tür ging auf, und im halbdunklen Flur erblickte ich eine ziemlich verwahrloste Frau mit wirrem, nach allen Seiten abstehendem Haar. Sie trug eine irgendwie schief sitzende, ausgebleichte Kittelschürze, die früher vielleicht mal eine Farbe gehabt hatte. Sie hielt die Tür mit einem Arm auf, mit der anderen Hand fuhr sie sich durch ihre nicht vorhandene Frisur. Dann schnäuzte sie sich in ein kariertes, zerknittertes Taschentuch, das ich nur mit Laborhandschuhen angefasst hätte. Ihre nackten Füße steckten in dunkelblauen Plastikgaloschen, die Waden waren von dunklen Flecken übersät. Die sahen aus wie Kratzer von schmutzigen Fingernägeln. Aus dem Flur strömte mir ein übler Wrasen entgegen, der nach nasser Wäsche, halbgarem Essen und Toilette roch.

Ich deutete eine Art Verbeugung an, fragte: Frau Lehmann? Angela Lehmann?

Ech-hm, jaa? Es folgte ein trockener Hustenstoß. Iss, was? Ech-hm. Es hörte sich krächzend und wie aus der Kehle eines Tuberkulose-Kranken an.

Sind Sie Frau Lehmann, deren Mann Carsten Lehmann unten in der Stadt 'n Lokal betreibt. Das Drag-Queen? Pardon! Ich hüstelte, korrigierte mich… betrieben hat.

Sie schnäuzte sich wieder, griff in ihre grauweißlila Mähne, glotzte, als ob sie begriffen hätte...

Ech-hm. Ach ja, der Carsten! Ja, der iss, das heißt eigentlich müsste ich sagen: der war mal mein Mann. Der iss aber schon ein paar Wochen, ach was sag ich, 'n paar Monate nich mehr hier gewesen. Das sehen Sie ja am Haus, dass da 'n Mann fehlt. Was ist mit ihm? Hat er sich zu Tode gevögelt, der alte Bock? Wer, sagten Sie, sind 'Se?

Ihr nackter, welker Arm hielt noch immer die Tür. Mit einem Fuß war sie aus der Galosche gefahren und kratzte sich damit die Wade des anderen Beines.

Ich bin Privatermittler. Mein Name ist Aufdegger, Franz Aufdegger. Ich hab mal 'n paar Fragen.

Was?? Wie sagten Sie, heißen Sie? Aufdegger? Und Sie sind Privatermittler, also so 'ne Art Privatdetektiv? So 'n Hobby-Sherlock Holmes? Ha, ha, ha – ihre Lache klang grauenvoll, heiser, laut und schallend wie eine verrostete Trompete. Aufdegger? Heißen Sie wirklich so oder iss das bloß Ihr Spitzname?

Nein, ich heiße wirklich Aufdegger. Franz Aufdegger.

Ha, ha, ha – ich lach mich tot. Das is 'en Name für so een wie Sie. Klassisch! Spitze! Aufdegger! Ha, ha, ha.

Na, nun beruhigen Sie sich mal wieder, Frau Lehmann. Kann ich mal kurz reinkommen?

Bitte, bitte, rief die Lehmann, bitte. Nur zu. Komm'n 'Se. Wenn Sie sich nich ekeln.

Sie nahm den Arm runter, machte den Weg frei. Ich trat ein.

Verdammt, das stank ja tatsächlich wie Abfallgrube, aber ich nahm mich zusammen, hielt mir nicht die Nase zu, ging mutig vorwärts.

Tschuldigen Sie, sagte die Lehmann, die hinter mir her latschte, hab noch keene Zeit zum Aufräumen gehabt. Bin ja hier ganz alleene. Sozusagen mutterseelenalleene. Weeß gar nich, wo' ch anfangen soll...

Wir gingen ins Wohnzimmer oder was früher mal sowas wie 'n Wohnzimmer gewesen war.

Irgendwo von links aus einer heillosen Unordnung dudelte eine ziemlich neue HiFi-Anlage. Alltagsschlager erklangen. Eine Sprecherstimme verkündete lokale News. Frau Lehmann war vorausgegangen. Mit ihren Galoschenfüßen stieß sie, mal mit links, mal mit rechts Geschirr, Zeitschriftenstapel, Klamottenhaufen beiseite, bahnte uns den Weg zu einem niedrigen Couchtisch, bückte sich, fegte, was darauf lag, beiseite, machte eine einladende Geste, bitte sehr! Ich sollte mich in einen daneben stehenden Sessel setzen. Ich ließ mich vorsichtig nieder.

Plötzlich fuhr aus den angestaubten Kissen, die den Sessel bedeckten, mit einem Fauchen ein wildes, grauhaariges Katzenvieh hoch. Ich erschrak und blieb in der Hocke...

Ach, das ist nur meine Mia, eine echte Kartäuser, erklärte Frau Lehmann, die mir gegenüber auf einem Sofa Platz genommen hatte. Die tut nichts, ist ganz lieb. Setzen Sie sich nur wieder hin. Ne zweite Katze kommt da nicht mehr aus den Kissen... Ech hm! Ech hm!

Ich schaute der Katze nach und sagte: Aber 'ne Bürste hat sie wohl 'n paar Monate schon nicht mehr gesehen... die ist ja so struppig wie Ihre Haare, wollte ich sagen, unterließ es aber.

Nee, ich komm eben zu nix mehr. Das kotzt mich an, aber... sie zuckte mit den Achseln, ergänzte, außerdem lässt die sich nich so gerne bürsten. Die kratzt mich manchmal.

Wird ihr wohl nicht angenehm sein bei dem verfilzten Pelz. Da würd' ich auch kratzen... so 'ne Katze muss jeden zweiten Tag gebürstet und gestriegelt werden – hab ich mal gelesen. Dann gewöhnt sich das Tier auch dran und es gefällt ihr sogar... gut, lassen wir das.

Ich sah wie sich Frau Lehmanns Miene verfinsterte.

Genau, lassen wir das. Was wollten Sie gleich?

Ich wollte antworten, aber ich hatte unter meinem Hintern etwas Hartes gespürt, ich griff danach und förderte eine leere 0,4 cl Flasche Wodka-Gorbatschow ans Tageslicht.

Die Frau kicherte, aber ich hörte es sofort, ihr Kichern hatte einen alkoholischen Oberton.

Sie rief: Da hab ich wohl was liegenlassen, hi, hi, hi.

Ich machte eine vielsagende Miene, hielt die Flasche kurz hoch, zeigte mit dem Finger auf das Etikett und ließ sie dann zwischen die verschiedenen verstreut liegenden Gegenstände auf den schmuddeligen Fußbodenbelag gleiten.

Ihre Frage schien sie vergessen zu haben. Sie sah wie ich zu der HiFi-Anlage hinschaute und sagte: Die einzige Unterhaltung, neben meiner Mia (sie deutete in die Richtung, in die die Katze verschwunden war, die ich habe... Wieder kicherte sie, sagte: Carsten, der Saukerl, hat doch nicht etwa wieder was angestellt?? Aber ich hoffe, dass es genug Halbseidene gibt, dort, wo er jetzt ist...

Sie unterbrach sich erschrocken: He, hat es ihn endlich erwischt? Ich wusste es, ich hab es immer gewusst. Das hat er nun davon. Früher konnte er von denen nich genug kriegen, musste er immer irgendwelche um sich rumhaben von diesen Halbseidenen...

Ich fragte: Halbseidene? Was meinen Sie damit? Ich hab´ eher an ´ne Schwarzhaarige gedacht, so eine in Leder, wissen Sie? Ne Black-Lady, allerdings irgendwie nich passend für´ s Drag-Queen. Zu sehr Weib, wenn Sie wissen, was ich meine... Vielleicht ´ne Ehemalige von der Wohnwagenkarawane.

Keine Ahnung. Aber so´ ne hat er bestimmt auch nich verschmäht. Der war ja nach allen Seiten bereit. Meinen Sie ´ne bestimmte Schwarzhaarige? Ne ganz bestimmte? Hat die ´nen Namen?

Ja, eine, die Chanel hieß. Chanel. War bestimmt nich ihr richtiger Vorname. Keine Ahnung. Aber Santini heißt sie mit Nachnamen. Wird von ihrem Mann gesucht, einem Buchhändler, ist vor paar Wochen einfach abgehauen. Und nun suchen wir die Dame... nicht nur ich, inzwischen auch die Polizei, ich meine die richtige Polizei...

Die Lehmann saß ohne erkennbare Reaktion da, sie spielte mit ihrem Küchenschürzenband.

Ich sagte: ´n bisschen Kohle wäre drin, wenn Sie mir helfen könnten, sagen wir, zumindest mit einem, wie es in unserem Jargon heißt, zweckdienlichen Hinweis.

Ich wiederholte: Kohle schärft manchmal das Erinnerungsvermögen, Frau Lehmann. Zwei Blaue wären schon drin... fürs erste... schnell klappte ich den Mund zu. Ich Trottel. Wie konnte ich von meinem sauren Honorar Abschläge versprechen...

Schnaps schärft auch den Verstand, antwortete die Lehmann schnell. Ganz schön heiß heute, finden Sie nicht? Und Sie sind von der Polizei? Oder von einer Detektei? Hab´s schon wieder vergessen. Mein Verstand bräuchte dringend was zum Schärfen, hi, hi, hi...

Listige Frauenaugen suchten mein Gesicht nach dem Entschluss ab, ihr irgendeinen Tropfen zu spendieren. Mit den Zehen kratzte sie sich wieder an der eine Wade. Die blauen Plastikgaloschen sahen aus wie zwei verlassene Fischerboote.

Ich beugte mich vor, holte aus den Tiefen meiner ausgebeulten linken Jackettasche eine flache 0,7 cl. Brandyflasche hervor, legte sie vor mich auf meine Knie.

Die Lehmann starrte auf die Flasche wie ein Hündchen auf die Wurst. Dann kroch von irgendwoher ein leichter Zweifel heran. Ich sah es an ihrem Gesicht.

Nee, sagte sie leise, Sie sind keener von der Polizei. Nie und nimmer. Solche wertvollen Präsente gibt die Spesenabrechnung der Polente nicht her. Das is doch 'n Spanier, stimmts? Für so 'n Zeug verrat ich Ihnen noch ganz andere Dinger, nich bloß solche von mei' m Carsten.

Wieder schnäuzte sie ihre gerötete Nase, schnäuzte sich in eines der dreckigsten Taschentücher, die mir je zu Gesicht gekommen waren, schnäuzte und prustete, während Ihre Augen fest auf meine Flasche gerichtet waren. Ein letzter Zweifel kämpfte in ihr gegen die Sucht. Sozusagen ein Rest Anstand gegen völlige Unterwerfung. Klar, die Sucht siegte.

Und mein Carsten hat's ins Jenseits geschafft? Wie is' n das passiert?

Ich erzählte ihr kurz den Vorgang. Aber sie hörte mir gar nicht zu, orangerote Augen hatten sich an der Flasche festgesaugt, eine weißlich belegte Zunge fuhr über aufgesprungene, trockene Lippen.

Die Lehmann haspelte los: Al... Also diese Chanel gehörte, das habn Se schon richtig eingeschätzt, nicht zum Drag-Queen, auch nicht zum Personal oder zu den dort auftretenden Künstlern, die war mehr so 'ne Art Besucherin. Das heißt also zuerst, später kam sie nur noch wegen mei' m Ollen. Der hatte sich verknallt, das wusste sie und sie nutzte ihn aus, er machte ihr Geschenke und zu jedem Treff 'n Hunni, er hielt sie aus... hatte 'nen Narren gefressen an dem Flittchen. Am Anfang wusste ich, und auch alle anderen wussten nicht, dass dieses Dreckstück auch bloß so 'ne Halbseidene war...

Ich fragte: Was verstehen Sie unter Halbseidenen?

Aber die Lehmann antwortete mir nicht. Ich hatte ihr die Flasche 'ruebergereicht. Am liebsten hätte sie den Verschluss mit den Zähnen aufgebissen. Hastig entkorkte sie die Flasche, hielt sie beim Trinken senkrecht. Ich sah ihren Adamsapfel rauf - und runterfahren.

Sie japste: Mensch is das 'n Schnaps! Die Spanier können weiß Gott Brandy brennen.

Uff! Sie setzte die Flasche ab. Iss mir auch kotzegal, ob Sie nun 'n Bulle oder 'n Scheißprivatschnüffler sin. Ich hol uns mal zwei Gläser. Wir sind ja zivilisierte Menschen, da trinkt man den Stoff nich aus de Flasche.

Sie schlurfte los und kam mit zwei Kristallgläsern wieder. Die sahen aus als wären sie innen mit irgendwas beschichtet. Sie stellte die Gläser auf das Couchtischchen, goss ein. Ihre Hand zitterte, sie verschüttete einen ganzen Schwall.

Wieder kicherte sie. Hi, hi, hi. Leck ich nachher auf, wenn Sie raus sind. Sie gab mir das eine Glas, nahm das andere und setzte es sofort an die Lippen..

Ohne Wasser schmeckt der am besten. Der stirbt schmerzlos. Der kriegt nie raus wie 's ihn bei mir erwischt hat, hi, hi, hi...

Ich goss ihr noch 'n Schluck nach, ziemlich reichlich, mich hätte der zum Röcheln gebracht. Gierig griff sie zu und schüttete den Inhalt in sich hinein als ob sie 'ne Kopfschmerztablette runterspülte. Dann starrte sie wieder wie 'n Fakir auf die Flasche. Ich schenkte ihr noch was ein, etwas weniger für mich. Sie nahm das Glas mit zu ihrem Sofa, ließ sich hineinfallen wie ein Sack Mehl, wobei sie das Glas balancierend hielt wie ein Äquilibrist. Ihre Augen hatten schon 'n Strich vom blauen Schleier angenommen.

Also, mein Lieber (Oh verdammt! dachte ich, jetzt bin ich schon ihr „Lieber"), mit dem Stoff könnt'n Se jeden Tag zu mir kommen. Sie schnalzte mit der Zunge, hob ihre nackten Füße aus den Galoschen und wackelte mit den Zehen als ob sie damit Klavier spielen wollte.

Sie drehte mir den Kopf zu: Worüber hatten wir geredet?

Über eine Schwarzhaarige, namens Chanel Santini, die häufig Ihren Carsten besucht hat... eine sogenannte Halbseidene, wie Sie sagten

Ach ja, richtig. Über die...

Sie kippte das Glas hinter. Ich erhob mich, wobei mir die Sesseldecke an der Unterseite vom Oberschenkel festklebte, die ich nun hinter mir herzog wie ein Sultan eine Schleppe. Ich stellte die inzwischen halbleere Flasche vor die Lehmann hin auf die Tischkante. Sofort griff sie danach.

Und wer, sagten Sie, sind Sie?

Ich gab ihr meine Karte. Beim Lesen fuhren ihre Augen wie der Wagen einer Schreibmaschine hin und her, ihre Zungenspitze erschien zwischen den Lippen. Dann legte sie die Karte vorsichtig auf den Tisch und stellte ihr halbleeres Glas darauf.

Sie lachte, es klang verlegen: Jetzt kann sie mir nicht verloren gehen, dann ergänzte sie, ah so, ein Privater also. Davon haben Sie nix gesagt! Sie drohte mir mit dem Finger, lächelte schelmisch, nee, davon haben Sie wirklich nichts gesagt... oder hab ich das vergessen? Aber der Schnaps sagt mir, sie deutete auf die Flasche, das Sie ´ne gute Nase haben, hi, hi, hi...

Sie goss sich nochmal nach, hob das Glas, rief: Auf das Verbrechen und die Verbrecher! Besonders die weiblichen, weil die... hier machte sie „Hick!", bekam den Schluckauf... weil die Weiber die Schlimmsten sind, hick...

Ich hatte mich wieder hingesetzt, die angeklebte Sesseldecke entfernt und spielte mit meiner Zigarettenschachtel. Kippte sie, mal hochkant, mal quer, mal flache Seite, kipp, kipp. Ich wartete.

Entweder die Lehmann wusste etwas oder sie wusste nichts. So einfach war das. Ich glaubte aber, dass sie doch irgendwas wüsste, und wenn sie bloß unbewusst, irgendwas aufgeschnappt hätte, wovon sie gar nicht wüsste, was es bedeutete. Egal. Ich musste es herausbekommen.

Die Lehmann langte nach ihrem Glas: Ist ´n schlimmes Luder, die Schwarzhaarige, das sag´ ich Ihnen, auch wenn sie ´ne Halbseidene ist. In der täuscht sich jeder, die verarscht euch alle... und ihren früheren Mann, diesen Buchhändler, hat sie sowieso zuallererst verarscht...

Die Lehmann machte ´ne Pause, lutschte den letzten Tropfen aus dem Glas. Dann zuckte sie zusammen, als ob sie sich besonnen hätte: Die hat also ´nen Mann, die Chanel? Einen richtigen Ehemann? Die soll verheiratet sein, mit´ m Buchhändler? Ausgerechnet die? Fuck! Ich lach mich schlapp. Stimmt das? Wirklich eh? Nee, nie und nimmer, ich gloob das nich...

Auf alle Fälle, entgegnete ich, hat sie mit dem Buchhändler fest zusammengelebt, n´ paar Jahre. Und der scheint sie echt geliebt zu haben. Lässt ´ne Menge Kies springen, um sie wiederzukriegen, ´ne Menge Kies, wirklich.

Oh, die is een verdammtes Luderchen. Mit mei´ m Carsten hat se ooch rumgemacht. Und sicher auch mit anderen ooch. Ich sage Ihnen, mein Bester, die kriegn´ Se nich. Die is wie ´n Aal, die bleibt in keener Hand. Da könnt ich um noch so ´ne Pulle wetten wie Sie mitgebracht haben.

Sie goss sich den Rest aus der Flasche in ihr Glas. Weil sie wieder zitterte, waren ihr ein paar Tropfen über die Finger gelaufen. Diese glänzten feucht. Aber, nichts sollte umkommen, die leckte sie jetzt gierig ab mit ihrer belegten Zunge. Mit schiefem Blick sagte sie mir: Nichts darf umkommen, ist zu wertvoll...

Ja, ich erinnere mich an sie, fuhr die Lehmann mit ein wenig schwerer Zunge, indes ohne irgendeinen Übergang fort, hübsche Beine hat sie und ´ne schlanke Figur, untenrum nicht so breit, sondern eher schmal, eben wie die Halbseidenen so ausgestattet sind, und sie konnte tanzen und singen, hat manchmal im „Drag-Queen" bei ´ner Show ausgeholfen, und sie hatte Ideen, auch was die Kostüme anging, war ´ne lustige Nudel, ein bisschen vorlaut, vielleicht mit ein wenig zu tiefer Stimme, so einem Zarah-Leander-Alt, wissen Sie. Und weil sie ganz schön qualmt und auch Schnaps trinkt, ist die Stimme rauchig und mit einem Tempre, was viele lieben. Sie tauchte immer irgendwie unangemeldet auf und war dann genauso plötzlich wieder weg. Mein Carsten geriet immer völlig aus dem Häuschen, wenn die da war. War fast schon peinlich...

Sagen Sie mal, Frau Lehmann, unterbrach ich ihren Redeschwall, was mich interessiert, ich aber nicht verstehe, ist Ihr Wort „Halbseidene" – sie haben das nun schon ein paar Mal verwendet. Was meinen Sie denn damit?

Die Lehmann starrte mich an. Plötzlich rief sie: Aber Sie trinken ja gar nicht? Das is nich nett. Zu Zweit trinkt sich´s besser. Sie hob die

Flasche an, schüttelte sie, äugte hinein, sah aber, dass die leer war. Ich glaube, ich hab hinten noch eine... warten Sie mal.

Sie erhob sich, musste sich mit dem linken Arm abstützen, fuhr in ihre Galoschen und huschte davon. Irgendwo in einem Nebengelass klingelten Flaschen. Sie kam zurück, hielt eine Flasche hoch und lachte, es war ein heller Schnaps, ich glaube Korn, das Etikett war abgerissen.

Da haben wir aber Glück gehabt, rief sie und fing an auf den letzten Metern zu mir, ein Liedchen zu trällern. Es war irgendein beliebter Tagesschlager. Sie verhedderte sich mit den Strophen und trudelte in den Refrain, sang ihn wieder und wieder, mindestens dreimal.

Sie kam zu dem niedrigen Couchtisch, wo ich saß, sie strauchelte, wäre beinahe gefallen. Ich fing sie auf. Oh verdammt, sie war ganz schön schwer, so ohne eigene Steuerung, und sie roch nach Schweiß, nach ungewaschen, nach Zwiebeln und Minze und was weiß ich noch.

Hoppla! lallte sie, Sie sind mein Lebensretter.

Ich verfrachtete sie wieder auf das Sofa, nahm ihr die Flasche ab. Die war übrigens nur halbvoll. Dann goss ich ihr das Glas voll. Schüttete auch mir was rein. Hastig griff sie danach. Sie setzte es an, schluckte, deutete ein Gurgeln an. So, das hätten wir, sagte sie ein wenig erschöpft.

Was wollten Sie wissen? Ach ja. Was ich unter den Halbseidenen verstehe.

Ich nickte. Ja, genau, das erzählen Sie mir doch bitte.

Also, sie fuchtelte mit den Armen, das will ich mal so sagen. Halbseidene – das is übrigens meine eigene Wortschöpfung – Halbseidene sind Leute, wo man nicht weiß, wie man mit denen dran is. Sind das nun Kerle oder Weiber? Also weibische Kerle oder männliche Weiber. So ´ne Art Zwitter, hi, hi, hi... keine Ahnung.

Aha, ich verstehe, sagte ich.

Nix verstehen Sie. Gar nix. Sie ha´ m einfach keene Ahnung. Sie müssen so ´ne Weibsimitation erst mal in den Arm genommen haben, und wenn sie die dann abknutschen wollen, dann merken sie plötzlich, da sind doch die Dinge und die Dinger ganz woanders, wo sie sonst sind. Klaro? Das is fatal, sag ich Ihnen. Ist sogar mir schon mal passiert. Versehentlich, verstehen Se? Im Drag-Queen kann das schon mal passieren, klar. Da schwirrt ja alles durcheinander. Aber ich bin keene Lesbe nich oder so was. Denken Se das bloß nich. Im Gegentum. Mich erschreckt sowas, das stößt mich ab. Iss ja ooch irgendwie gegen die Natur, oder? Meinem Alten aber ist das egal gewesen. Der hat Liebe nach allen Seiten gemacht. Das heißt, genau weiß ich's ooch nicht. Mit 'nem richtigen Schwulen hab ich ihn nie erwischt, allerdings mit solchen Halbseidenen schon. Und die Chanel, das war so eine, da könnt' ich drauf schwören. Aber wie gesagt, Herr Privatkommissar, hundert-pro würd' ich 's nich' beschwörn wolln, 's gibt ja so'ne un solche, hab' das Luderbeen noch nich nackig nich gesehn...

Habn' Se nu mal was getrunken, Verehrtester?

Ich packte mein Glas und trank. Es war ein furchtbarer Fusel. Die Grundsubstanz war wahrscheinlich Korn, aber da war auch noch was anderes mit drin. Vielleicht irgendwelche Rester zusammengekippt. Brrr! Es schüttelte mich.

Der is stark, was? fragte die Lehmann, feixte heiser und laut, und wollte gleich hinterher wissen: Wo wohn' Se denn eigentlich?

Hoi? fragte ich, hat das irgendeine Bedeutung?

Die Lehmann, eine winzige Spur verlegen: Na gut. Geschenkt. Fakt is aber: 'n Kerl, der mir 'nen Drink spendiert, der is mei Kumpel.

Sie griff nach der Flasche und goss sich noch einen ein. Die Fuselflasche war damit fast leer.

Wissn Se, ich weeß, ich sollte hier ni mit Ihnen so blöd rumquatschen, aber wenn ich 'n Typen sympathisch finde, kann ich's Maul ni halten. Das iss 'ne alte Schwäche von mir.

Die Lehmann lächelte selbstgefällig. Irgendwie gefiel sie mir, sie war charmant wie ein geflickter Unterrock, hatte Witz und Einfälle, obwohl sie der Teufel Alkohol fest im Griff hielt.

Sie erhob sich, machte dabei 'ne halbe Drehung, raffte ihre Kittelschürze wie 'n Ballkleid, rollte mit den Augen und rief: Bleib du mal sitzen, mein Süßer, da kann dich keene weiße Maus beißen, ich geh' mal nach nebenan, ich hab' so ne Idee... sie machte zwei Stehversuche, hustete, verlor eine ihrer blauen Gummigaloschen, angelte sie mit dem großen Zeh wieder zurück und verließ das Zimmer, dabei stieß sie mit der Schulter gegen den Türrahmen, dass es nur so rumste. Das alles war von einer umwerfenden Slapstick-Komik, dass ich mir nur schwer das Lachen verbeißen konnte.

Ich hörte wie sie in das angrenzendes Zimmer ging. Nach einer Weile, rumorte es darin. Irgendwas ging auch zu Bruch. Sie fluchte. Es knirschte. Offenbar war sie auf die Scherben getreten.

Inzwischen, auf der Straße fuhr irgendein Lastwagen vorbei, es schepperte und klang wie umfallende, durcheinander stürzende Milchkannen. Die Plastikleine im Hof bewegte der Wind, sie gab ein leises Surren von sich. Die Wäsche kratze an der Mauerecke. Plötzlich, ein anderes Geräusch kam hinzu. Irgendetwas klirrte rhythmisch, ping-poch, ping-poch, offenbar ein halboffenes Fenster, das gegen den Rahmen schlug.

Drüben im Nachbarzimmer ging dass Rumoren weiter. So muss es klingen, wenn sich ein paar Katzen balgen, dachte ich. Nur das Fauchen fehlte. Ein Stuhl fiel um. Wieder ging etwas in Scherben, diesmal wahrscheinlich eine größere Bodenvase, ein Gluckern verriet, dass Wasser darin gewesen sein musste. Es folgte ein lautes Fluchen. Schließlich hörte ich wie eine Schranktür aufgeschlossen wurde. Es knarrte Holz auf Holz. Ein dünnes, klägliches Quietschen. Eine Schublade?

Leise war ich aufgestanden, drei Schritte gegangen, nun spähte ich am Türrahmen vorbei ins Nachbarzimmer. Dort ein ähnliches Chaos wie im Wohnzimmer. Die Lehmann kniete vor einer der unteren Schubladen ihres Kleiderschrankes, sie wühlte mit den Händen darin herum. Andauernd musste sie sich abstützen. Sie schwankte. Offenbar war sie betrunkener als sie wusste. Sie stöhnte und hustete, fluchte. Schließlich ließ sie sich auf ihre geschwollenen, blassen Knie nieder, wühlte und tastete mit beiden Händen in der Lade. Endlich holte sie ein zerschlissenes Bündel Briefe oder Papiere aus den Tiefen der Schublade. Es war mit einem hellblauen Bändchen verschnürt. Ihre Hände zitterten und sie brauchte mehrere Anläufe, um das Bändchen aufzuknoten. Sie blätterte das Bündel durch, zog einen alten, zerknitterten Umschlag heraus, verschnürte den Rest wieder, wobei sie diesmal keinen Knoten zustande brachte, sondern das Bändchen nur ein paar Mal um das Bündel wand...

Ich schlich mich wieder zu meinem Sessel, ließ mich vorsichtig nieder und faltete die Hände wie der allerbravste Ehrengast. Kurz darauf kam die Lehmann angekeucht. Sie blieb zwei Meter vor mir stehen und wedelte triumphierend mit dem Briefumschlag. Dann warf sie mir den Umschlag zu. Ich wollte ihn auffangen, aber er segelte wie ein Papierflieger an meinen Händen vorbei, landete vor meinen Füßen. Ich hob ihn auf, drehte ihn hin und her.

Was soll das? Was Wertvolles?

Die Lehmann hatte sich wieder in ihr Sofa geworfen, es schwankte und knirschte. Sie griff nach dem Schnapsglas, aber das war fast leer, nur noch eine kleine Pfütze glitzerte darin.

Scheiße! Nun müssen Sie doch noch los und uns neuen Vorrat holen, ich hab nichts mehr...

Als sie sah, dass ich mit dem Brief winkte – er war übrigens ziemlich dick und gepolstert - rief sie: Ach ja, der Briefumschlag. Ja, da ist was drin, das sollten Sie mal anschauen. Die ganzen feinen Damen. Die Halbseidenen. Seine Konkubinen und das ganze Grobzeug. Ja, das ist alles, was der Dreckskerl mir hinterlassen hat: Die paar Scheißfotos in 'nem Umschlag und seine ungewaschenen Klamotten und 'n paar abgelatschte Schuhe.

Ich öffnete den Umschlag, nahm die Fotos heraus.

Es waren zumeist Hochglanzfotos im Format von Postkarten. Bilder von Männern und Frauen und vor allem von Halbseidenen, wie sie die Lehmann genannt hatte. Manche in pittoresken Kostümen, Tänzer in verschiedenen Posen, Frauen, Männer, Transen. Bilder indes, die einen Platz in den Schaukästen von Revuetheatern oder Showlokalen kaum verdienten. Alles provinziell und billig. Einige regelrecht schweinisch, und zwar so, wie sie das Gesetz gerade noch erlaubt. Zwei oder drei regelrecht gemein, sadistisch, dreckig und stinkend nach altem Schweiß.

Dann drei Fotos von Chanel, sogar signiert mit „ für meinen lieben Carsten!" und „In Liebe. Deine Chanel". Sie war darauf in verschieden Posen und Kostümen zu sehen. Alles ziemlich erotisch und aufreizend, aber kein Porno. Verführung pur. Man wusste tatsächlich nicht, war diese Person am Ende ein auf Weib getrimmter Mann? Oder bloß ein Revuegirl? Da war viel Historisches, ein bisschen

Marlene, ein Hauch Zarah, aber alles nicht aufdringlich und schrill, sondern von unterschwelliger Erotik, welche die Geschlechter verschwimmen lässt, den Unterschied von Mann und Frau verwischt. Ich gebe zu, mich sprach das an. Verdammt, was musste diese Chanel für eine irrlichternde Person sein?! Ihr Gesicht hatte nicht diese Schärfe oder etwa Groteskes, was diese Transsexuellen sonst charakterisiert, es war ein liebliches Frauengesicht mit einem sinnlichen Mund und einer feinen, leicht gebogenen Nase, deren Nasenflügel ganz leicht gebogen den erotischen Reiz vertieften. Oh und dann die Augen! Wiewohl stark geschminkt, hatten sie jene asiatische Mandelform, die uns Europäer so sehr anspricht... Ziemlich beindruckt steckte ich die Bilder von Chanel wieder zu den anderen, schloss den Briefumschlag, gab ihn der Lehmann zurück.

Lakonisch und ganz bewusst ein wenig gelangweilt, sagte ich: Aber Frau Lehmann, ich kenne diese Typen doch nicht, nicht mal von den Schaukästen oder etwa aus der MoPo, geschweige denn vom persönlichen Ansehen.

Ja, ich denke, Sie suchen diese Chanel? Waren da etwa keine Bilder von ihr drin?

Ich weiß nicht, log ich, ist denn ein Foto von ihr tatsächlich dabei?

Aber, Sie haben sie ja eben noch in der Hand gehalten und sogar länger als die anderen angestarrt, haben Sie das Luder etwa nicht erkannt?

Ich schwieg.

Ich gebe zu, es war ein bisschen fies von mir, aber ich wollte die Frau dazu bringen, die Gesuchte ganz klar zu identifizieren. Ohne wenn und aber...

Lauernd und listig wie ein altes, verkommenes Tratschweib, dass andere Leute aus dem Haus im Hausflur denunziert, fragte die Lehmann: Ja, haben Sie denn kein Bild von diesem Luder? Wenn Sie die suchen sollen, muss ihr Mann Ihnen doch wenigstens ein Foto mitgegeben haben? Das ist ja das Mindeste. Wären Sie ein Fährtenhund, brauchten Sie sogar Unterwäsche von ihr.

Ich sah sie scharf an, runzelte die Stirn-

Oh, Pardon Herr Ermittler, ich wollte nicht...

Ihre Hände zitterten wieder nach der Schnapsflasche, schnell besann sie sich aber, dass die leer war. Sie ließ einen tiefen Seufzer hören und warf mir einen Blick wie ein Hund zu, der von seinem Herrchen erbettelt, er möge doch das Stöckchen werfen.

Sie beherrschte sich, lenkte ab, fragte:

Und Sie haben wirklich kein Bild von Ihrer Gesuchten?

Nein.

Aber von jeder Person, noch dazu von einer, mit der man zusammenlebt, hat man doch irgendein Bild. Und wenn es ganz alte Kinderfotos sind. Die meisten haben sogar richtige Alben mit vielen Bildern von der Familie, wo sogar die Omas und Opas drauf sind. Der Opa noch in Uniform von vor dem Krieg. Und sowas alles... hat Ihnen der Olle wirklich nichts mitgegeben?

Nein.

So? Das glaub ich Ihnen nicht. Nie und nimmer glaub ich Ihnen das. Ich denke, Sie verarschen mich, Sie wollen bloß irgendwas aus mir raus kitzeln... langsam mag ich Sie gar nicht mehr.

Komisch, die Lehmann wirkte plötzlich viel nüchterner. War sie am Ende gar nicht so besoffen wie ich dachte oder hat ihre schwer arbeitende Leber schon den ersten Schwung abgebaut?

Ich stand auf, nahm mein Glas, in dem noch ein guter Schluck hin und her schwappte, ging zu ihr und stellte es neben das ihrige.

Nehmen Sie sich doch noch was von mir, Frau Lehmann. Sie scheinen es eher zu brauchen als ich.

Sie griff nach dem Glas.

Ich drehte mich schnell weg und lief zielstrebig und rasch ins Schlafzimmer, wo sie vorhin in der Schublade gekramt hatte. Hinter mir hörte ich sie schimpfen und zetern, hörte wie ihre Stimme plötzlich einen giftigen, keifenden Ton bekam. Blitzartig zog ich die Lade auf, griff rechts hinten etwas Festes, zog es zwischen verwickelten Strümpfen und Tüchern hervor, steckte es ein und eilte ins Wohnzimmer zu der inzwischen tobenden und zeternden Lehmann zurück. Sie saß nicht mehr auf ihrem Sofa, hatte sich aber beim Aufspringen in irgendetwas auf dem Fußboden Liegendes verheddert, von dem sie nicht loskam und wie eine irre daran zerrte.

Hinsetzen! brüllte ich mit meiner ganzen Stimmkraft.

Die Lehmann erschrak und setzte sich, mit ihren Füßen immer noch verwickelt, zurück auf ihr Sofa. Wie eine schuldbewusste, verängstigte, soeben verprügelte Ehefrau sah sie mich an.

Ich brüllte weiter: Diesmal haben Sie nicht so einen Arsch vor sich wie diesen verblödeten Freddy!

Dies war mehr oder weniger ein Schuss ins Dunkle, eine Nebelkerze, mehr meiner Eingebung und dem Verdacht geschuldet, dass nämlich dieser Freddy Killgries irgendetwas bei der Witwe seines vor Stunden umgebrachten Opfers gesucht haben könnte. Etwas, dass ihm der Erschossene nicht mehr hat sagen können. Zum Beispiel, wo der Kerl wäre, mit dem er noch ein Hühnchen zu rupfen hätte oder etwas über Chanel. Wo die sich aufhalten oder versteckt haben könnte und ob die Lehmann etwas darüber wüsste... wie gesagt, es war ein Blindschuss, mochte er treffen oder nicht. Wenn ja, wäre ich einen Schritt weiter...

Die Lehmann machte große Augen, ihr Unterkiefer klappte herunter wie ein geöffnetes Schließfach. Sie griff nach ihrem Schmuddeltuch, schnäuzte sich, blinzelte.

Der Freddy? Dieser Sack? Was is´ mit dem?

Ganz und gar unschuldig klang das. Irrte ich mich, hatte sie wirklich keine Ahnung?

Trotzdem, ich triumphierte in meinem verhornten Inneren. Sie kannte ihn also, diesen tapsigen, skrupellosen Riesen. Sie kannte ihn! Es gab einen Zusammenhang! Hurra! Vorhin, als ich ihr den Mord an ihrem Gatten geschildert hatte, da hatte ich wohlweißlich den Namen des Täters weggelassen. Das war intuitive Vorsicht gewesen! Jetzt zeigte sich, dass ich da mal was richtig gemacht hätte... bravo!

Ich versuchte, scharf nachzuwaschen:

Was heißt scharf, schon deutlich gedämpfter sagte ich: Der Kerl ist seit ein paar Wochen wieder draußen... aber kaum an der frischen Luft, macht er schon wieder Späne. Nun läuft er durch die Stadt mit einer 45´iger Kanone und dazu noch mit der Sic-Sauer Ihres Verblichenen. Mit zwei Spritzen also. Sie wissen, wie gefährlich dieser Tarzan ist? Also, er rennt rum und jetzt scheint er jemanden zu suchen... wen genau, das weiß ich noch nicht. Es könnte einer sein, der ihn damals ins Loch gebracht hat, das heißt, er will den

Kanarienvogel fangen, der ihn verpfiffen hat, oder er sucht nach ganz was anderem, zum Beispiel nach dem kleinen Luder Chanel. Oder ist die vielleicht sogar beides zugleich - der (in dem Falle weibliche) Zinker wie auch Freddys ehemalige Geliebte. Meine Nase – die Sie eben noch so gelobt haben - sagt mir, ich könnte mit Letzterem richtig liegen. Das wär´ nicht schlecht, da hätte ich gleich zwei Schmeißfliegen mit einer Klappe erledigt...

Die Lehmann saß auf ihrem Sofa wie ein Haufen Scheiße. Richtig leidtun konnte sie einem. Und sie stank auch gehörig. Sie nahm das Glas und goss den Inhalt in sich hinein wie man Spülwasser wegschüttet, schnell, hastig, mit Verachtung, entschlossen.

Und jetzt suchen ihn die Bullen? Suchen ihn wegen mei´ m Carsten? Und wegen dieser Trine? Die ganze Polizei der Stadt, ja? Und solche wie Sie sind auch mit dabei? Ich lach mich tot. Dass ich das noch erleben darf, mein Gott, ´s wär bestimmt ´ne Pulle wert. Aber wir haben ja nix mehr. Oh, was für ´ne verdammte Scheiße...

Was für eine liebenswerte Dame, dachte ich. Richtig wohl konnte man sich bei ihr fühlen. Und es war eine klitzekleine Freude, sie vor meinen Karren zu spannen und sie betrunken zu machen. Was war ich nur für ein trickreicher Bube, richtig listig von mir. Hatte ich klasse gemacht, aber die Schlussszene hatte ich noch nicht im Kopf. Da fehlte noch was. Irgendwas Besonderes.

Ich öffnete den Umschlag, den ich aus ihrem Kleiderschrank stibitzt hatte. Mit einem halben Auge sah ich zu der Lehmann rüber. Aber die hatte nichts mitgekriegt. Die schien mit sich beschäftigt, in sich zusammengesunken, voller Sorgen und Ahnungen. Ganz sicher wegen diesem Freddy, der nun wie ein wiederbelebter Werwolf draußen herumlief und jederzeit zuschlagen konnte.

In dem Umschlag war ein Hochglanzfoto, wieder im Postkartenformat. Es war wie die anderen, nur irgendwie hübscher und ansprechender. Es zeigte die Chanel von der Taille an aufwärts in einem schwarzen Dress mit aufgenähten Pailletten und Silberknöpfen. Das dunkle, fast schwarze Haar hatte eine dunkle, ins Kastanienrötliche gehende Tönung, das Gesicht im Profil. Dadurch war nur ein Auge zu sehen, aber so raffiniert fotografiert, dass es wie eine Glasmurmel aussah, in der sich das Licht brach. Das war eindeutig ein Frauengesicht, mit Liebreiz und großer suggestiver Verführungskraft. Ja, nach so einer konnte man süchtig werden, ich begann ihre Magie, ihre Anziehung zu begreifen. Ein Gesicht, das im Gedächtnis bleibt, auf alle Fälle keines wie man es zu Dutzenden in Magazinen oder um die Mittagszeit in den Geschäftsvierteln großer Städte sieht... Unterhalb der Taille sah man auf dem Foto vor allem Beine, bis zum Hüftgelenk nackte Beine, sehr wohlgeformte und gut rasierte Beine. Oben links quer über die Ecke eine Widmung mit Leuchtmarker: *Immer die Deine, in Liebe – Chanel.*

Mein Arm streckte sich, meine Hand mit dem Bild fuhr wie an einem Strick gezogen in die Höhe. Ich hielt es für die Lehmann in Sicht- aber nicht in Reichweite. Sie richtete sich blitzschnell auf, schlug danach auf wie eine verwundete Katze, aber sie griff zu kurz, sank wieder zurück in ihr schwimmendes, schaukelndes Sofa, fiel in sich zusammen wie ein aufblasbarer Plastikschwan, dem man den Stöpsel gezogen hat. Sogar dasselbe Geräusch konnte man hören:

Oh, hui, pff, pff...

Warum haben Sie das Foto versteckt? Seit wann besitzen Sie es? fragte ich.

Keine Antwort, kaum eine Reaktion.

Warum haben Sie es versteckt? fragte ich zum zweiten Mal. Was ist zu den anderen das Besondere an diesem Foto? Wo ist sie? Wo hält sie sich auf?

Die Lehmann, von einem Augenblick auf den anderen depressiv, niedergeschlagen, geistig wie körperlich völlig am Boden, gab nur eine halbe Antwort.

Ich weiß nicht, ich weiß überhaupt nichts, vielleicht in seiner Stadtwohnung...

In *seiner Stadtwohnung*? In wessen Stadtwohnung? Hat der Freddy eine Stadtwohnung?

Quatsch! Blödsinn. Nicht dieser Knaller, der Freddy. Ich meinte, in der Stadtwohnung von mei´ m Carsten. Der hat seit ´nem Jahr drinnen in der Stadt ´ne eechne Wohnung. „Eine Stadtwohnung!" die Lehmann betonte jede Silbe. Vornehm geht die Welt zugrunde. In der Stübelallee, wissn´Se in so ´nem Plattenbau, am Großen Garten. Stübelallee 123. Mit viel Grün drum rum. Wo se abends uff de Wiesn...

Sie verstehen? Sie machte das Zeichen mit den Händen, tat enorm pfiffig und schlau. Brauchste bloß über de Straße gehn. Ha, ha, ha... Soll sogar ´ne sogenannte Eigentumswohnung sein. Ich glaube um die 90 Quadratmeter – also ziemlich groß. Keine Ahnung, was die gekostet hat. Bestimmt genuch! Wär ´n Schnäppchen gewesen, hat er gesagt. Na gut. Geschenkt. Jedenfalls, dort hat er sich mit seine Flittchen getroffen. Un Gesoffen ha´ m se, laute Musik gehört und gebumst bis die Nachbarn an die Wände gekloppt ha´ m. Nee, bin selber nie dort gewesen. Wollte das Elend nich sehen... ´s hat mir so schon gereicht, nee, nee... wenn Sie aber woll´n, im Flur hängt der Schlüssel zu dieser Absteige. Ist der rote mit dem Schleifchen. Nehm´ s´ n in Gottesnamen und gucken Se mal rein. Wenn Sie ´n nich mehr brauchn, werfn ´S ´n Briefkasten...

Ich knurrte sowas wie „Danke!" und kam auf mein Thema zurück.

Nein, ich wollte nicht nachgeben, so fragte ich zäh und penetrant: Gut, Gnädigste, das alles erklärt mir noch lange nicht, warum Sie das Bild versteckt haben...

Ich bin ´ne arme und nicht mehr junge Frau, ich bin krank, ich habe ständig Schmerzen in den Beinen, kann mich nicht mehr konzentrieren, der Kopf tut mir weh. Lassen Sie mich endlich in Ruhe, Sie krankes Arschloch!

Was sollte ich darauf sagen? Mir fiel nichts ein und irgendwie hatte ich auch keine Lust mehr.

Sie starrte auf die Couchtischplatte, fuhr mit den Fingern in den verkleckerten Schnapspfützen herum, malte irgendwelche Zeichen oder Figuren. Aus der Ecke kam leise das Gedudel von der HiFi-Anlage. Draußen bellte irgendwo ein Hund. Ein Moped fuhr knatternd am Fenster vorbei. An dem anderen Fenster summten zwei Fliegen. Es waren fette Brummer. Immer wieder stießen sie mit ihren dicken Köpfen an die Scheibe und stürzten ab, kreiselten, fingen sich wieder und das Gebrumm ging von neuem los. Die Lehmann war noch weiter zusammengesunken, ihre Stirn lag jetzt auf der Tischplatte, sie sprach mit dem Fußbodenbelag. Ich konnte nichts verstehen, weder Worte noch den Inhalt. Dann hob sie ihren Kopf wieder hoch, nahm das leere Schnapsglas, hielt es mit den Zähnen fest und kippte es an. Kein Tropfen rann da noch heraus. Es war tatsächlich trocken und leer. Mit einem Ruck setzte sie das Glas ab, nahm es in ihre Linke und warf damit nach mir. Natürlich traf sie mich nicht. Das Glas fiel auf den Fußboden, rollte noch ein paar Zentimeter, trudelte und polterte gegen ein Stuhlbein. Ein Glück, es blieb ganz...

Die Lehmann hatte den Flug des Glases beobachtet, aber nur noch mit halboffenen Augen, ihre Lider wurden schwer, klappten schließlich zu wie bei einem Eulenvogel. Sie fiel auf ihrem Sofa zur Seite, schlief ein, schnarchte.

Mich wandelte die Versuchung an, zu ihr hinzugehen, ihr die Lider hochzudrücken, um zu sehen, ob sie wirklich schliefe, aber ich ließ es. Ich hatte auf einmal genug von diesem ganzen Theater, es war mir egal. Außerdem hatte ich immerhin ein bisschen erfahren, was ich wissen wollte und den Schlüssel würde ich auch mitnehmen. Könnte ja nichts schaden, wenn ich mal 'n Blick in dieses Etablissement werfen würde...

Ich nahm meine Mütze vom Sessel, in dem ich gesessen hatte, ging zur Tür, steckte im Vorbeigehen den Schlüssel mit dem Schleifchen in meine Tasche, trat auf die Straße. Bevor ich rausging,, hatte ich nochmal 'nen Blick zurück auf die Schlafende geworfen. Ganz sicher war ich mir nicht, ob es nicht doch bloß 'ne Schauspielerei gewesen wäre: Ihre Lider waren zwar noch geschlossen, aber dazwischen schimmerte es wie fahles Licht unter einer geschlossenen Tür.

Als ich auf den Fußweg trat, sah ich aus den Augenwinkeln, wie im Haus nebenan eine Gardine beiseite gezogen wurde. Ein schmales, faltiges Gesicht äugte durch die Scheibe... das Gesicht einer verhärmten, älteren Frau mit auffallend weißem Haar, einer Hakennase und einem scharf geschnittenen Mund.

Eine Schnüfflerin offenbar, die sich für ihre Nachbarin interessiert. Aber was ist daran schon Besonderes. Das gibt es überall. Nirgendwo ist man vor den neugierigen Augen und Ohren liebenswerter Nachbarn sicher.

Ich lief zu meinem Wagen, warf mich hinein, startete ihn und fuhr geradewegs zum Polizeirevier Nord, wo der Hauptkommissar Kalthagen oben im zweiten Stock seinen kleinen, muffigen Taubenschlag von Büro hatte. Ich wollte ihm kurz berichten von meiner Unterredung mit der Frau Lehmann und ihn außerdem von meiner Absicht in Kenntnis setzen, die sogenannte Stadtwohnung des ermordeten Herrn Lehmann zu visitieren.

છ

Kalthagen saß noch an seinem Tisch wie ich ihn verlassen hatte. Er schien sich aus seinem Kabuff nicht fortbewegt zu haben, nur die abgebrannten Streichhölzer auf dem Linoleum um ihn herum waren mehr geworden und auch im Ascher hockten jetzt gekrümmt und halb zerdrückt zwei oder drei weitere Zigarrenstummel.

Ich setzte mich, ohne zu fragen und ohne zu grüßen, an seinen Tisch und packte meine Zigaretten aus. Kalthagen warf mir einen ziemlich uninteressierten Blick zu, einen Blick, der bedeuten sollte, dass jetzt erst einmal er an der Reihe wäre, und schob mir ein Fahndungsfoto über den Tisch.

Darauf ganz klar Freddy Killgries in der typischen Erkennungsdienstpose: Frontal, seitlich links, seitlich rechts. Er hielt ein Schild vor der Brust. Es war seine Kennnummer, seine erkennungsdienstliche Vorgangszahl, ein Aktenzeichen. Das Gesicht, typisch für solche Fotos, wirkte verschlossen und voll auf Abwehr eingestellt. Es war, auch dies typisch für diese Art von Fotos, von minderer Qualität und wahnsinnig überbelichtet. Freddy sah darauf aus wie ein Mensch ohne Falten, ohne Augenbrauen und wie aus einem Film von Fritz Lang aus den zwanziger Jahren des vorigen Jahrhunderts.

Kalthagen brachte kaum die Zähne auseinander, er nuschelte: Ist das der Junge?

Ich zuckte mit den Achseln und schob ihm das Bild auf der Tischplatte wieder hin.

Wir haben von der JVA Schloss Hartenfels in Torgau einen Bericht gekriegt. Dort hat er zuletzt eingesessen. Sie haben ihm ein Vierteljahr erlassen, sonst hat er alles abgebrummt. Steht noch ein Jahr unter Bewährung. Sieht ganz gut aus für uns. Bewährung, ha, ha, ha... Und, mein Lieber, wir haben ihn voll im Griff, wissen alles über ihn. Wo er sich rumdrückt. Er ist mit der Straßenbahn bis zur Endstation „Wilder Mann" gefahren. Wir haben den Fahrer interviewt, er hat uns einen Mann in Killgries' Größe und Aussehen bestätigt. Dann ist er zu Fuß Richtung Parkplatz Heidefriedhof gelatscht. Vielleicht will er dort den Blumenmarkt überfallen? So ´ne Kleinigkeit einsacken, um sich Zigaretten zu kaufen, oder will ´ne Karre klauen. Jedenfalls sind wir an ihm dran, können ihn jederzeit eintüten... und Sie, was haben Sie gemacht?

Hat er seine Sherlock Mütze aufgehabt? Wissen Sie, so eine mit Blende vorn und hinten und Schottenmuster? Und trug er einen eleganten Trenchcoat mit Gürtel? Und weiße Tennisschuhe?

Kalthagen zog die Stirn in Falten, kratze sich an der Nase.

Mm, hm. Nein, meine Leute sagen, er trägt einen marineblauen Anzug und keine Mütze oder Hut, dafür eine Sonnenbrille. Und er soll sog. Sambalatschen angehabt haben, hellbraune mit einer gelben Gummisohle...

Sind Sie sicher, dass er keine Mütze oder einen Hut trug und auch keine Tennisschuhe anhatte?

He? Was soll das, Mister Privatschnüffler? Tennisschuhe? Komisch, echt komisch Ihr Humor. Erinnern Sie mich dran, wenn ich meinen Jahresurlaub antrete, damit ich mal lachen kann.

Ich antwortete: Sie haben den Falschen, Mister. Das ist nicht unser Freddy, unser Tarzan, wie ihn seine Freunde nennen. Der fährt nie und nimmer mit der Straßenbahn. Niemals. Und dann die Klamotten. Der hat Konfektionsgröße XXXL, der muss sich alles schneidern und anpassen lassen oder in Spezialgeschäften kaufen. Fragen Sie mal in solchen Geschäften hier in der Stadt rum, ich glaube auf der Wallstraße ist eines, ob jemand in den letzten Tagen Klamotten gekauft hat. Nee, mein lieber Hauptkommissar, da haben Sie ´nen Fehlgriff getan. Falscher Hase, sozusagen. Schnappen Sie Ihren Kerl am Heidefriedhof erst mal und Sie werden sehen, es ist Fritze Piependeckel oder so und niemals unser Freddy. Da wette ich mit Ihnen um mein nicht vorhandenes Honorar...

Gut. Okay. Lassen Sie sich nur wieder an einem Staatsdiener wie mir aus. Werten Sie die Polizeiarbeit ruhig ab... und? Was haben Sie gemacht?

Ich zündete mir ein Zigarette an, lehnte mich in dem wackligen Polizistenstuhl zurück und berichtete in aller Ruhe von meinem Besuch bei Frau Lehmann.

Seien Sie froh, dass Sie mich hier noch so einigermaßen fit sehen. Wenn Sie mal hingehen sollten, dann frühstücken Sie vorher ordentlich, damit Sie den Schnaps vertragen, den Sie dort saufen müssen. Ohne erfahren Sie nämlich nichts... Hier ist meine Ausbeute!

Ich griff in meine Tasche und holte die Fotos von Chanel heraus, schob sie dem Kalthagen über den Tisch.

Na, was sagen Sie? feixte ich, das ist die Kleine wegen der Ihr Freddy den wilden Mann spielt. Und der Lehmann – Sie wissen, das ist der... ich ahmte einen Pistolenschuss nach - der hat dieses reizende Wesen auch in seiner Privatsammlung gehabt. Noch weiß ich nicht, ob Sie ´n echtes Girl oder ´ne Transe ist. Auf alle Fälle ist sie eine mit einer ziemlich dubiosen Vergangenheit, und sie ist die entflohene Gefährtin meines Buchhändlers.

Kalthagen brummte irgendwas und betrachtete die Fotos, hielt sie ins Licht seiner Schreibtischleuchte.

Nicht übel, wirklich nicht übel, sagte der Kalthagen, früher wär´ so eine nicht ohne Reiz für mich gewesen. Das heißt, natürlich nur, wenn sie unten den Schlitz gehabt hätte wie es sich gehört, hi, hi hi... Oh, verdammt, alt werden ist Scheiße...

Wem sagen Sie das. Da geht es mir genauso.

Und was ist mit dieser Person? Wo ist sie? Wär nicht schlecht, wenn wir die hätten...

Ja, das wär nicht schlecht, aber ich glaube, so viel Glück werden wir nicht haben, Kollege. Erst mal weiß ich nicht, wo die sich zur Zeit versteckt hält. Kann ja nicht alles wissen. Sie wissen ja auch nicht immer alles – siehe die Sache mit unserem Freddy... oh, Pardon.

Kalthagen zog ein finsteres Gesicht, er fingerte sich eine Zigarre aus dem Etui.

Irgendwo wird sie schon sein, fuhr ich fort. Will erst mal ´ne sogenannte Zweitwohnung von dem Lehmann durchstöbern. Die liegt in der Stadt in der Stübelallee. Vielleicht find ´ ich da was. Hab mir den Schlüssel von der Lehmann genommen. Die besaß den, hing am Schlüsselbrett.

Weiter! sagte Kalthagen.

Das ist alles, Hauptkommissar.

Gut, ich will sehen, dass ich den Freddy in die Pfoten kriege.

Da machen Sie mal, aber denken Sie dran, der Kerl sucht diese Chanel und da wird er nicht lockerlassen und dann ist da noch die Sache mit seinem letzten Aufenthalt. Irgendwer, mit dem er damals die Banksache gedeichselt hat, hat ihn verpfiffen. Den will er auch kriegen. Ich denke, er weiß, wer's gewesen ist. Und in dessen Haut möchte ich nicht stecken. Hab da nämlich noch 'ne besondere Idee.

Und? Die wäre?

Was wäre wenn das damals kein Verräter, sondern 'ne Verräterin gewesen ist?

Sie glauben, dass...?

Ich, ich könnte mir es vorstellen. Es könnte passen. Meine Chanel ist ein ausgemachtes Miststück. Aber wie gesagt, ist nur 'ne Theorie. Was Konkretes hab 'ich da natürlich noch nicht...

Und, mein Lieber, Sie haben was vergessen, lachte Kalthagen

Was denn?

Da ist doch drittens noch die Sache mit der Kohle aus dem damaligen Bankraub. Das Geld ist bekanntlich bis heute nicht wieder aufgetaucht. Ach, was haben wir nicht alles angestellt. Aber nix zu machen. Es blieb verschwunden. War 'n schönes Sümmchen damals. Ich glaube so runde anderthalb Millionen...

Oh, rief ich dazwischen, ich ahne, worauf Sie hinauswollen. Drei Möglichkeiten: Erstens, es könnte sein, dass nur der, den der Freddy jetzt als Verräter sucht, weiß, wo die Kohle vergraben ist. Oder zweitens, meine Chanel weiß es. Oder drittens, alle drei wissen es und sie wollen nun ran wie die Geier an das Aas...

Ja, 'ne verwickelte Scheißkiste! rief der Kalthagen und paffte wie 'ne Lok, verdammt verwickelte Kiste.

Also dann - viel Glück! antwortete ich und ging zur Tür

Was? Sie lassen mich hier einfach so sitzen! Der Hauptkommissar sah aus wie Agathe, das Unglückshuhn. Traurig, tief traurig.

Ja, antwortete ich, ich muss erst einmal nach Hause in die Badewanne und mir den Dreck abspülen. Ich fühle mich, als hätte ich in 'ner Jauchegrube übernachtet. Dann muss ich mir Fuß- und Fingernägel maniküren, neuen Lack auftragen...

Neuen Lack auftragen? Die Szene färbt wohl schon ab, was?

Wie immer - blöde Gedanken, Kalthagen, Sie sind verdorben wie 'ne Kiste Pflaumen vom Vorjahr. Sie denken immer wie 'n Miesepeter. Optimismus kennen Sie nicht, was?

Ich drückte die Klinke nieder, wollte endgültig verschwinden, da rief mir der olle Kerl nach:

Tja, Aufdegger, s 'is auch möglich, dass wir den Tarzan nich kriegen. Manchmal kommt so 'n Kerl davon. Das gibt's. Sogar so 'n Riesenbaby wie der Killgries. Auf alle Fälle, Aufdegger, das wollt' beziehungsweise soll ich Ihnen noch sagen, lassen Sie Ihre Hände aus der Geschichte.

Aus welcher Geschichte?

Fragen Sie nicht so blöd. Aus der ganzen Geschichte natürlich, die wir gerade beredet haben. Das ist nichts für Sie. Ne Nummer zu groß. Klar? Das müssen wir hier alleine auspopeln. Freddy ist unser Ding, und zwar mit allem, was drum und dran ist.

Aber ich kann nicht, Herr Hauptkommissar, und das wissen Sie doch ganz genau. Ich habe den Suchauftrag von dem Buchhändler, ich krieg dafür Geld, der Alte hat 'nen Vertrag aufgesetzt. Nee, Kalthagen, das geht schon zivilrechtlich nicht, dass ich da aussteige. Wollen Sie meine Vertragsstrafe übernehmen? Nee, schlagen Sie sich das aus 'm Kopp. Sagen Sie das dem Polizeirat und Ihren Chefs. Adieu!

Kalthagen hatte die Zigarre weggelegt, er presste die Daumen gegeneinander und er lächelte wie ein kleiner Junge, der weiß, dass er seinen Willen doch noch bekommt.

Ich verließ die muffige Stube, ließ den Hauptkommissar lächelnd dasitzen. Soll er doch lächeln, dachte ich, dann eben nicht, muss ich eben allein weitermachen. Kalthagen sah aus wie ein erstarrter Buddha. Er hatte kein Wort mehr gesagt. Nur die Daumen gegeneinander gepresst. Ringsum lagen die Streichholzleichen und es roch ungesund wie in einem Soldatenschlafsaal.

∞

Ich fuhr tatsächlich nach Hause, ich sah die Post durch – alles Postwurfwerbung, lauter Scheiß, außer ein paar Rechnungen und zwei Mahnungen war nichts Besonderes dabei – dann badete ich und wusch mich ausführlich und für meine Verhältnisse ziemlich lange.

Ich musste den Lehmann-Dreck runter kriegen. Ich konnte ihn fühlen, er lagerte wie eine unsichtbare Staubschicht auf meiner Haut. Nur die Zehen- und Fingernägel manikürte ich nicht. Dazu fehlten mir die Muse und auch die Zeit. Dann zog ich mich sorgfältig an, steckte auch meine Walter PP ein, prüfte Magazin und Verrieglung, verließ meine Wohnung, respektive die Büroräume, und setzte mich in meinen alten, treuen Citroen. Zuerst fuhr ich tanken, kaufte mir´ne MoPo und neue Zigaretten. Ich fuhr in eine Parkbucht und blätterte in der Zeitung. Eigentlich hatte ich keine Lust auf die MoPo. Es war etwas anderes. Ich wollte nachdenken. Kurz bevor ich nämlich aus dem Haus gegangen war, hatte mich ein komischer Anruf erreicht, an den ich nun denken musste.

Ich hatte es eine ganze Weile klingeln lassen. Das machte ich immer so, es schüttelt eilige Leute ab und trennt so, wie man sagt, dir Spreu vom Weizen. Diesen Tipp hatte mit mal ein alter, weiser Freund gegeben. Er pflege es immer so zu machen, hatte er mir geraten, die meisten verzichteten dabei sogar auf den Anrufbeantworter, den man so einstellen sollte, dass er sich erst ganz spät einschalte, denn das Abhören der Nachrichten vom Anrufbeantworter sei doch eine zeitraubende und nervige Angelegenheit. Also, ich ließ es klingeln und nahm den Hörer ziemlich spät ab, ganz kurz bevor sich der Anrufbeantworter melden würde.

Ich hörte eine männliche, kühle und arrogante Stimme, auf die sich sein Besitzer etwas einzubilden schien.

Sind Sie der Privatdetektiv Franz Aufdegger? kam es gedehnt und betont lässig durch die Sprechmuschel. Und ich hörte wie er all sein Hohn in die Stimme legte, als er meinen Namen aussprach. Mich regte das auf. Gereizt sagte ich: Seh´n Sie doch im Telefonbuch nach. Wenn Sie dort meinen Namen entdeckt haben und die angegebene Nummer wählen, dann bin ich das auch. Was soll die blöde Fragerei!

Entschuldigen Sie, sagte die Stimme, aber man hat Sie mir empfohlen, eine gemeinsame Bekannte... er plapperte noch irgendwas, ich hörte nicht richtig zu, dann redete er plötzlich vom Telefonbuch, wo er mich herausgefunden hätte. Wenn Sie also nicht viel fragen, sprach er weiter, und mal was für sich behalten können, dann sind Sie mein Mann. Am Geld soll es nicht scheitern.

Na, das ist ja schon wenigstens was, entgegnete ich. Um was handelt es sich denn?

Das möchte ich Ihnen lieber persönlich sagen. Können wir uns treffen?

Grundsätzlich ja. Wann soll es denn sein?

Am besten heute noch. Sagen wir in einer Stunde,

Was? Das ist aber 'ne knappe Planung.

Stimmt, aber Sie sollen es nicht bereuen. Ich zahle pauschal. Für Ihre Dienste würde ich diesmal Tausend ansetzen...

Was? Tausend was? Dollar? Pfund Sterling?

Nein, Euro natürlich. Zusätzlich Spesen gegen Beleg. Einverstanden?

Da sage ich nicht nein. Also in einer Stunde und wo?

Stübelallee 123. Wissen Sie, wo das ist?

Was?? Wo bitte??

Stübelallee 123! wiederholte der Mann. Das ist am Großen Garten.

Ja, ich weiß, wo das ist.

Ich war vollkommen verdattert... mit diesem Treffpunkt hatte ich nun weiß Gott nicht gerechnet. Nein. Nie im Leben. Uff, ich hatte mich in meinem Flur auf einen Hocker setzen müssen. Das war wirklich zu viel Reality. Ich war regelrecht wie geplättet. Oh, beim Teutates, wie mein Willi gesagt hätte, dass kann es doch nicht geben? Es war ja auszuschließen, dass irgendeiner gewusst hätte, dass ich eben jetzt ausgerechnet in diese Straße, in die Lehmann- Wohnung wollte. Gut, der Kalthagen wusste es, aber der steckte bestimmt nicht hinter dem Anruf. Also war es reiner Zufall? Der pure, sozusagen göttliche Zufall? Das Zusammentreffen von verschiedenen Umständen? Hoffentlich von glücklichen... Es versprach spannend, vielleicht sogar gefährlich zu werden. Ich wusste es nicht. Ich fühlte mir den Puls. Über 100.

Ist 'ne normale Wohnung, ergänzte der Mann, während mir dies alles durch den Kopf jagte, in 'nem Plattenbau. Ich hab die Schlüssel. Sie brauchen bloß zu klingeln. Der Hausflur ist tagsüber offen.

Klar! O.k. Bin schon unterwegs... und worum geht es, wenn ich fragen darf?

Der Mann am anderen Wende knurrte: Sind Sie Profi?

Ich denke schon, antwortete ich.

Na dann wissen Sie ja, dass ich dazu am Telefon nichts sagen werde...

Weiß ich. Trotzdem, ´nen Anhaltspunkt hätt´ ich schon gern...

Es knackte in der Leitung. Der Anrufer hatte aufgelegt.

Also saß ich jetzt in meinem Auto in einer Parkbucht auf der Tankstelle und meine Knie waren noch immer ganz schön weich. Im Kopf purzelten die Gedanken nur so herum. Sollte ich den Kalthagen informieren? Damit er zu meinem Schutz ein paar Leute schickte? Quatsch. Nein, Natürlich nicht. Was verdammt hätte dieser Mann, und mir fiel ein, er hatte mir nicht mal seinen Namen genannt, mit meinem Fall zu tun, mit der Chanel, mit dem Lehmann und diesem Tarzan Killgries? Ja, verdammt, er hatte mir keinen Namen genannt und ich Trottel hatte ihn nicht danach gefragt. Wie konnte mir sowas passieren? Ein riesiger Amateurfehler! Oh, ich Blödmann. Ich wusste also praktisch gar nichts. Nur, dass eine gemeinsame Bekannte mich empfohlen hätte, doch das könnte auch ´ne Schutzbehauptung sein. Mein Bauchgrimmen wurde nicht besser.

Ich schaute auf die Uhr. Noch fünf Minuten bis zum vereinbarten Termin. Na wenigstens hatte ich meine Walter dabei. Das beruhigte mich ein wenig. Ich startete den Wagen...

Ich kam bei der Plattenbausiedlung Stübelallee Nähe Großer Garten an. Sah alles ordentlich aus. Plattenbau vom Ende der 80 ´iger, nach der Wende dann in Privathand, Fassaden, Fenster, von außen alles tip-top. Überall ein bisschen Hecke und Sträucher, kleinere Bäume, Rasenflächen mit Wäschestangen und vergitterte, abgeschlossene Müllboxen. Keine abgewrackten Autos, kein Müll, keine kaputten Bänke. Alles pikfein. Gutes Bürgertum.

Ich suchte die Nummer 123, fand sie ganz am Ende, ehe der Häuserblock einen Knick nach rechts machte. Wie der Mann am Telefon gesagt hatte, die Haustür war unverschlossen. Ich trat ein. Auch hier alles sauber, kein Müll, keine kaputten Fahrräder, keine vergammelten Kinderwagen, die Briefkästen in ordentlichem Zustand. Nur eine Scheibe im Aufgang zum Treppenhaus hatte einen Sprung. Ich suchte an der Briefkastenanlage nach dem Lehmann-Schild, fand es. „Carsten Lehmann" stand darauf. In Sütterlin! Donnerwetter. Ich sah mich um. Scheiße. Einen Fahrstuhl gab es nicht. Das Appartement Lehmann lag im dritten Stock. Also hieß es Treppensteigen. Kreislauftraining. O.k. Ich begann den Aufstieg. Die Treppen, aus dem berühmten DDR-Terrazzo-Steinzeug, waren in gutem Zustand, nirgends etwas ausgeschlagen, sahen aus wie frisch gewischt, die Geländer offenbar neu gestrichen, freilich in Einheitsgrau. Es roch neutral, im Grunde nach nichts, vielleicht ein bisschen wie ungelüftet, verschieden stark nach den Aufgängen und Etagen. Oben wurde es besser, unten hingegen schien es mir ein bisschen kräftig nach Döner und Kaloumi gerochen zu haben. Ich hatte nicht auf die Namenschilder geachtet. Gut. Wahrscheinlich Türken...

Endlich kam ich in der 3. Etage an. Es war das Appartement III-14. Namensschilder gab es hier nicht, nur die Appartementsnummern. Sah irgendwie alles gleich aus, ein bisschen wie Knast oder Krankenhaus oder Behörde. Fahles Flurlicht im Dauerbetrieb, Ölsockel bis in Brusthöhe, lindgrün, blaugrauer textiler Fußbodenbelag, kleine Karos und sehr strapazierfähig. Vor der einen oder anderen Wohnung standen Schuhe, sogar ein Fahrrad, ein E-Bike, sah ich hier oben. Ohne Fahrstuhl – na dann fröhliches Schleppen, dachte ich. Ich ging den Flur entlang. Nach etwa 20 oder 30 Metern machte er einen Schwenk nach rechts. Es war ein sogenannter blinder Gang. Am Ende nur die blecherne, hellgraue Brandschutztür mit den üblichen Warnschildern. Kurz vor diesem Ende rechts das gesuchte Appartement III – 14.

Ich stellte mich vor die Tür, horchte. Kein Geräusch. Nichts. Sogenannte Totenstille. Ein paar Wohnungen weiter dudelte ein Radio, noch weiter vorn irgendwo Kindergekreisch, Frauengeschimpf, Männergebrüll. Ein kleiner Hund kläffte. Die üblichen Geräusche in solchen Häusern. Sonst nichts. Kein Mensch kam irgendwo heraus, niemand war mir begegnet. Wieder horchte ich an der Tür zu III-14. Wieder nichts. Ich drückte die Klingel, eine kleine weiße, quadratische Taste neben der Tür. Es summte in der Wohnung. Nicht sehr laut, aber deutlich zu hören. Wieder drinnen kein Geräusch. Keine Reaktion auf mein Klingeln. Kein Schlurfen von Schritten. Kein Husten. Die Wechselsprechanlage blieb stumm.

Nochmal klingelte ich, klopfte schließlich gegen die Tür. Beim Klopfen merkte ich, die Tür gab nach. Sie war offen, nur angelehnt. Gut, dachte ich, vielleicht will man, dass ich ganz unkonventionell eintrete. Ich drückte die Tür auf. Es ging ganz leicht. Sie gab kein Quietschen, kein Schleifen, kein Knarren von sich. In der Wohnung - eine unheimliche Stille. Komisch, selbst wenn ein Mensch nicht reagiert, sich nicht bemerkbar macht, spürt man, wenn man seine Wohnung betritt, dass da jemand ist. Menschen spürt man, irgendwie. Jedenfalls *ich* habe das bisher immer gespürt. Hier indes spürte ich das nicht. Die Wohnung schien tatsächlich menschenleer zu sein. Ich rief „Hallo!", nochmal ein „ Hallo". Nichts. Also ging ich weiter, stieß die Tür zum Wohnzimmer auf, schaute mich um. Alles hypermodern eingerichtet, mit großen expressionistischen Bildern an den Wänden, asiatische Bodenvasen, chinesische Figurinen, mit Buntpapier drapierte Leuchten, keine Zimmerpflanzen, nur ein paar kahle weiße Äste, dürr und verkrüppelt in der Ecke zum Balkon. Der Esstisch war extrem niedrig, dazu kleine, fast winzige Hocker, es sah aus wie Kinder- oder Zwergengestühl, alles in rot und echt japanisch...

Ich wollte ins angrenzende Zimmer, aber die Tür klemmte, irgendetwas lag auf dem Boden und verhinderte das Öffnen. Zunächst dachte ich mir nichts dabei, konnte durch die Mattglasscheibe nichts deutlich sehen. Ich stemmte mich gegen die Tür, schob sie einen Viertelmeter weiter auf... und prallte zurück. Der Gegenstand, der die Türöffnung verhindert hatte, war eine Leiche. Eine männliche Leiche. Sie lag auf dem Bauch, die Arme und Hände irgendwie unnatürlich verdreht. Blut sah ich nicht. Ich bückte mich, wollte den Toten näher besehen...

Wer es auch gewesen sein mochte, in dieser Stellung wie er mich vorfand, gebückt oder besser im Bücken begriffen, die Aufmerksamkeit voll auf den Toten gerichtet, hatte er eine prima Gelegenheit mir eins auf den Hinterkopf zu hauen, eine bessere würde er nicht bekommen, noch dazu bei der großen Zielscheibe, meiner Hinterhauptglatze, eine Kleinigkeit. Die kann man nicht verfehlen. Es muss ein Totschläger gewesen sein, denn als ich wieder aufwachte, hörte und erinnerte ich mich als erstes an das Sausen dieses gemeinen Instruments...

Zwei Minuten, sagte eine Stimme, oder vier, höchstens sechs. Es müssen geübte Burschen gewesen sein oder ein besonders versierter und es muss alles blitzschnell gegangen sein. Nicht mal einen Schrei hat er ausgestoßen. Keinerlei Gegenwehr. Alles noch da, Geld, die Papiere, sogar eine Walter PP...

Ich klappte die Augen auf, um mich her ein See aus Milch, über mir die kalte Sonne. Ich lag auf dem Rücken. Mir war speiübel. Ich schloss die Augen wieder.

Die Stimme sagte: Es könnte auch ein bisschen länger gedauert haben. Vielleicht acht Minuten. Sagen wir, es war bloß einer. Er muss hier in der Wohnung gewartet haben. Dann ist er herangeschlichen, hat gewartet, bis der Aufdegger abgelenkt war und sich über den Toten gebeugt hat... und zack. Ja, ich glaube, es muss ein Totschläger gewesen sein oder eine Art Holzkeule. Die Wunde am Hinterkopf bestätigt das, nichts Scharfkantiges jedenfalls. Ich denke mir: Der Aufdegger ist verabredet gewesen und den Toten hat man ihm sozusagen als Köder hingelegt... die Stimme brach ab. Zu einem anderen richtete sie die Frage: Haben wir schon was zu dem Toten? Der Gefragte antwortete: Der Erkennungsdienst arbeitet noch dran. Vermutlich ein alter Bekannter, aber das werden sie gleich haben... Wieder die erste Stimme: Und wo ist die Zeugin, ich meine die Dame, die unseren Spezi (eine Frechheit! Ich und ein „Spezi"!) hier gefunden und uns angerufen hat?

Die ist hier, im anderen Zimmer Hauptkommissar... sollen wir sie reinholen?

Nein, wart´ mal noch ´n Moment!

Hauptkommissar? Aha, jetzt erkannte ich auch die Stimme. Verflixt. Es war niemand anders als mein alter Freund Günter Kalthagen. Ich klappte die Augen auf. Aber Mist, sofort schossen mir wieder die Schmerzen kreuz und quer durch den Kopf, jagten bis hinunter in die Fersen. Egal, ich versuchte mich aufzurichten...

Liegenbleiben! donnerte Kalthagen, Sie bleiben jetzt so liegen, bis der Arzt kommt. Dauert nicht mehr lange, muss gleich da sein...

Er beugte sich über mich, ich war gezwungen in sein Gesicht zu starren.

Tja, mein Lieber, sagte Kalthagen, und der Hohn war nicht zu überhören, so schnell sieht man sich wieder. Das kommt davon, wenn man nicht macht, was Vati sagt. Ich für meinen Teil weiß noch genau, ich hatte „Raushalten" gesagt. Aber nein, der Herr Aufdegger weiß es ja besser.

Ich versuchte ein Grinsen, es misslang und tat fürchterlich weh. Kalthagen war wieder aus meinem Gesichtsfeld verschwunden. Wieder hörte ich seine Stimme:

Na da holen Sie mal die Dame herein!

Eine Tür wurde geöffnet.

Die zweite Stimme sagte: Sie sollen mal rüber zum Hauptkommissar kommen!

Schritte. Ganz klar Damenschritte. Dann eine weibliche Stimme. Eine nette, wirklich hübsch klingende Stimme: Da bin ich, Herr Kommissar!

Hauptkommissar, kam es von Kalthagen, Hauptkommissar muss es heißen.

O.k. Hauptkommissar. Sie wünschen?

Kalthagen: Erzählen Sie doch noch mal bitte, wie sich aus Ihrer Sicht, alle zugetragen hat.

Die Frauenstimme: Wie sich alles zugetragen hat? Das kann ich nicht, ich kann nur von da ab erzählen, wo ich sozusagen dazugekommen bin.

Kalthagen: Das mein´ ich doch. Ach so, bitte Ihren Namen. Sie heißen?

Die Frauenstimme: Ich heiße Lisa-Marie Pommer, eigentlich Lisa-Marie Marie… Pommer. Ich wohne hier eine Etage drunter. Und der Herr Lehmann, der Wohnungsbesitzer, hat mir so ´ne kleinere Hausmeisteraufgaben übertragen. Gegen ein Pauschalhonorar. Mach ich nun schon fast ein Jahr.

Kalthagen: Pauschalhonorar? Wie viel?

Die Pommer: Muss ich das sagen?

Kalthagen: Selbstverständlich.

Die Pommer: Sechshundert im Monat!

Kalthagen: Ist ja ganz schön reichlich? Wie oft in der Woche?

Die Pommer: Normaler Weise drei Mal, wenn Herr Lehmann aber Gäste hatte, noch zusätzlich.

Mensch! dachte ich, die weiß noch gar nicht, dass ihr Arbeitgeber nicht mehr lebt und hin ist.

Kalthagen: Aha! Darauf komm ich noch zurück. Später. Jetzt erst mal weiter...

Die Pommer: Also heute ist Mittwoch. Da mach immer das Bad und die Fenster.

Kalthagen: Und? Bitte weiter. Machen Se' mal zügiger, wir haben nicht den ganzen Tag Zeit. Sie sind also die Treppe hoch. Schlüssel haben Sie ja?

Die Pommer: Ja klar, die Schlüssel hab' ich. Doch wie ich vor der Tür steh', da hör ich drinnen Gepolter. Irgendwas war umgefallen. Ziemlich was Schweres...

Ich dachte, nicht übertreiben, so viel wiege ich ja nun nicht.

Die Pommer weiter: Ich erschrak, dachte, wer hat denn die Fenster aufgelassen. Ist womöglich so 'ne Bodenvase vom Zugwind umgefallen, hoffentlich ist sie nicht kaputt. Im selben Moment, ich wollte gerade aufschließen, wird die Tür von innen aufgerissen. Ein Kerl stürmt heraus, starrt mich kurz an, flucht irgendwas, reißt mich um und weg war er...

Kalthagen: Ein Kerl? Wie alt? Wie groß? Was hat er angehabt? Haben' Se den schon mal hier gesehen? Meinetwegen als Gast von Herrn Lehmann?

Die Pommer: Nein, den kannte ich nicht. Noch nie gesehen.

Kalthagen: Weiter, Gnädigste. Wie alt war er, wie sah er aus? Vielleicht haben Sie ja in ihm den Täter gesehen? Sowas ist selten. Ein Glücksfall. Erinnern Sie sich bitte genau...

Die Pommer: Wie alt der war? Weiß ich nicht, jünger als Sie bestimmt. So um die Vierzig vielleicht. Er war ziemlich groß. Stellen Sie sich mal gerade hin...

Geräusche, Getrampel. Offenbar nahm der Kalthagen 'ne Art Maßposition ein.

Die Pommer, wahrscheinlich war sie an ihn herangetreten: So viel größer als Sie! Ungefähr!

Kalthagen: Was? So ein Riesenkerl. Sind Sie sicher?

Die Pommer: Ja, vielleicht noch 'ne Handbreit größer. Er hatte dunkle Haare...

Kalthagen: Trug einen Hut oder 'ne Mütze?

Die Pommer: Nein, trug er nicht, er hatte einen hellen Mantel an. Wissen Sie, wie ihn Geschäftsleute tragen, so 'nen langen, mit Gürtel...

Kalthagen: Erinnern Sie sich, was er für Schuhe anhatte. Vielleicht weiße Tennisschuhe?

Die Pommer: Nein, weiße oder helle Schuhe waren das glaub' ich nicht. Ich hab' nicht so drauf geachtet. Tschuldigen Sie.

Kalthagen: Gut, der Mann rannte also weg und Sie sind in die Wohnung rein...

Die Pommer: Ja, und da hab ich gleich die beiden Männer liegen gesehen. Der eine war tot, das hab ich sofort erkannt. Der andere aber ist bloß ohnmächtig gewesen, mit 'nem blutigen Hinterkopf. Die lagen so komisch aufeinander. Der Ohnmächtige halb auf dem Toten...

Kalthagen: Ja gut. Und dann? Weiter!"

Die Pommer: Na da hab ich gleich die Polizei angerufen, also über 110. Und dann noch die Rettung über 112. Und dann sind Sie ja auch gleich gekommen...

Kalthagen: Ja, blöder Zufall. Unser Revier hat Bereitschaft. Da hat's mich erwischt. Aber bloß gut. Ich bin in dem Fall nämlich der Richtige... gut, Frau Pommer, das war's erst einmal. Wir kommen dann noch auf Sie zurück, wegen Protokoll und weiterer Einvernahme und so. Halten Sie sich bitte bereit. Erst mal nicht in Urlaub fahren, bitte... Danke, Sie können gehen.

Wieder Schritte, eine Tür klappte. Kalthagen trat wieder in mein Gesichtsfeld, blickte triumphierend zu mir herab, fragte: Na Aufdegger, alles gehört? Könnte unser Freddy sein, was? Ist immer so, wie ' s immer ist: auf den größeren Haufen wird geschissen. Sieht so aus, als ob wir die Scheiße doch noch gemeinsam wegräumen müssen, Aufdegger..

Er hob seinen Arm vor 's Gesicht. Wird nun aber mal Zeit für die Quacksalber vom Rettungsdienst. Schon zwanzig Minuten drüber. Wo bleiben die nur? Ha 'm wohl Frühstückspause?

Ich wollte was antworten, aber, es ging nicht, eine neue Schmerzwelle raste durch meinen Körper. Trotzdem versuchte ich mich aufzurichten, kam mir aber wie besoffen vor, alles drehte sich, ich sackte wieder zurück.

Kalthagen war noch in meinem Gesichtsfeld. Er schien mein Gesicht zu studieren, runzelte die Stirn, murmelte: Arme Sau... dann fragte er nochmal: Also alles gehört?

Eine Stimme sagte: Ja, so ungefähr muss es gewesen sein.

Das war meine Stimme. Irgendwie kam es mir vor, als wollte die Stimme mit mir in 'nen Dialog treten. Indes, alles schwamm ineinander. Ich hörte auf mit den Sprechversuchen, hörte auf mit Denken...

Plötzlich vernahm ich ganz in der Ferne das Sondersignal des Rettungsdienstes. Irgendwie ganz weit weg, wie aus einer anderen Welt.

Kalthagen spitzte die Ohren. Das wird aber auch Zeit, brummte er.

Augenblicke später drängelten die Gelbroten mit ihrem ganzen Sturmgepäck ins Zimmer. Sie begannen mit diversen Untersuchungen, ich wurde an irgendwelche Apparate angeschlossen, sie drehten mich hin und her wie eine Stoffpuppe, gaben mir ein Dutzend Spritzen. Jedenfalls kam es mir so vor. Wahrscheinlich waren es bloß eine oder zwei, aber weil sie an meinen Armen die Venen nicht gleich getroffen hatten, versuchten sie es an anderen Stellen und ich hatte das Gefühl, ein Spritzenfeuerwerk wäre auf mich eingeprasselt. Dann sprachen Sie mit dem Kalthagen, ermahnten mich und eins, fix, drei drängelten sie wieder nach draußen. Keine fünf oder sechs Minuten hatte das alles gedauert.

Kalthagen trat zu mir, sagte: Sie sollen hier noch ein paar Minuten liegenbleiben. Keine Angst, es ist nichts weiter. Sie kriegen noch 'ne Aufforderung zum Röntgen. Ich lasse sie dann nach Hause bringen. Ihre Karre liefern wir nach. Melden Sie sich bei mir, wenn Sie wieder fit sind. Ok?

Inzwischen waren Spurensicherung und auch der Erkennungsdienst eingetroffen. Kalthagen hatte zu tun. Sie palaverten, telefonierten, ich verstand kein Wort.

Ein paar Minuten waren vergangen. Ich weiß nicht, vielleicht sogar 'ne Viertelstunde. Die Spritzen begannen zu wirken, die Schmerzen waren weg. Ich lag auf einer Liege. Die hatten die Sanitäter dagelassen, sie war flach, nicht viel über dem Fußboden. Ich fühlte, langsam wurde es wieder. Der milchige Nebel hatte sich davongemacht, die kalte Sonne auch.

Ich hob meine Hand und betrachtete die Pflaster auf dem Handrücken, drehte die Hand hin und her. Verdammte Scheiße! Dies wäre nun mein Traum von tausend Euro Honorar gewesen, dachte ich. Schöner Traum. Es ist wie immer. Pleiten, Pech und Pannen. Ich tastete nach meiner Jacke, die man mir auf den Bauch gelegt hatte. Schlüssel und Brieftasche – alles noch da, auch meine Walter PP, natürlich kein Umschlag mit den 1000 Euro. Wieso auch? Ob der Tote die Summe bei sich trüge? Wohl eher nicht. Da hätte der Kalthagen schon was gesagt. Also die Pistole hatte man mir gelassen. Ein netter Zug. Als ob man dem Toten die Augen zudrückte, nachdem man ihn erledigt hätte. Ein humaner Täter. Ich tastete vorsichtig nach meinem Hinterkopf. Die Sanitäter hatten ihn zugepflastert, verbunden nicht, aber ein Stück Gaze draufgelegt und mit Pflastern beklebt. Ich freute mich schon, wenn ich das Ganze herunterreißen würde. Ein herrlicher Schmerz. Im Grunde bin ich wie alle älteren Männer ein wehleidiger Typ, sogar eine Art von Hypochonder, den manchmal allerdings ein Anfall von Selbstkasteiung überkommt. Ich befühlte die übrigen Teile meines Kopfes. Soweit alles o.k. – ach, guter alter Kopf, ich trug ihn schon fast fünf Jahrzehnte mit mir herum. Nun war er ein wenig verbeult. Na ja, vielleicht wächst sich da wieder was aus. Auf alle Fälle wachsen wie das Gras die Haare wieder über die Narbe. Nein, der Schlag konnte nicht besonders heftig gewesen sein, sonst wäre mehr kaputt gegangen und die hätten mich gleich mitgenommen. Vielleicht hatte der Kerl sogar gedacht, bei einem wie mir genügt ein kleiner Hieb oder er hat Mitleid gehabt oder er kannte mich, hatte mich früher schon mal gesehen. Was weiß ich. Ich hob den anderen Arm, schaute auf das Ziffernblatt meiner Armbanduhr. Es war jetzt kurz nach elf. Der Anruf war gegen acht Uhr dreißig gekommen. An der Tankstelle habe ich ein bisschen getrödelt, aber mehr als eine dreiviertel Stunde konnte nicht vergangen sein, bis ich „am Tatort" eingetroffen war. Das Treppensteigen und oben in der Wohnung - das alles hat bestimmt nicht länger als nochmal ´ne halbe Stunde gedauert. Dann hat mich die kleine Pommer gefunden - oh verdammt, die muss ich mir nochmal vorknöpfen. Unbedingt. - und bis die Polizei kam, ist nochmal 'ne knappe halbe Stunde vergangen. Schließlich der Rettungsdienst. Also lieg ich hier schon mindestens 'ne knappe Stunde. Und, ich rechnete nach, nahm die Finger zu Hilfe, also wär ich ungefähr zwanzig Minuten zwangseingeschläfert gewesen. Ganz schön lange Zeit. Mensch, was alles in zwanzig Minuten passieren kann. In zwanzig Minuten fahr' ich durch die halbe Stadt, in zwanzig Minuten kann man heiraten, eingestellt oder rausgeschmissen werden, in zwanzig Minuten kann man sterben, sich einen Zahn ziehen lassen, einen Superfick (früher! Natürlich früher!) machen, sich die Füße pediküren lassen, sich 'n herrliches Steak braten, einen Scheißtypen fix und fertig machen, in zwanzig Minuten kann man sein ganzes Leben revuepassieren lassen, all die Glücksmomente und Niederlagen nochmal erleben, in zwanzig Minuten kann ich sogar früh aus dem Bett finden und mir die Zähne putzen. Zwanzig Minuten Ohnmacht sind 'ne ziemlich lange Zeit. Aber eben 'ne Zeit, die einem einfach weggenommen worden ist. Eine Zeit, die hinten irgendwann fehlen wird, wenn 'um jede Minute geht, da man noch auf dieser schönen Welt bleiben will...

Hallo Hauptkommissar, krächzte ich, ich würde jetzt gerne nach Hause gebracht werden. Mir wird hier langweilig und ein bisschen pflegen sollte ich mich auch. Mein altes Sofa wartet auf mich und meine CD-Sammlung.

Kalthagen hob den Kopf. Sie saßen immer noch beisammen, die Spurensicherung und der Erkennungsdienst. Er hatte das Zimmer schon wieder völlig eingenebelt.

Geht gleich los! Versuchen Sie mal aufzustehen. Bitte Ihre Autoschlüssel.

Ich schrotete mich hoch. Es gelang halbwegs. Einer der Streifenpolizisten, die hier noch herumlungerten, half mir. Ein bisschen drehte es noch. Man glaubt gar nicht, was das für ein Gefühl ist, wieder auf eigenen Beinen zu stehen. Ja, die Welt ist im Grunde einfach. Schon ganz kleine Dinge können einen erfreuen. Leider achten wir in unserem Alltag nicht drauf. Immer muss erst was passieren, ehe wir wieder zurück zur Natur finden. Es stimmt schon, es ist der Schaden, der uns klug macht. Manche allerdings, können gar nicht so viel Schaden kriegen, wie sie brauchten, um richtig klug zu werden...

Ehe ich raus ging, fragte ich den Hauptkommissar: Sagen Sie mal, Herr Kalthagen, wissen Sie schon, wer der Tote ist? Das hätte ich doch noch zu gern gewusst. Ich kann sonst so schlecht schlafen.

Kalthagen, der sitzengeblieben war, wandte mir träge den Kopf zu, er hob die Brauen, zog die schlaffen Lider hoch, tat, als ob er ein großes Geheimnis für sich behalten wollte: Später, mein Lieber, später. Werden Sie erst mal wieder gesund. So viel Wahrheit vertragen Sie jetzt nicht.

Menschenskind, Hauptkommissar, stieß ich hervor und ich musste mich an der Schulter des Polizisten festhalten, mir war plötzlich schwindlig geworden: Machen Sie doch nicht so ′n Summs draus. Sagen Sie mir ′s doch einfach. Ich krieg′s doch sowieso raus...

Ja, ja, Sie alter Rauskrieger. Gut, eines kann ich Ihnen sagen, damit Sie schlafen können: Wenn der ′s ist, von dem wir jetzt zu 99% glauben, dass er ′s sein müsste, dann passt alles zu hundert pro zusammen, auf meinen Fall...

Auf Ihren Fall?? Sie meinen auf mei...

Nee, nee mein Lieber, unterbrach er mich, Sie sind ja raus. Schon vergessen? Dass Sie hier ein′ s auf die Birne gekriegt haben, hat ja damit zu tun, dass Sie sich nicht dranhalten. Deshalb nochmal zum Mitschreiben: Die Sache ist nicht mehr Ihr Fall, auch wenn es Ihnen zeitweise wieder so vorgekommen sein sollte. Klar? Und nun, ab mit Ihnen in die Heia. Kurieren Sie sich und Ihren wertvollen Kopf... später werden wir sehen, ob wir noch was zusammen machen können. So, und das war jetzt das Letzte... Hauen Sie ab, Mann. Komisch, immer wo Sie auftauchen, gibt ′s Tote. Ist Ihnen das noch nicht aufgefallen? Also Tschüß!

Er machte ′ne Handbewegung und der Streifenpolizist fasst mich unter, ganz routiniert, man fühlte sich gleich wie festgenommen. Und raus war ich, aus Lehmanns Zweitwohnung...

Nein, es ist nicht besonders schön, im Polizeiwagen nach Hause kutschiert zu werden. Und wenn man dann die Tür öffnen will, die innen keine Griffe hat, versteht man, wie es den Klienten der Polizei zumute sein muss, in einem solchen Taxi mitzufahren. Typisch ist auch, dass die Fahrer der Polizeiwagen offenbar alle ein Schweigegelübde abgelegt haben. Kein Wort kriegst du aus denen raus, die sind stumm wie die Fische, obwohl ich ja nun sowas wie ein Kollege bin. Das frustrierte mich. Unwillkürlich fühlt man sich wie 'n Knastbruder beim Gefangenentransport. Auf der ganzen Fahrt fiel kein einziges Wort. Dafür andauernd die Durchsagen vom Polizeifunk, wo 's wieder geknallt hat und wer gerade wo ist, 'ne halbe Stadtrundfahrt erlebt man mit, man hört, wer sich abmeldet und wer neu im Spiel ist. Öde ist das, furchtbar öde...

Zu Hause machte ich mir erst mal 'nen Kaffee, extra stark, sozusagen zum Wiederbeleben. Ich hatte keine Ahnung, ob das richtig war, ausgerechnet jetzt einen Kaffee zu trinken, wo sie einem die Birne malträtiert haben. Und natürlich war es falsch. Kaum hatte ich ein paar Schluck getrunken, hackte es wieder, als ob in meinem Kopf ein Neste mit Spechten wäre. Vielleicht sollte ich 'n Brandy trinken? Nee, ich ließ es lieber und schaltete den Player an. Mir war nach Oper, nach Puccini und Verdi. Diese Musik baute in mir immer so 'ne dramatische Stimmung auf. Einfach herrlich! Und als ich dann die Arie der Gilda und Rigoletto „Mio padre!" hörte, begann sich meine Welt wieder in die gewohnten Bahnen zu bewegen. Was für eine Welt diese Musik umspannte! Der gute, alte Verdi, einfach toll. Zu meinem Begräbnis sollte man Verdi spielen, dachte ich. Unbedingt. Das berühmte Quartett aus dem Rigoletto. Ob man sowas testamentarisch regeln könne? Irgendwann bin ich eingeschlafen. Als ich aufwachte war Stille, die CD war zu Ende abgespielt, auf Wiederholung hatte ich den Player nicht eingestellt. Eine wunderbare Stille. Bis auf ein leises unablässiges Ticken war nichts zu hören. Ja, irgendetwas tickte. Es war meine alte Wanduhr! Ein Erbstück von meinem Großvater, väterlicherseits. Hundert Jahre alt. Ein tolles Teil aus dem Schwarzwald, mit Westminsterschlag. Ding-dang-dong. Sie zeigte 1.23 Uhr. Ich spürte einen unangenehmen Druck in meinen unteren Zonen. Da stieg irgendwas auf und wurde stärker. Und plötzlich wusste ich auch, was mich geweckt hatte, es war nicht die alte Uhr – es war meine volle Blase! Ich schlurfte im Dunkeln zur Toilette, stieß mit der Schulter gegen den Flurschrank, tastete nach dem Lichtschalter. Dann kam die große Erleichterung. Ahhh!

Als ich mich wieder hinlegte, war es vorbei mit dem Schlafen. Kommt herbei schlechte Gedanken, herbei ihr Sorgen, versammelt euch um mich all ihr ungelösten Probleme!

Komisch, mir fiel als erstes die junge Frau Pommer von der Stübelallee ein. Auf meiner Liege liegend, halb noch in Ohnmacht, hatte ich ja nur ihre Stimme und ihre Schritte gehört. Wie sie wohl aussehen möge? dachte ich. Ein unbestimmtes Gefühl von Interesse, von männlichem Interesse, ja vielleicht sogar von Brunst, ich gebe das unumwunden zu, überfiel mich. Warum? Keine Ahnung. War es ihre Stimme oder die Art wie sie auf Kalthagens Fragen geantwortet hatte? Auf alle Fälle wusste ich, bei dieser Frau würden noch mehr Informationen zu holen sein, ja sie könne gewissermaßen zum Schlüssel dieses Falles werden. Ich beschloss: Ich müsste vor dem Kalthagen bei ihr sein. Unbedingt vor diesem Kerl, diesem verstaubten Aktendeckel, bevor der sich jene Lisa-Marie Pommer noch einmal vornehmen würde. Am liebsten wäre ich gleich aufgesprungen und losgefahren. Natürlich Blödsinn. Bis zum Morgen würde ich schon noch warten müssen...

Kurz vor fünf Uhr bin ich dann doch noch eingeschlafen.

Ich erwachte durch den üblichen Lärm im Haus. Erst kamen die Hausreiniger, eine kleine Firma aus einer noch kleineren Stadt, 30 km von uns entfernt. Ob sich das rechnet? Oder wie werden die im Tarif runter gedrückt, damit es passt? Jedenfalls polterten die mit ihren Eimern und Schrubbern durchs Treppenhaus, stießen auch schon mal gegen die Wohnungstüren. Kürzlich hatte mir einer der Nachbarn erzählt, sein altes Fahrrad wäre verschwunden, er hätte es immer im Haus unter der Treppe abgestellt. Nun wäre es weg. Nur die Luftpumpe hätten sie liegenlassen. Ob die Reinigungsfirma den Drahtesel mitgenommen hätte? Heutzutage wäre ja alles möglich... Dann erwachen die Mieter, der eine dreht das Radio wer weiß wie laut auf, der andere schafft den Müll weg und verliert dabei die Hälfte, ein dritter trampelt laut singend die Treppe runter, ein vierter fängt an zu bohren, wieder einer führt seinen kläffenden Terrier Gassi - er heißt Bodo - manchmal allerdings nur bis vor die Haustür, wo die Pfützchen dann noch stundenlang vor sich hin stänkern – ja so ist das bei uns, aber woanders ist es bestimmt auch nicht anders.

Scheißstadtwohnung eben. Zu gerne würde ich auf dem Land ein Häuschen haben. Aber dafür reicht die Knete nicht. Und gerade hatte ich ja wieder Tausend Eier eingebüßt.

Ich frühstückte unkonzentriert, weil ich andauernd an die (hoffentlich) hübsche Lisa-Marie Pommer denken musste. Ich vergoss den Kaffee auf die Untertasse, ließ den Toast anbrennen und das Frühstücksei wurde hart wie ein Tennisball. Dann stieß ich mich noch am Kleiderschrank im Flur, an demselben, gegen den ich schon heute Nacht gerammelt war. Plötzlich fand ich auch meine alte Schirmmütze nicht, die ich sonst, wiewohl die alt und speckig war und egal, ob draußen + 30 ° oder dasselbe in Minus herrschte, aus purer Gewohnheit jeden Tag aufsetzte. Verdammt, wo die nur wäre? Dann fiel mir ein, dass sie vielleicht noch in Lehmanns Zweitwohnung an der Stübelallee herumliege. Ja, bestimmt, so wird es sein, dachte ich. Ich hätte sie dort liegenlassen. Und womöglich hätte nun der Kalthagen, dieser Trottel, sie für die Tätermütze gehalten, hätte sie eingetütet und jetzt läge sie in der Asservatenkammer. So eine Scheiße. Dann, zum Schluss in dieser morgendlichen Pannenserie, stand ich vor meinem Auto und der Schlüssel war weg. Hätten die Polizisten ihn mir nicht übergeben? Keine Ahnung. Wieder Scheiße. So viel Scheiße an einem einzigen Morgen. Schließlich fand ich den Zündschlüssel. Man hatte ihn mir in meine Joppe gesteckt, aber gänzlich woandershin, wo ich ihn sonst hinzutun pflegte. Na gut. Gottseidank!. Einigermaßen erleichtert fuhr ich los...

Ich fand die Wohnung der Pommer ziemlich leicht, war ja im selben Block wie Lehmanns Appartement, nur eine Etage tiefer. Wohnung II-134. Ich lief also die mit dem blaukarierten Textilbelag ausgelegten Gänge entlang. War ´ne endlose Latscherei. Ich begegnete niemandem. Überall ziemlich still. Rauf zu Lehmanns Wohnung wegen meiner Mütze zu gehen, hielt ich für Quatsch. Wahrscheinlich wäre die Bude sowieso versiegelt und außerdem hätte der Kalthagen ganz sicher meine Chapka mitgenommen, vielleicht hätte er ja auch auf dem verschwitzten Innenband mein kaum leserliches Namensschild gefunden, das mir meine Verflossene irgendwann aufgenäht hatte - dann hätte er Bescheid gewusst. Aber, der

Kalthagen, nee der käme nicht auf so 'ne Idee, dachte ich. Der sackt das Zeug lieber schnell ein und denkt sich nichts dabei.

Also ich im II. Geschoss den Gang lang, bis zur Pommerschen. Doch dann, davor stehend – eine Riesenenttäuschung und zugleich 'ne wahnsinnige Überraschung. An der Wohnungstür klebte nämlich ein Zettel. Darauf stand:

„Hallo Herr Aufdegger, ich wusste, dass Sie kommen würden. Bin aber leider verhindert, sozusagen auf Dienstreise, schlage Treffpunkt Autobahnparkplatz, Nähe Abfahrt Nöthnitz vor. Dort komme ich heute Abend gegen 21 Uhr hin, muss bei meiner Rückfahrt nur da abfahren. Einverstanden? Wenn nicht, bitte anrufen, stehe im Telefonbuch. Gruß Lisa-Marie."

Ich, das könnt ihr euch denken - total perplex. Wie konnte die Frau ahnen, dass ich sie besuchen würde? Überhaupt schien sie irgendwie zu wissen, wer ich wäre? Wieso? Von wem? Hätte etwa der Kalthagen, dieser Blödmann, sein Maul nicht halten können? Und wenn nicht der, woher wusste sie was über mich? Verflixte Kiste...

Aber im Stillen gratulierte ich mir: Diese Pommer wäre also wahrscheinlich tatsächlich so was wie ein Schlüsselkind in dem Fall.

Ich überlegte noch, ob ich gleich zu Kalthagen fahren sollte, wegen meiner Mütze und überhaupt, nein, ich unterließ es lieber. Sollte der doch denken, ich kuriere die Beulen und Blessuren an meiner geschundenen Rübe aus, läge zu Hause rum, mache Alaunumschläge und höre Opernmusik (er wusste von meiner Musikleidenschaft).

Heute weiß ich nicht mehr genau, wie ich dann diesen ganzen Scheißtag um die Ecke gebracht habe. Irgendwas werd ich schon gemacht haben. Aber was? Alles vergessen. War nichts Wichtiges.

Dann kam der Abend. Natürlich fuhr ich zeitiger zu diesem Autobahnparkplatz. Es dämmerte bereits. Ein schöner, lauer Spätfrühlingsabend. Der Parkplatz war schlecht beleuchtet und wenig besucht, nur wegen der Toilettenanlage kamen ab und zu ein paar Autos. Wusste nicht, ob es Schwule waren oder Transen oder ganz normale Leute, die da anhielten und in die Männertoilette reingingen. Manche lungerten ein paar Minuten in der Nähe der Anlage herum, rauchten, schienen zu warten, hauten aber bald wieder ab. Frauen sah ich nicht. Hatte keine Lust, diesem Treiben auf den Grund zu gehen.

Ich blieb im Wagen, döste vor mich hin, Motor und Licht ausgeschaltet. Ein Glück, 'ne halbe Stunde später waren alle Autos weg. Ich schien allein...

Ich schaute auf meine Armbanduhr, nein, keine Rolex, aber sie hatte immerhin ein Leuchtzifferblatt. Es waren noch 'ne Viertelstunde bis 21 Uhr. Allmählich unruhiger werdend, stieg ich aus...

Ich ging hinter das Toilettengebäude und leuchtete mit meiner alten Armee-Taschenlampe die Büsche ab. Frisch abgebrochene Zweige, niedergetrampeltes Gras. Das Gelände senkte sich hinter dem Haus. Ich leuchtete weiter, drehte auf volle Helligkeit. Plötzlich sah ich Lack und Chrom aufblitzen. Hatte hier jemand seine Karre entsorgt? Tatsächlich – ein Autowrack. Ein älteres Modell. Sah aus wie 'n alter Wolga. Ich blendete in den Innenraum. Natürlich leer. Die Polster aufgerissen, aber keine Glassplitter, der Wagen stand wahrscheinlich schon Wochen, vielleicht Monate verlassen hier. Aber, was für ein Witz, der Zündschlüssel steckte noch. Ich ging um das Auto herum, war nicht leicht, weil abschüssiges Gelände und hohes Gras, auch Gestrüpp.

Ein Geräusch ließ mich in die Höhe fahren und still stehen.

Motorengebrumm kam von oben, vom Parkplatz. Meine Lampe erlosch, reflexartig hatte ich meine alte Walter PP in der Hand. Dachte im selben Moment: Blödsinn! Was brauchst du die Knarre? Und ich steckte sie wieder in den Holster, schlich nach oben. Ein Scheinwerferstrahl schwenkte gegen den Himmel, dann zog er nach links, huschte hin und her. Das Motorengeräusch verriet, es handelte sich um einen Kleinwagen, um einen 50 'iger Ford vielleicht, einen Peugeot, einen VW-Polo oder sowas. Ich lugte hinter dem Toilettenhaus hervor.

Ja, es war 'n Zweitürer, unauffällig, von dunkler Farbe oder einem Grauton, ein typisches Weiber-Auto.

Der Motor verstummte, im Ausschalten schepperte der Lüfter nach, die Scheinwerfer erloschen wie eine Zigarette, bei der man vergessen hat, zu ziehen. Die vordere linke Tür ging auf. Ich sah es deutlich, eine schlanke Fessel, die ein hochgerutschtes Hosenbein freigab, kam heraus, ein zierlicher Fuß in einem weißen Sportschuh berührte den Asphalt. Große Stille ringsum. Sogar die Grillen, die vorher eifrig gezirpt hatten, schwiegen jetzt. Plötzlich zuckte ein Lichtstrahl auf. Der Strahl, in dessen Lichtsäule verschiedene Insekten tanzten und der in der Dunkelheit weich und milchig aussah, schwankte plötzlich hin und her, bewegte sich im Takt von kleinen, energischen Schritten. Ich hatte keine Zeit mehr zu fliehen. Der Lichtstrahl hielt meine Füße fest, dann zitterte er ein bisschen, wanderte an meinem Körper hoch nach oben, verweilte auf meiner Brust, traf mein Gesicht, blendete mich, schon wollte ich die Hand abwehrend heben... da erlosch er. Wieder stand ich im Dunkeln, nur die trüben Parkplatzleuchten spendeten ein wenig Licht!

Dann ein Lachen. Ein Lachen, das mit einem Kichern begann. Es war das Lachen einer jungen Frau. Ein wenig schrill, aber nicht gekünstelt oder hysterisch, sondern von Herzen kommend und erfrischend, irgendwie belustigt.

Dann eine Stimme, ich erkannte sie sofort, es war die Stimme von Lisa-Marie Pommer.

Hallo, Herr Aufdegger! Waren Sie austreten? Ist wohl zu scharf der Geruch da drinnen, Sie mussten wohl hinters Haus gehen. Versteh´ ich.

Obwohl ich sie erwartet hatte, war ich doch ziemlich überrascht. Ich blieb stehen, antwortete nicht. Der Lichtstrahl ging wieder an, er zitterte ein bisschen, so wie vielleicht die Hand zitterte, die sie hielt.

Hallo! Sind Sie ´nun oder nicht? Na los! Das Auto da vorn ist Ihres? Ich weiß nicht, was Sie für ein Auto fahren. Wenn Sie ´nicht sind, den ich hier erwarte, dann treten Sie vor und hübsch die Patschhändchen hoch. Ist ´ne gefährliche Ecke. Erst letzte Woche haben sie hier einen alten Knacker kaltgemacht. Wahrscheinlich wollte er den Stricher nicht bezahlen. Also! Ich hab hier ´ne zwölfschüssige Automatik. Und ich bin ganz gut im Schießen. Und Ihre Füßchen, die ich mit der Lampe anstrahle, sind nicht gepanzert. Nun? Ich höre?

Ich antwortete: Nehmen ´Sie doch das Spielzeug runter. Es könnte losgehen und jemand würde verletzt, vielleicht sogar ich. Klar bin ich Ihre Verabredung. Ihr lieber Franz Aufdegger bin ich. Wer soll ´denn sonst sein? Und die Karre da vorn ist meine. Ich zeigte auf den Citroen.

Na gut, dann kommen Sie ins Licht. Ich kenn Sie ja, hab Sie ja schon gesehen, wenn auch liegend. Für 'nen Mann, wenn er eine Frau zum ersten Mal trifft, nicht die vorteilhafteste Position. Sie indes, wissen nicht, wie ich aussehe, auch wenn Sie vielleicht im Netz gegoogelt haben. Von mir gibt's keine Bilder im Worldwideweb. Da bin ich vorsichtig! Also, einen Schritt vor, bitte!

Folgsam trat ich vor, sagte: Na nun zeigen Sie mal Ihre Kanone.

Sie streckte sie vor ins Licht. Die Mündung zeigte auf meinen Unterleib. Es war ein kleiner sechsschüssiger Revolver, Marke Röhm. Vielleicht sogar bloß 'ne Schreckschusswaffe. Ha, ha ja sie hieß Röhm, wie der alte SA-Häuptling. Hatte früher selber mal so eine...

Ich sagte: Ach, so 'n Oma-Erschrecker. Ha, ha, ha. Von wegen 'ne zwölf schussige Automatik! Ich lach mich tot. Wem wollen Sie mit dem Ding Angst machen? Und zum Angstmachen haben wir uns hier ja wohl nicht verabredet. Oder?

He, wie reden Sie mit mir? Sind Sie nicht ganz dicht?

Kann schon sein, antwortete ich, dass ich nicht mehr ganz dicht bin, immerhin hab' ich eins mit 'nem Totschläger abgekriegt, da kann man schon mal was zurückbehalten.

Ein Augenblick herrschte Schweigen.

Kommen Sie, sagte sie mit veränderter Stimme, setzen wir uns in mein Auto. Da können wir ungestört reden. In Ihres will ich nicht. Sie sind Raucher und außerdem ein Mann, da riecht's so unappetitlich, dass ich tagelang den Geruch nicht aus der Nase kriege...

Sie knipste Ihre Lampe aus, wir steckten unsere Waffen ein (ich hatte meine Walter PP griffbereit gehalten) und ich trottete hinter der Lisa-Marie Pommer zu ihrem Auto. Sie war eine kleine zierliche Erscheinung, aber voller geballter Energie. Sie gefiel mir, obwohl ich von Ihrem Gesicht und ihrer Figur noch nicht viel gesehen hatte...

Sie ließ mich hinten einsteigen, das heißt über den rechten vorderen Klappsitz, ich musste mich ziemlich verbiegen. Es war ein Polo älteren Baujahrs. Beim Hinsetzen hieß es die Knie einziehen, war ziemlich eng hinten. Eben Familienauto. Die Kleinen müssen hinten rein.

Die Pommer auf dem Vordersitz lachte: So können Sie mir wenigstens nicht abhauen.

Ich sagte: Wer will abhauen? Ich bin froh, dass Sie mir Ihre wertvolle Zeit widmen.

Sie antwortete: Ihr Trallala können Sie sein lassen... zieht bei mir nicht.

Ich sah Ihr Gesicht, ihren Hals von der Seite – und war nicht unzufrieden. Schöne Haut und sie roch angenehm nach irgendwelchen Blüten. Freesien, oder so. Kenn mich da nicht besonders aus. Sie hatte eine glatte, leicht zurückweichende Stirn, die Nase edel, gebogen, die Oberlippe über der Unterlippe leicht vorgewölbt, ein kleines, energisches Kinn, der Hals schlank, doch nicht zu lang. Am besten gefielen mir ihre Augen: groß, die Farbe konnte ich bei dem Halbdunkel nicht bestimmen, es war, wie ich später sah, ein dunkles Steingrau.

Ich fragte: Wie war das nun an jenem Morgen? Sie haben dem Kommissar doch bloß die Hälfte erzählt. Oder sogar bloß die knappe Hälfte. Stimmt's?

Sie antwortete nicht direkt, aber es klang spitz, als sie sagte: Aha, so ist das – Sie stellen hier die Fragen. Typisch Mann.

Ja, so ist das, sagte ich, ich bin Privatdetektiv. Das wissen Sie ja. Und das kann ich immer schlecht verbergen, deshalb meine Sucht, Fragen zu stellen. Ist´ne Gewohnheit.

Also fragte ich: Wie war das, Sie haben den Mann bei Lehmanns reingehen sehen? Das heißt, den ersten, den, der vor mir da war. Da lebte er ja noch... kurz danach kam der zweite?

Nein, nein, der zweite, den ich reingehen sah – das waren Sie.

Aha! schlussfolgerte ich: Also musste der andere von seinem Mörder in der Wohnung schon erwartet worden sein. Kann nicht anders gewesen sein. Oder?

Vielleicht. Denn den hab ich nicht gesehen, als er reinging. Erst später, als er mich beinahe umrannte.

Und der spätere Tote? Wie war das?

Wie soll das gewesen sein? Der kam, schloss die Wohnung auf, ging rein. Ich sah ihn nur flüchtig, war ziemlich weit weg, bin wieder umgedreht, weil ich was vergessen hatte

Und dann?

Was dann?

Ich bin in meine Wohnung, habe geholt, was ich vergessen hatte und bin wieder rauf, eine Etage höher zur Lehmann-Wohnung.

Und wie lange hat das gedauert, ich meine wie viel Zeit war inzwischen vergangen, bis Sie wieder oben waren, so über'n Daumen?

Keine Ahnung. Nicht sehr viel Zeit. Das heißt, halt, ich bekam, als ich wieder in meiner Wohnung war, einen Anruf. Aber der dauerte auch nicht lange, so fünf Minuten vielleicht. Also sagen wir, vielleicht 'ne Viertelstunde, zwanzig Minuten, so ungefähr...

Das heißt, in dieser Zeit muss der Mörder oben den Mann erledigt haben, muss gewartet haben, bis ich kam, muss mir einen über den Kopf gezogen haben und ist dann raus, gerade in dem Moment, als Sie die Wohnung öffnen wollten. Super Timing, wirklich, aber das heißt auch, es ist nicht mit rechten Dingen zugegangen. Der Kerl muss irgendwie gewusst haben, wer wann die Wohnung betritt, heißt, also sowohl um welche Zeit der, den er erledigt hat, kommen würde, als auch wann ich kommen würde, denn ich bin ja schließlich mit dem Opfer verabredet gewesen. Verdammt. Das ist mir alles zu kompliziert. Geht das nicht einfacher zu erklären? Aber Pardon, mir fällt da vorläufig nichts ein. Schön wäre es natürlich auch, ich wüsste, wer der Tote wäre, aber der Kalthagen hat ja so geheimnisvoll getan, wollte nicht raus mit der Sprache. Na gut, vielleicht erfahr ich das bald. Oder wissen Sie etwa was, Verehrteste? Sie sind doch hier ein- und ausgegangen, kannten womöglich alle Lehmanns Gäste. War der Tote einer von ihnen? Ist der schon mal hier gewesen?

Nee, die Pommer schüttelte den Kopf, der gehörte nicht dazu. Hab ihn noch nie gesehen. Und der hatte auch 'ne Visage – nee, so einer gehörte nicht hierher, zu Lehmanns Gästen. Sah eher aus, als wer er 'n getürmter Knasti oder 'n ehemaliger gewesen... aber Sie, Herr Detektiv, Sie haben ihn gekannt? Sie müssen ihn gekannt haben, Sie sind mit ihm ja hier verabredet gewesen.

Tut mir leid, antwortete ich, aber ich hab ihn heute erst kennen gelernt... und zwar bloß am Telefon. Ja, 's war 'ne telefonische Verabredung, er wollte mir 'n Deal vorschlagen, für 'n Haufen Kies. Und da ich immer knapp bin, hab ich zugesagt. Zugesagt auch, weil ich die Ahnung hatte, 's könnte mit mei' m Fall zusammenhängen, weiß nicht warum. Vielleicht Intuition. Und zumindest das scheint ja nun zu stimmen...

Ich unterbrach meine Rede, schaltete die Innenbeleuchtung ein, fragte: Sagen Sie mal...

Sie blinzelte nervös, aber sie schien trotzdem gute Nerven zu haben. Sie hatte ein kleines, nettes lebhaftes Gesicht mit großen Augen, es sah jetzt bei dieser Beleuchtung irgendwie richtig fein aus wie ´ne antike Bronzebüste, und ihre Haut glänzte auch so.

Ich sagte: Ihr Haar ist rot, Sie erinnern mich an eine Irin, die ich mal gekannt habe.

Sie antwortete schnell und entschlossen: Ich bin keine verkappte Ausländerin. Quatsch! Und machen Sie bitte die Beleuchtung wieder aus. Man kann uns sonst schon von weitem sehen. Und mein Haar ist nicht rot, sondern kastanienbraun.

Ich knipste das Lämpchen aus, fragte: Und Lisa-Marie ist Ihr richtiger Name? Nicht bloß ´ne Abkürzung, und sie heißen nicht in Wahrheit Elisa-Marie oder Elsbeth oder Liselotte...?

Nein, im Ausweis steht zwar Elisabeth-Marie, aber sagen Sie ja nicht Elsbeth zu mir... seit Jahren schon nenn´ ich mich Lisa-Marie und alle verwenden den Namen... klingt doch hübsch, oder? Aber einfach Lisa genügt auch.

Und wieso kennen Sie solche Parkplätze wie den? Verkehren Sie hier in Ihrer Freizeit? Was machen Sie eigentlich sonst, ich meine beruflich? Verzeihen Sie, ich weiß, ich bin neugierig.

Sie wandte den Kopf ab, starrte hinaus in die Dunkelheit. Dann mit einem Ruck, wandte sie sich mir wieder zu und antwortete mit unverhohlener Ironie: Ach, ich fahr manchmal nachts spazieren. Wenn ich nicht schlafen kann. Mach dann den Voyeur. Im Grunde aus Langeweile. Ich lebe allein, die Eltern sind schon lange tot, wissen Sie, bin freischaffend, mach´ Übersetzungen, aus dem Amerikanischen oder auch aus dem Spanischen und Italienischem, so Texte eben, Geschäftstexte, Korrespondenzen. Manchmal dolmetsche ich auch, hauptsächlich für die Wirtschaft, nie für die Politik. Für die Scheißkerle würde ich nie was machen, alles Lumpen, fast alle jedenfalls... und nebenbei noch so kleine Dienstleistungen im Hauswirtschaftsbereich wie eben bei dem Lehmann. Aber das ist ja nun vorbei. Eigentlich schade. War 'ne schöne und nicht anstrengende Arbeit, eigentlich... und ich hatte es nicht weit... keinen Anfahrtsweg ha, ha, ha. Gut, manchmal war es ein bisschen extrem und ich dachte so einige Male, dass da bestimmt irgendwann, irgendwas auffliegt, aber bis jetzt ist es ja immer gut gegangen. Sie lachte kurz auf, sprach weiter: So, nun zufrieden, Herr Detektiv?

Wie „extrem"? Was meinten Sie damit?

Ich war neugierig geworden und ich wusste, was ich als Nächstes fragen wollte, ließ sie aber erst einmal antworten.

Na ja, wie man so sagt, die Freunde des Herrn Lehmann, die er einlud, das waren manchmal wirklich ziemlich seltsame Vögel. Nein, nicht immer. Meistens haben die bloß gesoffen, gepokert und blöde gequatscht, aber ab und zu... mein lieber Mann, ich sage Ihnen... heißt, ich habe ja nicht viel mitgekriegt, nur so am Rande, aber trotzdem... bin bestimmt nicht prüde oder ein altes Mütterchen... wieder lachte sie kurz.

Na nun sagen Sie 's schon, Lisa-Marie, ich kann mir 's sowieso denken, hab schon allerhand gehört über den famosen Herrn Lehmann. Waren Sexpartys oder?

Ha, ha, nicht bloß Sexpartys, das wäre untertrieben. Das sind richtige Orgien gewesen, verdammte Orgien und einen Dreck haben die gemacht. Hab 's ja immer wegräumen müssen. Eimerweise, den Dreck. Literweise. Manchmal hätt' ich beinahe gekotzt... einmal hab 'ich mich sogar wirklich übergeben müssen, gleich in den Eimer rein, aber trotzdem, nichts gegen den Lehmann, die Kohle hat immer gestimmt. Gab dann nach diesen Orgien 'nen Zuschlag, sozusagen 'nen Dreckzuschlag. Einmal, das weiß ich noch, ist der Zuschlag 700 € gewesen. Für eine einzige Schicht. Toll, was?

Sagen Sie mal, fragte ich und ich bemühte mich harmlos zu klingen, können Sie sich an einzelne Akteure erinnern, an Damen, mein' ich, oder... wagte ich zu fragen, an Damen, die wie Damen aussahen, wenn Sie wissen, was ich meine...

Die Pommer stutzte einen Moment, dann platzte sie los: Klar weiß ich das! Bin ja nicht blöd.

Oh ja, da war eine, ich erinnere mich genau, wenn ich auch nicht sehr viel gesehen habe, aber ich sage Ihnen, das war ein raffiniertes

Luder. Das raffinierteste Stück, was Sie sich denken können. Ich hab nie richtig rausgekriegt – die war ein paar Mal da, ich glaube so fünf oder sechs Mal oder mehr – ob das nun ´n echtes Weib oder bloß so ´n, ich sage mal, „Schwanzweib", also ´ne sogenannte Transe, gewesen ist. Wie gesagt, hab die ja nie „ganz ohne" gesehen und ihr „gutes Stück" (wenn sie eins hatte) sowieso nicht, aber die konnte bloß sowas sein, so ´ ne „Dragqueen" vielleicht oder wie die heißen. Jedenfalls, die Männer waren regelrecht verrückt nach ihr. Natürlich der Lehmann besonders. Und die konnte auch was, das muss ich Ihnen sagen, die konnte tanzen, die konnte singen, die konnte „Show machen", und quatschen konnte die, alles erste Sahne... aber eben ein Luder. Ein Miststück. Die hat die doch alle verarscht und ausgenommen, wissen Sie, und die haben ihr Geld zugesteckt, in Größenordnungen, wie man sagt, das war schon unanständig. Einmal hat die beim Umziehen was verloren, in der Wohnung gab´s so ´ne Art Künstlergarderobe, ich hab ´s am nächsten Tag dort gefunden. Blanke Zweitausend Euro! sag ich Ihnen. Natürlich, ich Eselchen, ehrlich wie ich bin, ich hab ´s dem Lehmann wiedergegeben. Der hat sich wie toll, wenn auch ein bisschen verlegen, bedankt und mir sozusagen ´ne Art Finderlohn gegeben. Zweihundert Piepen, hat er mir zugesteckt. Gut, ´s sind nicht Tausend gewesen, wenn ich ´s behalten hätte, aber immerhin...

Sagen Sie mal, Lisa-Marie - ich konnte meine Aufregung kaum noch unterdrücken - erinnern Sie sich noch, wie diese „Dame" geheißen hat? Bitte! Wie haben die Gäste sie genannt?

Warten Sie, gleich fällt ´s mir ein, das war ´n französischer Name oder ein deutscher auf Französisch. Warten Sie... Moment.

Ich war gespannt, gespannter konnte man nicht sein. Ich hing sozusagen an ihren Lippen. Bitte, flüsterte ich, bitte erinnern Sie sich, Sie ahnen nicht wie wichtig da für mich ist...

So? fragte Lisa-Marie, Sie sind wohl auch so einer, was? Sie kicherte in sich hinein.

Nein, sagte ich schnell, nicht, was sie denken, ist rein beruflich, hängt mit dem Fall zusammen.

Ja, ja, höhne die Lisa-Marie, so wird immer gesagt...

Nein, um Gotteswillen. Nein. Ich gestehe Ihnen, ich hab 'n ganz normales Liebesleben. Bitte, erinnern Sie sich, sagen Sie den Namen...

Richtig niedlich sind Sie, wissen Sie das, lachte Lisa-Marie, also gut, ich glaube, die nannten das Luderchen Chanel. Ja, Chanel! So hieß sie. Also wie im Deutschen Clara... manche sagten auch und ich glaube, sie selber bezeichnete sich mit einem Doppelnamen... Chanel, ja richtig: Chanel! Den Familiennamen weiß ich nicht.

Danke! sagte ich, Sie haben mir sehr geholfen. Lisa nickte: Gern geschehen!

Mein Schädel schmerzte wieder. Eine Weile schwiegen wir. Ich musste die Information erst einmal verdauen, obwohl ich im Voraus wusste, was ich jetzt erfahren hatte.

Lisa-Marie sagte: Wir sollten uns eine Stärkung gönnen, fahren wir zu mir und trinken einen Schluck, ich hab einen sehr guten Roten zu Hause und auch einen kleinen Imbiss. Die Polizei können Sie auch später noch anrufen oder morgen früh gleich hinfahren, zu Ihrem lieben Kalthagen... also.

Unerfindlicher Weise antwortete ich: Danke für die Fürsorge, aber ich wäre jetzt doch gerne ein bisschen allein... kaum ausgesprochen, bereute ich meine Antwort. Was wäre ich nur für ein Blödmann? Was für ein Riesentrottel. Da kriegt man mal ein Angebot und schon erwacht der Spießer. Verdammt, ich bin tatsächlich schon zu lange allein, weiß wahrscheinlich gar nicht mehr wie 's geht ... aber gesagt, war gesagt, und nun war ich zu feige, um mich zu korrigieren. Scheiße!

Sie sagte: Ich wo...- na gut.

Ein unbestimmter Laut kam aus ihrer Kehle, klang wie ein unterdrücktes Niesen. Sie beugte sich über den rechten Vordersitz, langte mit der Hand nach dem Türgriff, ich roch ihre Haare und ihren Körper, mit einem Seufzer öffnete sie die Beifahrertür, klappte den Sitz vor.

Na denn... bis bald mal wieder.

Ich stieg aus.

ဆၣ

Es war am nächsten Morgen. Sagen wir gegen 10 Uhr. Genau weiß ich es nicht mehr. Die Leiche war längst im gerichtsmedizinischen Institut gelandet und sicherlich schon aufgeschnitten und mit den herrlichen, groben Steppstichen der Teppichnadel wieder zugenäht, alles war protokolliert, die Labordaten lagen vor, die Lehmann´sche Wohnung war versiegelt, der Erkennungsdienst hatte ganze Arbeit geleistet. Ich saß bei Kalthagen in seinem Kabuff und hatte seinem Adju meine Geschichte drei- oder viermal erzählt. Es war einigermaßen still im Zimmer, der Adju tippte sein Protokoll, Kalthagen schrieb mit gerunzelter Stirn irgendwas, draußen auf dem Gang grölte ein Betrunkener, den sie gerade gebracht hatten, ein Beamter schnauzte ihn an. Sonst weiter nichts.

Hartes weißes Licht knallte auf den langen Tisch, der aussah wie die Startbahn eines Flugzeugträgers, auf dem Tisch lagen verstreut ein paar Dinge, die man in den Taschen des Toten gefunden hatte und die nun ebenso tot und nutzlos waren wie der Tote selber, bedeutungsloses Zeug, was manche Männer eben in den Taschen haben. Das Bemerkenswerteste war ein Flaschenöffner mit einem Perlmuttgriff, der zugleich Taschenmesser, Dosenöffner, Säge und Nagelschere in einem war. Ich starrte darauf und ich schielte zu dem Beamten, der mir gegenüber am Tisch saß. Es war Kalthagens Stellvertreter, ein dicker, rotgesichtiger Fleischkloß namens Baumgarten. Er trug einen billardgrünen Schlips mit dunkelblauen, fluoreszierenden Punkten. Ich starrte darauf wie das Kaninchen auf die Schlange und die Punkte tanzten mir vor den Augen herum. Ich fragte, und meine Frage war sozusagen an alle im Raum gerichtet: Ihr könntet mir nun aber wirklich mal sagen, wer der Tote gewesen ist, über den ich gestolpert bin und auf dem ich ´ne ganze Weile friedlich gelegen habe?

Der Adju hörte mit dem Tippen auf, Oberkommissar Baumgarten drehte den Kopf und blickte zu Kalthagen rüber und der legte seinen Stift weg, warf mir einen missmutigen Blick zu und sagte: Ein alter Bekannter war er, dein Toter.

Wie, ein alter Bekannter? Und wieso ist der Tote „mein" Toter?

Gut, sagte Kalthagen und legte nun auch das Blatt Papier beiseite, auf dem er irgendwas gekritzelt hatte, gut, ist ja kein Geheimnis und

Sie erfahren es ja doch. Also, der Tote heißt Gregor! Gregor Blümel. Und er war Freddys Kompagnon bei seinem letzten Bankbruch. Und er hatte die Kohle, auf die alle seine alten Freunde, inklusive Freddy aber auch die Chanel, scharf waren... hatte sie in Verwahrung, 'n ganz schönes Sümmchen.

Ach, sagte ich bloß, und mehr brachte ich vor Überraschung auch gar nicht raus.

Ja, ach, ach, ach, äffte mich der Kalthagen nach. Wahrscheinlich wollte der Blümel Sie anheuern, mein Lieber, damit Sie ihm den Freddy, vielleicht auch dieses Weib oder diese Transe oder was sie auch immer ist, vom Halse schaffen. Ausgesprochen blöde Idee und noch blöder war, sich dabei ausgerechnet bei dem Lehmann zu treffen. Na gut, wie dem auch sei, nun kann er uns nichts mehr sagen...

Auf einmal sagte der Baumgarten zu mir: Im Übrigen, das muss ich Ihnen sagen, je öfter Sie ihre Story hier wiederkäuen, desto beschissener klingt sie... ich persönlich glaub Sie Ihnen nicht.

Er starrte mich unverwandt an und ich starrte auf seinen Schlips, während der Kalthagen plötzlich jegliches Interesse an mir verloren zu haben schien...

Dieser Blümel, sprach der Oberkommissar weiter, wird sicher tagelang, bevor er sich schließlich an Sie wandte, überlegt haben, wie er sich und seine Kohle retten kann. Und da hat er keinen Dümmeren gefunden, weil Sie ihm sozusagen wie ein notgeiler Eber vor die Flinte gelaufen sind, mit ihrer dussligen Aktion im „Drag-Queen". Er wird davon erfahren haben oder war sogar selber da, Sie kannten ihn ja nicht und der Freddy ist auch nur aus diesem Grund bei Lehmann gewesen, um nach seinem alten Freund zu fragen und wahrscheinlich auch nach der Schwuchtel. Pech für Lehmann, dass das Maul halten wollte. Das wette ich...

Dass sie sich da mal nicht verwetten, Herr Oberkommissar, sagte ich und versuchte mir 'n Zigarette anzuzünden. Es gelang erst beim dritten Mal. Ich fragte den Kalthagen, der sehr beschäftigt tat: Sagen Sie mal, muss ich mich von Ihrem Halbaffen in so 'ner ordinären Art vollquatschen lassen... Wer ist nun zuständig für mich und für meine Befragung? Sie oder dieser Schlipsträger?

Kalthagen antwortete nicht. Er kritzelte was auf sein Papier. Dafür redete der Baumgarten ungerührt weiter: Sagen Sie schon, wie es war. Wie ist der Blümel ausgerechnet auf Sie gekommen? Hab ich Recht oder wie war's dann?

Ich versuchte mich zu erinnern, dann sagte ich: Erst hat er von einer gemeinsamen Bekannten geredet, durch die er auf mich „aufmerksam" geworden wäre... wobei er mir deren Namen nicht nannte, sondern nur so herumredete. Ja „aufmerksam" wäre er auf mich geworden, so hat er gesagt, dann hat er aber behauptet, er hätte mich einfach aus dem Telefonbuch herausgezogen wie 'ne Losnummer... egal.

Baumgarten stocherte wie ein Müllsammler in der Sammlung der Fundsachen auf dem Tisch herum, vorsichtig, beinahe als ekelte er sich, nahm ein Lineal wie einen Zeigestock. Auf einmal fischte er eine Visitenkarte heraus, schob sie wie ein Croupier zu mir rüber.

Er hatte eine Karte von Ihnen. Hier. Sehen Sie mal drauf.

Mit spitzen Fingern langte ich mir die Karte. Ja, es war eine von mir, schon ein wenig abgegriffen, einer von der älteren Sorte, ich ließ mir alle halben Jahre neue Karten machen bzw. machte sie selber am Computer, war ja 'ne leichte Übung. Sie sah schmutzig aus, eine Ecke hatte einen Knick.

O.k. das ist eine von meinen Karten. Ich verteil die Dinger bei jeder Gelegenheit, hab sie auch ausgelegt bei verschiedenen Kanzleien und im Rathaus. Wer weiß wie der Kerl dazu gekommen ist.

Und die Kohle? Ich meine das Honorar, das er Ihnen versprochen hatte. Wo ist das?

Ich sog an meiner Zigarette, blies den Rauch zur Decke. Als ich den Kopf zurückbog, spürte ich wieder den Schmerz. Verdammte Scheiße.

Sie meinen die Tausend Euro?

Ja.

Ich hab es nicht, hab auch nicht in seinen Taschen herumgewühlt. Die Kohle ist futsch. Vielleicht hat sie der Kerl genommen, der mich niedergeschlagen hat.

Das ist gut möglich. Jedenfalls, mein Lieber, der gute Herr Blümel hatte gar nichts dabei, zumindest für den Moment nicht... ich denke, er hat Sie glatt verarscht. Von dem hätten Sie nicht mal 'n Trinkgeld gekriegt. Tja...

Baumgarten feixte, lehnte sich zurück, drehte den Kopf, blickte zu Kalthagen und machte ihm ein Zeichen, das wahrscheinlich heißen sollte, was ich für ein Idiot wäre...

Der Bulle hinter ihm, der an der Schreibmaschine, spuckte in den Papierkorb.

Nein, im Ernst, sprach Baumgarten weiter und glättete mit einer Hand seinen Schlips, sein Gesicht sah jetzt tatsächlich so aus, als würde er alles bierernst nehmen, ja, sagte er, die Sache ist ziemlich rätselhaft. Sieht alles aus wie von Amateuren gemacht, kann aber auch sein, dass es nur so aussehen soll. Ob der Blümel den Tausender, den er Ihnen versprochen hat, aus seinem Schatz vom Einbruch nehmen wollte, ob er überhaupt vorgehabt hat, Ihnen auch nur einen Cent zu geben oder ob er Ihnen im Auftrag oder aus eigenem Antrieb 'ne bewusste Falle gestellt hat und dann sozusagen zum betrogenen Betrüger wurde – all das ist unklar.

Ich nickte genauso ernst wie mich der Baumgarten anstarrte. Der trommelte mit den Fingern auf der Tischplatte, sagte: Scheiße, wir wissen nicht viel über den Blümel. Leider. Außer, dass er damals bei dem Bankbruch von Freddy Killgries dabei war, wissen wir nur Bruchtücke. Er soll den Fluchtwagen gefahren haben, gut, ist nicht mit drin gewesen im Kassenraum, sondern hat treu und brav vor der Tür gewartet, mit laufendem Motor und wahrscheinlich auch mit einer geladenen Knarre auf den Knien. Haben die Burschen sich sicherlich aus einem alten französischen Krimi mit Alain Delon abgeguckt. Jedenfalls viel mehr wissen wir nicht. Haben ihn nach dem Bruch komplett aus den Augen verloren. Scheint sich unsichtbar gemacht zu haben, während sein Kumpel die paar Jahre im Knast abgebissen hat. Keinen Kontakt zu ihm all die Jahre. Hat die Kohle versteckt. Wo? Wissen wir nicht. Bis heute haben wir keine Ahnung, wo sie ist oder ob sie noch komplett vorhanden ist. Fakt ist offenbar auch – das haben wir von 'ner guten, alten Zeugin aus 'n Milieu – dass diese Chanel mit drinsteckt. Sie ist ja schon vor dem Bruch Freddys Freundin gewesen – ich sag mal „Freundin", jetzt mal unabhängig, ob sie nun 'ne Transe ist oder nicht – haben sich vor vielen Jahren im

Knast kennengelernt, sind damals offenbar schon ein Paar gewesen, wie das im Knast so geht, mit Hochzeit und Ringen und mit Hochzeitsnacht, Scheintrauung und so ´nem Scheiß. Und sie scheint ihm auch all die Jahre weiter verbunden geblieben zu sein, trotz ihrer Scheinpartnerschaft mit diesem Buchhändler, was wie ein „Schläferdasein" auf mich wirkt, und trotz ihrer diverser Liebschaften wie mit dem Lehmann und anderen Sexprotzen. Ja, Scheiße, mein Lieber, wir wissen nicht mal, wo der Blümel gewohnt hat, es gibt keine Adresse, keine Meldedaten, nichts, rein gar nichts und dumm auch, seit diese Chanel bei ihrem Buchhändler abgehauen ist, wissen wir noch nicht mal, wo die sich aufhält. Sie soll bei einem reichen Kerl in Reichenberg untergekrochen sein, wie gesagt „soll". Alle nur Nebel, wohin wir auch stochern. Verfluchte Scheiße!

Baumgarten zuckte mit den Schultern, greift ein riesengroßes, kariertes Taschentuch und prustet hinein. Hinter ihm rechts, der Kalthagen, zuckte mit keiner Wimper, er schreibt und schreibt, tut, als ob er nichts mitkriegt, der andere Bulle im Zimmer, der an der Schreibmaschine, scheint eingeschlafen, pennt mit offenen Augen wie ein Feldhase...

Alles ganz schön, was Sie sagen, entgegnete ich und versuchte mir aufs Neue ´ne Zigarette anzuzünden. Aber irgendwie klappte es nicht, entweder waren die Zigaretten zu nass oder das Feuerzeug zeigte nur ´ne Miniflamme. Entnervt gab ich auf.

Alles nur Theorie, Schreibstubenwissen, Herr Oberkommissar, der Freddy haut mir eins über den Schädel, nachdem er vorher den Blümel erledigt hat, er nimmt den Tausender vom Blümel an sich... und dann? Dann haut er ab. Warum und wieso? Weiß der Freddy jetzt – wenn´s der Freddy überhaupt gewesen ist, Fingerabdrücke und andere Indizien, die auf ihn hindeuten, hat man ja wohl nicht gefunden? Oder? – also, weiß er jetzt wo sich seine Kohle sich aufhält? Kennt er das Versteck? Hat´s der Blümel ihm verraten? Und dann, nachdem er ´s wusste, hat er ihn entsorgt? Denn das müsste ja der Zweck und das Motiv für ihn gewesen sein, nämlich seinen Expartner und Mitwisser aus dem Wege zu räumen. War´s so? Tja, was nun, Sie Schlauberger?

Baumgarten streicht wieder mit der Linken über seinen Schlips. Er lächelt. Er sagt: Es gefällt mir ja alles selber nicht. Aber was soll ich machen? Ich kann nicht anders, ich hab eben nur mal so 'n bisschen kombiniert. Aber, es passt einigermaßen zu den Fakten – soweit ich die kenne.

Ich sagte: Quatsch! Wir kennen zu wenige Fakten und von denen ist die Hälfte wiederum bloß zusammengereimt, dass wir jetzt nicht anfangen sollten zu theoretisieren. Mensch, Oberkommissar, versuchen wir doch mal folgerichtig zu denken und 'ne Marschrichtung festzulegen, die in die richtige Richtung führt. Lassen Sie mich „meine" Chanel suchen, denn ich glaube, die ist das Schlüsselchen für alles. Und Ihr? Ihr spürt den Freddy auf und nehmt ihn hopp. Da wär' 'ne Gefahr weniger auf der Straße. Wenn wir uns dann wiedertreffen und wir haben Erfolg gehabt, dann sind wir der Lösung ein echtes Stück näher gekommen...

Kalthagen hatte seine Schreiberei unterbrochen. Offenbar hatte er doch mit einem Ohr zugehört. Er hob den Kopf, warf ein Streichholz auf den Fußboden, dann noch ein zweites, denn seine Zigarre startete genauso wenig wie meine Zigarette. Scheißzimmer. Zu feucht. Und tatsächlich, es stank nach alten Klamotten und nassen Schuhen.

Also, der Kalthagen machte 'nen langen Hals und rief mir zu: Hallo Aufdegger! Was hab' ich Ihnen gesagt?

Baumgarten nahm den Kopf zwischen die Schultern, drehte sich zu seinem Chef um, machte eine Geste, die sagen sollte: Ich kann nichts dafür!

Kalthagen stand auf und kam die drei Schritte zu uns rüber gelatscht. Er paffte wie ein erzgebirgischer Räuchermann, stellt sich, eine Hand auf dem Rücken, die andere an der Zigarre, neben seinen Stellvertreter Baumgarten, demonstrativ. Er warf auf mich einen misshelligen, übellaunigen Blick.

Haben Sie gehört, Aufdegger?

Ich hörte es, aber wissen Sie, was für ein Unsinn geredet wird – heutzutage? Und Sie wissen selber, dass ich Recht habe, es geht nur so, wie ich gesagt habe... ich mach da weiter. Sie wissen, ich habe einen Auftrag, unabhängig von Ihrem Fall...

Kalthagen warf seinem Stellvertreter einen Blick zu, dann winkte er ab, sagte zu Baumgarten:

Wir werden uns spätestens morgen mal mit dieser Zeugin, der Lisa-Marie Pommer, befassen. Laden Sie die mal hierher ein. Nein, nicht hingehen, die soll herkommen, das ist psychologisch die bessere Variante...

Baumgarten nickte. Machen wir Chef:

Nein, nicht „wir", Sie sollen das machen. Klar?

Ich versuchte ein Triumphlächeln zu verbergen. Ha, ha – ihr Pfeifen, dachte ich, der frühe Vogel fängt den Wurm.

Was grinsen Sie so? kam es prompt von Kalthagen, dem meine klammheimliche Freude nicht entgangen war, Sie haben die sich wohl schon vorgenommen, was? Von wegen, der frühe Vogel...

Nein, um Gotteswillen, Herr Hauptkommissar, ich spucke Ihnen doch nicht in die Suppe so wie Ihre Mitarbeiter in Ihre Papierkörbe spucken. Mir gelang ein kurzes Lachen.

Was? Papierkörbe? Ihre dreckige Feixe können Sie stecken lassen.

Sehr wohl, Herr Hauptkommissar.

Natürlich hatte ich mir nun selber einen gemacht. Ich blödes Großmaul. Kalthagen durfte auf keinen Fall erfahren, dass ich mich mit der kleinen Pommer getroffen hatte. Mist, nun musste ich doch noch schnell zu ihr hin, ihr einschärfen, dass sie ihren entzückenden Mund halten müsse.

Gut, sagte Kalthagen, er legte dem Stellvertreter seine Weiberhand auf die Schulter, gab ihm dann einen kameradschaftlichen Klaps: Schmeißen Sie ihn raus, Baumgarten! Die Luft hier ist mir zu dick geworden. Und lüften Sie hinterher ausgiebig.

Der Beamte an der Schreibmaschine war offenbar munter geworden. Er stieß einen kurzen Lacher aus, äffte seinen Chef nach: Und lüften Sie ausgiebig! Ha, ha, ha – der war gut.

၈၁

Am nächsten Tag. Um neun stand ich auf, putzte mir wie immer nach dem Waschen aber vor dem Essen die Zähne. Meine Verflossene hatte immer moniert, dass ich dies doch gefälligst nach dem Essen tun sollte. Sie hat es nicht geschafft, bis heute putz ich mir vorher die Zähne. Dann trank ich zwei Pott Kaffee, mittelgroß, gefiltert, mit Sahne und ohne Zucker. Scheiße, der Hinterkopf mit der Zielmarke des Totschlägers tat immer noch weh, ich legte einen kalten Waschlappen drauf. Dann kochte ich mir 3 Eier, warf den Atomreaktor an - so nannte ich meine Mikrowelle - tat ein Brötchen hinein, ein Mohnbrötchen, denn das sind meine Lieblingsbrötchen, stellte auf Mikrowelle + Grill, so wird das Brötchen schön knusprig. Dann latschte ich in meinen weiten, ausgebeulten Trainingshosen, mit Hosenträgern über dem Unterhemd, zum Briefkasten runter, fischte eine Tageszeitung und einen Packen Werbeprospekte raus, tappte wieder hoch. Immerhin 2 Treppen. Hatte immer Angst jemandem zu begegnen, in diesem Aufzug. Während ich das Brötchen mit Butter bestrich, las ich in der Zeitung, den Kopf ein wenig schief haltend. Ach so, klar, den Waschlappen hatte ich, bevor ich den Hausflur trat, runtergenommen. Wenn mich einer so sehen würde, dachte ich, die würden denken, ich wäre endgültig verrückt geworden. In der Zeitung stand nichts weiter, nur, was man am Abend vorher schon im Fernsehen gesehen hatte, blöde Politik, Parteiengezänk, jedenfalls nichts von dem toten Lehmann, nichts von dem Toten in der Wohnung am Großen Garten, auch nichts, dass der Herr Hauptkommissar Kalthagen irgendwelche Ermittlungen übernommen hätte, von mir natürlich sowieso nichts...

Ich zog mich an, dachte dabei nochmal kurz an die entzückende, kleine Lisa-Marie Pommer, die ich gestern im Spätnachmittag noch aufgesucht, leider aber nicht angetroffen hatte und der ich einen Zettel mit der Bitte, mich doch so schnell wie möglich anzurufen oder noch besser aufzusuchen, an die Tür geklebt hatte.

Ich wollte gerade gehen, hatte schon nach meiner guten, alten Mütze gegriffen und den Türknopf in der Hand, als im Wohnzimmer das Telefon klingelte.

Es war der Kalthagen. Er hatte gute Laune und er tat als wäre nichts gewesen und wir wären die allerbesten Freunde.

Aufdegger?

Ja? Was ist denn? Haben Sie ihn?

Selbstverfreilich! Mein Lieber!

Ausgerechnet diese blöde Redensart aus verflossenen DDR-Zeiten musste er mir um diese Zeit an meinen schmerzenden Kopf knallen. Und dann noch: „Mein Lieber" – oh Gott.

Ich sagte: Das freut mich für Sie. Und jetzt?

Ja, wir haben ihn. Das ist doch erst mal was, oder?

Gewiss, Herr Hauptkommissar – das ist was. Ich hoffe nur, Sie haben diesmal den richtigen...

Kalthagen überhörte meinen Spott. Ich sah förmlich wie er sich aufplusterte.

Mann! krähte er durchs Telefon, das war ein Spaß. Ein Kerl – eins sechsundneunzig, gebaut wie eine Schrankwand aus Hellerau. Er hatte vorne auf dem Beifahrersitz seines alten Toyota fünf kleine Wilthener-Brandy-Flaschen liegen und trank aus einer sechsten als er gemütlich mit 85 durch die Südvorstadt dahin gondelte. Zwei motorisierte Streifenpolizisten mit je einer Pistole, einer davon mit einer Warnkelle und ein blinkendes Warndreieck haben gegen ihn ausgereicht, mehr war gar nicht nötig.

Kalthagen machte eine Pause, holte tief Luft. Erst wollte ich ihn ein bisschen hochnehmen, eine witzige Anmerkung loslassen, aber ich ließ es lieber, wollte ihm nicht seine Hochstimmung versauen...

Er fuhr fort: Als die ihn drin hatten, im Streifenwagen, hat er ein bisschen Bambule gemacht, den halben Wagen auseinandergenommen, das Funkgerät auf die Straße geschmissen, die Dienstmütze von einem der Kollegen zerrissen als wär sie aus Papier, eine neue Flasche Brandy aus der Jacke geholt und aufgeschraubt, und weil das nicht gleich ging wie er wollte, hat er sein Kingkong-Gebiss eingesetzt, dann allerdings, nach der halben Flasche, die ihm die Beamten nicht entreißen konnten, ist auf der Rückbank eingeschlummert wie ein Riesenbaby. Nach 'ner Weile aber ist wieder aufgewacht und wollte weiter randalieren, da haben ihm die Jungs mit ihren Gummiknüppeln auf die Birne gekloppt, fast fünf Minuten lang, bis er was merkte. Dann haben sie ihm endlich Handschellen angelegt. Der eine Kollege hatte 'ne Fußfessel mit. Die haben sie ihm auch noch verpasst. Jetzt haben wir ihn im Gemüsefach: Gefährdung im Straßenverkehr, Trunkenheit am Steuer und im Straßenverkehr, Widerstand gegen die Staatsgewalt, Beschädigung staatlichen Eigentums, Fluchtversuch aus

Gewahrsam, Körperverletzung, öffentlicher Ruhestörung, verbotenes Parken im fließenden Verkehr... und was weiß ich noch alles. Toll, was?

Und wo ist nu´ der Witz? wagte ich zu fragen, Sie erzählen mir das doch nicht, um mich am frühen Morgen zu unterhalten, oder?

Ja, Scheiße! Es war der Falsche, knurrte Kalthagen grimmig durchs Telefon.

Ich konnte mich nicht beherrschen, sagte: Hab ich Ihnen aber schon das letzte Mal gesagt. Aber, Sie wollten ja nicht hören. Waren im Zugriffskoller...

Jaaa, Mann, ich weiß. Scheiße. Der Vogel, den wir jetzt im Käfig haben, heißt Koslowski. Dietmar Koslowski. 42 Jahre, bisher nicht vorbestraft. Hat einen gezwitschert, weil ihn seine Firma rausgeschmissen hat, wegen Projektende, kein Nachfolgeprojekt, war Kipperfahrer bei ´ner Tiefbaufirma gewesen, ist verheiratet, hat 5 Kinder, von 6 bis 13, wie die Orgelpfeifen. Mann war seine Alte sauer. Musste froh sein, nicht die Kehrichtschaufel auf ´n Kopp zu kriegen. Die wohnen im Plattenbau in Reick... verdammter Mist!

Und? Was haben Sie bei ihrer Tussi unternommen, dieser Chanel?

Nichts, log ich, ich habe Kopfschmerzen.

Sobald Sie ma´ n ´ bisschen Zeit ham... ´s wär schön, wenn...

Nee, Hauptkommissar, hab´ ich nicht. Zeit, mein´ ich. Außerdem, Sie haben mich ja aus dem Fall rausgeworfen. Schon vergessen?

Keine Antwort. Nur ein Knurren.

Also gut, sagen wir, bin vorläufig überlastet und nur eingeschränkt verfügbar... wegen Knüppel auf ´n Kopp... wann wollen Sie denn die kleine Pommer einvernehmen?

Was kümmert *Sie* denn das?

Kalthagen war wieder reingepatscht, in seine alte Übellaune wie in ´n Haufen Scheiße. Ein bisschen tat es mir leid, dass ich nicht freundlicher zu ihm gewesen war. Aber geschehen, ist geschehen. Egal. Ich wollte noch was fragen, ihn ´n bisschen aufbauen. Aber. Klack! Er hatte aufgelegt.

Ich fuhr in die Stadt, ein paar Erledigungen machen, Banküberweisungen, Einkäufe. Schließlich hatte ich kaum noch was im Kühlschrank. Da traf ich zu allem Unglück noch meinen alten Kumpel

Willi. Wir quatschten und quatschten, tranken in einem kleinen Café jeder zwei klitzekleine Kognaks. Wie immer, `ne Stunde war weg. Ich fuhr zurück in meine Wohnung, das heißt in mein Büro, was ja so gut wie das gleiche war... laufend musste ich daran denken, dass die kleine Pommer sich noch nicht gemeldet hätte und dass sie womöglich der blöde Kalthagen schon in seine Finger bekommen hätte. Verdammter Mist!

Ich stieg die Treppe hoch, aber schon beim Treppensteigen befiel mich das mulmige Gefühl, auf eine Überraschung gefasst sein zu müssen.

Und so war es auch.

Ich habe neben meinem Wohnungseingang ein kleines Wartezimmer für meine Klienten, fast eines wie beim Zahnarzt, mit einer entsprechenden Aufschrift an der schmalen Glastür, welche ich niemals abschließe. Drinnen ein runder Tisch mit diversen Zeitungen und Illustrierten, fünf Stühle, ein altes, aber rüstiges Sofa, ein etwas stumpfer Parkettboden, zwei schmale Fensterchen, beinahe wie Toilettenfenster, mit grauen Plastikrollos davor...

Lisa-Marie Pommer schaute hoch, sie ließ ein 2 Wochen altes Spiegelmagazin auf ihren Schoß sinken. Es sah noch wie neu aus, ein Zeichen, dass es nur wenige Leute oder vielleicht gar niemand in den Händen gehabt hätte. Sie lächelte mich an und sie sah frisch und sehr hübsch aus.

Sie trug ein taubengraues Kostüm mit einem dünnen, roten Rollkragenpulli darunter. Jetzt bei Tageslicht war ihr Haar das reinste Kastanienbraun mit einem Schimmer von glimmendem Rot. Auf ihrem Kopf saß ein grauer, leichter Filzhut, der letzte Schrei mit einer riesigen Krempe und einem grellroten, gewundenen Samtband; in dieser verdammten Krempe, beinahe so ausladend wie die der Königin Margarethe von den Niederlanden, hätte man gut und gerne ein Zwergkaninchenpaar unterbringen können. Sie trug den Hut in einem feschen Winkel von über fünfzig Grad, sodass der eine Krempenrand fast ihre Schulter streifte. Doch es sah an ihr nicht übertrieben, sondern todschick und „Lady like" aus.

Sie mochte, das sah ich nun live und in Farbe, noch keine Dreißig sein. Aber viel fehlte nicht, also wahrscheinlich so acht- oder neunundzwanzig. Sie hatte eine schöne, glatte Stirn, nicht zu hoch, dass es akademisch ausgesehen hätte und nicht zu niedrig, um von Primitivität zu reden. Ihre Nase war klein und ihre Spitze ragte ein wenig keck nach oben, der Mund von schönem Lachsrosa, die Oberlippe sinnlich geschwungen wie eine fliegende Möwe, die Unterlippe dafür ein wenig zu kurz. Ihre Augen hatten die Farbe - ich hatte es schon vorgestern Nacht im Auto gesehen - von dunklem Steingrau, allerdings mit kleinen hellen Einsprengseln, was ihr den Ausdruck von „lachenden Augen", also ewiger Spottlust, gab. Insgesamt machte sie den Eindruck aufgeweckter Cleverness wie ihn gelegentlich manche Studentinnen haben, die dann entweder Studienjahressprecherinnen oder die Lieblingsassistentinnen ihres Professors werden. Ja, sie hatte ein hübsches Gesicht, jedoch wiederum nicht zu hübsch, dass man wegen ihr ständig Streit bekäme oder irgendwelche Eifersuchtsknochen davonjagen müsste, nein, ein wirkliches Gesicht zum Liebgewinnen...

Ich gab ihr die Hand, fragte sie mit einem Blick messend, ob sie denn zu einem Empfang in der Staatskanzlei oder zu einem Bewerbungsgespräch gehen wolle oder ob sie sich etwa wegen mir so in Schale geworfen hätte.

Nein, nein! lachte sie und schüttelte den Kopf, sie zöge sich nur manchmal gerne schick an. Viele Frauen wären so. Und sie fragte zurück: Ich gefalle Ihnen wohl?

Was sollte ich darauf sagen? Ich weiß nicht, aber ich bin wohl rot geworden. Und mir fiel der Spruch eines guten, alten Freundes ein: Man solle den Frauen nicht zu früh Komplimente machen. Das erhöhe nicht etwa die Chancen, nein, es verderbe sie.

Die Pommer, während ich vor ihr stand, blieb sitzen, sagte, sie müsse sich entschuldigen, sie hätte nicht genau gewusst, wie das mit meinen Büroöffnungszeiten wäre. Sie hätte gestern spät den Zettel an ihrer Tür gefunden, und so sei sie eben heute ein wenig zu früh gekommen und einfach hier sitzengeblieben... wäre das schlimm? Meine Sekretärin, ergänzte sie und schmunzelte vielsagend, hätte wohl heute ihren freien Tag...

Beinahe hätte ich „Ja!" gesagt. Ein Glück, ich fand den Mut zur Wahrheit:

Nein, ich habe keine Sekretärin?

Oh, lachte sie, da hätt´ ich wohl noch Chancen?

Na, mit dem Honorar wären Sie bestimmt nicht zufrieden, antwortete ich.

Ich ging an ihr vorbei und schloss die Verbindungstür zu meinem Büro auf.

Kommen Sie, wir gehen in meine Diensträume.

Sie stand auf, nahm den Hut ab, betrat mein Büro. Als sie an mir vorbei ging, schwebte ihr ein zarter Hauch von indischem Sandelholz nach. Sie blieb stehen. Schmunzelnd sah sie sich um. Hier ist also das Zentrum ihrer Verbrechersuche? Der Beginn aller Recherchen? Ihr Reich? Wo ist denn das Sofa von Sherlock Holmes?

Ein Sofa? Nein. Und was heißt Reich, ´s ist eher ´ne arme Provinz. Ein Brutsalon konzentrierter Gedanken. Setzen Sie sich bitte dort in den Drehstuhl. Da sitz ich sonst immer, wenn ich meinen Denkapparat angeworfen habe.

Sie setzte sich in meinen alten, etwas klapprigen Drehstuhl, warf die Beine übereinander. Die Hose rutschte hoch und ich sah schlanke Fesseln, links mit einem Goldkettchen. Sie trug grüne Nylons, kleine schwarze Lackpumps mit einem nicht zu hohen Absatz.

Wollen Sie mir nichts anbieten?

Den Hut hielt sie noch auf den Knien, gab ihn mir aber bald, sagte: Legen Sie das Monstrum irgendwohin.

Ich nahm den Hut wie ein Butler von hohen Gästen die Hüte entgegen nimmt, drehte ihn vorsichtig, doch eher ratlos hin und her, legte ihn schließlich auf mein kleines, zerkratztes Konferenztischchen. Dort lag er und sah aus wie eine Reliquie oder ein vergessenes Requisit.

Sie sagte und man hörte leisen Spott: Wenn ich mich hier umsehe, dann denke ich, Sie könnten jemanden brauchen, der Ihr Telefon bedient, die Termine in Ihren Kalender einträgt und ab und zu Ihre Gardinen zur Reinigung bringt.

Oh, sagte ich, die sind erst nächstes Ostern wieder dran. Ah, und bitte, lehnen Sie sich bitte zurück, Sie versperren mir den schnellen Zugriff zum Telefon. Nicht, das mir da ein paar Aufträge verloren gehen, wenn ich den Hörer nicht schnell genug schnappe.

Andererseits, es hat auch sein Gutes, man spart Laufereien und jede Menge Kleingeld.

Verstehe, antwortete sie und legte ihre rote Wildlederhandtasche beinahe zärtlich auf eine Ecke meines Schreibtisches. Sie lehnte sich auffordernd zurück und nahm eine von meinen Zigarillos an. Vor Aufregung verbrannte ich mir zwei Fingerspitze an meinem Uraltflammenwerfer als ich ihr Feuer gab.

Durch eine große, gepaffte Wolke lächelte sie mich an. Schöne, ebenmäßige Zähne, fast wie ein Porzellangebiss.

Sie haben bestimmt nicht gedacht, begann sie und lächelte wieder, dass ich Ihre Aufforderung so schnell und pünktlich annehmen würde. Wahrscheinlich, wieder sah sie sich um, wollten Sie gerade los, um es bei mir noch einmal zu versuchen. Irgendwann müsste ich ja da sein. Und? Was macht ihr Kopf?

Der? Der macht wie immer nichts, vor allem um diese Zeit noch nicht. Weh tut er kaum noch. Nein, ich dachte wirklich nicht, dass Sie – wie heißt es in der Literatur? – so ungesäumt bei mir auftauchen würden. Dafür danke ich Ihnen...

Und? Waren Sie bei der Polizei?

Ja, war ich...

Und?

Na, die sind wie sie immer sind – nervig.

Ich halte Sie doch nicht etwa von etwas Wichtigem ab?

Nein.

Aber so richtig freuen Sie sich nicht, dass Sie mich wiedersehen?

Ich schwieg. Was sollte ich auch sagen? Dass ich überrascht wäre, dass ich mich tatsächlich freute sie zu sehen, dass ich sie einfach wunderbar fände? Dass sie die erste Frau seit Jahren wäre, die ich... Nein. Um Gotteswillen, nein. Umständlich griff ich nach meinem alten, ledernen Tabakbeutel, stopfte mir, wiewohl die Zigarillos neben mir griffbereit lagen, 'ne Pfeife, stopfte sie langsam, gründlich, zeitraubend, zündete sie an, brauchte dazu vier Streichhölzer. Pfeifenraucher gelten als solide, überlegt, nachdenkend, ehrenwert. Und in meinem Job ist die Pfeife beinahe ein Symbol... das schoss mir durch den Kopf, dann sagte ich: Ich will Sie eigentlich da nicht mit reinziehen, glauben Sie mir, ich will Sie ein bisschen vorinformieren,

schützen, ja auch schützen, bis die Polizei Sie in die Mangel nimmt...
und die wollen mich da raushaben. Warum? Keine Ahnung. Deshalb
sollen die auch nicht wissen, dass wir, sozusagen konspirativ
zusammenarbeiten. Die brauchen überhaupt nichts von uns wissen.
Ich hab´ Sie nicht getroffen, Sie waren nicht bei mir. Klar?

Halten Sie mich für ein Schulmädel? Oder für ein Kleinkind?
Glauben Sie mir, ich kann mich schon alleine anziehen, auch die
Schnürsenkel kann ich schon binden und mit Messer und Gabel essen.

Pardon, ich wollte nicht...

Sie wollen mich nicht mit reinziehen? Hallo, Herr Detektiv! Ich bin
da schon mittendrin. Die Polizei weiß, dass ich bei Lehmann geputzt
habe und auch manchmal bei seinen Partys die Bedienerin gemacht
habe. Hallo, nur die Bedienerin! Nicht mehr! Klar? Oh, verdammt, Ihre
Altherrenphantasie können Sie draußen lassen. Mann, ihr Kerle seid
doch alle gleich. Ich seh´s Ihnen an der Nasenspitze an. Verdammte
Schmutzphantasie! Also, die wissen das alles. Klar, dass die mich da
ausfragen werden. Die Kleine weiß was. Das wollen wir auch wissen.
Genau wie Sie es jetzt wissen wollen. Das ist doch der wahre Grund,
warum sie mich treffen wollten. Oder etwa nicht?

Sie paffte das Zigarillo, war schon fast am Filter angekommen,
lächelte mich an.

Sie hatte eine wirklich entwaffnende Art. Ich stand wie nackt vor
ihr. Bloß, ohne Schutz und Verkleidung. Mir das alles auf den Kopf
zuzusagen, machte mich wehrlos. Freilich wollte ich von ihr wissen,
was bei Lehmann abgegangen war, wer die Partygäste waren, Namen,
Einzelheiten, vor allem alles zu Chanel, freilich wollte ich sie warnen,
mich bei den Bullen nicht zu verpfeifen. Nein, diplomatisch war sie
nicht. Ganz offen und ziemlich freimütig.

Und vor den Bullen, sprach sie weiter, hab´ ich keine Angst. Das
sind alles auch nur Menschen, vor allem meistens Männer. Wer vor
denen Angst hat, der fürchtet sich auch vor dem eigenen Schatten...

Gut, aber Sie sind vielleicht noch zu unerfahren...

Oh, schon am Morgen ´ne Handvoll Zynismus...

Sie lächelte und wieder schaute sie sich um in meinem Kabuff,
scharf, registrierend, abschätzend.

Geht es Ihnen gut hier? fragte sie, ich meine finanziell, kriegen Sie genug Kohle für Ihre Schnüffelei... bei diesen Möbeln, dem Fußbodenbelag, den Gardinen und der Ausstattung?

Ich sog an meiner Pfeife und schickte eine Wolke zu ihr rüber.

Oder sollte ich lieber, redete sie in spöttischem Ton weiter, mich bemühen keine so persönlichen und unverschämten Fragen mehr zu stellen?

Würde Ihnen das überhaupt gelingen? konterte ich.

Sie antwortete: Jetzt stellen wir beide unverschämte Fragen. Sagen Sie, warum haben Sie sich vorgestern Nacht mit mir auf dem Parkplatz getroffen? Weil ich kastanienbraunes Haar habe mit ´nem rötlichen Schimmer und ´ne gute Figur?

Zack! Wieder ein „Schach dem König!", muss den Turm opfern, dachte ich. Ich hielt den Mund.

Versuchen wir´s mal so rum, fragte sie mit einem Lächeln.

Sie bewegte sich in meinem Drehstuhl und der Sandelholzduft wurde stärker.

Möchten Sie wissen, was ich über Ihre Chanel weiß? Ich vermute, das ist das, was Ihnen am meisten unter den Nägeln brennt?

Zack! Das war der Läufer! Wenn sie so weitermachte, wäre es aus mit mir, dann stünde ich bald im „Schach matt", müsste die Dame aufs Brett legen... Mein Gesicht erstarrte. Ich dachte nach und ich fühlte wie sich meine Ganglien verknoteten.

Wieso hat sie dies mit der Chanel erraten? Kann sie Gedanken lesen? Sieht man es mir an?

Na schön, brummte ich, Sie sind hergekommen, um es mir zu erzählen. Also los, erzählen Sie!

Ihre steingrauen Augen weiteten sich, die hellen Pünktchen darin hüpften lustig umher. Sie biss sich auf ihre ein wenig zu kurze geratene Unterlippe, wartete einen Moment, starrte auf ihre schwarzen Lackpumps, dann, als ob ein Entschluss in ihr gereift wäre, zuckte sie mit den Schultern, ließ ihre Unterlippe los und lachte mir offen ins Gesicht.

Oh, ich wette, Sie halten mich für ein schrecklich anstrengendes besonders aber neugieriges Miststück. Aber, ich wette, Sie ahnen nicht, dass ich auch etwas von einem Spürhund in mir habe. Mein

Vater ist nämlich damals, als wir noch in Berlin wohnten, Sonderermittler bei der Polizei gewesen, später dann Leiter der Kriminalabteilung in Pankow, über zwölf Jahre lang und meine Mutter war auch dort, allerdings bloß so als ´ne Tippse – daher muss das wohl kommen bei mir...

Aha, toll und was macht er heute, Ihr Herr Vater? Oh, Pardon, unterbrach ich mich. Wo hab´ ich nur heute meine Gedanken und alle Höflichkeit, ich sollte Ihnen doch was anbieten? Was möchten Sie? An Spirituosen herrscht bei mir kein Mangel. Whisky, Kognak, Wodka, Wermut?

Na gut, dann Wermut.

Ich eilte zu meinem kleinen Kühlschränkchen, der stammte noch aus guter, alter Zeit, aber er summte und ging immer noch, weiße gewölbte Tür, Marke „Kristall", ein Erbstück von meiner Mutter. Sie hatte ihn in den Siebzigern gekauft. Ich holte eine Flasche „*Noilly Brat Rouge french dry Vermouth*" heraus. Roter französischer. Die Flasche für 19.90. Sie war noch halb voll. Gut, trinken ja sonst nur Damen und ich hab´ wenig Frauenbesuch. Kleine Anekdote: Als ich noch ´ne Katze hatte, hab ich ihr ab und zu ´n paar Tropfen Wermut ins Futter gemischt. Sie war ganz verrückt danach, fast schon süchtig... ist das nicht der Beweis? Frauen und Katzen – die haben was Gemeinsames... gut. O.k. ich verquatsch mich...

Ich fragte: Groß, klein, mittel? Eis hab´ ich leider nicht

Macht nichts. Geht auch ohne Eis, ist ja im Kühlschrank gewesen. Mittelgroß, bitte.

Ich goss ein. Nahm ein Kristallglas aus meiner alten Vitrine, es war halbwegs sauber und kaum blind.

Danke!

Sie spitzte die Lippen, trank einen kleinen Schluck.

Ich wartete, bis sie das Glas abgesetzt hatte, fragte: Also wie war das mit Ihrem Herrn Vater?

Ach so, ja. Mein Herr Vater? Ha, ha, ha. Nein, es ist eigentlich nicht zum Lachen. Ist ´ne traurige Flic-Story. Sie haben ihn vor die Tür gesetzt. Nach zwölf langen Jahren. Sie glauben ja nicht, was es bei der Polizei für Intrigen gibt. Wirklich schlimm. Da haben sich ´n paar zusammengetan, denen mein Oller immer mal auf die Finger geklopft hatte, Leute mit vielen dreckigen Kleinigkeiten an der Uniform, vor allem Bestechung, aber auch kleinere Diebstähle, Schlampigkeiten im Dienst, sogar übles Mobbing vor allem gegen Frauen in Uniform und gegen Dienstanfänger, sogar ´n Selbstmord ist auf diese Weise mal ausgelöst worden, und dann haben sie ´s geschafft, dass mein Erzeuger erst mal degradiert wurde – wie das immer in Filmen gesagt wird: Versetzung in die Abteilung für eingezogene Autokennzeichen – nein, nicht sowas aber in ´s Abseits als Leiter der Asservatenkammer haben sie ihn versetzt, und, Sie müssen wissen, in Pankow ist die Asservatenkammer nicht größer als ´ne Besenkammer. Da saß er nun. Stumpfsinn hoch acht. Das hat mein Oller ´n halbes Jahr ausgehalten, dann hat er den Dienst quittiert, gut, er hat noch ´ne Pension gekriegt, aber nachher ist er in ´n Alk abgerutscht und noch ein halbes Jahr später haben sie ihn ´ne Suchtklinik eingeliefert. Das pure Siechtum. Grauenvoll. Vor ´nem Jahr hat er die Äugelein geschlossen. Mit gerade mal Siebenundsechzig. War ´n Scheißbegräbnis, kann ich Ihnen sagen. Von den alten Kollegen ist keine Sau gekommen, nur sein ehemaliger, inzwischen pensionierter Chef, war da, im Rollstuhl und mit Pfleger. Insgesamt bloß ´ne Handvoll Trauergäste. Wenn man bedenkt, so endet einer, der sich für diesen Staat jeden Tag aufgeopfert hat. Ist das nicht Scheiße? Pardon. Aber da kann ich einfach nicht die feine Dame spielen...

Das tut mir leid, sagte ich.

Sie schlug die Beine wieder übereinander. Der Stoff sirrte wie raue Seide. Wieder wallte ein Sandelholz-Duft zu mir rüber. Sie drückte ihr Zigarillo aus. So viel ich sehen konnte, war kein Lippenstift dran.

Sie holte tief Luft, sagte: Ich erzähle Ihnen das alles, um Ihnen zu klarzumachen, dass ich weiß, wie Polizisten ticken. Haben alle ´n bissel Hornhaut auf der Seele. Aber supersensibel. Sind schnell eingeschnappt und dankbar für jede Streicheleinheit. Auch, wenn es ganz primitive Lobhudeleien sind. Klar, es gibt da auch viele Idioten, aber nicht viel mehr als anderswo. Der Anteil der Idioten ist, denke ich, in allen Branchen gleich, nur das Niveau und damit die Fallhöhe sind verschieden... will sagen, Sie brauchen wirklich keine Angst zu haben, dass ich aus der Rolle falle, wenn mich Ihr Freund Kalthagen...

Na hallo, von wegen „Freund", widersprach ich, da hab ich aber andere Vorstellungen von Freundschaft, und, Sie wissen ja: Freunde kann man sich glücklicherweise aussuchen, Verwandte nicht... ein Glück, dass der Kalthagen nicht mein Onkel ist...

Ja, ja, schon klar, ich meinte nur so... also, machen Sie sich keine Platte, wenn der Kalthagen mich interviewt. Ich sag dem, was ich weiß... oder vielleicht ein bisschen weniger, und nichts, dass er noch Lust bekommt, sich an mir festzubeißen. Wie gesagt, ich weiß wie die ticken, unsere Freunde und Helfer...

Sie sah irgendwie genervt aus. Lag es an der miesen Luft hier bei mir?

Ich erhob mich, ging zum Fenster, machte es auf. Schwacher Verkehrslärm drang herein, nicht weit von meiner Wohnung lief eine Trasse der Deutschen Bahn vorbei, aber es hörte sich so leise an wie von einer Spielzeugeisenbahn. Nur ein zartes Rauschen mit dem Dumm-Dimm, Dumm-Dimm von den Schienenstößen. Wie ich am Fenster stand, verspürte ich plötzlich einen unwiderstehlichen Drang nach meinem guten, alten Büro-Whisky. Ich zog die unterste Schublade von meinem Schreibtisch auf, griff hastig die halbvolle Flasche, und zwar so hastig, dass die goldbraune Flüssigkeit darin umher schaukelte und trank gleich aus der Pulle einen ziemlichen Schluck.

Lisa-Marie sah mir mit gerunzelten Brauen zu.

In missbilligendem Ton sagte sie: Jetzt sind Sie in meiner Beliebtheitsskala um ein paar Grad nach unten gerutscht. Sowas machen solide Männer nicht, noch dazu nicht im Angesicht von Frauen. Haben Sie ein Alkoholproblem?

Natürlich antwortete ich nichts. Ich verstaute die Flasche schnell wieder in der Schublade, schob die mit dem Fuß zu. In der Lade ein Poltern, ich hatte zu heftig dagegengetreten, die Flasche war drinnen umgefallen. Hoffentlich hält der Verschluss? dachte ich.

Ich setzte mich

Mir haben Sie nichts angeboten! kam es prompt von der Pommer.

Ich... ich... ich dachte, der Wermut, würde Ihnen reichen. Es klang klein und hilflos.

Dann raffte ich mich auf, sagte: Entschuldigung. Schauen Sie mal auf die Uhr. Es ist noch mitten im Vormittag, nicht mal elf Uhr. Fangen Frauen da schon an, durcheinander zu trinken? Ich dachte, Sie wären nicht so eine...

Ich sah Lachfältchen um ihre Augen. Sie fragte: Höre ich da etwa ein verstecktes Kompliment?

Wenn Sie so wollen – ja.

Ich fühlte mich nach dem Schluck Whisky auf einmal viel besser. Irgendwie gestärkt, kräftiger, mutiger, unternehmungslustiger. Hätte ich womöglich tatsächlich ein Alkoholproblem? dachte ich. In letzter Zeit trank ich häufiger als früher, allerdings nie bis zur Trunkenheit...

Sie beugte sich im Sitzen vor, strich mit ihren gepflegten, manikürten Fingern, die von sorgfältig und geschmackvoll in Pink lackierten Nägeln gekrönt wurden über die stumpfe, ein wenig zerkratzte und nicht polierte Platte meines armseligen Tischchens.

Möchten Sie nicht doch eine Assistentin anstellen? fragte sie. Auch nicht, wenn Sie das außer einem gelegentlichen, freundlichen Wort nichts weiter kosten würde.

Es war klar, offenbar kannte sie die Wirkung - ein kurzer, Flammen werfender Blick traf mich. Aber, es war zu blöd, nichts sprang auf mich über und auch dieser Augenstrahl richtete in meinem Innern weder Schaden noch Verwirrung an.

Verdammt, immerhin das konnte ich gerade noch denken, im Grunde besteht mein Leben, besonders, wenn es um Frauen geht, aus einer ununterbrochenen Kette verpasster Gelegenheiten. Und, wiewohl ich das wusste, ja beinahe zum Trotz, sagte ich:

Nein, kein Bedarf!

Sie nickte, bat um ein weiteres Zigarillo, das ich ihr brav reichte und anzündete. Dann sagte sie: Na ja. Hätt´ ich mir eigentlich denken können. Da bleibt es also dabei – ich sag Ihnen, was ich weiß und fahr´ dann wieder nach Hause.

Ich sagte nichts. Nein, ich konnte nicht, nicht mal genickt habe ich.

Stattdessen nahm ich wieder meine Pfeife zur Hand, sie war noch nicht leer geraucht, ich brauchte wieder drei oder vier Streichhölzer bis der Tabak zu glimmen anfing, und paffte los. Pfeiferauchen ist ja die pure Täuschung. Man sieht dabei so schön nachdenklich und intelligent aus, selbst wenn man gar nichts denkt oder strunzdumm ist. Sucht euch aus, was es bei mir gewesen sein könnte...

Gut, sagte die Pommer, also zunächst zu Ihrer glorreichen Chanel, dem Zentrum Ihrer detektivischen Aufmerksamkeit. Da will ich Sie mal ins Bild setzen, wiewohl ich über diese „Dame" nicht jede Kleinigkeit weiß, aber vielleicht doch noch ein bisschen mehr als Sie sich vorstellen können...

Noch ´n Wermut?

O.k. Sie nickte und schob mir ihr Glas über den Tisch. Ich goss ein, schob das Glas zurück. Sie trank ein Schlückchen. Zirrsch! Wieder hatte sie die Beine übereinander geschlagen.

Also zuerst müssen Sie wissen, Ihre Chanel ist die „Braut" von diesem Riesenbaby und Tarzan-Verschnitt Freddy Killgries. Auf gut Deutsch: Der ist schwul! Die beiden haben im Knast „geheiratet", mit allem Pipapo wie er dort in solchen Fällen üblich ist. Ist im Übrigen lustig, wenn Sie wollen, erzähl ich Ihnen darüber später mal was. Mehr oder weniger zufällig erfuhr ich davon. Jedenfalls war dies damals zu der Zeit, als sie gemeinsam, allerdings wegen unterschiedlicher Delikte, einsaßen. Unsere Chanel kam früher raus und setzte ihr Leben als bunter Schmetterling fort. Dann wurde Freddy entlassen und sofort plante er wieder ein großes Ding. Diesmal einen Bankraub. Eine Raiffeisenfiliale war das Ziel. Freddy zog das Ding mit seinem damaligen Kumpel Gregor Blümel durch, demselben, den er jetzt offenbar in Lehmanns Wohnung erledigt hat, aber für mich bleibt die Frage: Wo ist unsere famose Chanel jetzt? Die Beute ist nicht riesig gewesen, aber doch ganz ordentlich, so anderthalb Millionen hab ich gehört...

Ich wollte schon dazwischenfragen, wo sie das denn gehört hätte, denn auch ich wusste von dieser Summe, allerdings durch den Günter Kalthagen – aber ich ließ es, wollte lieber weiter zuhören... und so nickte ich nur, ziemliches Erstaunen heuchelnd.

Also, fuhr die Pommer fort, der Blümel hatte, während Freddy wegen des Raiffeisenraubes im Knast saß, das Geld in Verwahrung, offenbar sollte er es bloß verwalten und nicht etwa für sich behalten oder verbrauchen. Zu diesem Zweck war Blümel untergetaucht. Die Polizei wusste von seiner Tatbeteiligung, aber es gelang nicht, ihn zu schnappen. Ob ihm bei seinem Untertauchen und bei der Geldverwahrung die taffe Chanel geholfen hat, weiß ich nicht. Sie hatte sich einen zeitweiligen Unterschlupf bei jenem Buchhändler gesucht, demselben, der Sie jetzt gebeten hat, sie wiederzufinden. Denn bei ihm hatte es der bunte Schmetterling Chanel nicht lange ausgehalten. Sie flatterte wieder davon, mal hierhin, mal dorthin wie das Schmetterlinge so machen, wenn sie auf Nektarsuche sind, und so flatterte sie auch zu unserem jetzt toten Herrn Lehmann, trat sogar in seinem Etablissement auf, denn dafür hat sie Talente: Sie kann singen, sie kann tanzen, sie kann Conference machen. Alles das kann sie – oder ich müsste besser sagen: das kann er. Sie wissen ja, auch wenn sie alle ringsum perfekt täuschen, diese Transen sind und bleiben weiter nichts als schwule Kerle...

O.k., sagte ich, ich staune Bauklötzer, was sie alles wissen, und ich grüble, wo Sie das wohl her wissen könnten, aber es bleibt die alles entscheidende Frage, nämlich die 100.000 Dollar-Frage:

Wo ist unsere famose Chanel jetzt? Wo ist sie in diesem Augenblick? Haben Sie davon auch ´ne Ahnung?

Wenn ich noch ´nen Wermut kriege, vielleicht...

Schon wollte ich fragen, wer nun ein Alkoholproblem hätte, aber ich fragte nicht, wieder beherrschte ich mich, nahm die Flasche aus dem Kühlschrank und goss meiner Informantin nach.

Sie streckte die Hand nach dem Glas aus, jetzt schon nicht mehr so zögerlich und zurückhaltend, sondern wie jemand, der sich, wie man sagt, „warm" getrunken hat. Sie nahm einen tiefen Schluck, lehnte sich zurück, sagte:

Also, zunächst, ich weiß das alles vom Lehmann. Manchmal ist der nach seinen Partys länger geblieben. Da ist er meistens noch ziemlich „angesoffen" gewesen und wurde gesprächig, richtig mitteilsam wie ein altes Weib war er dann und rührselig, sogar geflennt hat er, hat darüber gejammert, was er doch für ein schlechter Mensch wäre und wie er sich vor seiner Frau und den Kinder schämte und dass seine Kinder – ich glaube, es sind zwei gewesen - wegen ihm und seinem Lebenswandel von zu Hause ausgerissen wären... und lauter so ´n Kram eben. Ich hörte ihm, mit dem Besen und dem Wischlappen in der Hand, anteilnehmend und mit treuem Dackelblick zu. Wie ein weiblicher Beichtvater kam ich mir vor. Nur, die Absolution konnte ich ihm nicht erteilen. Auch keine 100 Vaterunser verordnen. Freilich am anderen Tag oder später wollte er davon nichts mehr wissen, verbot mir sogar irgendjemandem davon zu erzählen. Doch, Sie wissen ja, gesagt ist gesagt. Was kann man da machen, wenn man seine eingesperrten Worte freilässt? Sie schwirren umher, mancher hört sie, mancher merkt sie sich, andere vergessen sie. Ich hab mir sie gemerkt. Manchmal denke ich, ich hätte mir Notizen machen sollen oder dieses ganze Lehmannsche Gebrabbel auf Band aufnehmen sollen. Ich tat es nicht – warum auch, wer denkt denn auch gleich an Mord, Totschlag oder irgendwelche kriminellen Folgen und dass dies alles mal wichtig werden könnte...

Jaaa. Gut, in Ordnung, aber wo ist er denn nun, unser Schmetterling?

Nun, so richtig genau weiß ich das nicht, mein lieber Herr Detektiv, nur so aus Andeutungen und aus Lehmanns Gerede.

Jaaa. Gut. Na, nun sagen Sie´s schon, drängelte ich, es wäre enorm wichtig für mich...

Soviel ich weiß, antwortete die Pommer und sie tat jetzt ziemlich bedeutend, trank ihr Glas aus und schob es mir herausfordernd und forsch über den Tisch, beinahe wäre es umgefallen...

Soviel ich weiß, setzte sie fort – ich hatte ihr eins-fix-drei das Glas wieder gefüllt und über den Tisch zurückgeschoben – soweit ich mich erinnere, soll die Kleine jetzt bei einem reichen Knopp untergeschlüpft sein, einem superreichen, sag ich Ihnen, mit ´nem riesigen Anwesen in der Nähe von Reichenberg, mit Helikopter-Landeplatz, mit eigenem Rennstall und alten amerikanischen Luxusschlitten – so einer, wissen Sie. Soll ´ n ´ Amerikaner sein, der hier im Hinterwäldler-Deutschland sein reingewaschenes Geld verzehrt, ´n Exmanager aus der Ölbranche... den Namen weiß ich nicht, auch nicht die Adresse... aber, das werden Sie schon alles rausfinden, wie ich Sie kenne, oder?

Ich fragte: Weiß die Polizei davon?

Ich spürte, wie eine blöde Aufregung mich erfasste. Der Hinterkopf hämmert auch wieder.

Nein, wieso? antwortete die Pommer, woher sollen die das wissen?

Gut, dann sagen Sie es denen auch nicht, wenn Sie mit Ihrem Interview dran sind. Bitte.

Ich soll das verschweigen?

Sie trank ihr Glas aus.

Nein, dachte ich, jetzt würde sie nichts mehr bekommen. Mir hatte es schon mit der alten Lehmann gereicht. Besoffene Weiber – es gibt nichts Scheußlicheres.

Ja, sagte ich, darum bitte ich, Frau Pommer... und halten Sie sich dran. Nichts sagen. Zu den Brotladen...

Allright!

Sie machte eine großspurig zustimmende Bewegung mit ihrem linken Arm, dann nahm sie ihr leeres Wermutglas und wackelte damit hin und her.

Nein, meine Beste, sagte ich, Sie haben genug. Und, Sie wollen ja auch wieder nach Hause. Ich habe hier keine Ausnüchterungszelle...

Was?? Denken Sie, ich sei betrunken? Hier! Schauen Sie!

Und sie versuchte über dem Kopf die beiden Zeigefinger zu berühren. Natürlich misslang das, es sah drollig aus, wie ihre Finger sonst wohin zeigten, wäre es anders gewesen, hätte mich das sehr verwundert.

Ich kann auch noch anderes vorzeigen! lachte sie. Malen Sie einfach einen Strich auf Ihren Fußboden, ich lauf darauf wie eine Ballerina auf dem Balken. Ja, lachte sie weiter, ich kann auf dem Strich gehen.

Ich winkte ab. Ja, ja, Sie sind stocknüchtern, ich weiß, ich sehe das.

Ich wechselte das Thema, sagte: Ich habe Ihnen nichts von den anderthalb Millionen erzählt!

Nein, Sie nicht, aber der Oberkommissar Baumgarten.

Irgendwann sollte man ihm 'n paar Knöpfe an den Mund nähen, so ein verdammtes Quatschfass...

Er hat meinen Vater gekannt, ich hab ihm versprochen, es nicht weiterzusagen.

Sie sagen´s gerade weiter.

Aber, mein Herzchen, Sie wussten es doch schon, ich meine das mit den anderthalb Millionen?

Sie lachte ganz unmotiviert und schrill auf. Ein Zeichen, dass sie wirklich nichts mehr vertrug. Ihre Hand fuhr in die Höhe, als wollte sie sich den Mund zuhalten, ihre Augen weiteten sich...

Sie *wussten* es doch, stimmt's? Oder etwa nicht? Ganz leise kam dies über ihre Lippen.

Ich nickte. Ja, Verehrteste, wir haben denselben Informanten.

Wissen Sie? fragte sie unvermittelt, dass Sie schöne braune Augen haben?

Ich? Wieso?

Ja, und wer solche Augen hat, antwortete sie in gurrendem Taubenton, der ist nicht ausgekocht, auch wenn er das laufend von sich denkt.

O.k. – Augen hin und her, Also, wie haben Sie das mit den anderthalb Millionen von dem Baumgarten rausgekriegt?

Das war ganz einfach. Er ist ein Mann. Mehr muss ich dazu nicht sagen...

Ach, wegen Ihrer roten Haare und Ihrer hübschen Figur hat er so ´n Mitteilungsbedürfnis bekommen... weiter brauchten Sie nichts machen? Das ist ja... Nicht mal die Bluse haben Sie aufgeknöpft oder die Strümpfe glattgezogen?

Sie errötete bis zu den Schläfen.

Egal, er hat ´s mir jedenfalls erzählt... und noch ein bisschen mehr, auch was über Sie übrigens...

Ach, auch über mich beziehen Sie Ihre Informationen jetzt von der Polizei? Interessant. Was haben Sie denn da erfahren? Sicher nur Banalitäten, und dass die mich nicht leiden können...

In der Tat. Sie lächelte frech und herausfordernd, soweit es ihr gelang, ihre Gesichtszüge nach den 3 Gläsern Wermut nicht völlig entgleisen zu lassen. Ja, in der Tat, beliebt scheinen Sie bei unseren Gesetzeshütern nicht zu sein. Eher sind Sie für die so eine Art Störenfried, irgendwie lästig... zum Beispiel wie Sie die bei ihrem Fehlgriff in Sachen Freddy hochgenommen haben und anderes noch...

Na toll, höhnte ich, der Baumgarten scheint sich ja bei mir und in meiner Psyche ganz schön auszukennen, für die paar Mal, wo wir uns begegnet sind. Ich glaube, ich hab´ den bloß zweimal getroffen.

Aber mein Hase, lachte die Pommer, das hab´ ich doch nicht alles bloß von dem. Nur das mit der Kohle vom Blümel...

Sie unterbrach sich, griff sich ins Haar, knöpfte ihre Kostümjacke auf. Geben Sie mir doch noch ´n bissel von Ihrem Wermut. Der schmeckt wirklich nicht schlecht. Und so voll bin ich ja nun wirklich nicht. Malen Sie doch mal ´n Strich auf Ihren Scheißfußboden. Na los! Sie werden sehen, ich leg Ihnen ´n perfekten Catwalk hin...

Erst sagen Sie, mit wem Sie noch so im Intimtalk gewesen sind...

Na, so viele sind ja da nicht. Der Kalthagen hat mir auch was gezwitschert und dann noch so´ n Vogel, ich glaub´ der war sogar bloß Anwärter, also ´n Polizistenlehrling, den Namen hab ich vergessen...

Der Kalthagen also auch, schimpfte ich, dieser Scheißkerl. Hätt´ ich mir denken können.

Ich ging zum Kühlschrank und holte den französischen Wermut heraus. Dann bückte ich mich zu meiner unteren Schublade und stellte die Whisky-Büroflasche vor mich hin. Ich goss ihr das Glas voll und wollte meinen Whisky gleich an den Mund setzen.

Sie spielte die Empörte: Das werden Sie doch wohl jetzt nicht tun? Schnaps aus der Flasche? Sowas ist Unterschicht. Sie werden doch wohl nicht einer von diesen ewig betrunkenen Privatdetektiven sein?

Ich lachte ihr ins Gesicht: Und selber?

Eine Dame trinkt nicht, sie gönnt sich nur ab und zu einen Schluck... Ja, dieser kleine Anwärter – verdammt wie hieß er bloß? – er hat mir ´ne Karteikarte (ja, die hantieren dort immer noch mit Karteikarten) gegeben, wo ein paar Zeilen zu dieser Chanel draufstanden. Über die haben die ja, weil sie schon gesessen hat, ein paar Notizen...

Und? fragte ich hastiger als ich gewollt hatte, was war da zu lesen? Bitte.

Oh, nicht viel. Es war genauso wie im Jahre Neunzig, als mein damaliger Freund seine Stasiakte einsehen wollte. Ein Riesentamtam. Er musste sich ausweisen, sein Personalausweis wurde gescannt, er musste irgendwelche Dokumente unterschreiben und dann stand in seiner Akte nur blödes Blabla. Nicht ein Fakt, den er nicht schon gekannt hätte, dafür Ausführliches über seine Mutter und seine Geschwister, wann die mal in Bulgarien oder in Ungarn gewesen sind, was er für ein Auto führe und dass er die Karre über Genex bezogen und mit Forumschecks bezahlt hätte. Lauter so ´n Kram eben. Eine Stinkwut hatte Harald damals – so hieß mein Freund. Es wäre fast so gewesen, hat er gesagt, als hätte er wie 88 ´nen Ausreiseantrag gestellt. Aber das Tollste! Hören Sie zu: Als mein Harald dort in so ´nem Lesesaal saß und seine Akte studierte, denn nach Hause durfte man nichts mitnehmen, nicht mal ´ne Kopie, da saß am Ausgang des Saales eine Aufsicht, ein Mann Ende Vierzig, und der, mein Harald hat geschworen, dass er sich nicht getäuscht hätte, der war ein ehemaliger Offizier der Firma. Firma! Ha, ha. So nannten sie die Behörde ja selber. Der saß also dort, ein alter Bekannter, ein gewisser Oberstleutnant Wohlbrück, Wolfgang Wohlbrück aus Haralds Nachbarhaus, der „oben auf der Bautzener" wie wir damals sagten, gearbeitet hat. Das muss man sich mal vorstellen: Die Stasi nicht ausgerottet, nein, immer noch im Dienst... nur, ein bisschen die Front gewechselt. Jetzt sind sie die Fachleute für das, was sie angerichtet haben. Die Gutachter ihrer eigenen Schandtaten. Zeigt das nicht die Doppelmoral der neuen Herrscher auf eindrucksvolle Weise? Als mir Harald davon erzählte, er hätte den Wohlbrück in der neuen Behörde gefunden, und der wäre dort ganz offiziell angestellt, nicht etwa zur Wiedergutmachung abkommandiert, nein, er bekäme ein schönes Gehalt mit Pensionsanspruch, und er träte wieder genauso großspurig auf wie früher. Als ich dies hörte, da wurde mir klar, dass der alte Spruch stimmen könnte, nachdem die Tröge immer noch stünden, wo sie immer gestanden und dass nur die Schweine ausgewechselt wären... Gut, jedenfalls in der Akte von meinem Harald hatte genauso wenig gestanden wie jetzt in der Karteikarte, die mir der Polizeianwärter von Ihrer Clare-Anne gegeben hat: Ein paar kümmerliche, persönliche Daten. Art und Umfang ihrer Haftstrafe, und natürlich das Ziel der Sozialisation... dies aber war das einzig Interessante, denn ich las, dass sich dein ehrenwerter Buchhändler als Pate und Bürge zur Verfügung gestellt hätte, nämlich zur Wiedereingliederung eines gewissen Toni Beierle, so heißt Ihre famose Chanel mit ihrem Taufnamen, in die Gesellschaft. Mit ein paar kleineren Auflagen, Meldungen bei der Polizei und so weiter...

Erst war ich ein paar Sekunden sprachlos, dann raffte ich mich auf, sagte: Na, für diese Auskünfte hat sich ja mein französischer Wermut richtig gelohnt. Woll'n Sie nich' noch einen?

Sie schüttelte den Kopf, knipste ihre Handtasche auf, holte ein Hochglanzfoto hervor, schob es mir über den Tisch, blickte mich lauernd an. Es war ein Bild von Chanel, ziemlich neuwertig und aktuell. Vom August letzten Jahres.

Hab ich mitgehen lassen, sagte sie und es klang ganz lässig und beiläufig.

Hui! ächzte ich.

Es war eine Blondine, keine Schwarzhaarige wie auf den Bildern des Buchhändlers oder von der Lehmann. Aber es war ein Stück Weib, wegen der ein Pfarrer seine Sakristei zu Kleinholz zerhackt oder ein Zuhälter all seine Nutten davongejagt haben würde. Sie trug nichts Besonderes, nein, nur Alltagskleidung, aber mit Pfiff, modisch und geschmackvoll. Sie wirkte ein bisschen arrogant, aber gerade so viel, dass es nicht allzu sehr störte. Echt Upperclass. Was einer auch wollte, wo er es wollte – sie würde es ihm bieten. Etwaiges Alter – dreißig!

Ich hatte mir ein Glas geholt, es mit meinem Büro-Whisky halb gefüllt. Den kippte ich jetzt mit einem Schluck hinter, verätzte mir dabei die Kehle.

Das war's für heute, sagte ich ein wenig heiser und auf den Whisky deutend, hab' mir gerade den Hals verbrannt. Dann gab ich ihr das Bild zurück, tippte mit dem Finger drauf und sagte lachend: Nehmen Sie's weg, sonst fummle ich mir noch wo rum...

Lisa-Marie starrte mich an. Ganz und gar ernst, mit großen Augen. Ihre Finger streichelten die Tischplatte.

Was? Wegen so 'ner Transe? Mein Gott. Was seid ihr Männer bloß für sexgesteuerte Idioten. Onanieren nach Vorlage, was? Sowas habt ihr drauf, selbst wenn was Leibhaftiges aus Fleisch und Blut vor euch sitzt... sie kratzte sich an der Nase. Außerdem hab ich 's extra für Sie geklaut, sprach sie weiter. Warum sollte ich das jetzt wieder mitnehmen? Sie wollen die doch finden, sie kennenlernen und auf alles Mögliche abklopfen? Ha, ha, ha. Oder plötzlich nicht mehr? Ein klitzekleines Dankeschön müsste eigentlich drin sein...

Ich nahm das Foto nochmal her, betrachtete es mit zusammengekniffenen Augen, spitzte die Lippen, begann ein Lied zu pfeifen – weiß nicht mehr welches.

Dann sagte ich, ohne aufzublicken: Wie wär´s heute Abend dreiviertel zehn im Tanzcafé auf der Wilsdruffer?

Keine Ahnung, warum ich dies vorgeschlagen hatte. Mir war der Gedanke ganz spontan ins Gehirn geschossen, sozusagen intuitiv.

Hören Sie mal, Sie Aushilfscasanova, ich hab´ Sie angerufen, bin hergekommen, nicht weil ich mit Ihnen ausgehen will oder so. Da brauchte ich nicht so ´n Anlauf zu nehmen, nein aus rein geschäftlichen Gründen bin ich hier in Ihrer muffigen Bude...

Was? Aus geschäftlichen Gründen? Sie?? Was für Geschäfte betreiben Sie denn?

Sie ging nicht darauf ein, antwortete mir nicht, sondern entgegnete mit todernstem Blick:

Ich komm´ nämlich jetzt zu meinem Kernanliegen – einer direkten Botschaft. Deswegen bin ich eigentlich hier, Herzchen... Sie wirkte plötzlich vollkommen nüchtern und beherrscht. Hätte sie sich vorher bloß verstellt, dachte ich, die Angetrunkene bloß gespielt, um mich auszutesten oder mir ´ne Falle zu stellen. Verfluchte Scheißweiber! Bei denen weiß man nie...

Hören Sie, sagte sie, die Dame – und sie betonte das Wort „Dame" – will Sie empfangen, rein geschäftlich sozusagen.

Was? Mich? Geschäftlich? rief ich und hatte mit einem Mal alle Contenance verloren. Was sagen Sie da? Sie kennen diese Person also so gut, dass die Ihnen sogar Botschaften aufträgt, noch dazu an Leute wie mich. Da bin ich wirklich platt. Das kann ich nicht glauben? Könnte ich mich so in Ihnen getäuscht haben? Verdammt. Nein. Sagen Sie, dass es nicht so ist. Sie spielen mir hier bloß ´ne Supershow vor, oder? Perfekt, übrigens! Das muss ich schon sagen. Absolut perfekt wie ´n Profi. Doch, meine Liebe, die Frage muss erlaubt sein: Was könnte so eine wie diese Chanel von mir wollen? Und woher weiß die überhaupt von meiner Existenz und dass ich sie suche? Gar ´n Auftrag habe, sie zu finden. All den ganzen Scheiß. Wieso? Mensch, das wird ja immer mysteriöser. Der reine Wahnsinn... ich fass es nicht... muss wohl doch meine Flasche wieder raufholen. Brauch dringend 'n neuen Schluck. Verdammte Scheiße!

Die Pommer machte eine ungeduldige Bewegung. Und ich verstand sofort. Also hörte ich auf den wilden Mann zu spielen, setzte mein finsterstes, entschlossenstes Dienstgesicht auf, redete sie ziemlich straff an: Und? Aber jetzt raus mit der Sprache: Weswegen will diese „Dame" mich „empfangen" – „empfangen" wie das klingt! – warum, verdammt? Los! Ich höre!

Je aufgeregter ich mich gebärdete, desto ruhiger wurde die Pommer:

Warum? Warum die Sie sehen will? Nun wegen dem Lehmann natürlich! Und sicher auch wegen dem Freddy. Wer will schon in so 'ne Sache verwickelt werden, in einen Mord, wenn er davon erfahren hat? Hören Sie zu, und machen Sie bitte nicht so 'n Gesicht. Also, das ist so gewesen: Ich habe sie angerufen, diese Chanel, und zwar via Smartphon, anders ging es nicht, ich hatte ja ihre Mobilnummer. Besaß die noch aus Lehmanns Zeiten. Manchmal hatte ich rumzutelefonieren, wenn ein Termin verschoben werden musste und so weiter. Also, ich hab ihr dann die Story von dem Toten in Lehmanns Wohnung erzählt...

... und dabei erwähnt, dass *ich* mich um diesen Fall kümmere..., unterbrach ich sie

Ja genau und ich erwähnte auch, dass Sie von dem Buchhändler den Auftrag haben, sie zu finden und wenn möglich wieder heim in die Buchhandlung zu führen.

Und? Wie hat sie reagiert?

Zunächst schien sie nicht sehr überrascht, ich meine von der Sache mit Lehmann. Ich denke, irgendwer hat sie schon ins Bild gesetzt. Wer? Keine Ahnung. Natürlich wusste sie nichts von Ihnen, wer Sie sind, was Sie so treiben... dass Sie Detektiv sind...

Und da haben Sie ihr einfach alles erzählt? Pardon, aber Sie wissen doch von mir so gut wie nichts. Was könnten Sie da berichtet haben?

Hab ich ja gar nicht. Nein, hab ich wirklich nicht. Es ist ja wie Sie sagen, ich weiß nichts über Sie. Und bitte, seien Sie doch nicht so aufgeregt, Sie zappeln hier rum wie ein nervöses Kind... kriegen Sie das überhaupt noch selber mit? Wahrscheinlich nicht.

Was soll ich nicht mitkriegen?

Na, wie Sie hier rumzappeln, Mann, mit den Händen und so... und wahrscheinlich wissen Sie auch gar nicht, dass Sie dabei Ihr Gesicht in konvulsivischen Zuckungen verziehen. Sieht echt grässlich aus, wie ein Spastiker... haben Sie das mal behandeln lassen?

Ich wurde verlegen. Ich glaube, ich bin sogar rot geworden. Freilich wusste ich von meiner Zappelei und den Zuckungen. Schon seit Kindertagen leide ich darunter. Und es ist tatsächlich so, dass ich es selber gar nicht bemerke. Aber es gibt Schnappschüsse von mir, wo man es eingefangen hat, vor vielen Jahren während einer Weiterbildung mal. Da sehe ich echt wie ein Veitstänzer aus, die Hände wirbeln herum, der Hals vorgereckt, die Augen wie in Extase verdreht, die Mundwinkel verkrampft – und jetzt hier? Vor diesem Mädchen? Peinlicher ging es wirklich nicht. Aber, was konnte ich machen, außer einem blöden Witz?

Also zuckte ich bedauernd mit den Schultern. Bin eben ein Krüppel, sagte ich leise und kicherte albern.

Jedenfalls, redete die Pommer weiter, hat sie mich zum Schluss gebeten, dass ich Ihnen sagen solle, sie mögen Sie besuchen... sie würde sich freuen.

Oh, sie würde sich freuen? schnalzte ich. Na dann. Aber wie soll das gehen? Ich habe keine Adresse von ihr.

Nun, sie hat mir erlaubt, Ihnen ihre Mobilnummer zu geben. Hier ist sie! Rufen Sie sie doch an und lassen sich sagen, wo sie derzeit wohnt. Ich selber weiß es auch nicht genau. Weiß nur, irgendwo in der Nähe von Reichenberg auf einem großen Anwesen soll sie leben...

Sie schob mir ein Kärtchen über den Tisch. Lächelte und sagte:.

Das ist meine Karte, die Nummer der „Dame" steht hinten drauf, von mir handgeschrieben.

Oh danke! rief ich. Aber, Moment mal, sagte ich schnell, woher wissen Sie das mit Reichenberg? Etwa vom Baumgarten? Denn von dem weiß auch ich es. Dieser alte Schwätzer und Wichtigtuer.

Ich steckte das Kärtchen ein.

Langsam und nachdenklich sagte ich: Vielleicht hat die „Dame" ja auch die Kohle von dem Raiffeisenbruch an sich genommen? Vorsorglich sozusagen. Und sie hat sich zwecks Geldübergabe mit dem Blümel irgendwo getroffen? Und der Freddy ist dahintergekommen, dass er abserviert werden soll und der Dumme sein wird. Lauter Fragezeichen. Tja. Da werd´ ich wohl, wenn ich zu ihr gehe, ausnahmsweise ´mal meine Zimmerflak mitnehmen. Mir scheint, bei dieser „Dame" müssen wir auf alles gefasst sein...

Hm, machte die Pommer, wir?? Sagten Sie „wir"?

Ja, ich sagte „wir", meinte das aber nicht auf Sie bezogen. Denn Sie sollten in Ihrem Köpfchen behalten, dass das Ganze jetzt im Grunde eine Sache der Polizei geworden ist und man mich gewarnt hat, mich da dreinzumischen. Meistens nehme ich solche Warnungen ernst. Man will ja keinen Ärger haben. Und das gilt natürlich ganz besonders für Sie, mein Täubchen, ich seh´s Ihnen nämlich an der Nasenspitze an, dass Sie da noch zu gerne dabei wären.

Sie lachte verlegen.

Soll ich Ihnen was gestehen?

Ich ahne schon das Schlimmste, entgegnete ich.

Ich sag´s Ihnen nur, weil ich Sie ganz gut leiden mag und Sie nicht beschwindeln möchte. Ist so ´ne Art von plötzlicher Anwandlung von Vertrauensseligkeit. Verstehen Sie? Hat nichts mit Ihrem Wermut zu tun.

Wieder lachte sie.

Also, ich höre. Ich spürte wie mein Puls hochgaloppierte.

Gut, sagte die Pommer, also, ich bin heute Nachmittag gegen Drei mit ihr verabredet...

Was???

Ich bin mit Ihrer Chanel verabredet! Toll, was?

Wie bitte?? Das kann doch nicht wahr sein? Das ist... ist... unfassbar!

Viel hätte tatsächlich nicht gefehlt und ich wäre aufgesprungen und hätte mir dieses Weibsbild übers Knie gelegt. Nein, sowas! Unglaublich! Kommt hierher, säuselt mir was vor, trinkt meinen Wermut, flirtet mit mir, dass ich fast darauf hereingefallen wäre. Dabei hat sie mich die ganze Zeit verarscht, mich an der Nase herumgeführt, zum Deppen gemacht.

Mit zittrigen Händen griff ich die Büroflasche aus der Schublade, setzte sie an, trank ohne zu zögern mehrere kräftige Schlucke, ächzte, wischte mir mit dem Handrücken über den Mund.

Mit großen Augen hatte Lisa mir zugeschaut, aber sie sagte nichts, spielte mit dem Verschluss ihrer Handtasche.

Dafür schnaufte ich: Vor so einer Person wie Sie sind, brauche ich nun wohl nicht mehr den feinen Herrn zu spielen. Werd´ gleich noch vor Ihren Augen den Rest aus der Flasche trinken oder wie Ihr Freund Baumgarten in den Papierkorb spucken. Oder ich lümmle in Hosenträgern vor Ihnen rum und mach ´mir die Fingernägel mit ´nem Taschenmesser sauber. Nee, japste ich, nee sowas! Schämen Sie sich nicht, mir hier ´ne ganze Stunde ´ne Komödie vorzuspielen, so zu tun, als wüssten Sie nichts und dabei wissen Sie doch alles, zum Beispiel die Adresse und sind sogar mit der Person verabredet, die ich suche? Das ist die Höhe! Machen Sie das immer so?

Was spielen Sie hier den wilden Otto? Ich treff mich mit ihr, na und? Ja, aber nicht bei ihr zu Hause oder wo sie gerade wohnt, sondern in der Stadt in ´nem Café, treffen wir uns. Wie alte Freundinnen, die gern Schwarzwälder-Kirch essen, mit viel Schlagsahne und ´nem Likörchen dazu. Ich weiß nach wie vor nicht, wo die wohnt, will das auch gar nicht wissen, aber ich werde sie von Ihnen grüßen und ihr sagen, dass Sie sich bald melden werden... aber wehe, Sie fahren mir hinterher, wenn ich hier raus bin, ... wehe, sag ich Ihnen, wehe!

„Wehe!" das sagte sie nun schon zum dritten Mal, drohte mir mit ihrer kleinen weißen Faust.

Das werden Sie nicht tun, mein Herzchen, ergänzte sie, sondern die „Dame" brav anrufen und dann separat hingehen, so wie sie es gewünscht hat. Klar? Alles andere, was Sie dann noch herausbekommen wollen oder ihre Rückkehr in die verstaubte Buchhandlung ist dann Ihr Spiel. Verstanden?

Sie spielte mit dem Schloss ihrer Handtasche, schlug die Beine übereinander, lächelte in sich hinein.

Verdammt. Was war nur mit mir los? dachte ich. Ich verschoss jede Chance, alle Bälle prallten von der Latte ab und ich kam mir wie ein dummer Junge vor. Diese Lisa-Marie hatte mich voll im Griff. Aber warum? Keine Ahnung. Ich war doch sonst nicht so ein Trottel. Aber hier bei diesem Mädchen sollte ich einfach nicht zum Zuge kommen, verdammt. Vielleicht wäre ich Idiot doch irgendwie in sie verknallt. Merkt man ja immer erst hinterher. Oh, diese Weiber! dachte ich voller Grimm.

Nein, ich antwortete nichts, starrte sie nur an.

Sie aber lachte mir ins Gesicht.

Fühlen Sie sich etwa gekränkt? Sie gucken ja, als ob Sie gerade vom Tod ihres Meerschweinchens erfahren hätten. Was ist bloß los? Was hab ich denn falsch gemacht? Mann! Erden Sie sich doch mal. Es ist doch das gute Recht dieser Lady, Sie zu sich zu bestellen, und zwar dann, wenn sie das will... ich hab doch bloß den Vermittler gemacht, hab es gutgemeint, wollte Ihnen helfen.

Ungeduldig schnappte sie ihre Handtasche auf und zu: Mein Gott, begreifen Sie, ein Wesen wie die... bei dem Aussehen... die kann sich alles erlauben... egal, ob sie nun noch was zusätzlich zwischen den Beinen hängen hat...

Sie hielt inne, biss sich auf die Unterlippe: Sagen Sie mal, was ist denn dieser Buchhändler für ein Mann?

Oh, antwortete ich und ärgerte mich sofort, dass ich mich von ihr in ein nebensächliches Ablenkungsgespräch verwickeln ließ, oh, der ist so ein verstaubter Typ, sagte ich, ein bisschen wie ein alter, vertrottelter Professor, aber herzensgut, der ideale Mann für so eine wie die Chanel, wenn die mal abtauchen will... aber, ich kenne ihn kaum, hab ihn nur ein einziges Mal getroffen.

War er denn ein Mann, der für Transsexuelle etwas übrig hatte? War er verklemmt oder pervers? War er früher mal verheiratet? Ich meine mit einer richtigen Frau...

Das alles weiß ich nicht. Weder das eine, noch das andere. Die Chanel hat er ja sozusagen per Vermittlung übernommen, zur Sozialisierung nach ihrer Haft. Ob er mal ´ne „richtige" Frau hatte? Ja. Er soll wohl mal verheiratet gewesen sein, aber dann ist seine Frau ausgerechnet mit dem Klempner durchgebrannt, der gerade die Außentoilette der Buchhandlung repariert hatte. Offenbar wollte sie was Handfestes, einen Handwerker, nicht so einen Bücherwurm. Vielleicht hat die dem Klempner die Bücher geführt so wie das später die Chanel bei dem Buchhändler machte... wie gesagt: Keine Ahnung. Und ehrlich, mich interessiert das auch nicht besonders...

Ich stand auf, ging die paar Schritte durchs Zimmer, blieb vor der Bürowand stehen und schlug mit der flachen Hand gegen das Holz. Die Wand vibrierte. Im Nachbarzimmer, das nicht zu meinen Räumen gehört, hatte die ganze Zeit ein Radio gedudelt, nicht sehr laut, aber mich störte das jetzt plötzlich. Noch einmal schlug ich gegen die Schrankwand. Das Gedudel in der Nachbarwohnung hörte auf. Ich trat ans Fenster, glotzte in den Vorgarten, sah wie zwei Amseln sich um einen Regenwurm stritten. Auch sie machten einen Heidenkrach. Verärgert drehte ich mich um, ging zu meinem Schreibtisch. Nein, die Schublade mit dem Whisky ließ ich zu. Ich zündete mir meine Pfeife an. Zum wievielten Male eigentlich? Zum neunten oder zehnten Mal? Ich paffte ein paar Wölkchen zur Decke und musterte meine Besucherin, die die ganze Zeit nichts gesagt hatte, meinen Bewegungen aber mit erstaunten Augen gefolgt war.

Sie hatte wirklich ein hübsches Gesicht, war geschmackvoll angezogen. Sie sah aus wie eine Vertrauensperson. Seriös, intelligent, klug. Warum hatte sie mich derart hinters Licht geführt? Sie hätte doch gleich zu Beginn die Katze aus dem Sack lassen und mir reinen Wein einschenken können – warum diesen Zickzack, diese Umwege, dieses Verwirrspiel? Was bezweckte sie damit? Nein, ich konnte mir keinen Reim drauf machen, ich war überfordert und ziemlich frustriert. Ich glaube, Niederlagen sind für einen Mann wie mich, noch dazu, wenn er sie von einer Frau einstecken muss, das Schlimmste...

Ich sagte: Den Blümel umzubringen, egal, wer es nun gewesen ist und egal auch aus welchen Gründen, ist ein idiotischer Fehler gewesen. Es zeigt Angst und Dummheit. Zwei Merkmale, die jedem Täter bisher das Genick gebrochen haben. Klar, es ging um die Kohle aus dem Raiffeisenbruch. Der Blümel wollte nichts rausrücken oder er hat sich verquatscht, wollte tricksen. Ich bin mir außerdem nicht sicher, dass es tatsächlich der Freddy gewesen ist. So 'ne Tat sieht nicht nach ihm aus. Der kommt nicht von hinten, der macht sowas frontal. Und meistens nimmt er seinen 45 'iger. Außerdem, der Blümel könnte schon tot gewesen sein, als Freddy ankam. Ich hab' so 'ne Ahnung, dass hier 'ne dritte Person im Spiele ist. Eine ganz skrupellose und blitzschnelle. Und aus dem Hinterhalt zuschlagen, das kann auch 'ne Frau oder 'ne Frau, die biologisch gar keine Frau ist, weil, die hätte ja sozusagen „Männerkraft".

Sie denken doch nicht etwa, dass die Chanel...?

Sie hatte mir die ganze Zeit mit halboffenem Mund und gespanntem Gesicht zugehört. Beinahe andächtig und so, wie der Watson staunte, wenn ihm sein Freund Sherlock etwas erklärte. Quatsch! Watson! Blöder Vergleich.

Doch dann ergänzte sie, etwas leiser und mit zärtlicher Stimme: Sie sind wunderbar! Wissen Sie das?

Sie macht eine Pause, lachte, sagte: Aber Sie spinnen! Sie wollen mir bloß wacklige Beine machen und mir sagen: Triff dich nicht mit Mördern in einem Café!

Wupp! Wieder hatte sie mir einen versetzt. Ich konnte nichts entgegnen.

Sie stand auf, nahm ihre Handtasche, griff nach dem Hut: Werden Sie sie anrufen? Werden Sie zu ihr hinfahren?

Sie gab mir die Hand. Machte einen süßen Mund, zwinkerte mit einem Auge.

Ich antwortete: Man kann mich nicht daran hindern. Und nochmal Danke für alles! Trotzdem.

Sie nickte, ihre Augen brannten sich förmlich ein in meine halbwunde Seele. Sie war schon an der Tür, da rief ich ihr nach: Zuerst werd ich mal rausfinden, bei wem sie untergeschlüpft ist, auch ohne sie anzurufen. Gehört schließlich zum Handwerkszeug. Vielleicht erfahr ' ich auch noch was über ihr Privatleben und die Liebespraktiken...

Sie wandte halb den Kopf, antwortete: Liebespraktiken? Die hat doch schließlich jeder!

Ich nicht, sagte ich. Ich weiß bald nicht mehr, wie 's geht...

Sie drehte sich nochmal vollends herum, warf mir einen entrüsteten Blick zu. Nein, sie lächelte diesmal nicht.

Da sagte ich: Sie haben was vergessen!

Was denn?

Sie ging mit schnellen Schritten zu ihrem Platz zurück.

Ach so, das hier? Meinten Sie das?

Sie schien nicht sonderlich überrascht, griff rasch in ihre Handtasche, holte ein kleines, in Papier gewickeltes Päckchen heraus, legte es auf den Tisch.

Ich nahm es, wickelte es aus. Es waren drei mittellange Zigaretten mit Pappmundstück.

Ein bisschen schuldbewusst sagte sie: Ich weiß, ich hätte sie nicht nehmen sollen, sie stammen vom Tatort. Beweismittel. Irgendwer hat sie liegenlassen. Das Mordopfer oder der Täter. Oder irgendein Unbeteiligter... es sind Joints. Die Polizei weiß nichts davon. Ich weiß, es könnten Beweisstücke sein... woher wussten Sie, dass ich sie habe?

Tja, mein Liebling, das ist nun wieder mein Geheimnis, sozusagen berufsbedingt.

Sie machte ein verwirrtes Gesicht. Indes, es stand ihr wunderbar.

Ich sagte: Sie hätten das Etui auch noch an sich nehmen sollen. Da waren noch Krümel drin. Potentielle Beweisstücke. Ein Glück, dass ich nicht so vergesslich war und es kurz bevor ich eins über die Birne kriegte noch in meine Tasche stecken konnte. Und die Polizei, wie immer blöd, hat mich nicht durchsucht ... trotzdem danke ich Ihnen, meine Liebe. Vielleicht führen mich die Joints direkt in die Hölle zu der Teufelin, die ich suche. Danke dafür.

Ihre Handtasche an sich gedrückt und ihren breitkrempigen Hut so auf dem Kopf, dass sie ein Auge verbergen konnte, schien sie nachzudenken.

Ich glaube, das kommt daher, sagte sie leise, weil ich ´ne Polizistentochter bin. Man lässt eben Beweismittel nicht einfach liegen... und das Etui, na gut, Sie haben Recht, da hab ich nicht dran gedacht.

Sie lächelte ein bisschen verlegen, aber auch das stand ihr vorzüglich. Ihre Wangen hatten einen Hauch Pfirsichrot bekommen.

Sie ging zurück zur Tür, nein, nicht hastig, aber ziemlich entschlossen, sie zog die Tür hinter sich zu, verließ meine Geschäftsräume. Ich hörte ihre Schritte, die Treppe hinab...

80

Ich nahm die mittellangen Zigaretten mit dem Pappmundstück zwischen die Finger, rollte sie mit Daumen und Zeigfinger, roch daran. Eigentlich rochen sie nach gar nichts, vielleicht ein bisschen wie frisch gemähtes Gras oder feuchtes Heu, aber nur sehr schwach.

Oho, nein, Beweismittel wirft man nicht weg, sagte ich mir und lächelte, man bringt sie an sich, möglichst noch vor der Polizei oder wenigstens von ihr unbemerkt, wenn man eine Type wie ich ist...

Ich kippelte mit meinem Schreibtischsessel. Er quietschte ein wenig, manchmal flogen, während ich im Sessel schaukelte, die Plastikabdeckungen von den Schrauben einfach weg, ohne dass ich wusste, warum, sie rollten auf dem Fußboden herum und blieben verschwunden, inzwischen befinden sich nur noch zwei oder drei dieser Plastikdeckel am Stuhl.

Beweismittel! Ja. In der Tat. Vielleicht treff ich jemanden, der das Zeug raucht oder wenigstens rumliegen lässt. Womöglich die Chanel in Reichenberg oder einer ihrer Freunde dort. Ja, man sollte von den drei Zigaretten DNA-Proben nehmen, dachte ich, allerdings wie bewerkstelligen ohne Polizei. Ach egal, dazu ist immer noch Zeit. Erst muss ich den (oder die) haben, die sowas rauchen. Und zwar genau dieselben wie die, welche ich jetzt vor mir zu liegen habe. Dann kann man die DNA vergleichen... o.k. so mach´ n wir´s.

Ich saß da, paffte meine Pfeife und hörte das Radiogedudel aus der Nachbarwohnung, ich hörte die Geräusche draußen auf der Straße und sogar die des Frühlings, der in den letzten Tagen an Kraft gewonnen hatte, die Amseln gebärdeten sich wie toll, sangen, dass ihre kleinen Kehlen auf Teufel-komm-raus vibrierten, inspirierten andere Kollegen wie Finken. Rotkelchen sogar Spatzen. Und es roch jeden Tag mehr, Blüten über Blüten, dass man sich leicht vorstellen konnte, wie die Bienen irre wurden und im Arbeitseifer rotierten...

Sie waren ganz schön groß, die Zigaretten, aber das sind die meisten südeuropäischen, und der Hanf, zumal der indische, entwickelt ein grobes, flächiges Blatt. In Holland verarbeitet, in Holland vertrieben. Und das ist nun ein Beweismittel. Ein Corpus delikti... meine Gedanken wanderten weiter: Mein Gott, was Frauen für Hüte tragen und warum ein Goldkettchen um die Fesseln? Ich spürte wieder meinen Hinterkopf. Es wird einfach nicht besser. Wie lange wird das noch so gehen? Und blöde Gedanken fördert es auch.

Plötzlich hatte ich eine Idee. Ich kramte mein Taschenmesser aus der zweiten Schublade von oben. Klappte die kleine, nur einen Drittel Finger lange Klinge heraus. Manchmal reinigte ich damit die Fingernägel, sie fuhr so wunderbar unter die Nägel, war leicht gekrümmt, besser als jedes Teil aus dem Reinigungsetui. Ich nahm mir eine der Zigaretten vor. Ich erinnerte mich, wie es die Spezialisten von der Polizei machten – ich hatte es einmal beobachtet – sie schlitzten das Teil der Länge nach auf, untersuchten den Inhalt im Mikroskop und ob irgendwelche Fremdkörper enthalten wären, denn, man glaubt es kaum, Zigaretten werden auch als Nachrichtenträger benutzt. Kommt selten vor, aber man muss mit allem rechnen, zumal im Drogenmilieu.

Ich schnitt also die Zigarette der Länge nach auf, wie im praktischen Biologieunterricht eine Küchenschabe, das Mundstück widerstand etwas länger, es war aus zäher Pappe. Doch gerade hier fand ich ein winziges Stück eingerollten Papiers, das mit irgendetwas bedruckt war. Ein Zeitungsausschnitt? Ich versuchte das Schnipsel auszurollen und zu glätten. Es brauchte mehrere Anläufe. Eine zweite Zigarette wollte ich nicht opfern. Wieder und wieder probierte ich es. Dann sah ich, es war eine Art Minivisitenkarte. Das Material war dünn wie chinesisches Seidenpapier, die Schrift darauf ausgebleicht und kaum zu erkennen. Ich nahm meine Leuchtlupe. Rechts unten war eine Telefonnummer zu erkennen. Ich schrieb sie ab. Es war eine Berliner Nummer. Dann eine Textzeile: Nur nach telefonischer Vereinbarung. Schließlich der Name: Dr. Cornelius Huber – psychologische Beratung. Eine Anschrift: Berlin-Zehlendorf... und die Straße... Ich war in Versuchung, die anderen beiden Zigaretten ebenso zu sezieren, aber ich ließ es bleiben.

Ich packte die tote Zigarette samt den Resten der Karte in ein kleines Zigarrenkästchen, das ich vorher mit dem Schnipsel eines Haushalttuches ausgepolstert hatte. Schob alles in eine meiner Schreibtischschubladen. Dann las ich, was ich von der Karte abgeschrieben hatte: Cornelius Huber, Doktor, psychologische Beratung, nur nach Vereinbarung. Berlin-Zehlendorf. So ein Kärtchen, eingerollt in einen Joint, wahrscheinlich auch in den anderen beiden Zigaretten auf dieselbe Weise verpackt. Und die Joints waren in chinesische Seide wie ein Handelsartikel aus einem Orientladen eingewickelt gewesen – so hatte sie mir die Pommer übergeben und so hatte sie die in der Lehmann´schen Wohnung neben dem Toten gefunden. Bei einem Mann, der mausetot war und der in seinen Taschen auch noch ein Zigarettenetui aus Perlmutt mit wirklichen Zigaretten getragen hat. Warum aber lagen die Joints so offen herum? Und welche Rolle spielte dieser Cornelius Huber, der Psychologe aus Zehlendorf, dabei?

Das Telefon klingelte. Ich leierte meinen Namen und die Firmenbezeichnung herunter, war im Geiste abwesend. Die Stimme am anderen Ende war die monotone, seelenlose Stimme des Oberkommissars Baumgarten. Er schimpfte nicht, er schnauze nicht, er machte keinen Witz, er sagte auch nichts Persönliches, man konnte nicht feststellen, in welcher Tagesform er war. Er war immer übelgelaunt wie ein angeketteter Köter.

Sie haben mich angelogen, Aufdegger!

Ich? Wieso?

Sie haben mit der Zeugin Pommer Verkehr gehabt!

Was habe ich?

Sie haben Frau Pommer trotz unseres ausdrücklichen Verbotes getroffen und sich mit ihr ausgetauscht!

Aber es ist nicht zum Austausch von Körperflüssigkeiten gekommen, auch wenn ich mit ihr Verkehr gehabt habe, wie Sie so treffend formulierten, Herr Oberkommissar.

Machen Sie hier keine blöden Witze, Mann. Sie wissen schon wie ich das meine. Ich habe Ihre dreisten Lügen satt. Jawohl, Sie haben mich angelogen.

Ich gestehe, es war mir ein Vergnügen.

Einen Moment schwieg er, als ob er etwas Bedeutsames bedenken müsste. Dann sagte er und es klang wärmer, um Verständnis bemüht: Lassen Sie uns die Sache doch mal ruhig angehen. Sie ist bei mir gewesen und hat mir ihre Story erzählt. Vielleicht wissen Sie, dass Sie die Tochter eines alten Kollegen ist, den einige von uns hier ganz gut kannten, wiewohl der in Berlin gearbeitet hat...

Okay, sagte ich und versuchte meine Ironie ein wenig zu unterdrücken, Sie hat Ihnen was erzählt und Sie haben ihr was erzählt, aus purer Dankbarkeit und Loyalität selbstverständlich.

Ja, ich habe ihr ein bisschen was erzählt, entgegnete er und seine Stimme hatte wieder den verärgerten Ton angenommen, ich hab's ihr erzählt und zwar aus einem ganz bestimmten Grund. Und genau deswegen rufe ich auch Sie an, Aufdegger. Die Ermittlungen in dieser Sache haben ein Stadium erreicht, wo Vertraulichkeit oberstes Prinzip ist. Es besteht die Chance, Freddy und seine Kumpane, die ganze Bande, auch die weiblichen Mitglieder oder sagen wir: die vermeintlich weiblichen, zu erledigen und die geraubte Raiffeisensumme komplett oder fast komplett zurückzuholen und vielleicht noch einiges mehr. Es geht hier nicht um den Inhalt von Omas Sparbüchse. Klar. Und wenn ich „noch einiges mehr" sagte, dann meine ich das auch so... ich sage nur: Rauschgift. Und nicht bloß ein paar Zigaretten mit Gras oder ein paar Krümel Koks, nein, es geht um großangelegten Vertrieb...

Oh, rief ich und konnte die Ironie nun nicht mehr unterdrücken, oh, Kollege Baumgarten, heute die großen Hosen an? Und den ganz großen Köcher? Gleich 'ne ganz Bande und um Hasch soll ´ s auch gehen? Glückwunsch.

Baumgarten schien meinen Zynismus zu überhören, ziemlich ruhig antwortete er: Ja, wir haben in der Lehmann´schen Partywohnung noch so verschiedene interessante Dinge gefunden. Nämlich angerauchte und in den Mülleimer geworfene Marihuana-Zigaretten, drei Tütchen mit Chrystal, ein Päckchen Koks und zwei alte, halb defekte Heroinspritzen... haben Sie, bevor Sie der Schlag traf, auch noch was an sich genommen? Der Kollege Kalthagen hat ja aus alter Freundschaft mit Ihnen leider Ihre Taschen und Klamotten nicht durchsucht... also?

Nein, ich habe nichts an mich genommen. Das ging alles so schnell, da bin ich nicht zum Suchen gekommen.

Und, könnten Sie sich vorstellen, dass Ihre neue Freundin Pommer...?

Ob die was auf die Seite gebracht und mir zugestreckt hat, meinen Sie?

Ja,

Nee, da kann ich Sie beruhigen. Die ist so sauber wie aus der chemischen Reinigung... obwohl...

Ja? Obwohl? Baumgarten wirkte plötzlich aufgeregt und neugierig.

Na, die Pommer ist ja für Lehmann so 'ne Art Hausmeisterin und der weibliche Majordomus gewesen. Die wird wohl wissen, was da zu den Partys gekifft, geschnupft und gespritzt worden ist. Fragen Sie die doch mal... und erzählen Sie ihr nicht so viel von der Polizeiarbeit...

Oh danke für den Tipp, Aufdegger, da werden wir mal die Nase reinstecken, hätte gar nicht gedacht, das Sie so n 'loyaler Typ sind.

Baumgarten ließ ein wohliges Knurren hören.

Oh, ich verdammtes Verräterschwein, dachte ich in diesem Augenblick von mir, aber immerhin so viel Rache musste schließlich sein, immerhin hatte diese hinterlistige, kleine Kröte, die Pommer, mich ganz schön verarscht. Und eine kleine Häme überkam mich. Ja, denkt nur, so ein fieser Typ kann ich sein. Aber wie das bei mir so ist, sofort kam die Reue, im selben Moment beschloss ich nämlich, sie zu warnen. Ha, ha, da würde ich gleich wieder der gute Onkel sein...

O.k. hörte ich inzwischen Baumgarten sagen, das ist alles. Und vergessen Sie nicht, Aufdegger, alles, was wir von Ihnen wollen, ist Schweigen. Sonst...

Er machte eine Sprechpause, wollte wohl die Wirkung seiner Drohung genießen.

Ich gähnte in den Hörer.

Baumgarten, jetzt wieder der alte Köter: Ich hab 's gehört, mein Lieber. Genau gehört. Denken Sie nur nicht, wir könnten nicht Ernst machen. Eine kleines Ding von Ihnen und wir ziehen Sie aus dem Verkehr, inklusiver Ihrer Lizenz. Geht ganz fix.

Meine Lizenz zum Töten? Oha. Sie meinen, die Öffentlichkeit muss draußen bleiben.

Die beiden Morde meinetwegen, die können denen zum Fraß vorgeworfen und ausgeschlachtet werden, aber alles andere ist „for eyes only", klar? Das geht keinen was an. Das ist unser Happen...

Der Ihre aber auch nicht, lieber Kollege Oberkommissar. Den Ruhm will sicher Ihr Chef, Hauptkommissar Kalthagen allein für sich einsacken... wie ich hörte soll er demnächst Erster Hauptkommissar werden. Und Sie, Verehrtester? Ja, wo laufen Sie denn? Alle Mühe vergebens?

Baumgarten bellte zurück: Ich hab´Sie jetzt zweimal gewarnt. Beim drittenmal wird scharf geschossen.

Ach kommen Sie, lachte ich, wer so viele Worte macht, dem fehlen noch ´ne Handvoll Trümpfe.

Klack! Ich hörte wie er mir den Hörer ans Ohr knallte.

Soll er nur, dachte ich und kicherte, er wird sich wundlaufen, der Scheißkerl.

Aber das Gespräch hatte mich doch mehr aufgewühlt als ich dachte. Ich tappte in meinem Bürozimmer auf und ab, immer scharf an den Möbeln vorbei, machte kehrt, schlug mit der Hand gegen die Schrankwandtür, fing wieder von vorne an, tappte hin und her mit offenem Maul und heraushängender Zunge wie ein gefangener Puma, dem man nichts zu Fressen gibt. Dann holte ich die Büroflasche aus der Versenkung, gönnte mir einen kräftigen Schluck, aber es war nicht mehr viel in der Flasche, ich musste sie schon ziemlich senkrecht halten und mit der Zunge den Rand abschlecken.

Ich setzte mich hinter meinen Schreibtisch. Uff!

Cornelius Huber, Psychologe, nur nach Vereinbarung?

Voila! Mein Jagdtrieb war geweckt. Wie eine Schweizer Bracke hatte ich Witterung aufgenommen. Und ich stellte mir vor wie ich als Jagdhund den Kopf hob, die Nase hoch erhoben, das eine Vorderbein angewinkelt, darauf wartete, der heißen Spur zu folgen.

Welche Rolle spielte dieser Huber? Wenn man ihm Zeit lässt und gut bezahlt, wird er alles heilen und aufklären, dachte ich, vom betrogenen Ehemann bis zur Firmenpleite, er ist der Herr aller Ängste und Macken und bestimmt ist er auch ein Experte für Liebesaffären, für menschliche Streuner aller Art, Männlein oder Weiblein oder divers, wie man heute sagt - egal, Huber macht´s. Wahrscheinlich hat er Kunden in allen Schichten, er ist der Tröster für Männer, Machos, die in ihren Büros jeden Widerstand brechen und am geringsten, ernsthaftesten Problem kaputt gehen wie ein einzelner Makkaroni, für Versager und Feiglinge, für Schwätzer und Blender vor allem aber wird er ein Frauenversteher sein, besonders für dicke, hysterische Weiber, aber auch für drahtdünne Karrierefrauen, die nur von Müsli und Avocato leben, für grüne Umweltretterinnen, für die die Windräder die neuen Kathedralen sind, vielleicht auch für Transsexuelle in ihren Lebenskrisen, ein Spezialist für ihr Outing. Sicher wird er keine Sprechstunden für christliche Selbsthilfegruppen abhalten oder einen Stand am Wochenmarkt haben, nein das Bare ist für so einen das einzig Wahre. Für Bares wird er alles machen, sogar Beratungstermine im Puff oder Hilfsdienste als Drogenkurier...

Auf alle Fälle ist er ein geriebener, gefährlicher Typ, ein Illusionist, dachte ich, ein alter Knabe, der seine Visitenkarten in Joints einrollt, die man dann bei einem Toten findet.

Oh ja, ich hatte Witterung aufgenommen, hatte indes nicht die geringste Ahnung, wo der Knoten zum Fall Lehmann und Blümel oder zu meiner Chanel Santini zu finden wäre... es war sozusagen eine Fahrt im Nebel, eine Fahrt ohne Karte und mit wenig Wind in den Segeln. Trotzdem, ich musste es wagen.

Ich suchte seinen Namen im World Wide Web, rief die Auskunft an. Nach langen Minuten und zig Anläufen hatte ich seine Nummer in Zehlendorf vor mir auf einem Zettel stehen...

∽

Eine weibliche Stimme in kratzbürstigem, halb beleidigtem Ton, noch dazu offenbar eine Ausländerin – ich tippte auf Ostasiatin mit Fremdsprachenkenntnissen in Deutch und Französisch – sagte: Uten Tack, Ihnen wünschen?

Kann ich Herrn Huber sprechen?

Ihnen meinen Dokteur Über?

Ja, sagte ich, Doktor Cornelius Huber. Den meine ich.

Und was ´ollen Sie von ´errn Über?

Das geht Sie gar nichts an. Ich will ihn sprechen, verstehen Sie, keinen Termin für eine Behandlung oder so, ich muss ihn sprechen... am besten heute noch.

Oh, ich verstanden, abber Termin ´ab ich erst wieder in nächster Woche, ´err Über ist beschäftigt viel. Ich ´olen seine Kalender und dann sehen wir...

Nein, Verehrteste, widersprach ich, so geht das nicht. Ich rufe nicht von außerhalb, sondern aus der City an. Ich muss Ihren Herrn Huber sprechen, und zwar dringend, am besten gleich, heute noch... sagen wir in spätestens drei Stunden.

Unmöglich, Monsieur, ´err ´Über ist erdrückt von Lasten, er ist ü... ü... überlastet.

Schön, meine Beste, haben Sie ´n Stück Stift?

Was? Ob ich ein Teil von Stift habe? Was Sie meinen?

Langsam wurde ich unwirsch: Ich meine, ob Sie einen Bleistift oder einen Kugelschreiber oder sowas haben?

Ja.

Dann schreiben Sie!

Ich diktierte ihr meine Adresse, gab ihr meine Mobiltelefonnummer, nannte meinen Namen: Ich heiße Franz Aufdegger und ich bin Privatdetektiv.

Was sind Sie? Ein Detektiv? Also ein Mann von Polizei?

Nein, eben nicht „von Polizei"... aber das kann gleich noch werden, wenn Sie sich so anstellen.

Und? fragte die Sekretärin, was Sie wollen nun von ´errn ´Über? Sie nicht Polizei, aber Detektiv und Sie sehr stürmisch... und gar nicht höflich. Ich bin sehr rasch über... sie hüstelte: überrascht!

Ich sah sie vor mir, die Empfangsdame des Psychologen Huber, schwarzhaarig, mit mongolischer Lidfalte, die Wimpern getuscht, geschminkt, blassgelbe Haut, schlank und zierlich, im rotseidenen Kimono, in Sandalen oder hellblauen Tuchturnschuhen...

Ich sagte, und bemühte mich langsam zu sprechen: Ich bin, wie ich sagte Privatdetektiv, das ist nicht dasselbe wie die Polizei, arbeite aber eng mit denen zusammen. Ich muss Ihren Chef, Herrn Huber, wegen eines Mannes namens Blümel sprechen, vollständig Gregor Blümel, womöglich auch wegen einer Dame namens Santini, Chanel Santini. Die Sache pressiert, es geht, wenn man so will, um Leben und Tod.

Oh, was Sie sagen, Lebben und Todd? Das ist ja fürchtlich!

... `aben Sie verstanden, Madame? unterbrach ich sie.

Sie sprechen sehr merkwürdig, Monsieur, sagte die Dame mit dem ausländischen Akzent. Ich sah sie förmlich wie sie mir mit dem Finger drohte.

Nein, widersprach ich und hustete ins Telefon, ich bin absolut fit. Aber die Sache ist wichtig und ich wette, Ihr Chef wird mir dankbar sein... vielleicht dankt er auch Ihnen, weil Sie mich nicht abgewimmelt haben. Sagen Sie ihm, er soll mich zurückrufen, ich warte. Klar? Meine Telefonnummer ´aben Sie ja.

Qui, Ihre Telefonnummer ´abe isch. Gutt. Was ist mit ´errn Blümel? Ist er krank?

Nun, krank gerade nicht, antwortete ich, aber er ist derzeit auch nicht sehr munter. Sie kennen ihn also?

Nein, um Gotteswillen, ich nicht kennen `errn namens Blümchen. Isch kann nicht alle Patienten von Chef kennen. Nur, weil Sie sagten, es geht um Lebben und Todd, da dachte isch... ´ err `Über hat zu große Anzahl Patienten, die er ´eilt, wissen Sie.

Ja, ja, sagte ich, aber bei Herrn Blümchen – er heißt übrigens Blümel – da wird Ihr Chef diesmal mit der Heilung wohl kein Glück haben...

Wie meinen Sie „kein Glück" haben?

Ach, nehmen Sie ´s nicht wörtlich. Also, ich warte auf seinen Anruf... oder auf den Ihren...

Ich fragte nach: Und Sie? Kommen Sie aus Thailand oder aus Vietnam?

Nein, ich Singapur.

Ein kleines Lachen. Klick. Sie hatte eingehängt.

Ich lehnte mich in meinem Schreibtischsessel zurück, griff mechanisch nach der Büroflasche. Doch ich hatte vergessen, dass sie leer war. Meine Hand fuhr zurück. Scheiße. Verdammt, ich saß auf dem Trockenen. Ha, ha von wegen Anruf aus der City von Berlin. Wenn der gleich zurückruft, drei Stunden, das schaffte ich gerade noch.

Das Telefon klingelte. Die Stimme aus Singapur sagte: ´err ´Über erwartet Sie um Sechs!

Wie ist die Adresse genau?

Sie sagte sie mir durch: Berlin-Zehlendorf, Am Schlachtensee 125. Das ist ein Seegrundstück, mit Anlegesteg...

Ich komme nicht mit dem Segelboot.

Ja, ja... sie lachte leise, legte auf.

Ich schaute auf die Uhr. Was? Schon fast drei Uhr? Verflixt, ich musste los, essen musste auch noch drin sein, ich hatte einen Riesenhunger. Ich zog mich reisefertig an, die Sig-Sauer steckte ich in die Gesäßtasche. Auf dem Weg zum Wagen brannte ich mir ´ne Zigarette an. Aus einem Päckchen, das ich irgendwann mal in meinem Schuhschrank verstaut und eben beim Anziehen gefunden hatte. Sie schmeckte wie die Putzwolle eines Kfz-Monteurs. Rauchend grüßte ich noch zwei Nachbarn. Komisch, immer wenn ich meine Nachbarn sehe, beschleicht mich ein schlechtes Gewissen. Warum? Keine Ahnung. Ich rückte mir die Tschapka in den Nacken und schwang mich auf den Vordersitz meines guten, alten Citroen.

Die Fahrt verlief ohne Stau und Stress. Unterwegs rauchte ich noch zwei oder drei Stäbchen, rauchte sie viel zu hastig, drückte sie halbgeraucht in den Ascher, tastete beim Fahren blind im Handschuhfach herum. Da musste doch noch, dachte ich, irgendwo ein Flachmann sein?

Ah da, ja, da war noch was. Wunderbar! Ich bin gerettet. Erleichtert zog ich die Taschenflasche zwischen verschiedenen alten Briefen, zwei oder drei Autobahnkarten, Putzlappen, einem Taschentuch und einem Kistchen mit Ersatzglühbirnen hervor, entstöpselte sie mit den Zähnen und ließ ein paar Schlucke in mich hinein glucksen. Oh, ahh! Gleich fühlte ich mich wieder besser... und der Hunger war auch weg.

Als ich in Zehlendorf angekommen war und am Grundstückstor des Anwesens „Am Schlachtensee 125" auf die gewaltige, bronzene, englische Türglocke gedrückt hatte, wurde mir, nachdem ich ausgiebig den Westminster-Gong genossen hatte, nicht etwa von der Dame aus Singapur, wie ich erwartet und auch ein bisschen erhofft hatte, geöffnet, nein, da stand plötzlich ein für seine Rasse ziemlich großer Chinese und grinste mich an. Ich ging den kurzen Weg bis zum Haus, stieg die drei Stufen hinauf und ging hinein. Drinnen kam mir ein aufdringlicher Geruch nach Schweiß und Ungewaschenem entgegen. Er kam glatt weg durch den Empfangstraum auf mich zu und schien dem Chinesen aus allen Poren zu entströmen. Dieser war ein paar Schritte zurückgetreten und stand jetzt in der Tür zum Salon als sei er ein in Bronze gegossener Buddha. Es war ein sogenannter Sitzriese mit gewaltigem muskulösem Oberkörper, mit glänzenden, schwarzen, nach hinten glattgezogenen Haaren. Er hielt die Arme vor der Brust gekreuzt und grinste fortwährend, dabei neigte er sich wie ein Wackeldackel im Fonds eines großen Autos.

Seine Stimme klang für seinen Körper seltsam hoch und dünn: Mein Herr sagen, ich sollen Sie im Auto zu seinem Ferienhaus bringen. Das liegen am anderen Ende des Sees. Nicht sehr weit.

Er trug einen dunklen Anzug, der aussah wie ein Frack. Allerdings schien die Jacke viel zu klein und die Hosen hatte er bis unter die Brust hochgezogen, offenbar begannen sie gleich unter den Achselhöhlen. Sie waren grau mit dunklen Streifen wie bei einem hochherrschaftlichen englischen Diener.

Er hatte ein flaches Gesicht wie die meisten Chinesen und die Nase war breit. Lidlose Augen fielen an ihm auf, Hängebacken und die Schultern eines Rausschmeißers. Seine Beine waren kurz und krumm wie bei einem Schimpansen. Trotzdem trug er Lackschuhe wie sie jeder herrschaftliche Diener in den Zwanzigern des vorigen Jahrhunderts besaß. Wenn man ihn ein bisschen gewaschen und in andere Klamotten gesteckt hätte, wäre er auch als IT-Ingenieur aus der Volksrepublik China durchgegangen.

Sein Geruch aber war wirklich abstoßend und verlieh ihm den Ausdruck von etwas Primitiven. Irgendwo hatte ich gelesen, dass die Gleisarbeiter in den Staaten im vorvorigen Jahrhundert allesamt Chinesen gewesen wären und dass sich in den nun wirklich nicht als anspruchsvoll geltenden Kneipen des Wilden Westens keiner freiwillig in die Nähe der Chinesen hat setzen wollen, so übel hätten sie gerochen...

Er machte eine Bewegung an mir vorbei, wobei ich seinen Geruch noch intensiver geboten bekam, und rief: Nun kommen, schnell kommen jetzt.

Seine Nüstern hatten sich aufgebläht. Sie waren vorher schon so groß gewesen wie die Löcher von Feldmäusen. Vielleicht hätte man ihm bis ins Hirn leuchten können.

Er eilte aus dem Haus und ging zu einer im hinteren Teil des Anwesens gelegenen Garage. Dabei drehte er sich mindestens dreimal um und rief mir zu: Großer Herr Huber sagen, wir sollen schnell kommen. Er warten...

An der Garage angekommen, blieb er stehen und fischte aus seinen tiefen Hosentaschen ein kleines zusammengeknülltes Zettelchen aus Seidenpapier heraus, das er mir hinhielt. Ich popelte das Papier auseinander. Ich kannte das Zettelchen. Es war dasselbe wie in Blümels Marihuana-Zigaretten.

O.k. – was will er? Was soll ich mit dem Zeug?

Sie sollen wissen, großer Herr Huber, wollen Geschäft machen mit Ihnen. Und sie sollen kommen schnell. Wir nehmen großen Wagen...

Aha, sagte ich, und wie viel will großer Her Huber mir zahlen, damit ich halten Schnauze?

Ich nicht wissen, sagte der Chinese, jetzt deutlich abweisend, aber großer Herr Huber haben immer große Hosen an, Spendierhosen – sagt man so?

Er kicherte so wie man Chinesen immer in Filmen kichern sieht.

Ich sagte nichts. Wir stiegen in das Auto.

Es war wirklich eine große Kiste. Amerikanischer Oldtimer, Marke Packard, Farbe blaumetallic, Weißwandreifen, viel Chrom, Baujahr 1959.

Ehe ich die Tür zuzog, fragte ich: Und Sie heißen?

Ich heißen Tsi. Das ist Kurzname. Langer Name ist Liu Tsi Koteng Phu.

O.k.. bleiben wir bei Tsi. Das andere kann ich mir sowieso nicht merken.

Der Chinese wies mich mit einer Handbewegung an, die Tür zu schließen. Sicherheitsgurte hatte das Modell nicht. Ich ließ mich in die Polster sinken. Sie waren hellgrau und mit Samt bezogen. Man versank darin wie in einer Hüpfburg.

Wir fuhren auf die Spanische Allee, bogen dann auf die am See entlang führende Straße „ Am Schlachtensee" ein, folgten dieser in Richtung der Ausflugsgaststätte „Fischerhütte", wo sich das Wochenendgrundstück des „Großen Herrn Huber" befinden sollte. Eine Fahrt von vielleicht 7 oder 8 Kilometern.

Der Chinese saß reglos am Steuer. Ab und zu wehte der Duft seines Körpers zu mir nach hinten. Er sah aus, als würde er bald einschlafen, hielt seine Schlitzaugen nur noch einen Spalt offen. Aber das schien nur so, er glitt an den anderen Verkehrsteilnehmern mühelos vorbei und es sah aus, als wären sie Standbilder. Es gab auf der Strecke zwei oder drei Ampeln, aber die schalteten, als seien wir angemeldete Staatsgäste, bei unserer Annäherung sofort auf „Grün", wir kamen überall glatt durch. Viel Verkehr war um diese Zeit nicht und die Urlaubssaison hatte noch nicht begonnen, kein Gewimmel von Badegästen, die sonst barfuß oder in Badeschlappen ohne Rücksicht auf die Autos, mit ihren Kleinkindern und den aufgeblasenen bunten Schlauchbooten oder Badeschwänen die Straße gekreuzt hätten. In einer weitgezogenen Linkskurve dann das Schild „Fischerhütte. Ausflugsgaststätte. Frischer Räucherfisch und angenehmes Ambiente". Der breite, leicht schaukelnde Packard bog auf einen schmalen, nur unvollständig asphaltierten Weg ein. Wir streiften Ginsterbüsche und niedriges Gehölz, holperten über Wurzeln. Dann plötzlich eine Haarnadelkurve. Genau in der Wendung ein gelbes Hinweisschild „Privatgrundstück! Betreten und Befahren verboten". Die breiten Reifen des schwankenden Ungetüms griffen mahlend in lose Steinchen, der Wagen erreichte eine von hohen, beschnittenen Koniferen gesäumte Einfahrt. Dann sah ich einsam wie eine Raubritterburg ein mit Efeu überwuchertes, würfelartiges, rechteckiges Gebäude, der Sockel aus Feldsteinen, darauf umlaufende, große Glasfenster, von einer dunklen Holzverschalung eingerahmt, alles in allem nicht hässlich, ein bisschen modernistisch, im Ganzen für einen Psychologen, der etwas von Zurückgezogenheit, Romantik und einer geheimnisvollen Aura hält, ein idealer Ort für Meditation und Selbstbesinnung.

Der Wagen wendete neben dem Haus, der grobe Kies knirschte, kleine Staubwölkchen stiegen auf. Über dem Eingang, einer schwarzen, prachtvollen Holztür mit Kupferbeschlägen, flammte gehalten von einer zierlichen Kette eine kleine, gelbliche Laterne auf. Auch die stilecht. Eine Schmiedearbeit.

Komisch, dachte ich, es ist heller Tag, warum mit Beleuchtung?

Der Chinese kletterte aus dem Wagen und öffnete mir den Wagenschlag, wobei er sich wieder auf seine charakteristische Weise verneigte. Meine Nase registrierte einen neuen Schwall seiner

Ausdünstungen. Ich stieg aus den Tiefen der Sitzpolster aus. Verdammt, mein Rücken!

Wir gingen auf die schwarze Tür zu.

Ich hatte es geahnt, sie ging von selbst auf.

Der Chinese sagte: Ah, reingehen. Großer Herr Huber erwarten Ihnen...

Nach Ihnen, sagte ich.

Auf seinen krummen, kurzen Beinen schaukelte er hinein, den Oberkörper hielt er trotzdem sehr aufrecht, sein chinesisches Lächeln schien eingefroren, die schwarzen Haare glänzten wie Schuhcreme. Die Tür schloss sich von selbst, die Laterne ging aus. Wir betraten eine Art Vestibül, Wände und Fußboden waren mit schwarzem Marmor gefliest, eingelassene, knopfartige Leuchten gaben ein mildes, gelbes Licht. Zischend rollte vor uns eine Fahrstuhltür auf, wir betraten eine winzige Fahrstuhlkabine mit silbern glänzenden Metallwänden. Ziemlich langsam und ohne einen Laut ging es aufwärts. Verglichen mit dem Duft, den der Chinese Tsi jetzt verströmte, waren alle vorherigen Gerüche nur milde Lüftchen gewesen.

Der Fahrstuhl hielt, ich wusste nicht, wie viele Stockwerke wir passiert hatten, viele konnten es nicht gewesen sein, das Gebäude war nicht sehr hoch. Als wir den Fahrstuhl verließen, war es plötzlich sehr hell. Der Raum, den wir bettraten war eine Art Turmzimmer, rundum große Fenster, die bis zum Boden reichten, alle ohne sichtbare Jalousien oder gar Gardinen. Ringsum die wunderschönste Ferienlandschaft. Durch die Wipfel der Kiefern glitzere der Schlachtensee. Wo keine Fenster waren, dazwischen, alles mit dunkler Palisanderpaneele verkleidet. Der Fußboden sogenanntes Schiffsparkett, ziemlich hell und matt, die freien Flächen mit Vogeser Kuhhäuten ausgelegt, vor dem ausladenden Schreibtisch ein Löwenfell mit Kopf, den präparierten Rachen weit aufgerissen. Auf einem weißen Lesersofa gleich links saß eine Frau, die mich anlächelte. Tsi war neben der Tür stehen geblieben und schien wie ein Butler zu warten. Die Frau hatte ein mageres, welkes Asiatengesicht. Sie sah so glatt und trocken, so starr aus, dass man sie für eine rissige, 300 Jahre alte Porzellanmaske aus der Ming-Dynastie hätte halten können, doch als sie mich ansprach, erkannte ich sie sofort. Es war niemand anderes als die Empfangsdame, stammend aus Singapur, mit der ich telefoniert hatte. So kann man sich irren, dachte ich. Frauen und ihre Stimmen. Oh, verdammt. Wie oft schon hatte ich mir falsche Vorstellungen gemacht, mir heiße Dates ausgemalt, und war dann bitter enttäuscht worden...

Sie stand auf, ging um den Schreibtisch herum, nahm dabei wie beiläufig ein kleine Etui aus imitiertem Schildpatt an sich und sprach mich an, kam zwei Schritte auf mich zu und mit dem Sprechen belebte sich ihr Gesicht, verjüngte sich um 20 Jahre, sie sagte: Ah, Herr Detektiv, wie schön, dass Sie kommen. Herr Huber wird sehr erfreut sein.

Ich zog den kleinen Zettel aus Seidenpapier, den mir der Chinese gegeben hatte, aus meiner Tasche und hielt ihn ihr hin. Sie nahm ihn, lächelte ihr Asiatenlächeln.

Ich wandte mich um, aber der Chinese Tsi war nicht mehr da, er war wieder nach unten gefahren.

Oh, sagte die Dame, das kann isch nischt annehmen, geben Sie dies bitte Herrn Huber persönlich. Sie wissen, er will Ihnen ein Geschäft vorschlagen.

Oh, ja, ich hörte davon, sagte ich und versuchte zu lächeln, aber zuerst müsste ich wissen, was das für ein Geschäft sein soll. Und zweitens hätte ich gern gewusst, was das für ein Etui gewesen ist, fas Sie da vom Schreibtisch genommen haben?

Ein Etui? Ich? Vom Schreibtisch genommen? Sie müssen sich irren. Kommen Sie, isch werde Sie führen, direkt zu Herrn Huber... der wird Ihnen dann von den Geschäften reden...

Sie ging vor mir her. Ihr Kleid, rote Seide mit aufgedruckten Lotusblüten, war so eng, dass es glitzerte und wie eine Schlangenhaut aussah, oder, wenn man weniger poetisch ist, wie eine Pelle für bayrische Fleischwurst. Trotzdem, sie hatte eine gute Figur, vorausgesetzt, man mag mädchenhafte kleine Brüste und diese androgynen, schmalen Hüften wie sie häufig bei Frauen aus Fernost vorkommen.

Sie drückte ganz professionell mit der Ecke ihres Tabletts auf eine Vertiefung in der Wandtäfelung, und geräuschlos glitt eine Tür auf.

Mattes, weißes Licht empfing mich. Ich blickte mich nach meiner Führerin um, bevor ich den Raum betrat. Sie war stehen geblieben. Diskret, höflich. Sie trug jetzt wieder die Maske aus der Ming-Zeit, uralt, kalt, künstlich, ohne eine Regung. Mit einem leisen Zisch schloss hinter mir die Tür.

Ich schien allein in dem Raum zu sein.

Der Raum war in ein geheimnisvolles rotes Licht getaucht, ein Licht wie in einem Swingerclub. In der Mitte stand ein gelber Schreibtisch, oval ohne jede Ecke, mit nichts drauf, kein Computer, kein Telefon, keine Akten, kein Schnipsel Papier – nichts, in der Mitte eine künstlerische, kubistische Metallkonstruktion, drei verschlungene Stäbe hielten eine kugelförmige Lampe, von der das sanft rote und nicht blendende Licht ausging. Vor dem Schreibtisch zwei gelbe Stühle ohne Lehne, ebenfalls oval, hinter dem Schreibtisch ein schwarzer Lederdrehsessel. Sonst war nichts in dem Raum, keine Bilder an den Wänden, keine Fenster, auch keinerlei Türen und die, durch welche ich eingetreten war, schien verschwunden. Die indirekt angestrahlten Wände schienen mit rotem Samt verkleidet. Es war absolut still, kein Geräusch war zu hören, keine tickende Uhr oder sonst was, nur eine drückende, irgendwie unheilvolle Stille...

Ich stand ungefähr eine Viertelminute da und hatte auf einmal das Gefühl, nicht allein zu sein, irgendwie glaubte ich mich beobachtet. Vielleicht war irgendwo eine kleine Kamera versteckt oder es gab ein Guckloch in der Wand so wie man das von den Vorhängen am Theater kennt. Aber ich konnte nichts entdecken. Dafür hörte ich meinen Atem. Es war so still, dass ich die Luft hörte wie sie von meiner Nase angesaugt und durch den Mund wieder entlassen wurde.

Dann plötzlich sah ich in der Wand mir gegenüber eine Bewegung. Irgendetwas buckelte den Stoff, ein vorher nicht sichtbarer Vorhang wurde zur Seite geschoben und ein Mann betrat den Raum. Es war ein nicht sehr großer Mann, vollständig schwarzgekleidet und er war glatzköpfig. Er ging ohne sich umzusehen auf seinen Schreibtisch zu und setzte sich in den Drehsessel. Dort bildeten seine nackten, gelblichen Hände mit dem Kopf eine Art sichtbares Dreieck. Er bewegte die feingliedrigen Hände wie ein Pantomime, machte eine einladende Gebärde.

Bitte nehmen Sie dort vor dem Schreibtisch Platz, auf einem der gelben Stühle, rauchen Sie nicht, wackeln Sie nicht herum, versuchen Sie ganz ruhig und entspannt zu bleiben. Womit kann ich Ihnen dienen?

Ich tat, wie er mir geheißen, konnte es aber nicht unterlassen, mir eine Zigarette in den Mund zu stecken, sie mit den Lippen hin und her zu rollen, aber nicht anzuzünden. Ich setzte mein gemeinstes und schurkischstes Lächeln auf und betrachtete den Mann.

Er war nicht sehr groß, vielleicht Eins siebzig, maximal Eins dreiundsiebzig, aber irgendwie ungeheuer breit. Alles an ihm war breit, so als hätte man ihn in einer Presse verformt, ein breites Gesicht mit einem breiten Mund und einem breiten Kinn, die grauen Augen hinter einer randlosen Brille weit auseinander stehend, die Schultern ungeheuer breit, dazwischen ein Brustkasten wie ein Gorilla. Dazu gar nicht passend die völlig enthaarten Hände, fast ohne Farbe, gelblich, feingliedrig wie die von einem Pianisten. Die Haut im Gesicht und was ich am Hals sehen konnte frisch wie das Blütenblatt einer sandfarbenen Tulpe. Wie alt er war? Man konnte es nicht erraten. Er schien alterslos, er konnte Vierzig, aber auch Fünfundsiebzig sein. Das Ungewöhnlichste an ihm war jedoch und ich fühlte mich an einen Horrorfilm erinnert – er hatte weder Augenbrauen noch Wimpern. Und dann seine grauen Augen, die tief in den Höhlen lagen, sie schienen von ungewisser Bodenlosigkeit und Tiefe. Ich musste – warum, keine Ahnung – an den alten Brunnen im Burghof der Festung Königstein denken. Wenn man da einen Stein hineinwarf oder eine Handvoll Münzen, konnte man endlos warten bis man etwas hörte. Man wartete und wartete und hörte lange Zeit nichts und dann, wenn man des Wartens müde, sich abwendete und weggehen wollte, hörte man tief unten vom Wasserspiegel des Brunnens her ein schwaches, dünnes Aufklatschen, ganz leise und fern und unwirklich als ob das, was man hineingeworfen hatte, am anderen Ende der Welt angekommen wäre. Daran erinnerten mich die seltsamen Augen dieses „Großen Herrn Huber". So tief waren sie. Zudem waren es Augen ohne jede Wärme, ohne Menschlichkeit, ohne Seele, Augen, die zusehen konnten, wie ein Mensch zu Tode gemartert würde, wie einer am Kreuz oder am Türkenpfahl in der Sonne verglühte, wie einem bei lebendigem Leibe das Herz mit einem Feuersteinmesser herausgeschnitten würde, wie Soldaten vor den Augen der Mutter einen 3 Monate alten Säugling an eine Mauer schlügen, wie einem Knieenden im roten Gewand der Kopf abgeschnitten würde, wie Menschen im Meer ertranken, weil ihr Schlauchboot gesunken war, wie sie die Arme reckten und nach Luft schnappten und keiner ihnen zu Hilfe käme... solche Augen waren das, solche unergründlich kalten Augen, so alt wie alles Böse und Üble in der Menschengeschichte...

Er trug einen schwarzen, enganliegenden Anzug, einen schwarzen Rollkragenpulli, schwarze, lackglänzende Schuhe, schwarze Socken und er starrte auf meinen Mund und die darin hin- und her wandernde Zigarette:

Bitte lassen Sie dieses Zappeln, halten Sie die Zigarette ruhig, sagte er barsch, das macht mich nervös, unterbricht das Verknüpfen meiner Synapsen und stört meine Konzentration.

Oh, Ihre Konzentration? fragte ich, können Sie damit ein Aquarium platzen lassen, einen Mann auf der Straße zum Stehenbleiben bringen oder dass mir die Schnürsenkel aufgehen?

Er lächelte wie man allenfalls bei einem Begräbnis lächelt.

Sagte leise: Sie sind doch gewiss nicht hergekommen, um ausfallend zu werden?

Mit einem kleinen Stirnrunzeln sagte ich: Nein, gewiss nicht. Aber Sie, verehrter Inszenator von diversem Hokuspokus, scheinen vergessen zu haben, warum ich hier bin... ich bin, wie Sie ganz sicher wissen, wegen ein paar Zigaretten hergekommen, Zigaretten holländischer Herkunft, die in ihrem Mundstück eingerollt Teile Ihre Visitenkarten trugen...

Und, da Huber nicht gleich antwortete, ergänzte ich:

Außerdem hätte ich gern gewusst in welchem Verhältnis Sie zu ein paar Leuten stehen, bei denen diese Zigaretten gefunden wurden... einer davon ist tot, eine besonders interessante Person, eine sogenannte Transsexuelle, ist untergetaucht und der dritte im Bunde zieht mit einer 45 ´iger in der Hosentasche auf Krawall gebürstet durch die Gegend... aber noch neugieriger bin ich, welcher Art das Geschäft sein soll, dass Sie mir vorschlagen wollen, wovon Ihre

Empfangsdame und auch Ihr parfümierter Fahrer zu mir geredet haben...

Huber musterte mich mit zusammen gekniffenen Augen, dann sagte er, und ich hatte das Gefühl, als ob er seine Stimme Gewalt antat und deshalb betont leise und langsam sprach:

Und Sie möchten nun wissen, verehrter Herr, wie das alles kommt, mit den Zigaretten und den eingerollten Visitenkarten und was ich von diesen Leuten weiß?

Ja, sagte ich, so ungefähr... und von dem Geschäft hätte ich gern gewusst.

Nun, entgegnete der Psychologe Huber, meine Antwort ist ganz einfach. Es gibt nämlich so Sachen, von denen ich nichts weiß. Und Die Probleme, die Sie mir schilderten, gehören zu diesen Sachen...

Und auch von einem Geschäft zwischen uns wissen Sie nichts? Von einem Geschäft, das Sie mir vorschlagen wollten?

Angeblich! Mein lieber Freund, „Angeblich", müssten Sie sagen, denn da haben Sie meine Angestellten wohl falsch verstanden... ich werde das mit ihnen klären, die wollten sich wahrscheinlich wichtigmachen. Das kommt vor bei Angestellten, besonders bei solchen, denen man zu viel Freiheit lässt. Also, von einem Geschäft weiß ich ebenso nichts wie von Ihren Zigaretten oder Ihren Leuten, die ich „angeblich" kennen soll...

Einen Moment lang glaubte ich ihm. Seine Augen zeigten ihre Höllentiefe, ein winziges Lächeln zuckte in seinen Mundwinkeln. Er wirkte überzeugend. Sollte er tatsächlich nichts von alledem wissen? Doch dann verriet er sich, verriet sich mit einem kleinen Blick der Erleichterung, einem Aufseufzen, einer Bewegung seiner glatten, weißgelben Hände, die andeuteten, er wäre froh und die Sache hätte sich für ihn erledigt... ich hatte noch nicht so viele Ganoven vor mir sitzen gehabt in meiner kurzen Detektiv-Karriere, aber ich bin ein Typ, der ziemlich schnell lernt und einer mit einer ganz guten Menschenkenntnis, und ich hatte meinen Blick geübt und wusste, wenn einer mir was vorspielte oder mit einer schnellen Lüge glaubte davonzukommen – nur wenige Menschen verfügen über ein wirkliches Pokerface, nein, was da manchmal in Filmen gezeigt wird, das sind Märchen und Filmstories, die meisten Leute aus der Branche, übrigens mehr Männer als Frauen, verraten sich durch Blicke, durch ein Zucken ihrer Gesichtsmuskeln oder Mundwinkel, durch fahrige oder unterdrückte Gesten, durch zu schnelles oder zu tiefes Ein- oder Ausatmen, es gibt kaum einen, der sich nicht verrät. Häufig kommt es auf die Situation an oder wie sehr der oder die Verhörte unter Druck steht. Und der vermeintliche Fuchs Huber, der hatte sich gerade verraten...

Ich fragte ihn: Warum dann, mein lieber, verehrter Herr Huber, wenn Sie so gar nichts wissen und wollen, warum der ganze Aufwand? Warum die Sicherheitsvorkehrungen? Warum einen Gorilla wie diesen Herrn Tsi? Warum die paar Meter extra in Ihrem Wagen fahren? Und, was ich noch sagen wollte: Stecken Sie Ihren Chinesen doch mal in eine Badewanne, am besten gleich ein paar Tage lang, und lassen sie ihn gründlich abseifen und mit Duftölen einbalsamieren. In seinem jetzigen Zustand schreckt er nur ab und schadet Ihrem Ansehen...

Ach wissen Sie, mein Lieber, der Mann ist für mich so eine Art Medium, ein Faktotum, ein Golem – solch Typen sind wahre Schätze, man muss sie belassen wie sie sind, um ihre Ursprünglichkeit zu bewahren, aufpoliert und verwandelt nützen sie einem nichts mehr. Ich fand ihn so wie Sie ihn erlebt haben, in einem Elendsviertel in Wong-Schu/China, das ist in der Nähe von Schanghai, fand ihn in diesem Naturzustand, er ist mir treu wie ein dressierter Pavian. Und er würde jeden zerreißen, der seinem Herrn unerlaubt zu nahe käme. Verstehen Sie, was ich meine? Und er empfände dabei keine Reue, hätte keine schlechten Gefühle, so wie ein Hund nur positive Energie fühlt, wenn er einem Gegner seines Herrn, die Gurgel herausreißt. Nein, nein, mein lieber Herr Tsi ist ein Rohdiamant und er soll ungeschliffen bleiben, solange ich es für richtig halte... Sie sind Privatdetektiv, wenn ich dies richtig im Kopf habe?

Ja.

Ich glaube, sprach er weiter, Sie sind ein sehr einfältiger Mensch.

So?

Ja, und Sie sehen auch sehr einfältig aus und Sie sind in einem einfältigen Beruf tätig.

Verstehe, antwortete ich, nur Psychologen wie Sie sind die großen Menschen- und Weltversteher. Leute wie ich sind dagegen kriechendes Gewürm, das nix kapiert.

So ungefähr, wenn ich es auch besser ausdrücken würde. Ich denke, Sie sollten jetzt gehen, ich will Ihre wertvolle Zeit nicht über Gebühr in Anspruch nehmen, Sie könnten einen wichtigen Fall verpassen.

Pardon Verehrtester, widersprach ich, es ist gerade andersherum, nicht Sie nehmen meine Zeit in Anspruch, sondern ich die Ihre – und ich möchte doch noch, ehe ich Sie verlasse, zu gerne wissen, wie Ihre Visitenkartenschnipsel in die Mundstücke von holländischen Marihuana- Zigaretten gekommen sind...

Er hob seine Schultern, hob sie nur ganz wenig, so wenig, sodass man es schon fast gar nicht mehr wahrnahm, und dann sprach er zu mir, sprach wieder betont leise und langsam: Ach, mein verehrter Detektiv, meine Visitenkarten liegen in der ganzen Stadt und in vielen anderen Städten dieses Landes aus. Vielleicht sogar in der Welt. Jeder kann sie nehmen. Ich rolle meine Visitenkarten nicht in Ihre Zigaretten ein und ich verteile sie auch nicht, ebenso wenig wie ich mit Marihuana handle. Und die Leute, die Sie nannten, sind mir gänzlich unbekannt. Ihre Frage bleibt einfältig.

Oh, entgegnete ich, da kann ich Ihnen ein bisschen nachhelfen. Die Zigaretten waren in hauchdünnes, chinesisches Seidenpapier gewickelt und die steckten in einem billigen japanischen oder chinesischen Etui aus imitiertem Schildpatt. Ein Etui, wissen Sie, das ist ein kleines Schächtelchen wie ich es zum Beispiel auf dem Schreibtisch Ihrer Mitarbeiterin aus Singapur entdeckt habe. Schon mal gesehen?

Nein, keine Ahnung. Sicher wird es ein Privatgegenstand von Frau Huangopore sein. Manchmal raucht sie. Oder sie verwahrt ihre Schminksachen darin. Darin sind Frauen ja sehr eigen. Meine Mitarbeiter haben eben auch ihre kleinen Geheimnisse.

Right, sagte ich, ich kann Ihnen *noch* ein wenig weiterhelfen. Das Etui, von dem ich sprach, gehörte einem Mann namens Blümel. Gregor Blümel. Schon mal was von dem gehört?

Huber schien nachzudenken, er zog die glatte, polierte Stirn in dicke, waagerechte Denkerfalten:

Hm, ich glaube, ich entsinne mich, antwortete er, einen Mann dieses Namens mal vor einiger Zeit bei mir in Behandlung gehabt zu haben. Müssen schon zwei Jahre her sein.

Weswegen war er bei Ihnen?

Und da Huber zu zögern schien, rief ich: Oh bitte, berufen Sie sich jetzt nicht auf irgendwelche Schweigepflichten. Es geht um Mord. Der Mann ist tot.

Was? Oh Gott. Blümel? Blümel! Na ja der... er winkte ab. Er war damals wegen irgendwelcher diffusen Ängste bei mir, er wollte als Vertreter oder Verkäufer groß einsteigen, bei einem Großkonzern, bei Audi glaube ich, oder bei VW, aber die haben ihn dann nicht genommen, obwohl ich ihn in 10 Sitzungen einigermaßen fit gemacht hatte. Ja, ja, das sind die Rückschläge in meinem Beruf. Na ja. Und der ist tot? Richtig tot? Wie denn das?

O.k. sagte ich, hätte mir den guten Blümel sowieso nicht als Autoverkäufer vorstellen können, oder sagen wir, nur sehr schwer... aber ich kenne ihn ja eigentlich gar nicht, hab ihn nur zweimal getroffen, das erste Mal am Telefon, da wollte er mir – genau wie Sie durch Ihre Mitarbeiter - ein Geschäft vorschlagen, hat sogar Geld geboten, und beim zweiten Mal, als ich ihn zwecks Geschäftsabschluss treffen wollte, da war er schon tot, mausetot sozusagen... Gut, da bleibt natürlich für mich die Frage, weshalb reden Ihre Leute, verehrter Herr Huber, von einem Geschäft, das Sie angeblich mit mir machen wollen, und warum streiten Sie das dann ab und warum empfangen Sie mich hier trotzdem wie einen geheimen Staatsgast... Sie müssen doch zugeben, das passt alles nicht zusammen. Ich begreife das nicht, o.k. wahrscheinlich, weil ich zu einfältig bin...

Nein, sehen Sie, mein Lieber, erklärte Huber und er wirkte auf einmal leutselig und vernünftig, ich übe einen heiklen Beruf aus. Ich zähle unter die sogenannten Wunderheiler. Das heißt, ich vollbringe an meinen Patienten Dinge, zu der meine verehrten Kollegen, männliche wie weibliche, trotz all ihrer wissenschaftlichen Schulmedizin nicht in der Lage sind. Sowas spricht sich rum unter den Leuten, besonders unter Patienten, und dann kommen die in hellen Scharen zu mir, und es stört sie auch nicht, dass die Kassen nichts von ihren Behandlungskosten übernehmen und sie alles selber blechen müssen. Nein, da beschwert sich keiner. Sie zahlen und gut. Und sie spüren ja auch alle den Behandlungserfolg, sie können ihre Beschwerden vergessen und alles ist Roger. Das haben wir dem Huber zu danken! Doch diese Erfolge rufen natürlich die Neider auf den Plan, sie formieren sich, drohen mir. Was glauben Sie, was ich jede Woche für Beschwerdebriefe, Drohanrufe und böse Emails bekomme. Fast brauchte ich selber einen Heiler, wenn ich es mir zu Herzen nähme. Die Schlimmsten aber sind Leute wie Sie, Herr Detektiv, Leute, die sozusagen halboffiziell kommen oder sogar in behördlichem Auftrag, Leute, die mir wegen irgendeiner Nichtigkeit das Leben schwer machen und denen die Auftraggeber gesagt haben: Da ist eine Schweinerei passiert! Da steckt garantiert dieser Huber dahinter, eine Art Zauberer, dessen Methoden nicht nachprüfbar sind, bei dem es nicht mit rechten Mitteln zugeht. Klopfen wir dem mal auf die Finger!

Was glauben Sie, Verehrtester, was ich da schon erlebt habe. Sie sind nicht er erste und sicher nicht der letzte... und nun sind es eben mal Haschichzigaretten oder eine kleine kriminelle Bande mit einem Transshowgirl und echten Totschlägern... wie ich sagte, das alles schreckt mich nicht. Und es überrascht mich auch nicht. Nur wäre es schön, wenn ich die Gefahr früher erkennen könnte und eine längere Vorwarnzeit bekäme...

Nun machen Sie ´s mal halblang, sagte ich, in meinem Fall ist doch alles überschaubar.

Da haben Sie Recht, antwortete de Psychiater, es ist kaum der Rede wert. Zwei Haschichzigaretten. Was ist das schon. Gut, möge es eine Schachtel voll sein. Kein Grund zur Panik... und die Leute, von denen Sie sprachen, Amateure, kleine Gelegenheitsgangster, eine Transe, ha, ha, ha... kaum der Rede wert.

Er machte mit seiner enthaarten, weißgelben Hand eine seltsam winkende Bewegung. Ich stutzte, verfolgte die Bewegung. Da legte er seine Hand wieder brav auf den Schreibtisch vor sich ab, schlaff, wie eine Prothese. Seine abgründigen Augen bohrten sich in mein Gesicht, er atmete schwer, ergänzte leise: Ihre Befragung ist...

... einfältig, unterbrach ich ihn, ich weiß. Aber... ich machte eine Pause, ich kann das Problem riechen, das gleich auf mich zukommen könnte, hatte gar nicht mehr an ihn gedacht...

Ich drehte den Kopf, und ich sah ihn jetzt. Auf dem zweiten gelben Stuhl, den er ein wenig zur samtbespannten Wand gerückt hatte, saß der Chinese Herr Tsi. Er trug jetzt einen weißen Arztkittel mit einem Anstecker. Auf dem stand, ich konnte es lesen: Praxisteam Huber.

Völlig apathisch und bewegungslos saß er da, der Schanghai-Chinese, die Augen geschlossen, oder sagen wir, fast geschlossen, denn in den Augenschlitzen glitzerte es feucht. Es sah aus, als schliefe er, oder es sollte so aussehen. Den Kopf vornüber geneigt, die Hände auf den Knien, sein flaches Gesicht im Schatten – so saß er auf dem gelben Stuhl.

Ich drehte meinen Kopf langsam wieder in Richtung des Huber. Der lächelte matt.

Ich glaube, sagte ich, bei seinem Anblick (und ich nickte mit dem Kopf in Richtung des Herrn Tsi) wären alle Tai-Chi-Lehrer begeistert. Und ich fragte: Was tut er eigentlich, außer, wenn er Ehrengäste wie mich mit dem Auto spazieren fährt? Was macht er denn für das gute Geld, das er von Ihnen erhält? Setzt er sich im Schneidersitz, bekleidet mit einem seidigen, großblumigen Kimono, vor Sie hin und spielt Ihnen mit dem Saiteninstrument namens Erhu alte, chinesische Volksweisen vor? Oder liest er Ihnen aus dem Buch der Weisheiten aus der Ming-Zeit Verse von Tu Long und Li Zhi vor? Oder zitiert er Texte des späten Konfuzius?

Der große Herr Huber machte mit seinen weißen Händen eine ungeduldige Bewegung.

Was soll das? Sie haben wohl viel Zeit, mir hier solche Märchen zu erzählen? Sagen Sie mir, was Sie zu sagen haben – und dann raus hier!

Also gut, erwiderte ich, wie Sie wollen. Vor ein paar Tagen rief mich Ihr ehemaliger Patient Gregor Blümel an und sprach mir von einem viel versprechenden Geschäft, das er mit einer großzügigen Anzahlung beginnen wollte - 'n Tausender mindestens. Welcher Art dieses Geschäft sein sollte, sagte er nicht. Klar, ich fuhr zu dem vereinbarten Treffpunkt. Später erfuhr ich, er hätte gewollt, dass ich jemanden finde für ihn, eben jene ominöse Transe, die in dem

Gaunertrio eine ziemlich zentrale Rolle spielte. Es ging um ein paar Millionen, im Grunde Anteile aus einem zurückliegenden Bankraub. Jedoch, ehe ich Ihren Patienten Blümel sprechen konnte, lag der in der Wohnung, wo wir uns treffen wollten, mit zertrümmertem Schädel tot herum. Man hatte ihm einen Kristallascher draufgeknallt. Offenbar mit voller Kraft. Überall Blut und Knochensplitter, der Ascher indes bestens intakt, nur eben voller Blut. Aber Scheiße, ehe ich mich weiter umtun konnte, lag ich selber quer auf dem toten Blümel. Nicht tot, nein, das nicht, aber mit ´ner ziemlichen Beule und für ´ne kurze Zeit ohne Bewusstsein. Man hatte mich von hinten mit ´nem Totschläger genau in die Mitte meiner Tonsur getroffen... ich schwöre, da war kein Zielkreuz aufgemalt.

Ich versuchte zu lachen. Das misslang. Sarkasmus schien bei dem Huber nicht anzukommen. Also griente ich selbstironisch, aber in Hubers Glatzkopfgesicht regte sich nichts, kein Muskel zuckte, keine Hautfalte wölbte sich. Auch machte er keine Anstalten zu einer Entgegnung, er löste nur die umeinander gelegten Unterarme und verschränkte sie anders, das war für ihn schon eine starke Reaktion. Er saß da wie ein steinerner Buddha, nur vergoldet war er nicht und vor einem Tempel saß er auch nicht.

Die Zigaretten wurden bei ihm gefunden. Nicht von mir, da hatte ich bekanntlich keine Zeit für, ich lag ja da und hielt eine Innenschau, sondern von einer alten, das heißt jungen Freundin, die den Schlüssel für die Wohnung hat, weil sie da saubermacht...

Aber bestimmt nicht von der Polizei, konstatierte der Huber lächelnd, denn die haben sich bei mir noch nicht sehen lassen... und wer weiß, ob sie die Stäbchen in der Weise obduziert hätte wie Sie es dann später getan haben. Und, ohne Obduktion der Mundstücke kein Hinweis auf mich, oder?

Das stimmt.

Haben Sie die Zigaretten zufällig bei sich?

Nur eine davon. Aber wie Sie richtig sagten, beweist dies gar nichts. Jeder hätte Ihre Karten haben können. Ich frage mich nur, wie kamen sie dahin, wo sie gefunden wurden?

Huber tat, als hätte er nicht zugehört. Abrupt fragte er: Wie gut haben Sie diesen Gregor Blümel gekannt?

Gar nicht. Wie ich schon sagte, Verehrtester, ich hab ihn gar nicht gekannt. Hätte vielleicht 'ne tolle Freundschaft werden können, aber es sollte eben nicht sein. Er verschied ehe wir uns die Hände schütteln konnten. Lag vielleicht bloß 'ne halbe Stunde dazwischen... Tja, so ist das manchmal. Wer zu spät kommt... das hat schon der gute, alte Gorbi gesagt.

Huber klimperte mit den Fingern auf seiner Schreibtischplatte. Er hatte ziemlich bewegliche Finger, beinahe wie ein geübter Pianist oder ein Zauberkünstler. Der Chinese im Hintergrund schlief immer noch auf seinem gelben Stuhl, sein Kinn war auf die breite Brust gesackt, rhythmisch aber sanft blähte sich sein Bauch und fiel wieder, so wie sein Atem ging, in sich zusammen. Zu dem mächtigen Brustkasten passte das eigenartig dünne Fiepen nicht, das ihm entwich.

Übrigens, fing der Psychoonkel wieder an, haben Sie vielleicht mal diese Chanel Santini kennengelernt? Sie erwähnten sie vorhin. Vielleicht kann ich Ihnen da helfen. Sie ist jetzt gut untergebracht, entbehrt nicht das Geringste. Ob sie persönlich vermögend ist, weiß ich nicht. Sie lebt am Stadtrand von Dresden, in einem kleinen Nest namens Reichenberg, lebt in einer Art Festung bei einem stinkreichen, amerikanischen Ölmillionär, der sich dort zur Ruhe gesetzt hat. Keiner weiß warum, aber dafür wissen seine alten Kollegen und alle, die hinter ihm her sind, nicht, wo dieses gottverlassene Dörfchen liegt. Ganz schön clever von dem alten Knaben. Da hat er seine Ruhe.

Nein, antwortete ich, die hab ich noch nicht kennengelernt. Aber ich habe einen Suchauftrag für sie. Krieg dafür sogar Kohle. Da bin ich für jede Spur dankbar. Und sie wohnt jetzt bei einem ehemaligen Ölmillionär? In Reichenberg?

Huber nickte gnädig.

Ich versuchte mein Interesse hinter Langeweile zu verbergen, spielte den mäßig Interessierten, gähnte ein wenig.

Und? Wie heißt er denn, Ihr alte Knabe?

Hm, hm, Huber kratzte sich die Nase, weiß ich auch nicht. Hab's vergessen.

Na? Sie wollen es mir nicht sagen?

Nein, nein, ich weiß es wirklich nicht.

Plötzlich schien den Huber eine Idee zu durchzucken. Er fuhr auf, rief seinen Chinesen.

Hey, hallo Herr Tsi! Aufgewacht!

Der Chinese ließ einen trockenen Schnarchlaut hören, hob den Kopf, sprang auf die Beine.

Was Herr Huber befehlen?

Sag mal, Herr Tsi, du weißt doch alles? Wie hieß nochmal der dicke Ami, der sich die Santini – du weißt schon, diese... - und der große Herr Huber formte mit seinen weißen Händen in der Luft eine Frauenfigur, und er ließ auch den Zusatz nicht aus, den die Santini zwischen den Beinen trug - ... der sich diese Person geangelt hat? Du weißt schon.

Ja, ja Tsi wissen, wen der große Herr Huber meinen. Es ist eine dicker Mensch aus jenseits des großen Meeres. Und er haben viel Geld mit Öl gemacht, seien sehr reich, diese dicke Mann...

Ja, ja, rief Huber ungeduldig, das wissen wir alles. Seinen Namen sollst du uns sagen...

Oh, seinen Namen haben Tsi hier abgestapelt – und er tippte sich an die Schläfe. Tsi wissen genau... Namen und alles andere...

O.k. Na nun sag schon, du alter Geheimniskrämer!

Soll ich sagen laut?, fragte er Chinese und grinste, oder soll ich sagen in Ohr von großen Herrn Huber, weil Gast nicht hören darf.

Nein, nein, sag ihn nur laut. Mein Gast kann ihn ruhig hören.

Gut. Also, der dicke Amerikaner, der jetzt wohnen in ferne sächsische Provinz Reichenberg, heißen John Dellamy, vollständig heißen John Fitzgerald Dellamy... und er stammen aus US-Bundesstaat Texas... noch mehr wissen wollen? Junge Person, die bei ihm wohnen heißen Chanel Santini und seien eine sehr hübsche Mensch, aber Tsi nie wissen, ob sie Mann oder Frau sein. Tsi denken, sie sein beides.

Der Chinese kicherte sein Chinesenkichern. Er schien sich sehr zu amüsieren. Dann setzte er sich nieder... und nach einer Weile war er wieder zu eine unbeweglichen Statue geworden.

Ich raffte mich auf, fragte den Psychomann: Was mich meinerseits umtreibt, verehrter Herr Huber, ist die Frage: Wieso kennen *Sie* diese

Chanel? Vor allem woher? Immerhin scheint ja bei Ihnen inzwischen viel bekannt zu sein über diese Person? Aber, als ich sie vorhin erwähnte, da taten Sie so unbeteiligt, so als wüssten Sie gar nichts...

Ich versuchte das Wort „Frau" zu vermeiden. Wusste auch nicht, warum.

Huber bewegte sich in seinem Drehsessel.

Spielen Sie Poker, verehrter Detektiv? fragte er.

Nein, ich schüttelte den Kopf. Poker nicht, aber ganz leidlich Schach...

Sehen Sie, mein Lieber, da haben Sie meine Antwort. Warum soll ich aufdecken, wenn ich nicht weiß, was Sie für ein Blatt haben? Nein, um bei der Wahrheit zu bleiben, ich kenne diese Santini schon eine kleine Weile. Ich hab sie mal wegen ihrer Bühnenangst behandelt, auch wegen einer Sprachhemmung...

Oh, entgegnete ich und lachte, da ist Ihnen aber ein beeindrucken- der Behandlungserfolg gelungen. Sie soll ja jetzt tanzen und singen und plaudern wie eine perfekte Entertainerin. Wie gesagt, ich sah sie noch nicht, schon gar nicht auf der Bühne... aber was ich so hörte und auf Bildern und einem Demostick sehen konnte, mein lieber Mann, da ist diese Österreicherin, wie heißt sie noch? Conchita Wurst. Eine ganz schwache Nummer. Sie wissen, das war die Gewinnerin der letzten Eurovisionsshow...

Huber winkte ab, verzog sein Gesicht...

Sie geraten ja regelrecht ins Schwärmen. Na, vielleicht treffen Sie sie mal, noch dazu, wenn Sie sowieso hinter ihr her sind. Dienstlich, selbstverständlich. Viel Spaß! Aber Vorsicht! Sie wären nicht der erste, der plötzlich keine Patrone mehr im Magazin hat...

Ich fand das nicht besonders lustig und ich presste die Lippen aufeinander.

Huber trommelte wieder mit seinen Fingern auf die Schreibtisch- platte. Er trommelte irgendeinen bekannten Rhythmus. Oder waren es geheime Signale, die nur sein Chinese verstand und die in wach hielten, auch wenn er so tat, als sei er eingeschlafen? Ich versuchte, nicht hinzuhören. Irgendwie störte mich das. Der Psychomann verschränkte seine Arme, irgendwie sah ich in seinen unergründli- chen Augen Spott und Häme...

162

Ich sagte: Was mich am meisten wundert, Verehrtester, ist die Tatsache, dass in diesem Fall jeder jeden kennt. Die Santini hat den Blümel auch gekannt.

Sooo? Wie haben Sie das herausgefunden? fragte der Huber und er öffnete seine schläfrig gewordenen Augen einen Spalt.

Ich sagte nichts. Genaugenommen war ja die Tatsache, dass die Santini den Blümel gekannt hat, nicht das Ergebnis meiner eigenen Recherche, sondern Wissen der Polizei. Sollte ich dem Huber davon erzählen? Sollte ich ihm sagen, dass sie beide zusammen mit dem Freddy in einen Bankraub verwickelt waren? Womöglich wusste er es sogar! Was wusste dieser Mann nicht alles...

Huber beugte sich ein wenig über seine Schreibtischplatte: Sie werden ´s der Polizei stecken müssen – das mit den Zigaretten. Er griente wie der Mephisto auf der Bühne.

Ich griente zurück, zuckte vielsagend mit den Schultern. Man spielt nicht alle Trümpfe gleich am Anfang aus. Das wissen Sie doch?

Huber mit einem gemeinen Feixen: Sie wundern sich, warum ich Sie noch nicht habe hinauswerfen lassen? Herr Tsi würde Ihnen das Genick brechen so wie man Möhrenkraut abdreht. Ehrlich gesagt, ich wundere mich selber drüber. Ich rätsele, was Sie für eine Strategie verfolgen. Erpressung und Druck funktionieren bei mir nämlich nicht. Das bleibt wirkungslos. Wissen Sie, ich habe viele Freunde, obwohl auch ein paar üble Elemente sich die Hände reiben würden, wenn ich in Schwierigkeiten käme und mein Ruf Schaden nähme, Psychiater, Neurologen, Homöopathen, Sextherapeuten, Paartherapeuten und lauter solche Typen, alles approbierte Ärzte, studierte Doktoren, während ich der Quacksalber und Wunderheiler bleibe. Und? Wie wollen *Sie* mich fertigmachen? Was haben Sie für ´ne Strategie? He?

Ich versuche es mit ´nem versteinerten Gesicht. Bei manchem hat das geklappt. Sie wurden unsicher und fingen an zu plappern. Aber ich merkte es gleich – bei dem war nichts zu machen.

Huber verschränkte seine Hände, betrachtete die Fingernägel.

Ich kann ´s Ihnen nicht verübeln, wenn Sie den Mund halten wollen. Vielleicht sind Sie doch intelligenter als ich dachte. Und, wissen Sie, manchmal liege ich daneben. Das kommt vor. In der Zwischenzeit... er sprach nicht aus, was er meinte, stattdessen trommelte er wieder mit seinen Fingern herum.

Ich glaube, sagte ich, der Blümel hat ′s mit Erpressung versucht. Er ist ja der Kassenwart gewesen und die anderen hatten keine Ahnung, wo er den Zaster versteckt hatte. Da dachte er eben, er kann ′s sich leisten. Kennen Sie das Gedicht vom Hasen und dem Löwen? So ungefähr. Blümel ist übermütig geworden. Er hatte zu lange Erfolg mit seiner Masche. Vielleicht hat er auch zu viel gekifft. Keine Ahnung. Die Santini hat er jedenfalls auch erpresst und wer weiß wen noch. Darunter Leute wie den Tarzan Freddy, die ihn wie eine Laus zerquetschen konnten. Den Gregor Blümel aber hat das scheinbar nicht gestört. Aber Sie wissen ja, Erpresser leben gefährlich. Manch einer von den Erpressten hat nicht so viel Geduld. So viel Geduld und Beziehungen wie Sie zum Beispiel haben, verehrter Herr Quacksalber. Leute von Ihrem Kaliber, die warten können auf den rechten Moment. Ich denke, Sie, großer Herr Huber, würden da ′ne Menge aushalten, ehe sie sich die Mühe machten, so einem Kerlchen den Gashahn zuzudrehen oder zuzudrehen lassen. Oder?

O.k. Ich habe mir das alles über Blümel, über die Santini und Freddys Bande aus meinem Halbwissen und aus Gehörten, aus den paar Blättern Ermittlungsberichten, die ich unbefugt gefleddert habe und aus den Erzählungen des Oberkommissars Baumgarten sowie aus meiner Phantasie ein bisschen mit Logik zusammengereimt, und ich dachte, dass ich damit nicht weit weg von der Wahrheit liegen würde. Die Reaktion meines Gegenüber bestätigte es mir.

Aha, brummte prompt der Huber, das wäre also das Bild, das ich von Gregor Blümel hätte – und natürlich von ihm? Ehrlich, er sei leicht angefressen von solchem Unsinn. Aber das meiste stimme ja sowieso nicht...

Ich raffte die Reste meines Muts zusammen, ich erhob mich, beugte mich zu ihm hin, bis unsere Nasen nur noch eine Handspanne voneinander entfernt waren. Und ich zischte ihn an:

Drehen Sie es wie Sie wollen, Sie haben schmutzige Hände. Es sind nicht nur die Karten in den Zigarettenmundstücken, Herr Huber. An die konnte, wie sie richtig sagten, jeder ran. Und es ist auch nicht das bisschen Marihuana. Das sind kleine Fische für einen wie Sie. Da haben Sie ganz andere Möglichkeiten. Stimmt's? Nein, das sind nur Sachen, quasi Taschenspielertricks, um irgendwen, vielleicht sogar die Polizei oder einen Trottel wie mich, abzulenken und auf die falsche Fährte zu locken. Ihre Intensionen sind auf richtig große Dinger gerichtet... und ich beginne zu ahnen, worauf Ihr Interesse wirklich abzielt... und auch Ihre pompöse psychologische Praxis hier – ich breitete die Arme aus – ist nur ein Täuschungsmanöver. Allerdings, wenn man einmal Ihr Prinzip erkannt hat, ist alles ziemlich durchsichtig wie die Glaskugel da auf Ihrem Schreibtisch.

Huber blitzte mich böse an.

Werden Sie mal konkret! Was wissen Sie wirklich? In Wahrheit sind Sie doch bloß ein kleiner Scheißer. Aber gut, Sie scheinen es nicht anders zu wollen...

Seine weißen Hände fuchtelten herum, bloß ich konnte kaum noch etwas sehen. Es war plötzlich dunkel geworden. Schwärze umgab mich. Es war finster wie in einem Kohlestollen ohne Grubenbeleuchtung. Auch roch es auf einmal ziemlich seltsam. Der Vergleich mit 'nem Kohlestollen war gar nicht so falsch. Grubengas! dachte ich. Verdammt, der Kerl will mich vergiften!

Ich sprang auf, stieß den Stuhl um, auf dem ich gesessen hatte, riss die Sic Sauer aus meiner Gesäßtasche. Aber irgendwie blieb sie hängen. Ich hatte die Tasche zugeknöpft. Ein Knopf schien im Wege. Außerdem war ich viel zu langsam. Ich bin eben kein Revolverheld und ich dachte einen Moment lang an einen Film mit Alain Delon, wo der leicht in die Hocke gegangen war, den Aufschlag seines Jacketts zur Seite schob und seine Siebenundsechziger Automatik blitzartig in Anschlag brachte. Kommt es jetzt zu einem Schusswechsel, überlegte ich, wo man nur die Pistolenmündungen aufblitzen sieht wie bei einem sogenannten Kuckucksduell?

Ich gebe zu, mein Puls flatterte ganz gehörig.

Aber nichts dergleichen geschah. Keine Schießerei.

Stattdessen streifte ein Lufthauch meinen Hinterkopf und gleich darauf stieg mir ein erdiger Geruch in die Nase. Aha! konnte ich gerade noch denken. Aber diese Sinneswarnung nützte mir nicht mehr viel. Aus völliger Dunkelheit erwischte mich Herr Tsi von hinten, presste mir die Arme an den Leib. Dabei waren sein Kopf und

Körper dicht und ganz nahe dem meinen. Sein Körpergestank nahm mir fast die Sinne. Er versuchte mich hochzuheben. Meine rechte Hand war nahe meiner Gesäßtasche, ich hätte die Pistole vielleicht noch herausgebracht. Doch was dann? Ich ließ die Sic Sauer stecken und tastete nach den Handgelenken des Chinesen. Aber halten Sie mal einen fest, der vorher in Öl gebadet hat. Ich schaffte es nicht. Dafür knallte mich Herr Tsi mit einem tierischen Grunzlaut derart auf den Parkettboden, dass meine Knochen in Unordnung gerieten und der Hinterkopf ausgerechnet mit der Stelle aufprallte, die vor Tagen mit dem Totschläger Bekanntschaft gemacht hatte und immer noch schmerzte. Dann krallte er meine Handgelenke, bog die Arme nach hinten, drehte mich mit einem Ruck auf den Bauch und bohrte mir sein Schimpansenknie in den Rücken. Das war die geballte Macht der Volksbefreiungsarmee, asiatische Kampfkunst live. Was soll einer wie ich dagegen machen?

Ich wollte schreien, bloß um mich zu wehren und meinen Unwillen zu zeigen. Manche schreckt ja Schreien ab. Es kommt nur auf die Lautstärke an. Die Menschenaffen, ob Gibbons, Schimpansen oder Gorillas, kämpfen noch heute auf diese Weise. Mit Anschreien. Aber ich brachte keinen Ton raus. Meine Kehle war wie blockiert oder wie abgeschnürt oder mit Kotze voll. Nur ein halblautes Gurgeln blubberte heraus.

Der Chinese nahm mich, wie man sagt, in den Kasten. Dazu gebrauchte er seine krummen Affenbeine, wie eine Schere. Sie waren scheinbar doch ziemlich kräftig, was man ihnen gar nicht angesehen hatte. Mit den Händen tastete er nach meinem Hals. Dabei musste er sich zu mir herabbeugen. Meine Nase ersoff in seinem Gestank. Wirklich, der Geruch war schlimmer als alle asiatischen Griffe, die er anwendete. Noch heute geschieht es mir manchmal, wenn ich nachts aufwache, dann glaube ich, Herrn Tsi zu riechen und seine fettigen Hände an meinem Hals zu spüren.

Ich glaube, ich war schon ziemlich am Limit, als endlich das Licht wieder anging. Ich sperrte die Augen vollends auf und sah in ein glatzköpfiges Mondgesicht, das mich eingehend betrachtete. Richtig hatte ich meine Sinne noch nicht beisammen. Alles schwamm und schaukelte hin und her. Tatsächlich der Mond, dachte ich verwundert.

Und so nahe und er hat gar keine Krater? Noch immer spürte ich auch die Chinesenhände an meinem Hals. Das Mondgesicht öffnet die Lippen und eine Stimme, es war die des Herrn Huber, sagte:

Gib ihm ein bisschen mehr Atem für die Luftröhre... aber nur so viel, dass er nicht blau anläuft.

Die Ölfinger lockerten sich um ein paar Millimeter.

Ich versuchte meinen Hals freizubekommen. Es gelang, wenn auch nur zur Hälfte. Dafür schlug mir ein silbernes Hämmerchen mit einer Hartgummikante gegen die Schläfe. Nicht sehr derb, aber mir genügte es.

Das gehört eigentlich gegen das Knie! protestierte ich schwach.

Die Witze machen wir, sagte das Mondgesicht namens Huber, und seinem Golem befahl er:

Stell ihn mal probeweise auf die Füße!

Der Chinese richtete mich auf, stellte mich auf die Füße. Die Handgelenke, verdreht und irgendwie verknotet, hielt er mit einer Hand fest.

Dilettant! sagte das Mondgesicht leise. Und wieder traf mich das Hämmerchen, diesmal seitlich der Nase. Blut rann mir über die halbe Wange und das Kinn. Es schmeckte bitter, salzig und irgendwie nach Erde.

Fremde Hände, die vom Mondgesicht, untersuchten meine Taschen, förderten Ausweise und Portemonnaie und schließlich auch meine Sic Sauer ans trübe Zimmerlicht. Schließlich fanden sie die in Seidenpapier gewickelten Zigaretten, wickelten sie aus und ließen sie im Hut des Zauberers verschwinden.

Es sind drei! sagte das Mondgesicht und seine Stimme klang wie die des Wolfes, der Kreide gefressen hat. Wo haben Sie die anderen?

Bei mir zu Hause, im Schreibtisch.

Wumm! da kam das Hämmerchen, diesmal traf es die rechte Wange, kurz vor dem Ohr.

Ich weiß, dass sie lügen, aber das kriegen wir noch raus!

Kleine Funken, Kringel und Sternchen, erst hell blinkend, dann rot werdend, schließlich ins Blaue wechselnd, tanzten vor meinen Augen.

Dreh ihm noch ein bisschen den Hahn zu!

Die öligen Stinkefinger gruben sich aufs Neue in meinen Hals. Ich machte einen schwachen Abwehrversuch.

Oh, er lernt schnell.

Wieder schwang das Hämmerchen, pochte gegen mein schon ziemlich demoliertes Kinn. Ich spürte wie die Haut aufplatzte, Blut tropfte auf den Boden.

Herr Tsi! Schluss! Der ist jetzt zahm.

Die Schraubstockarme senkten sich. Ich atmete noch einen tiefen Zug chinesischen Körperduftes ein, dann taumelte ich einen Schritt vorwärts.

Plötzlich stand der Huber ganz dicht vor mir und hielt mir meine Sic Sauer vor die Brust. Er feixte mir ins Gesicht, sagte leise und beinahe zärtlich:

Sehen Sie, Herr Detektiv, ich könnte Sie eine Menge lehren und mein Herr Tsi ist ein wirklich guter Lehrer. Aber ich vermute, das ist zwecklos bei Ihnen. Sie sind zu ungeschickt und eben doch ein kleiner dummer Kerl, ein Dilettant, der von nichts eine Ahnung hat. Ihren Weg hierher haben Sie im Grunde umsonst gemacht. Und zu Hause werden Sie auch nicht viel weiter kommen. Denn auch dort hab ich meine Freunde... da werden Sie noch staunen.

Er hatte wirklich eine superdreckige Feixe.

Mit allem, was meine matten Muskeln noch hergaben, schnellte ich meine rechte Faust in diese lachende Fratze. Und, glaubt mir, dafür, dass ich bloß noch 70% oder weniger im Speicher hatte, war der Schlag ganz ordentlich ausgefallen. Das Mondgesicht bekam zwei kleine rote Flecken, sein Körper erzitterte wie ein Baum, gegen dessen Stamm ein Lieferwagen geprallt ist. Aber er fing sich schnell wieder, hob die Pistole, sagte;

Setz dich, mein süßes Buberl. Gleich kriege ich Besuch. Dass Sie mir eine versetzt haben – er rieb sich immer noch Kinn und die blutende Nase - dafür danke ich Ihnen, so wird vieles einfacher. Na los! Hinsetzen! Das klang schon schärfer.

Ich gehorchte, zog mir den gelben Stuhl unter den Hintern, sackte ein wenig zusammen wie ein Getreidesack, den man hart auf den Boden aufsetzt. Ringsum war auf einmal eine betörende Stille. Und ob ihr es glaubt oder nicht, ich bin tatsächlich ein wenig eingenickt. Wahrscheinlich eine Art Sekunden-Erschöpfungsschlaf.

Nun aber gut sein, hörte ich plötzlich die Stimme des Herrn Tsi, totstellen wir nicht glauben.

Ich richtete mich auf, öffnete die Augen. Für Millisekunden wusste ich nicht, was los war, noch wo ich mich befand.

Kommen mit, werter Freund von großem Herrn Huber, gehen in anderes Zimmer!

Ich erhob mich, ich spürte wie unsicher ich noch auf den Beinen war, und folgte dem Geruch und der Athletengestalt des Herrn Tsi. Es ging durch irgendwelche Türen. Schließlich befanden wir uns in dem Empfangsraum, wo Frau Huangopore noch immer hinter ihrem Tisch saß. Neben ihr stand jetzt ein mir unbekannter Mann, Boxergesicht, breit, gewichtig, mit zwei oder drei Narben auf der Stirn. Er herrschte mich an:

Setz dich hierhin, Dilettant!

Aha, dachte ich, diese Anrede hat sich also schon herumgesprochen.

Er drückte mich in einen lederbezogenen Sessel, verwendete dafür nur seinen Daumen, der war dick und klobig wie von einem Hufschmied. Der Sessel fühlte sich weich und bequem an, besser und gediegener als mein Fernsehsessel daheim. Doch meine Gedanken an mein Heim konnte ich nicht weiterdenken, weil ich von Frau Huangopores Blick abgelenkt wurde, sie fixierte mich aus ihren schrägen Asiatinnenaugen und kritzelte irgendwas in ein kleines Heftchen. Auch sah ich jetzt erst den großen Psychologen Huber. Er stand etwas abseits vor einem der tiefen Fenster und wandte uns den Rücken zu. Er hatte die Arme vor der Brust verschränkt und schien den Anblick all der Kiefern und des glitzernden Sees zu genießen. Als er einmal den Kopf wandte, sah ich mit klammheimlicher Genugtuung, dass seine Nase nicht mehr ihre alte Form und dass er sogar eine aufgesprungene Lippe hatte. Ich konnte nicht an mich halten, ein Grinsen glitt über mein Gesicht.

Huber hatte es gesehen: Aha, man amüsiert sich?

Ich wollte etwas sagen, aber der Boxer vor mir beanspruchte meine Aufmerksamkeit. Er wird bestimmt drei Zentner wiegen, dachte ich, und er hat braune Zähne und eine pickelige Gesichtshaut - aber die hohe Kinderstimme eines Pygmäen. Sicher wäre er trotz seiner Masse schnell und beweglich mit ausgezeichneten Reflexen und wahrscheinlich fraß er zum Abendbrot ein ganzes Kilo Tartar ohne alles. Nein, niemand kann den umschubsen, dachte ich weiter, er wirkte auf mich wie eine Art Zuchtbulle von einer Landwirtschaftsausstellung, abends spuckt er wahrscheinlich auf seinen Schlagring und wienert ihn blitzblank, wahrscheinlich macht er das statt irgendwas zu lesen... Aber immerhin, seine Schweinsäuglein verrieten Sinn für Humor.

Breitbeinig stand er vor mir. Er hielt meine Brieftasche in seinen klobigen Händen. Mit seinem abgeknabberten Daumennagel kratzte er auf dem schwarzen Leder herum, als wolle er ein Bildchen freirubbeln. Dazu lächelte er wie ein Kind. Es schien ihn zu erfreuen, irgendwas kaputt zu machen. Wahrscheinlich aber würde er lieber, dachte ich, meine Visage zerschlagen.

Er gab mir die Brieftasche wieder. Es war noch alles drin, sogar die Scheine im hinteren Fach.

Fehlt was, Dilettant?

Ich schüttelte den Kopf.

Mensch Freundchen, piepst er noch hinterher, sag´ doch mal was Nettes, damit wir dich richtig lieb haben können. Zum Beispiel: Ich sag auch nichts der Polizei! Sowas ungefähr.

Nee, eure Liebe mag ich nicht. Die Knutschflecken von vorhin reichen mir für ´ne Weile. Gib mir meine Sic Sauer wieder, brauchst sie auch nicht zu putzen. Die Fettflecken von euren Drecksspfoten wisch´ ich selber weg.

Weiß schon, lachte der Zuchtbulle, wegen der Fingerabdrücke... ha, ha, ha also doch Polizei?

Nein, red´ keinen Quatsch. Gib´ sie her, ihr könnt ja eure eigenen Spritzen nehmen, wenn ihr mich doch noch erschießen wollt.

Der Bulle drehte sich zu Huber um, der wohl zugehört hatte, aber immer noch die Kiefern vor seinem Fenster zählte.

Eh Chef, der Dili (aha, dachte ich, schon ´nen Spitznamen draus gemacht!) will seine Kanone wieder haben.

Frag ihn, wozu er jetzt noch ´ne Pistole braucht!

Okay, Boß!

Der Zuchtbulle zu mir: Ich soll dich fragen, wozu du deine Kanone brauchst.

Ich will einen Chinesen erschießen. Von denen gibt´s ja genug.

Aha! Er will einen Chinesen erschießen, Chef.

Nur den einen? fragte Huber.

Jaaa, rief ich dem Psychologen am Fenster zu: Nur den einen!

Chef, wiederholte der Zuchtbulle, er will nur den einen Chinesen erschießen.

Ich zischte ihn an: Quatsch nicht alles doppelt! Du bist hier nicht in der Dummschule!

Ich glaube, sagte der Zuchtbulle jetzt zu Huber, unser Dili spinnt, eben hat er gesagt, ich soll nicht alles wiederholen und dass ich nicht in der Dummschule wäre.

Huber am Fenster drehte sich langsam um: Es ist schon möglich, dass unser Freund ein bisschen gelitten hat. Unsere Hausmassage ist ihm offenbar nicht bekommen. Sag ihm noch: Wir haben hier keine Sic Sauer:

Der Chef sagt, wandte sich der Boxer an mich, wir hätten hier keine Sic Sauer...

Er soll mal in seiner linken Hosentasche nachsehen, lachte ich, ich seh´s von hier, dass da meine Pistole steckt. Seine Stoßstange wird´s wohl nicht sein.

Der Zuchtbulle wollte gerade meinen Satz an seinen Chef wiederholen, da winkte der Huber ab und kam mit ein paar Schritten auf mich zu.

Er gab mir meine Pistole.

Wir haben sie nicht zugelötet.

Danke, sagte ich und wog die Waffe in der Hand. Dann antwortete ich:

Patronen braucht ihr ja nun nicht mehr, da ihr meine habt.

Auf einmal trat Herr Tsi an mich heran. Er legte mir seine Hand auf die Schultern. Ich atmete seinen Körpergeruch ein.

Kommen mit mir, großer Freund von Herrn Huber, Sie brauchen jetzt andere Luft. Wollen gehen.

Er nahm mich beim Arm. Ein Entwinden war unmöglich.

Gut, alter Freund, sagte ich, überredet.

Wir gingen zum Fahrstuhl. Herr Tsi drückte die Tasten. Der Lift kam langsam heraufgefahren.

Wir stiegen ein. Hinter uns drängelt sich noch der Zuchtbulle rein. Auch er roch irgendwie unangenehm, konnte den Geruch aber nicht zuordnen, eine Mischung aus Kölnisch Wasser, Weinbrand und Küchenabfällen. Eingehüllt von diesen beiden Duftmonstern fuhr ich mit ihnen bis ins Kellergeschoss. Dann ging es einen dunklen Gang entlang bis ins Freie. Komischerweise war es genau die schwere Holztür mit den Kupferbeschlägen, durch die wir nach draußen gelangten. Die Luft war frisch, es roch nach den Kiefern, die hier überall herumstanden und ein bisschen auch nach dem See, der durch die Stämme schimmerte. Ich atmete tief.

Herr Tsi hielt mich immer noch am Arm, es fühlte sich an wie eine Eisenklammer. Ein Wagen stand bereit, ein großer, alter Fiat, Marke Chroma, dunkelgrau, metallic lackiert, offenbares Baujahr Anfang der Neunziger, 92 oder 93. Und seltsam, mir fiel ein, dass es ein Auto genau dieses Typs gewesen war – sogar die Farbe war dieselbe, in dem am 28. Mai vor fast exakt 17 Jahren der italienische Untersuchungsrichter Giovanni Falcone auf der Autobahn bei Capaci in der Nähe von Palermo, als er zu seinem Haus unterwegs war, mit fast einer dreiviertel Tonne Sprengstoff in die Luft gejagt worden war. Mit im Auto - seine Frau und drei Leibwächter. Ich weiß nicht, wieso mir der Gedanke kam, denn ein Kerl wie Falcone war ich nun gewiss nicht und ich hatte es ja auch nicht mit der sizilianischen Mafia zu tun. Dem Huber aber, diesem zwielichtigem Kerl, traute ich alles zu, sogar, dass er mich beseitigen lassen würde...

Herr Tsi, ich staunte über seine Wandlungsfähigkeit, denn gnadenlose Brutalität wechselten bei ihm mit ausgesuchter Höflichkeit, ließ mich für einen Moment los, öffnete den Wagen, sagte:

Großer Herr Huber möchten, dass wir Sie nichts tun, womit Ihnen nicht einverstanden sind, er sagen, Sie für uns rohes Ei, Sie vornehmer Herr; genau wie Meister Konfuzius sprach Herr Huber zu mir, dass die Leute mir nicht zufügen sollten, was ich nicht mag, so wie ich ihnen nicht zufüge, was sie nicht mögen – aber diese Stufe, so hat Herr Huber sagen, ich noch nicht erreicht hätte. Also will ich mich bemühen und immer dran denken, Ihnen nichts zufügen, was Sie nicht wollen... großes Freundchen von Herrn Huber.

Wo ist denn der Dritte? Der Dicke mit der Pistole? Der eben noch oben bei Herrn Huber war?

Oh, sagte Herr Tsi, den ich schicken voraus zum Wagen, aber er jetzt nicht hier sein. Warum? Ich nichts wissen. Es ist schlimm, nichts kann man lassen in unverschlossenen Wagen. Er scheinen verschwunden? Vielleicht ist gekidnappt. Keine Angst, wir ihn nicht brauchen...

Herr Tsi kicherte auf seine chinesische Art und startete den Wagen. Wir fuhren die Einfahrt zwischen den Koniferen hinab zum See, erreichten die Zufahrtsstraße.

Plötzlich packte mich der Zuchtbulle und ehe ich mich versah, hatte ich eine Binde vor den Augen und um die Handgelenke die anschmiegsamen Eisenbänder.

Natürlich sah ich nichts mehr, konnte nur noch hören und die vergehende Zeit zählen.

Hinter mir wurde ein Fenster heruntergelassen, der Zuchtbulle zog die Rotze hoch und spuckte hinaus.

Ich fragte: Und wie komme ich dann wieder nach Hause und zu meinem Wagen? Ewig habe ich nicht Zeit, um mit Ihnen Ausflüge zu machen. Noch dazu Blindflüge.

Herr Tsi drehte den Kopf, sagte, der Meister spricht: Auf Straße hören und auf Wege reden, ist Preisgabe von Geist!

Es kamen ein paar Kurven, ich wurde nach links und nach rechts gedrückt. Im Wagen Schweigen.

Der Zuchtbulle hinter mir, brüllte mir ins Ohr: Halt lieber dein Maul, Freundchen, du hast unverschämtes Glück gehabt...

Zu Herrn Tsi: Die nächste rechts!

Ich wissen, danke für Erinnerung.

Herr Tsi steuerte den Fiat in eine Art Feldweg. Die Stoßdämpfer polterten. Steinchen spritzten zur Seite. Ich roch Staub und Trockenheit.

Halt! Hier! rief der Zuchtbulle.

Herr Tsi stoppte, zog die Handbremse. Er wälzte sich über mich hinweg und öffnete die Beifahrertür. Ich war nahe daran, mich zu übergeben. Sein Geruch war einfach unerträglich.

Tja, war nett dich mal kennengelernt zu haben, sagte der Zuchtbulle und gab mir einen Klaps auf den Rücken, aber komm nich´ auf die Idee, uns nochmal besuchen zu wollen. Und jetzt raus!

Muss ich jetzt zu Fuß nach Hause, ich weiß gar nicht, wo ich bin? Ihr könntet mir wenigstens die Binde von den Augen und die Handschellen abnehmen.

Auch noch Ansprüche stellen, was? Aber gut, die Schmuckbänder nehm wir dir ab.

Er schloss die Handschellen auf, nahm sie mir ab, ich rieb mir die rotgewordenen Handgelenke, riss mir im selben Moment die Binde von den Augen.

Ich musste blinzeln. Die Augen taten mir weh. Das Sonnenlicht blendete. Ich sah mich um. Tatsächlich ein unbekannter Ort. Irgendwo in der Brandenburger Pampa. Felder, kleine Waldstreifen, Hochspannungsmasten, über mir blauer Himmel, irgendwo zwitscherten Vögel, in der Ferne glitzerte ein See. Geruch nach ausgestreutem Mist, nach Feldblumen, nach Äckern, Wiesen. Ein Kohlweißling flatterte vorbei. Keine Häuser.

Der Zuchtbulle herrschte mich durch ´s offene Wagenfenster an: Los jetzt! Marsch! Marsch!

Kommt jetzt die Erschießung auf der Flucht? fragte ich.

Quatsch nicht! Du gehst jetzt zu Fuß nach Hause. Klar? Also, beweg dich.

In Ordnung, antwortete ich, da kann ich ein wenigstens ein bisschen nachdenken. Zum Beispiel, was und wer ihr Vögel eigentlich seid und wie meine Kumpels euch „hopp" nehmen werden. Meine Kumpels von der richtigen Polizei, meine ich, nicht so ´ne Scheißschlägertruppe wie ihr. Lange wird´s nicht mehr dauern, dann kriegt euer Herr Huber Besuch. Und ihr auch. Und dann geht´s ab... kennt ihr ja alle. Einzelzimmer in Moabit zum Beispiel. Man sollte eben immer einen kleinen Zettel hinterlegen, wo man anzutreffen und wo man aus der Scheiße zu holen ist, ´s is´ wie bei der Schnitzeljagd früher. Kennt ihr doch noch, vom Ferienlager bei Fehrbellin, oder von den Pfadfindern? Wisst ihr's noch? Mit schwarzem Knotentuch oder blauem Halstuch damals. Oder schon mit dem roten?

Und ich dachte tatsächlich an die Nachricht, die ich der Lisa Pommer hinterlassen hatte, ehe ich hierher nach Berlin losgefahren war... wenn ich nicht bis zum Dienstag zurück bin, hatte ich ihr auf Band gesprochen, oder etwa angerufen habe, dann bitte den Kollegen Kalthagen informieren. Die Adresse ist... Er wird sich freuen...

Also, wie ist 's? Kein bisschen Vorfreude? Kein Heimweh nach Moabit?

Ich kriegte keine Antwort. Hörte nur ein leises, metallisches Klicken.

Aha, die Wagentür! dachte ich.

Wollte gerade loslaufen, aber ich war noch keine zwei Meter vom Wagen weg, als ich plötzlich hinter mir eine blitzschnelle Bewegung eher spürte, als ich sie sah. Dann ein dumpfer Schlag in den Rücken, unbestimmt wo, zwischen Genick und Schulterblätter, irgendwo dort. Um mich wurde es rabenschwarze Nacht, ein paar Sterne tanzten und verglühten, von blitzend hell nach rot und schließlich blau – von da ab wusste ich nichts mehr...

&

Im Zimmer war ein milchiger Nebel. Als ich die Augen zusammen-kniff und mich konzentrierte, konnte ich sehen, dass die beiden Fenster vergittert waren. Ich war indes zu benommen, um irgendwelche Schlüsse daraus zu ziehen. Ich besaß keinerlei Gedanken. Mir war, als wäre ich aus einem Jahrhundertschlaf aufgewacht. Der Nebel hatte einen seltsamen Geruch, er roch nach süßen Mandeln und nach etwas Bitterem.

Ich lag auf einer schmutzigen Matratze und diese befand sich auf einem klapprigen Gestell von einem Eisenbett. Ich musste husten. Der Rauch oder was es sonst war, reizte meine Lungen.

Wo war ich? Ich hatte nicht die geringste Ahnung. Ich beschloss, mich bemerkbar zu machen und dachte ein Schrei wäre das Beste. Also schrie ich. Doch mein Schreien glich nur dem Knarren einer rostigen Tür. Mehr war da nicht. Aber es hatte genügt.

Harte Schritte näherten sich, ein Schlüssel wurde im Schloss gedreht. Die Tür wurde aufgerissen. Allerdings nur halb. Ein Mann zwängte sich herein. Er schloss die Tür hinter sich. Seine rechte Hand fuhr an seine Hüfte, automatisch wie bei einer Aufziehpuppe.

Es war der kleine Dicke, den ich zuletzt bei Huber gesehen hatte und der auf dem Weg zum Auto, wie der Herr Tsi bedauert hatte, verloren gegangen war. Er trug einen weißen Leinenanzug, auf dem Kopfe eine Schiebermütze, ebenfalls aus Leinen und ebenfalls weiß.

Ich drehte ihm den Kopf zu. Mir schmerzte das Genick und zwischen den Schulterblättern.

Er starrte mich unentschlossen an, sagte aber nichts. Ich gähnte ihm ins Angesicht, sagte:

Ist nicht persönlich gemeint. Pardon. Aber, Sie sehen so... ich winkte ab. Egal.

Sein Gesicht, rötlich glänzend, aufgedunsen, drei-Tage-Bart, mit wässrigen tiefliegenden Äugelein, verfinsterte sich, dann zwitscherte er mit einer Eunuchenstimme:

Vielleicht noch mal Lust auf ´n Cocktail, Prügel, Drogen, Zwangsjacke?

Danke Erwin, oder wie Sie auch heißen mögen, danke, aber ich will erst mal richtig wach werden. Habe ausgiebig gepennt, viel geträumt. Wo bin ich überhaupt? In was für ein Hotel habt ihr mich gebracht?

Dorthin, wo Leute deines Schlages gehören.

Also im Hilton. Danke. Wirklich erstklassig. Das ist echt nett von euch. Ich glaube, Erwin, ich werd´ noch ´ne Runde weiterschlafen...

Ich heiß´ nicht Erwin.

So? Wie dann?

Geht dich nichts an.

Da hast du Recht, Erwin, ´s geht mich nichts an. Außerdem ´s ist sowieso egal. Bei euch sieht der eine aus wie der andere heißt.

Werd´ nicht frech!

Aaaber, wo werd´ ich denn... in so ehrenwerter Gesellschaft. Wo sind denn Ihre Genossen?

Keine Antwort.

Er ging hinaus. Das Schloss klickte zweimal. Seine plumpen Schritte verhallten, allmählich leiser werdend, im irgendwo...

Ich wälzte mich herum, kriegte den Zipfel des Lakens zu fassen, das sie über die Matratze gezogen hatten, wischte mir den Schweiß ab. Es roch nach dem Nebel, außerdem ätzend und scharf. Ich versuchte wieder, irgendwelche vernünftigen Gedanken zu fassen. Aber es gelang nur halb. Immer wieder entschlüpften sie mir wie die Fische aus einem zu großen Netz. Außerdem merkte ich, dass meine Finger ohne jedes Gefühl waren, richtig taub und seltsam kalt. Ebenso wie mein Nacken. Alles kalt und ohne Leben.

Mühsam fasste ich einen Entschluss, musste ein paar Mal starten. Dann setzte ich mich im Bett auf, nach ein paar Minuten großer Willensanstrengung gelang es mir, mit den Füßen den Fußboden zu ertasten. Nein, die Füße waren nicht wie die Hände ohne Gefühl. Ich stand auf. Verdammt, das Gleichgewicht. Ich schwankte wie ein Seereisender, der zum ersten Mal seit Fahrtbeginn an Deck kommt, fuchtelte mit den Armen, machte einen großen Diener, ohne dass einer da gewesen wäre, vor dem ich mich hätte verneigen können, sozusagen nur als Trockenübung - schließlich konnte ich mich gerade noch am Bettgestell festhalten. Irgendeine Stimme, die unter dem Bett hervorzukommen schien, tönte: Wiedermal besoffen, was? Vier Komma null Promille... Nein! antwortete ich, nicht einen Schluck. Das müssen Drogen sein. Irgendwelche Drogen. Ein Drogencocktail – wie der Dicke gesagt hatte.

Es war inzwischen schon fast vollständig dunkel geworden. Durch die Fenster sah ich den Mond aufgehen. War es der Mond? Oder eine Straßenlaterne? Oder das beleuchtete Gesicht des großen Herrn Huber?

Ich tappte auf einen Tisch zu, dessen Umrisse ich zwischen den Fenstern erkennen konnte. Torklig wie ein Betrunkener fasste ich nach einer Flasche, die da stand. Ich entstöpselte sie, steckte die Nasenspitze hinein, roch, sog den Duft ein. Es war Whisky!

Man kann über diese Bande sagen, was man will, alles Verbrecher und Ganoven und allen voran dieser Psychologe, man kann meckern über alles Mögliche, über Politik und ihren Filz zum organisierten Verbrechen, man kann schon früh am Morgen anfangen mit dem Meckern, schon wenn man die Morgenzeitung aufschlägt, überall fiese Typen und was weiß ich noch alles... es gibt Millionen Gründe alles

Scheiße zu finden, aber immer wieder gibt es nette Menschen, die an ihre Mitmenschen denken und ihnen eine Freude machen, und so einer ist es gewesen, der die halbvolle Whiskyflasche hier hingestellt oder vergessen hat, ja genau so einer... er hat ein Herz wie die Stimme von Amy Winehouse... oh, Amy Winehouse? Warum ist die mir eingefallen? Ausgerechnet die? O.k., jetzt weiß ich warum, aber damals in diesem Gefängniszimmer, da hatte ich keine Ahnung, warum ich an die gedacht hatte...

Ich tastete an der Flasche herum und meine Fingerspitzen schien auf einmal wieder Gefühl zu haben, ich hob die Flasche an die Lippen, nahm einen langen Laienschluck, soll heißen, zitternd und dreimal abgesetzt.

Meine Zunge fuhr heraus und leckte die stoppligen Ränder um meinen Mund.

Der Whisky hatte komisch geschmeckt. Ich merkte es zu spät, die Gier war größer gewesen.

Irgendwo in einer Ecke hatte ich eine silberne Blechschüssel gesehen. Wo verdammt war das? Ich sah mich panisch um, konnte aber in der dunklen Bude kaum etwas erkennen. Mit letzter Not schaffte ich es bis zu der Schüssel, dann erbrach ich mich. Es war so viel wie ich nie gedacht hätte, dass in mir drin sein könnte und es stank fürchterlich. Aber immerhin, ich hatte mich nicht bekleckert...

Dafür wurde mir so kotzübel, dass ich dachte, jetzt wäre es aus mit mir. Ich knallte mich auf das Bett, rüttelte mich in die stabile Seitenlage, die Knie angezogen, wartete... worauf?

Ich weiß nicht, ob ich geschlafen oder in Halbtrance meine Zeit verbracht hatte, auf alle Fälle war viel Zeit vergangen. Der Morgen graute schon. Als ich wieder halbwegs bei Sinnen war, spürte ich in meinen Armen heftige Schmerzen. Ich krempelte die Ärmel hoch und betrachtete sie. Verdammt, man hatte mich unter Drogen gesetzt. Mich vollgepumpt. Die Arme waren von Einstichen übersät. Sie sahen aus wie kleine Pustel oder als hätte ich die Masern oder die Windpocken, überall rote Einstichstellen, manche ein bisschen erhaben von der Größe eines halben Fingernagels. Was für ein Zeug dies wohl wäre?

Ich setzte mich wieder auf. O.k. Franz, sagte ich mir, nimm dich zusammen, du musst jetzt durchhalten. Die dürfen dich nicht kleinkriegen. Du bist ja im Grunde ein Prachtbursche, 'n paarundvierzig Jahre alt! Gesund? Ja, halbwegs. Du wiegst knapp 100 Kilogramm und bist einen Meter und fünfundachtzig Zentimeter groß, du kannst ganz gut mit der Pistole umgehen, hast geschickte Hände, die zum Schlosser und auch zum Tischler taugen und die zur Faust geballt auch einen Profi umhauen können, du kannst ziemlich schnell kombinieren und logisch denken, hast noch ein halbwegs gutes Gedächtnis, o.k. das mit der Prostata lassen wir jetzt mal beiseite, auch dass du bei den Namen in der letzten Zeit den einen oder anderen vergessen hast, ist nicht so schlimm, alles gut, alles Negative lassen wir mal weg – also bleibt übrig: Du schaffst das hier aus dieser Scheiße raus. Ganz alleine. Weil du musst! Klar?

Ich stand aufs Neue auf – zum wievielten Male? - und ging hin und her. Freilich, noch ein bisschen unsicher, aber ich war nie ein großer Fußgänger gewesen. Das Herz hopste auf und nieder wie 'ne verrückte Geis auf 'ner Bergwiese. Ach, das wird schon wieder. Die Pumpe kommt schon bald in ihren richtigen Takt. Das muss die alleine schaffen. Nur jetzt nicht schlapp machen, nicht wieder hinlegen, du musst besser in Form kommen. Also mach' weiter 'n paar Schritte, und wenn 's im Kreis ist. Vielleicht sogar zehn Kniebeugen.

Ja, ich komm hier raus!

Also lief ich in dem Zimmer weiter herum, ich ging und ging. Gehen! Das ist es.

Nach einer Dreiviertelstunde strammen Gehens zitterten mir die Knie, aber oben, der Kopf, dort, wo die Schaltzentrale für alles ist, da war es klarer geworden. Auch der Nebel hatte sich davongemacht.

Es gab im Zimmer einen Wasserhahn mit 'nem versifften Porzellanbecken drunter. Der Hahn, alt und aus Messing, nein, keine goldene Armatur wie im Hilton, knurrte und ratterte, wenn man ihn aufdrehte. Und zuerst kam stoßweise 'n Schwall braune Brühe raus. Dann aber ging's. Gut, auf das Becken sollte man besser nicht achten, bräunliche Roststreifen und aus dem Abfluss stank es wie aus 'm Gully. Aber wenn man Durst hat, da spiel 'n solche Kleinigkeiten keine

Rolle. Und ich hatte Durst, ´nen Riesendurst. Durst wie nach der Durchquerung der Wüste Gobi. Ich trank, nein ich soff wie ein Ackergaul oder wie ein Wüstenkamel - egal, welches Vieh man sich lieber vorstellen mag. In langen, tiefen Zügen schlürfte ich, gleich aus den hohlen Händen, ´nen Becher oder ´n Glas gab´s nicht. Wie viel? Keine Ahnung, wahrscheinlich ´nen 10 Liter Eimer werd ich wohl ich ausgesoffen hab´n, wenn man es jemand gemessen hätte. Uff.

Ich ging zurück zum Bett. Der Durst war weg, im Bauch gluckerte es.

Ach was war das plötzlich für ein Bett. Marie Antoinette hatte kein besseres. Weich, sanft federnd, und wir herrlich man darin einschläft, dieses sanfte Versinken, der Atem geht tief und ohne ein Rasseln, ein Duft wie nach Rosenblüten, die Kissen schmiegen sich an, paradiesisch...

Nein, ich hatte mich nicht auf das Bett gesetzt, ich lief weiter rum, und ging und ging.

Und ich spürte wie die Kraft allmählich in mich zurückkehrte, wie das Blut überallhin strömte.

Ich war bereit.

Als hätte mich jemand geschoben, trat ich an die Tür, ich formte die Hände zu einem Tunnel und brüllte: Feuer! Hilfe! Feuer!

Es dauerte nur ein paar Sekunden.

Ich hörte es an der Art des Laufens und an seinem Keuchen, dass es der Dicke war, der da heranstürmte.

Wütend stieß er den Schlüssel in Schloss, ein Rasseln, ein Klacken. Die Tür flog auf.

Der Dicke tappte herein, er schnaufte vom schnellen Laufen wie ein Blasebalg, in der Hand hielt er einen Gummiknüppel wie ihn auch die Polizei verwendet. Aber ich stand günstig, nämlich auf der Seite, wo die Tür gegen die Wand schlägt.

Er blickte sich um, sein Nacken war rot und angespannt. Er sah mein leeres Bett, stieß irgendeinen Fluch aus und drehte langsam den Kopf. Ich war schneller. Ich hatte mir ein Stuhlbein zurechtgemacht, mitsamt den Nägeln. Ich sah es kurz in seinen Augen aufblitzen, als er mich erkannte. Doch mein Stuhlbein traf ihn an der Schläfe und auch sein Blut floss, die Nägel gruben sich in seine Haut. Ich nahm ihm, während er in die Knie ging, den Gummiknüppel aus der schlaffen Hand und gab ihm den Rest, diesmal auf die andere Gesichtshälfte. Er stolperte, schniefte, sackte in die Knie. Am Boden angekommen, wimmerte er. Sein schönes weißes Jackett war mit seinem Blut besudelt. Als er so schön hingebettet lag, drückte ich ihm mein Knie in den Nacken, versetzte ihm noch zwei, drei Schläge. Sein Geist flog davon, er lag bewusstlos neben der Tür.

Ich stand auf, ich spürte wie mein Puls eine Galopprunde machte, wie meine Hände zitterten, dann ging ich zur Tür, zog den Schlüssel ab, verschloss die Tür von innen.

Der Dicke lag auf dem Fußboden wie ein Schlachtschwein im Anzug. Ich durchwühlte seine Taschen, fand noch ein paar Schlüssel, eine Kreditkarte, ein Klappmesser. Das Messer und die Schlüssel nahm ich ihm ab.

Sie passten in den Wandschrank. Darin fand ich meine Klamotten. Sogar die Sic Sauer hatten sie mir gelassen. Freilich ohne Patronen. Auch meine Brieftasche war noch da, ich zählte nach. Es fehlte kein Schein.

Mit einiger Mühe wuchtete ich den Dicken auf das Bett, schnallte ihn an Händen und Füßen fest. Im Wandschrank fand ich das Nötige. Dann stopfte ich ihm das halbe Laken in sein stinkendes, unrasiertes Maul, gab ihm, weil er die Augen aufgeschlagen hatte, noch eins mit dem Gummiknüppel. Er sackte wieder weg, lächelte, gab einen traurigen Seufzer von sich. Vielleicht gefiel ihm meine Behandlung sogar. Keine Ahnung. Ich holte den mit Drogen gepantschten Whisky, stellte die Flasche in seine Reichweite. Er hätte sie erreichen können, wenn er nicht festgeschnallt gewesen wäre. Was für ein armes Schwein, dachte ich, einer, der bloß seinen Job gemacht und dem man zur Verteidigung nur einen Gummiknüppel und ein Schnitzmesserchen gelassen hat. Vielleicht hat er Frau und Kinder, wahrscheinlich früher lange arbeitslos gewesen, zu DDR-Zeiten in irgendeiner Scheißbude oder in einer Kolchose angestellt gewesen, die Frau als Köchin in der LPG-Küche - und dann die Wende hier in der Brandenburger Prärie. Was gab es da jetzt noch? Nix. Man hatte ihm einen Job als Wachmann mit kleinen Sonderaufgaben angeboten. Huber, der Saukerl. Und nun das hier? Vollkommen überfordert, das

Dickerchen. Und viel Kohle wird er nicht nach Hause gebracht haben, ´n Tausender oder Fünfzehnhundert Netto, wenn ´s hochkommt. Und seine Alte? Vielleicht ist die in einem befristeten, zur Hälfte vom Arbeitsamt finanzierten Projekt tätig. Trostlos! Der Osten live! Achtundzwanzig Jahre nach der Wende. Überall Armut! Keine Struktur – wie vor dem ersten Weltkrieg…

Er tat mir leid. Aber was sollte ich machen?

Ich tippte ihn an die Schulter. Er rührte sich nicht, schnaufte nur ein bisschen. Fast wären mir die Tränen gekommen. Aber konnte ich ihn losmachen? Natürlich nicht.

Ich zog mich an. Beim Anziehen merkte ich wie mir noch immer die Finger zitterten. Scheißdrogen! Konzentriert war ich auch nicht, ich fuhr ins falsche Hosenbein, verlor das Gleichgewicht, tanzte ungeschickt herum, verknöpfte mich beim Hemd ein paar Mal.

Der Dicke auf dem Bett schlief friedlich und selig. Ich rührte ihn nicht an, ließ ihn liegen, schloss ihn ein.

Draußen der Gang war halbfinster, der Fußboden aus Linoleum, rissig und schmutzig. Ein paar Türen mündeten in diesen Gang. Manche davon standen offen, warfen Lichtvierecke auf das Linoleum. Es war still. Ich hörte nichts, keinen Laut.

Das Haus, wo ich mich befand, schien ein älteres zu sein. Ein bisschen heruntergekommen, aber solide. Straßenlärm war nicht zu hören. Wahrscheinlich befand sich das Haus am Ende einer Straße oder es stand allein, ich wusste es nicht. Man hatte mich bewusstlos hierher geschleppt.

Ich hatte meine Fußspitze schon auf der Treppenstufe, die hinaus in die Freiheit führte, als ich es hinter mir aus einem der Zimmer husten hörte. Ich drehte mich um. Ein paar Türen standen offen, ich weiß nicht wie viele, ich hab´ sie nicht gezählt. Aber aus einer musste das Husten gekommen sein, wahrscheinlich am Ende des Ganges. Ich machte leise kehrt, schlich so unhörbar ich konnte zurück. Wieder hustete es. Es war ein Mann, so viel war klar. Der Husten klang tief und voluminös, kam aus einem Brustkasten von beträchtlichem Umfang. Aber er hörte sich friedlich und entspannt an. So ein Husten musste mir keine Angst machen. Einen Moment lang dachte ich, was mich das alles anginge, ich sollte machen, dass ich davonkäme. Doch dann überlegte ich, dass mich jeder Mann hier in diesem Hause, auch wenn er Husten hätte, interessieren müsste. Es war meine Scheißberufsneugier. Sie peinigte mich wie eine Krankheit. Also quälte mich der Gedanke, was für ein Mann wäre es, der sich hier außer meinem Dicken aufhielt? Gehörte er zu seiner Bande? Oder wäre er ihr Chef? Ich schlich auf unhörbaren Pantersohlen weiter, bis an die Kante des Lichtvierecks, das aus einer der halboffenen Türe auf den Gang schimmerte. Und zwar bis zu der Tür, wo der Husten hergekommen war. Ich lauschte. Ich war still wie eine Katze auf Mäusejagd. Das eine Bein hielt ich angehoben in die Höhe wie ein Luchs, kurz vor dem Beutesprung. Plötzlich. Eine Zeitung raschelte, ein Schubkasten wurde aufgezogen und gleich darauf mit einem trockenen Ton zugeknallt.

Ich lugte um die Ecke und bedauerte, keinen Spiegel an einem Stock zu haben, der mich besser hätte in dieses Zimmer spähen lassen. Es schien tatsächlich ein Büro zu sein, keine Zelle wie das Gelass, wo man mich eingesperrt hatte, ich sah einen alten Schreibtisch von dunklem Nussbaum, ein paar Akten darauf, lose Papierblätter, die Hälfte einer Schirmmütze, hellbraun, im Schottenmusterlook, davor eine randlose Sonnenbrille, ein paar Kugelschreiber, wild durcheinander, verschieden und bunt, weiter links ein Fenster mit einer halb heruntergelassenen Jalousie, unter der die Sonne Staubfäden zeichnend ins Zimmer gleißte, der Fußboden war aus Parkett oder Laminat mit sehr viel Staub, Staub, den man riechen konnte, weiter links sah ich den Zipfel eines Teppichs, allbekanntes türkisches Muster...

Auf einmal! Sprungfedern klirrten, ächzten wie von einer großen Last befreit.

Es musste ein großer Kerl sein, der da seine Lage geändert hatte oder aufgestanden war. Ich nahm all meinen Mut zusammen, hielt die Luft an, und drückte die Tür einen Spalt weiter auf. Nun sah ich das ganze Zimmer. Nein, der Mann war nicht aufgestanden, er saß auf einem alten blaugeblümten Samtsofa aus dem vorletzten Jahrhundert. Ein Sofa so alt wie das Haus – über 100 Jahre. Neben dem Mann, links und rechts und auf dem Fußboden, überall Zeitungen, Illustrierte, Werbezettel. Ein wildes Durcheinander. Vor ihm auf einem Schemel ein Aschebecher, randvoll mit Kippen. Zahllose Kippen auch unten auf dem Fußboden. Zwei riesige Hände hielten eine Zeitung, es war, ich sah es an den roten Großbuchstaben, die *BZ am Abend,* sie hielten sie vor ein riesiges Gesicht, dass so groß war, dass es einem Berggorilla gehört haben könnte. Über den Rand der Zeitung lugte ein Büschel schwarzlockiger Haare. Wenn er beim Lesen die Zeitung bewegte, schaute auch mal ein Ohr vor oder die halbe Stirn oder das andere Ohr.

Nochmal hielt ich den Atem an. Wenn der Kerl jetzt... ich ahnte hinter der Zeitung die Dimensionen seiner Gestalt, er saß zwar ein wenig zusammengekrümmt, aber er musste ein wahrer Riese sein, mindestens zwei Meter groß. Füße wie Boris Karlow aus dem „Frankenstein"- Film, Oberschenkel von der Länge eines fünfjährigen Kindes...

Während der Riese las, murmelte er leise, als ob er sich den Text laut vorsagte. Er schaute nicht auf, war ganz auf sein Lesen konzentriert. Ein wenig ließ er jetzt die Zeitung sinken. Ich sah, er hätte dringend eine Rasur gebraucht. Schwarze Stoppeln, manche an den Rändern zum Haaransatz und am Kinn schon weiß. Ich brauchte nicht lange zu überlegen, wo ich ihn schon mal gesehen hätte. Es fiel mir sofort ein. Es war im „Drag-Queen" in Dresden gewesen. Er war aus dem Obergeschoss gekommen, wo er den Lehmann umgelegt hatte, er war die Treppe zur Kneipe ganz gemütlich hinabgestiegen, hatte noch seinen 45´iger amerikanischen Armeecolt in der Rechten gehalten und die Gäste angeschnauzt, dem Barkeeper mit Erschießen gedroht. Er trug einen langen hellen Mantel und auf dem Kopf eine Schiebermütze mit Schottenmuster a la Sherlock Holmes. Ich drehte den Kopf. Ja, genau diese Mütze lag jetzt hier auf dem Schreibtisch, keine drei Meter entfernt. Und seinen 45´iger Armeecolt würde er wohl in der Tasche stecken haben oder der lag irgendwo unter den Zeitungen verborgen auf dem Sofa. Kein Zweifel – der Bursche war Freddy Killgries. Oh, und ich hatte damals oben in Lehmanns Zimmer das Ergebnis seiner Aktion gesehen. Den toten Lehmann in seinem Blut. Saubere Arbeit und absolut final.

Er hustete wieder und wühlte mit seinen Riesenpfoten unter den Zeitungen nach einem Päckchen Zigaretten. Er fand eine angerissene

Schachtel. Ein Stäbchen wanderte von zwei Fingern geführt in seinen linken Mundwinkel. In seiner anderen Hand tauchte ein silbernes Feuerzeug auf. Eine kurze Stichflamme. Blaugrauer Rauch fuhr ihm aus der Nase wie einer Lok beim Signalgeben.

Ach, Scheiße! zischte er und die Zeitung wanderte wie ein weißer Vorhang mit hunderten Druckbuchstaben wieder vor sein großflächiges Gesicht.

Das wär der Augenblick, dachte ich, um zu verschwinden. Auf Freddy hatte ich im Augenblick wirklich keine Lust. Und allein wie ich war, wär das sowieso nicht gegangen. Ich wusste, er war hier und das genügte…

Ich zog mich lautlos zurück, schlich den Gang entlang wieder in Richtung Ausgang.

Doch verdammt, so schnell wollte mich das Schicksal offenbar nicht von diesem lauschigen Ort fortlassen. Als ich nämlich an einer Tür vorbeikam, hinter der ich Stimmen hörte, blieb ich stehen. Ich legte das Ohr an die Tür und versuchte zu hören, was da gesprochen wurde.

Es war eine Stimme, nicht laut, aber eindringlich. Einzelne Worte verstand ich nicht. Ich wartete auf die zweite Stimme. Die blieb aus. Also musste es ein Telefongespräch sein.

Ich weiß nicht, welcher Affe mich angetrieben hat, denn ich hätte schleunigst verschwinden, die Polizei verständigen und mich in Sicherheit bringen sollen, doch nein, ich tat das nicht. Ich tat das Gegenteil. Ich drückte die Tür auf und trat ins Zimmer.

Es war ein Büroraum, mittelgroß, etwa 20 oder 30 qm, halbwegs sauber, übersichtlich, eingeräumt, Rollschränke mit Aktenordnern in Reih und Glied, zwei Wandschränke, ein kleiner Tresor, altes Modell aus den Fünfzigern, nein nicht das Modell „Franz Jäger - Berlin" (kleiner Scherz!), dann ein Tisch mit vier Stühlen, die Rückenlehnen aus Korbgeflecht, eine Sitzecke mit einem Dreisitzer und zwei Sesseln, auch die ältere Modelle, dunkelgrünes Leder, ziemlich durchgesessen, links an der Wand ein weißes Erste-Hilfe-Schränkchen, zwei Fenster ohne Gardinen, aber mit Plastikjalousien, das eine halb herunter gelassen, das andere einen kleinen Spalt offen, schließlich vor einem Glasschrank mit Büchern und allerlei Krimskrams wie Medaillen und zwei oder drei Pokalen, ein breiter Schreibtisch, Modell von 1920 mit Jugendstilschnörkeln, Eiche, dunkel gebeizt mit Löwenfüßen. Auf der Schreibtischplatte das Übliche, ein Telefon, aufgeschlagene Akten, Papiere, Zeitungen, ein Laptop, schwarz, von Apple, ziemlich groß, mindestens 19 Zoll, diverse Schreibutensilien, ein kupferner Brieföffner, ein Wochenkalender.

Am Schreibtisch ein Mann, die Ellenbogen aufgestützt, den kahlen, gelblichen Kopf in feingliedrigen Händen, der Kerl schien zu grübeln, wirkte irgendwie abwesend.

Ich machte zwei oder drei Schritte, da ging eine leise Beweghung durch den Mann. Er schien über die Schreibtischkante gesehen zu haben wie meine Schuhe auf ihn zukamen.

Er hob den Kopf und sah mich an.

Schon wie er dagesessen hatte, der kahlgeschorene Kopf, die feingliedrigen Pantomimenhände, die gelbliche Haut, da ahnte ich, wer dieser Mann sein könnte – doch jetzt, als ich in seine tiefliegenden, abgründigen Augen und sein feines Grinsen sah, da gab es keinen Zweifel. Hinter dem Schreibtisch saß kein anderer als Cornelius Huber, der feine Psychologe.

Er sagte kein Wort. Nicht einmal ein Staunen war in seinen Zügen zu entdecken. Seine Hände, die er zuerst zu einer Raute mit sich berührenden Fingerspitzen zusammengelegt hatte, lagen jetzt glatt auf der Schreibtischplatte. Ganz unmerklich und sachte wanderte seine rechte zur äußersten Schreibtischkante. Alles ohne Worte.

Ich trat noch einen Schritt näher, ließ den Griff meiner Sic Sauer sehen. Er lächelte müde, winkte sozusagen abweisend mit den Augen.

Ich griff in meine linke Hosentasche und holte eine Patrone hervor, zeigte sie, hielt sie hoch.

Die letzte hab ich immer bei mir!

Und zur Bekräftigung holte ich den Gummiknüppel, den ich dem Dicken abgenommen hatte, aus meinem Gürtel hervor.

Sein Zeige- und Mittelfinger wanderten weiter zur äußersten Schreibtischkante.

Ich schlug mit dem Knüppel auf die Platte, Staub wirbelte hoch, die Schreibutensilien begannen zu tanzen, einer von den Kugelschreibern stürzte in den Abgrund.

Nicht ohne Spott sagte ich: Ihre Klingel können Sie getrost unbenutzt lassen. Da kommt keiner. Ihren dicken Aufpasser hab ´ich schlafen gelegt – ich deutete auf den Gummiknüppel – wo die anderen sind weiß ich nicht, und der Tarzan – ich deutete nach rechts, wo sich das Zimmer mit dem Freddy befand – wird Ihnen nicht helfen, der ist ja hier, wie ich vermute, bloß zu Gast, gehört nicht zu Ihrer Eingreiftruppe, und ist außerdem schwer beschäftigt, hat nicht mal gemerkt, dass ich in seinem Zimmer gestanden und ihn ein paar Minuten beobachtet habe. Im Übrigen wissen Sie, dass dieser Bursche wegen mindestens zweifachen Mordes gesucht wird. Das allein, mein Lieber, genügt schon. Wenn Sie dem hier Unterschlupf bieten – so ist dies allein schon eine Straftat... klar, dass ich das nicht für mich behalten werde, neben all dem anderen...

Hubers Augenlider senkten sich. Er machte einen schläfrigen Eindruck.

Kein Wort sagte er zu meinen Vorwürfen. Nicht einmal gezuckt hatte er, als ich von Freddy sprach. Dafür entgegnete er jetzt leise und ein wenig heiser: Sie wissen, Sie waren sehr krank, verehrter Herr Detektiv. Ihre Wahrnehmung ist offensichtlich stark eingeschränkt und von Wahnvorstellungen geprägt. Normalerweise kann ich es als Therapeut nicht verantworten, dass Sie hier ohne Aufsicht herumlaufen...

Lassen Sie ihre blöden Witze!

Ich machte eine kleine Pause und schrie ihn dann unvermittelt an:

Ihre Hand! Legen Sie ihre rechte Hand auf die Platte! Los!

Er zögerte, blickte mich verdutzt an, dann legte er seine Hand langsam hin.

Ich schlug mit dem Knüppel einen Zentimeter daneben, mit voller Kraft.

Seine Hand krümmte sich zurück wie eine zu Tode erschrockene Natter.

Langsam ging ich um den Schreitisch herum. Grienend. Ich wusste, dass ich unverschämt und dreist grinsen konnte. Dieser Bursche, dachte ich, hat garantiert irgendwo in seinem Monsterschreibtisch eine Pistole. Solche Kerle haben immer eine Waffe, allerdings sind sie meistens zu langsam, wenn ´s ums Ziehen geht, und in den allermeisten Fällen kommt es gar nicht so weit.

Ich nahm sie heraus. Oh, verdammt, ich hatte es gewusst, sie lag ganz unten, in der letzten Schublade, unter einer Folie. Da hätte ich mir keine Sorgen machen müssen, denn ich hätte ihn zehn Mal früher am Schlafittchen gehabt wie er die Pistole in seinen Klavierspielerpfoten. Es war eine sogenannte Ceska, ´ne halbautomatisch Selbstladepistole aus Tschechien, beliebt besonders bei Amateurgangstern in Deutschland und Österreich, Kaliber 9 x 19mm. Im Magazin volle 16 Schuss. Ich wusste, solche Pistolen waren auf dem Schwarzmarkt relativ leicht zu beschaffen, manchmal sogar auf vietnamesischen Straßenmärkten an der Grenze, sie kosteten nicht die Welt, schon für 500 Euro kriegte man ´ne gebrauchte...

Ich nahm das Magazin heraus. Ich wusste, das Kaliber war dasselbe wie bei meiner Sic Sauer, wahrscheinlich passte sogar das Magazin. Ich versuchte es. Und siehe da, es klappte: Meine Sic Sauer war wieder vollgeladen. Ich sagte: Danke Verehrtester, für die Waffenhilfe, danke für Magazin und Patronen. Nun herrscht wieder Waffengleichheit. Normalerweise bedeutet das Frieden... aber machen Sie sich keine falschen Hoffnungen. Frieden zwischen uns, mein Lieber? No Sire. Da muss ich erst noch ein paar Sachen wissen... zum Beispiel über Ihr sogenanntes Kerngeschäft... den ganzen Umfang Ihres Drogenhandels zum Beispiel. Aber immer mit der Ruhe, nur keine Aufregung. Ihr Blutdruck ist jetzt schon hoch genug.

Er schien erschrocken, als ich von Drogen gesprochen hatte, aber nur für einen winzigen Augenblick. Er rutschte unmerklich hin und her, ich hatte diese Bewegung gesehen, es sah aus, als wolle er die Beine ausstrecken. Verdammt, es war immer noch Vorsicht geboten.

Ich sagte und gab mir einen ironisch-freundlichen Ton: Vielleicht haben Sie unter Ihrem kleinen Teppichläufer am Schreibtisch noch einen Summer versteckt, womöglich zum Oberboss im Hauptquartier. Lassen Sie ´s sein. Gefährden Sie sich nicht. Bleiben Sie ganz ruhig sitzen. Zumal jetzt, wo ich wieder aufmunitioniert bin. Jeder, der da durch Ihre Tür kommt, wird erst mal gelocht wie ´ne Fahrkarte. Und Sie gleich mit, merken Sie sich das. Außerdem, so schnell werde Ihre Hilfstruppen wohl kaum hier sein können. Bis dahin bin ich längst weg. Hab´ alles erledigt. Also, mein Lieber, die Karten stehen jetzt auf meiner Seite ganz gut. Full House!

Nein, es gibt keine Klingel unter meinem Teppich, sagte Huber. Er sprach leise und schüchtern wie ein gescholtener Schüler. Auch kein Alarmsystem zu einer angeblichen Zentrale, wie Sie sagen...

Ja, ja schon gut, umso besser, antwortete ich, sparen Sie sich Ihre Spucke, die werden Sie noch brauchen, wenn Sie erst mal 20 Stunden nichts getrunken haben.

Ich ging zur Tür, sie hatte ein sogenanntes Schnappschloss. Ich trat rückwärts an sie heran, meine Pistole immer schön auf den leichenhaft entfärbten Herrn Huber gerichtet, drückte die Tür zu. Außerdem gab es da noch einen Riegel. Ich schob ihn vor. Es machte leise klack.

Ich ging zurück zu meinem Stuhl vor dem Schreibtisch, setzte mich.

Uff, ich merkte, da waren nur noch etwa 30% im Speicher. Vielleicht sogar weniger. Hatte mich ziemlich Kraft gekostet, der ganze Scheiß. War eben doch noch nicht wieder der alte. Auch schien die Luft hier im Zimmer verbraucht, es roch dumpf und stickig, kaum Sauerstoff, das halboffene Fenster schien nicht viel zu nützen. Aber um aufzustehen und ans Fenster zu gehen, nee, das würde ich nicht mehr schaffen, da würde der Speicher völlig leer.

Wodka! kommandierte ich, wenn´s geht, auf Eis, zur Not nehm´ ich auch Wilthener Weinbrand.

Er ging zu dem weißen Medikamentenschränkchen und nahm eine Flasche, nicht mehr ganz voll, aber noch mit Button für den Scanner von Supermarkt geziert, und ein Glas heraus.

Bitte greifen Sie sich zwei Gläser. Vorhin, drüben in meinem Krankenzimmer habe ich Ihren Whisky probiert und wäre fast draufgegangen. Diesmal machen Sie den Vorkoster!

Er kam mit zwei Gläsern zurück, stöpselte den Wodka auf, tat ein paar Eiswürfel, die er dem Kühlfach entnommen hatte, in die Gläser, wo sie ein leises Klirren hören ließen und füllte die Gläser.

Sie zuerst! kommandierte ich.

Er verzog sein Gesicht, als ob ich ihm gegen´s Knie getreten hätte, und hob eines der Gläser.

Trotzdem konnte er es nicht lassen, mir zuzurufen: Auf Ihre Gesundheit! Oder was davon noch übrig ist.

Er kippte den Wodka hinter. Ich tat es ihm gleich. Der Wodka schmeckte einigermaßen. Es war *„Beluga – noble russian Vodka"* – so stand auf dem Etikett. Eine 0,7 ´er Flasche. 40% Alkohol. Einer von den besseren Wodka-Sorten. Ich beugte mich vor, ergriff die Flasche, stellte sie in meine Nähe, wartete ein paar Sekunden, bis mich die Wärme des Schnapses durchströmte. Ich spürte mein Herz, es schlug wie ein Dampfhammer, aber es war nicht mehr dieses Gefühl von Enge in der Brust, wo man glaubt, gleich fährt eine Hand aus der Brust und drückt einem die Kehle zu.

Nun mal zur Sache, Verehrtester, sagte ich. Ich erzähle Ihnen erst einmal etwas aus einem Albtraum, den ich letzte Nach hatte und Sie sagen mir dann, was Sie davon halten soll und wie alles gekommen ist. Einverstanden? Ich wippte mit dem Gummiknüppel und ließ dem Griff meiner Sic Sauer aus der Hosentasche hervorschauen.

Einverstanden?

Er nickte schwach.

Gut. Also, es war ein ganz blöder Albtraum, richtig unlogisch und verwirrend wie solche Träume meistens sind. Ich lag auf einem alten, rostigen Eisenbett, war an den Handgelenken und den Beinen gefesselt. Und zwar so, dass die Füße links und rechts am Bettrand festgemacht waren. Wissen Sie, es war so ein Bett wie sie die früher in den Anstalten gehabt haben, weiß, mit Gitterstäben am Kopfteil und Fußende. Natürlich, die Farbe war an vielen Stellen abgeblättert, der Rost zeigte schon sein rotbraunes Gesicht. Man hatte mich mit Drogen „abgespritzt", was heißen soll, bis Oberkante Unterlippe vollgepumpt. Das Zimmer hatte zwei kleine vergitterte Fensterchen. Ich war eingeschlossen und ziemlich schwach. Die meiste Zeit schlief ich, der Kopf brummte mir, aber nicht nur von den Drogen, nein, man hatte mir gewaltig eins drüber gezogen. Zu essen gab es nichts, auch nichts zu trinken. Ich war tatsächlich ziemlich erledigt. Ich erinnere mich, wenn auch nicht an alle Einzelheiten, dass man sich viel Mühe gegeben hatte, mich richtig auseinander zu nehmen, mich zu quälen und zu foltern, mit ´ner Peitsche und ´ner Zange, sogar mit Zigarettenkippen. Dabei weiß ich gar nicht warum, ich bin doch weiß

Gott keine wichtige Nummer. Eher ein kleiner Fisch, der nicht viel weiß und nichts zu melden hat... nein, ich kapier's nicht... irgendwas müssen die gedacht haben, das ich entdeckt oder aufgeschnappt haben könnte, womit ich für sie zur Gefahr werden könnte, irgendeine grandiose Schweinerei... und allmählich schwante mir auch, was es sein könnte... es ist... nein, noch will ich's nicht sagen, es wäre zu früh. Lassen wir das...

Ich winkte ab.

Huber sagte nichts. Er beobachtete mich, so wie man eine Laborratte beobachtet, der man schon ein paar Spritzen gegeben hat, die aber immer noch im Gitterkäfig herum trippelt, an den Wänden hochklettert, überall schnuppert, wo ein Fluchtweg sein könnte, deren Barthaare aufgeregt zittern und die erstaunlich laut piepst und einfach nicht umfallen will. An seinen teuflischen Augen sah ich, dass er irgendwelche Überlegungen und Vermutungen anstellte, wie lange ich es noch machen würde. Und ich sah zugleich ein ungläubiges Staunen. Offenbar hatte er nicht mit so viel Widerstandsfähigkeit und Ausdauer gerechnet. Ich schien ihm zu lebendig, das irritierte ihn.

Ich redete weiter: Als ich aus meinem Tiefschlaf aufgewacht war, schien das Zimmer voller Rauch zu sein, aber es war kein richtiger Rauch, sondern es war nur falscher Alarm, eine Art Sehnebel, der von den Drogen herrührte, die man mir verabreicht hatte und der die Netzhaut verführt hatte, Blödsinn zu sehen. Verstehen Sie, ich sah keine weißen Mäuse oder irgendwelche herumkriechenden Reptilien wie man sowas sonst gewöhnlich sieht, wenn man voll mit Drogen oder Alkohol ist – ich hab' nur so einen Rauch gesehen, überall lastenden, milchigen Nebel. Was sollte ich machen? Ich hatte Angst, echte Angst. Angst um mein Leben. Also machte ich mich bemerkbar. Ich schrie und tobte. Und was ich gewollt hatte, geschah - es kam einer. Ein kleiner Dicker im weißen Leinenanzug. Der zeigte mit seinen Knüppel. Ich brauchte nicht lange – sein Pech, dass er mich losgeknotet hatte – ihm das Ding wegzunehmen. Dann lag er da – wie ich vorher, und wie es so schön heißt: ans Bett gefesselt. In einem Wandschrank fand ich meine Sachen. Es war alles noch da und schön säuberlich hingelegt. Sogar mein Geld und die Sic Sauer hatte man mir gelassen...

Ich klopfte auf meine Hosentasche, fühlte das Metall, das gar nicht mehr kalt war, zog den Stoff straff, so dass die Umrisse der Pistole deutlich zu sehen waren. Huber folgte meiner Bewegung mit den Augen. Er blinzelte nervös.

Also zog ich mich an, redete ich weiter, und jetzt bin ich hier bei Ihnen, verehrter Doktor. Mir geht es gut, ich bin geheilt. Was sagen Sie nun?

Huber schwieg, seine Lippen waren zu einem Strich geworden, er biss sich drauf.

Es wäre schön, lieber Doktor, Sie sagten etwas zu meinem Traum. Sehen Sie, Sie sind doch Psychologe und Traumdeutung gehört zu ihrem Handwerkszeug. Und ich weiß, Sie wollen tatsächlich etwas sagen, ich sehe 's Ihnen an. Ihre Zunge bewegt sich schon. Wollen Sie? Gut, ich kann Ihnen nachhelfen, ich hab´ hier diese wunderbare Erziehungshilfe... manche sagen sogar, sowas wäre der neue Gesetzgeber... wenn ich die letzten Polizeiaktionen in Berlin und in Hamburg bedenke, muss ich solchen Leuten recht geben. Oder?

Ich ließ den Knüppel ein wenig kreisen.

Huber hustete. Er streckte die Hand nach mir aus.

Geben Sie mir den Knüppel sofort her, zischte er durch die Zähne, er versuchte zu lächeln. Das ist nichts für Sie. Aber sein Lächeln erinnerte mich an eine Begegnung mit einem Stasi-Offizier von vor mehr als dreißig Jahren. Auch dem sollte ich damals etwas geben, es war allerdings nur ein Flugblatt, das ich zerknüllt und hastig in meine Hosentasche gesteckt hatte, bevor sie mich wegführten. Die Tür der Verhörzelle auf der berüchtigten Bautzener Straße hatte sich kaum hinter mir geschlossen, als das Schloss aufs Neue rasselte und jener Offizier eintrat, lächelnd, eine Hand in der Tasche. Ja, er lächelte, machte irgendwie sogar einen väterlichen Eindruck, und er streckte die Hand aus, genau wie der Huber jetzt. Geben Sie mir den Gegenstand her, sagte er, oder was Sie da in Ihrer Hosentasche versteckt haben. Ich sag´ nur ein Mal „Bitte!" Wenn nicht... er machte eine Bewegung, die man verschieden interpretierten konnte, von Erschießen bis Nacktausziehen. Ich gab ihm das Flugblatt nicht. Wohl griff ich in die Tasche und über das Gesicht des Offiziers glitt ein siegessicheres Lächeln. Doch dann öffnete ich meinen Mund und schluckte das Papier blitzschnell runter. Der Offizier hatte seinen Mund auch geöffnet, doch nur für Sekunden, danach brach eine Prügelorgie über mich herein... und ich wurde für zwei Tage in eine Dunkelzelle gesperrt...

Dasselbe Gesicht machte der Huber jetzt.

Aber er war in einer anderen Lage als der Stasioffizier von damals. Und einer Prügelorgie würde es nicht geben. Natürlich gab ich ihm den Gummiknüppel nicht. Im Gegenteil, ich schlug ihm damit wie der Lehrer im Film „Die Heiden von Kumerow" auf die ausgestreckten Fingerspitzen. Huber verzog das Gesicht, nahm blitzartig die Hand zurück, krümmte sich wie eine geprügelte Katze. Uuii! machte er.

Doch dann straffte er sich und sagte er zu meiner großen Überraschung:

Ich bin Dr. Cornelius Huber, ich bin Ihr Therapeut, geben Sie mir jetzt Ihre Pistole. Sie sind in einem Zustand absoluter Verwirrung, ich kann es nicht verantworten, dass Sie hier bewaffnet herumlaufen. Los, geben Sie mir Ihre Waffen. Sonst...

Ich war vorher schon von meinem Stuhl aufgestanden, jetzt trat ich einen Schritt zurück.

Wie spät ist es, Herr Anstaltsdirektor?

Er machte ein ausgesprochen dummes Gesicht. Wie meinen?

Sie sollen mir sagen wie spät es ist, Mann!

Diesmal hatte ich richtig laut gebrüllt.

Es ist – er schaute tatsächlich auf seine Armbanduhr – es ist jetzt genau 11 Uhr und zwölf Minuten. Warum?

Und welchen Tag haben wir heute?

Seine Verwirrung stieg weiter. Ich verstehe die Frage nicht?

Sie müssen nichts verstehen. Welchen Tag haben wir?

Ich glaube, es ist Dienstag.

Aha.

Ich versuchte nachzudenken. Dienstag! Dienstag? Also hätten mich diese Ganoven schon über vier Tage in ihrer Gewalt. Freitag war der Unglückstag gewesen... Verdammt, die Pommer müsste den Kalthagen doch längst informiert haben. Warum brauchen die so lange? Klar, ich weiß, Behördenwege können verdammt lang sein, selbst in Notfällen wie diesem. Oder nähmen die etwa meine

Informationen nicht ernst? Vielleicht dächten sie, ach das ist ja bloß der Aufdegger, das wird schon nicht so schlimm sein. Der übertreibt mal wieder. Hätte sich nicht einmischen sollen. Wir haben ihn gewarnt. Das hat er nun davon...

Ich hielt mich an der Schreibtischplatte fest. Ein kleiner Schwindel hatte mich angefallen. Aber ich schwenkte die Pistole nahe genug vor Hubers Nase hin und her. Vielleicht grabscht er danach? dachte ich, vielleicht verliert er die Nerven.

Hundert Stunden! brüllte ich, einhundert Stunden haltet ihr mich hier schon fest? Du – ja, ich beschloss, den Kerl ab jetzt einfach zu duzen – du sagst mir jetzt, wer dafür verantwortlich ist. Wer hat mich hierher gebracht? Die Namen! Wenn ich bitten darf!

Huber starrte mich an, als ob er mich hypnotisieren wollte, seine linke Hand öffnete sich, er hob sie langsam, näherte sie meiner Pistole.

Bring mich nicht in Wut, Kerl, rief ich so laut wie ich konnte (ganz hinten im Kopf dachte ich, verdammt, das ist zu laut, der Freddy braucht mich nicht zu hören).

Also jetzt etwas leiser: Sag mir einfach, wie ich hierhergekommen bin und wer sich an mir vergriffen hat. Die Namen, los! Wird´s bald.

Ich muss Zeit gewinnen, dachte ich, viel Zeit, der Kalthagen und seine Truppe konnten nicht mehr weit sein. Vielleicht hatten sie auch die Berliner Kollegen alarmiert. Allerdings, das war meine verdammte Aufregung, ich hatte nicht bedacht, wie sollte der Kalthagen oder die Berliner wissen, wo des Hubers Haus wäre, in dem ich mich jetzt hier aufhielt. Mitten in der Brandenburger Pampa oder am Stadtrand von Berlin oder sonst wo? Dann fiel mir ein, dass die Berliner vielleicht Bescheid wüssten. Womöglich konnten die mit dem Namen Cornelius Huber etwas anfangen, außerdem Handy-Ortung und sowas...

Ich konnte nicht weiterdenken, denn der Huber hatte sich entschlossen, alles auf eine Karte zu setzen. Jäh griff er nach meiner Sic Sauer. Doch ein Glück, ich hatte die schnelleren Reflexe. Er knirschte mit den Zähnen, schnaufte.

Ich setzte mich wieder hin, Hand und Pistole im Schoß.

Jetzt war Huber nahe dran, durchzudrehen. Er lief rot an, griff nach der Wodka-Flasche, goss sich sein Glas voll, kippte es sofort hinter, goss nochmal nach, schüttelte sich. Er hatte wohl zu hastig getrunken, hatte sich verschluckt, musste husten. Kotzte sich die halbe Lunge raus. Offenbar brannte das Zeug im Rachen, er verzog sein Gesicht. Er mochte wohl scharfe Drinks nicht wie alle Fixer. Denn ein Fixer war er. Das hatte ich inzwischen begriffen.

Sie kommen hier keinen Meter raus, Freundchen, stieß er hervor. Da brauch´ ich auf kein Knöpfchen zu drücken. Das geschieht sozusagen automatisch. Null Chancen, Sie Amateur!

Plustere Dich nicht auf wie ein Truthahn, entgegnete ich und es gelang mir zu feixen. Das schadet deiner Gesundheit, Sag mir lieber, wer mich hierhergebracht hat, alles, das ganze Drum und Dran. Und dann noch kurz was zum Stand Eurer Drogengeschäfte: Umsatz, Händler, Großabnehmer, die Namen der Dealer. Los! Bloß damit ich der Polizei was vorzeigen kann...

Ich zeigte ihm wieder die Pistole, entsicherte sie.

Dieses Klickgeräusch mochte er gar nicht. Er entfärbte sich und blinzelte auf seine Art nervös.

Kapiere es endlich, sagte ich in scharfem Ton,... oder wie deine italienischen Kollegen sagen würden: Capice! Wer hat mich hier eingelocht und mit Drogen abgespritzt? Warum und wie? Glaub mir, du Koksofen, ich bin ganz schön in Fahrt, ich hab´ schon lange keinen mehr abgeknallt. Es würde mir Spaß machen, dir eins aufzubrennen... oder gleich zwischen die Lichter... weißt du wie dein Hirn aussieht, wenn es hinter dir an der Wand klebt?

Ich hob die Pistole und tat, als ob ich zielte.

Er ließ sich nicht beirren, versuchte es nochmal:

Sie leiden an einer Betäubungsmittelvergiftung. Um ein Haar wären Sie draufgegangen. Ich selber hab´ Sie zweimal wiedergeholt, mit ´ner großen Dosis Adrenalin, einmal haben wir sogar den Defibrilator gebraucht. Wenn Sie meine Klinik hier ohne Einwilligung verlassen, kriegen Sie ernste Schwierigkeiten... seien Sie vernünftig.

Was?? Das ist ´ne Klinik? Da wär ich nie draufgekommen, ehrlich nicht. Hast du wohl für 1Mark direkt von der Treuhand übernommen? Und seither nichts mehr drangemacht, was? Aber ihr seid zur Zeit etwas unterbelegt, oder? Mit nur einem Privatpatienten oder so? Mensch, hör mit deinen Märchen auf. Ich glaub dir kein Wort. Beantworte lieber meine Fragen.

Huber setzte sich gerade hin: Der medizinische Notdienst hat Sie hier eingeliefert! In meine Privatklinik für Suchtkranke. Fragen Sie doch mal bei der Einsatzzentrale nach. Oder direkt bei den Johannitern. Ich geb´ Ihnen sogar die Nummer, wenn wir sicher sind, dass Sie wieder vollkommen auf ´m Posten sind. Glauben Sie mir, ich sage die Wahrheit.

Ja, ja, nichts als die Wahrheit – ich weiß... Da bin ich dir wohl auch noch Geld schuldig? Krankenhaustagegeld und sowas? Und die Behandlung wird ja auch was kosten. Ich bin nicht privatversichert. Bin kein reicher Knopp wie deine anderen Patienten.

Huber lächelte still, er fühlte wie er wieder Boden gewann: Selbstverständlich sind wir nicht die Heilsarmee. Warten Sie... aha, hier... ja, zweihundertundsechzig Euro schulden Sie unserem Haus, selbstverständlich ohne die Behandlungskosten, die Nebenkosten wie Krankenfahrdienst, Medikamente, Verbandsmaterial etc. Das müssten wir dann alles in der Tat bei Ihrer Kasse eintreiben. Wie sind Sie versichert?

Ich antwortete nicht. Dieses Versteckspiel, so eine Kinderei kotzte mich an. Langsam wurde ich unruhig. Wenn doch endlich der Kalthagen käme. Verdammt. Hätte nicht gedacht, dass ich mich mal ausgerechnet nach dem so sehr sehnen würde. Ob auch Lisa, die kleine Pommer, mitkäme? Komisch, irgendwie fühlte ich, dass ich sie sehr bald wiedersehen würde...

Dann sagte ich: Na klar, ich bin bei der Künstlerersatzkasse. Die werden sich freuen, so billig ist man selten davongekommen. Trotzdem ich hab meine Zweifel, versuchen Sie mal, das Geld einzutreiben. Viel Spaß.

Denken Sie dran, entgegnete Huber im schärfsten Ton, den er drauf hatte, wenn Sie das Haus verlassen, gilt das als illegaler Abbruch der Behandlung. Sowas ist strafbewehrt. Ich könnte Sie auch von der Polizei wieder einfangen lassen...

Ich erhob mich, beugte mich über seinen Schreibtisch und gab ihm eine Prise meines abgestandenen Atems ins Gesicht, sagte:

Hinter dir der Wandschrank. Mach den mal auf. Ich muss da was mitnehmen...

Sie wollen Unterlagen von hier mitnehmen??

Er war aufgesprungen, stand jetzt breitbeinig und abwehrbereit vor der Tür zu seinem Wandschrank.

Jawohl. Ich will deine Kundenlisten, die Verträge und die Abrechnungen haben... und zwar nicht von deiner Privatklinik, du Kurpfuscher, sondern von deinem Medicinal-Import-Export-Service, dem Drogengeschäft. Also, her damit. Schau, ich hab hier meine gute alte Sic Sauer. Vier Schüsse spendiere ich dir, zwei davon in dein Kartoffelgesicht und zwei in den Unterleib. Hab sie schon scharf gemacht, meine alte Lady. Hier, der Sicherungshebel ist nach unten gestellt. Also mach keine Zicken, gib den Kram heraus. Nur kurz umdrehen und aufgemacht. Wenn du brav zur Seite trittst, ich nehm′ es mir auch selber...

Huber rührte sich nicht, er schien zu Stein geworden.

Mensch, ich bin nicht die Medusa, sagte ich, du brauchst nicht gleich zu erstarren.

Er blieb in seiner Stellung, die Augen traten ihm aus den Höhlen.

Was? Du willst also nicht aufmachen?

Er sagte kein Wort. Lächelte nur ein ganz kleinwenig. Doch dieses Lächeln verriet seinen diabolischen Charakter, ihn schien eine sadistische Lust anzufallen.

Ich spürte wie mein Akku gegen Null ging. Gleich würde ich wegsacken. War alles wohl ein bisschen zu viel für mich. Ich stolperte um den Schreibtisch herum. Huber drehte sich mit, mir immer die Front zu bietend. Ich war stehengeblieben, Huber anderthalb Meter vor mir, fixierte mich, er lächelte sein gemeines Lächeln. Ich stand ohne zu zucken, spürte aber wie ich wankte. Ich lehnte mich an die Wand hinter dem Schreibtisch. Dann schaffte ich es zu grinsen. Das schien zu viel für ihn. Sein Lächeln rutschte ihm vom Gesicht wie nasser Waschlappen, es blieb nur seine schweißnasse Stirn.

Mach′s gut! rief ich ihm mit gespielter Fröhlichkeit zu, mein Bedarf an menschlichem Dreck ist gedeckt, diesen Müll werden andere wegräumen...

Ich ging rückwärts zur Tür, hielt immer die Pistole auf ihn gerichtet. Mit der linken Hand drückte ich den Türknopf, trat hinaus auf den Gang, ging dem Ausgang zu.

Endlich frei! Ich atmete tief.

Ich passierte die überdachte Veranda, die Vortreppe, eine kleine ungepflegte Blumenrabatte.

Ich betrat die Straße, horchte auf Polizeisirenen, doch es war still. Nichts zu vernehmen. Kein Verkehr. Keine Autos, keine Fußgänger, nicht mal ein Pferdegespann. Nichts. Die Straße war eine schmale Sackgasse mit löchrigem Asphalt, ohne Fußweg, mit ungemähten Randstreifen. Hoch stand das Unkraut, das Lieschgras blühte, Disteln, Brennnesseln, ein paar blaue Kornblumen, eine einzige rote Mohnblüte. Die Straße war nicht sehr lang, vielleicht fünfzig Meter, vorn schien sie in eine Landstraße zu münden. Auf dem blauen, ziemlich angerosteten Straßenschild stand mit weißer Schrift „Cottbuser Straße 1 - 8".

Ich latschte los. Plötzlich merkte ich, dass ich die Sic Sauer immer noch in der Hand hielt. Nein, keine Sirenen, alles war still. Nur ein paar Vögel zwitscherten. Sogar eine Feldlerche hörte ich irgendwo über mir im unendlichen Blau. Ich blieb stehen, verstaute die Pistole in der linken Hosentasche. Ihr Gewicht zog mir den Hosenbund runter, ich raffte ihn hoch.

Da sah ich plötzlich, ein paar Meter weg am Straßenrand einen VW-Polo stehen. Älteres Baujahr, vielleicht 98, dunkelgrau, gelblicher Straßenschlamm an den Seiten, mit verdreckten Scheiben, nur von den Wischern freigewischt. Mit einer Dresdner Nummer! DD – ganz klar!

Langsam ging ich näher, den Kopf vorgestreckt, den Hosenbund festhaltend.

Da sprang die Tür des kleinen Wagens auf. Lisa Pommer kletterte heraus. Sie blieb neben dem Auto stehen, in einem blassgrünen Hosenanzug, eine rote Kappe auf dem Kopf.

Als ich heran war, machte sie erschreckte, große Augen.

Mein Gott, Sie sehen ja aus wie Frankensteins Neffe, grausig, wie ein Toter.

Ich gab ihr die Hand. Die andere Hand hielt den Hosenbund.

Wann kommt der Kalthagen? fragte ich, es wird höchste Zeit

Der kommt mit den Berlinern. Werden gleich da sein. Müssten eigentlich schon zu hören sein. Kommen Sie, setzen wir uns rein.

Wir zwängten uns in den Polo...

Wirklich, Sie bieten ja einen furchtbaren Anblick, sagte die Pommer mit einem Seitenblick auf mich, wollen Sie was trinken? Irgendwo haben ich noch ´ne Flasche Wasser.

Nein, sagte ich, es geht schon. Warten wir auf den Kalthagen. Hoffentlich kommt der auch wirklich?

Keine Sorge, er wird gleich da sein. Und? fragte ich, was gibt´ s sonst Neues.

Ach nu´ ja, wie man´s nimmt, antwortete sie und ich spürte, wie sie ´s spannend machen wollte. Höchstens, sie lächelte, das wird Sie interessieren. Ich hab ´nen Termin bei diesem Texaner in Reichenberg bekommen, John Fitzgerald Dellamy, das heißt natürlich eigentlich bei seiner Puppe Chanel Santini. Nächste Woche Donnerstag, vormittags gegen elf Uhr...

Mensch, liebes Pommer´chen, rief ich und klopfte ihr anerkennend auf die Schulter, das ist die beste Nachricht, die Sie mir geben konnten. Tausend Dank! Und außerdem...

Ja? Was ist „außerdem"?

Ja, außerdem. Sie sehen heute wieder ganz bezaubernd aus, Lisa. Kompliment.

Danke schön!

Ich freu´ mich wirklich auf den Termin in Reichenberg. Haben Sie klasse gemacht...

Warten Sie ´s ab, lachte die Pommer, ich werde auch mit da sein.

Was??

Ja, ´s ging nicht anders...

In Ordnung. Gut... sagen Sie, haben Sie mal ´ne Lulle, ich pfeif auf dem letzten Loch, hab schon ´ne Ewigkeit nicht mehr geraucht.

Sie nestelte in ihrem Handschuhfach herum, förderte eine Schachtel „Pall Mall-Grün" ans Licht.

Soll ich gleich eine für Sie mit anzünden?

Was?? Nur Menthol? Nur diese grünen Ungeheuer?

Sie nickte. And´re hab´ ich nicht. Sie zuckte mit den Achseln. Frauenzigaretten eben!

Na gut. O.k. meinetwegen.

Sie schob sich zwei Zigaretten zwischen die Lippen, ein Papphölzchen flammte auf. Zwei rote Punkte erglühten.

Sie gab mir die Zigarette.

Da sind jetzt Ihre Lippen drauf, lachte ich. Fremd-DNA. Na trotzdem - Danke.

Ich hatte gerade zwei Züge gemacht, da hörten wir die näherkommende Polizeisirene.

Ich atmete tiefer, musste husten.

Endlich!

&

Es ist eine friedliche, die Nerven beruhigende Landschaft. Flach, kaum irgendwo ein Hügel, kleine Waldstücke aus Kiefern, Birken und Eichen, Schilf umstandene Seen, nicht groß, aber verschlungen und idyllisch, wahre Anglerparadiese, dazwischen Wiesen, zumeist Viehweiden. Gut asphaltierte, aber schmale Straßen mit unübersichtlichen Kurven. Selten ein Hochspannungsmast, nirgends ein Windrad. Tiefe, entspannende Ruhe liegt über dem Land. Milane kreisen allein oder zu zweit über Wald und Seen, auch mal ein Bussard. Schrill klingen ihre Schreie. Die Dörfer mit schmucken Häusern, mit Blumen in den Vorgärten, überall verschnittene Hecken und kleingepflasterte Hofeinfahrten. Größere Bauernwirtschaften sind nicht zu sehen. Überhaupt scheint die Landwirtschaft hier keine Rolle mehr zu spielen. Nirgends größere Kuhherden, dafür einzelne Pferde, Ponnys, Schafe im Pferch oder angepflockt, auch ein paar Ziegen. Auf den kleineren Seen und den angrenzenden Wiesen tummeln sich Gänse und Flugenten. Schon von weitem hört man ihr Geschnatter... zum Herbstende und Winteranfang sind sie dann plötzlich verschwunden, landen als Deutsche Flugenten und Sächsische Bauerngänse in den Bratenröhren...

Mein Ziel, das Anwesen des Amerikaners John Fitzgerald Dellamy, lag etwas außerhalb des Dörfchens Reichenberg aber ganz nahe an der Ortsgrenze zu Moritzburg, dem bekannten Ausflugsort und Anziehungspunkt für Touristen, an der Radeburger Straße. Mit verschnörkelten Buchstaben auf einer gehobelten Holzplatte der Name des Besitzers und ganz amerikanisch mit Briefkastenröhre neben dem schmiedeeisernen Eingangstor war von dem Grundstück, seiner Ausdehnung und Größe nicht viel zu sehen. Eine zwei Meter hohe Mauer aus behauenen Sandsteinquadern und einem Elektrodraht obenauf gewährt keinen Einblick und sollte wohl weiter nichts als protzen und abschrecken. Kiefern und Laubbäume waren zu sehen, das Haus selber lag wohl weitab von der Mauer tief im Wald versteckt. Auch, wo die Sportplätze, die Golfanlage und der angebliche Hubschrauberlandeplatz waren, konnte man weder sehen, noch ahnen...

Eine Hausnummer konnte ich nicht entdecken, aber, ich hatte mitgezählt, es musste die Nummer 135b sein. Das Anwesen befand sich am Waldrand, ganz am Ende der asphaltierten Straße, die abrupt in einen Feldweg mit tiefen, grasbewachsenen Radspuren überging. Wo die Nummer 134a lag und ob es die überhaupt gab, ich wusste es nicht.

Ein Mann, mit einem Black Jungle auf dem Kopf, diesem typischen texanischen Lederhut, und in zünftigen, blonden Reitstiefeln, rotbraunen Ledergamaschen. Ein ebenfalls rotes Halstuch trug er mit dem Knoten im Nacken. Es fehlte wirklich nur noch nur noch der 45 'iger Colt und der Patronengurt. So ein Bursche also stand lässig zwischen den halboffenen, geschmiedeten Flügeltüren des Eingangs. Und in der Tat, er kaute sogar Kaugummi. Ansonsten hatte er glänzendes, glatt nach hinten gekämmtes, dunkles Haar mit einem Pferdeschwänzchen. Außerdem hing ihm ein wenig erdwärts eine schmale, 10 cm lange Danny aus dem rechten (oder linken?) Mundwinkel. Wie er das fertigbrachte, kauen und rauchen zur gleichen Zeit – ich konnte es mir kaum vorstellen. Aber es musste ja gehen, sonst würde er es nicht gemacht haben... Er trug schwarze Lederhandschuhe, die Ärmel seines Hemdes waren hochgeschoben. Man sah Tätowierungen und einen goldenen Armreif.

Ich hielt den Wagen an. Der Cowboy kam näher, musterte mich und meinen Wagen, grinste abfällig, hob die Brauen: Und? fragte er.

Ich suche das Haus von Mr. Dellamy und Frau Santini.

Yes Sir, that's here. But, not present - keiner zu Hause.

Ich werde erwartet.

Ich pochte mit dem Zeigefinger auf das Ziffernblatt meiner Uhr. Precise eleven o'clock! Punkt Elf! Unterstand me?

Der Cowboy nickte. Er lächelte nicht, spielte die Amtsperson, holte ein kleines Heftchen und einen Stift hervor.

Whats Your name? Wie heißen Sie?

Franz Aufdegger!

Er notierte den Namen.

Wait please!

Betont lässig und kein bisschen eilig schlenderte er zum Tor zurück. Er hatte tatsächlich echte Cowboy-O-Beine. Er schloss ein kleines Eisentürchen auf, das im großen Tor eingelassen war, trat an den gemauerten Pfeiler. Dort gab es eine Nische mit einem Telefon. Er sprach irgendwas ins Telefon, es dauerte nicht lange. Er ließ das Eisentürchen zuschnappen, kam zurück zu mir.

Können Sie sich irgendwie ausweisen? Have You a Passport?

Ich reichte ihm die Zulassung meines Wagens.

Genügt das?

No. Ich weiß nicht, ob das Ihr Wagen ist. Haben Sie nicht 'n richtigen Ausweis?

Mensch, zicken Sie hier nicht herum. Es ist mein Wagen und ich bin Franz Aufdegger. Lassen Sie mich nun rein oder nicht? Oder muss ich erst mit 'm Chef reden? Dann reite ich hier ganz offiziell ein und zwar auf Ihrem Rücken... Los, machen Sie auf! Ich werde wirklich erwartet und zwar um Punkt Elf. Na? Ich komm' nicht gerne zu spät.

Pardon. Ich bin hier erst seit zwee Monat'n angestellt. Ich weeß nicht...

Er ließ den Rest des Satzes unvollendet, sprach jetzt plötzlich auch gar kein Englisch mehr, sondern das reinste Sächsisch.

O.k., sagte ich, Sie sind 'n netter Kerl und absolut pflichtbewusst. Ich werde das, wenn gewünscht, bestätigen... und, wo haben Sie zuletzt gebrummt, in Torgau oder in Leipzig?

Ach du lieber Vater im Himmel, rief er erschrocken, warum sagen Sie nicht gleich, dass Sie 'n Bulle sind.

Nee, ich bin kein Bulle, nur so was in der Art - so wie in der Medizin einer kein Arzt ist, sondern bloß 'n Heilpraktiker – nee, bin bloß 'n Privatschnüffler. Aber ich versteh' mein Handwerk und gerade deswegen erkenn' ich 'n Knasti auf 100 m im Nebel.

Ich zeigte ihm meinen Dienstausweis. Der trug 'n offiziellen Stempel, die Zulassungsnummer vom Rat der Stadt und von der Abteilung Innere Sicherheit beim Innenministerium.

Das überzeugte den Cowboy. Er machte sogar Männchen, schlug die Hacken zusammen, grinste, legte zwei Finger an den Rand seines Black Jungle. Allright Mister. Ich heeß' übrichens Jens. Eefach Jens Burgmann. Klaro?

In Ordnung, Cowboy. Ich grinste zurück.

Er latschte schlingernd und o-beinig zurück zum Tor, drückte am Mauerpfeiler auf irgendeinen Knopf. Das große eiserne Tor ging auf. Stellt euch vor, es quietschte nicht einmal, sondern öffnete sich lautlos und wie von Geisterhand. Der Cowboy tippte wieder an seinen Hut, verneigte sich und ich fuhr hinein. Die Zufahrt zum Herrenhaus, zum Palast, zum Schloss, zur Villa, je nachdem wie man will, machte zahlreiche Biegungen und war durch wohlverschnittene dunkelgrüne Ligusterhecken völlig gegen den Park und gegen darin versteckte kleinere und größere Gebäude abgeschirmt. Auf einmal wurden die Hecken niedriger und ich sah eine weite Grünfläche. Vielleicht ein Golfplatz, dachte ich, darauf einen weißbehandschuhter und livrierter Gärtner, dem Anschein nach ein Japaner, schwarzhaarig, schlitzäugig, hager und krumm, der damit beschäftigt war, Unkraut und Fremdbewuchs auszugraben. Gerade schüttelte er von einer größeren Pflanze mit einem massigen Wurzelballen die anhaftende Erde ab. Die Erde rieselte zu Boden, und der Japaner redete er auf die Pflanze ein, schimpfte, drohte mit dem Finger, als ob das Gewächs ihn hören könne und Schuld daran trüge, gerade hier auf dem Gelände des Millionärsgolfplatzes zu wachsen.

Ich fuhr in einen kreisrunden, mit Steinmehl befestigten Parkplatz ein, wo mindestens ein halbes Dutzend Autos herumstanden. Das kleinste war ein knallroter Zweisitzer englischer Bauart, ein Rover oder Austin Martin, das größte ein älterer Buick aus den Fünfzigern, zweifarbig, Elfenbein und Marineblau, mit Weißwandreifen und viel Chrom. Von diesem Parkplatz führte ein kurzer, schmaler, asphaltierte Weg zum Seiteneingang des Gebäudes. An seinen Rändern standen zahllose kleinere und größere Sandstein- und Marmorfiguren, allesamt lustige Engelchen und nackte Cupidos mit Flügelchen, herausfordernd lachend, pausbäckig, dickfingrig. Kopierte Barockfiguren. Typisch amerikanischer Kitsch. So wie die Amerikaner sich den europäischen Barock vorstellen. Einfach grässlich. Es fehlte nur noch, dass die Figuren Preisschilder trügen oder den Hinweis, sie wären Leihgaben aus den staatlichen Kunstsammlungen des Freistaates Sachsen.

Das Haus selber war imposant und schien riesig zu sein. Seine Ausdehnung konnte man nur erahnen, denn im Ganzen bekam man es nicht zu sehen. Dennoch war es kleiner als das kleinste der drei Lingnerschloss vom Dresdner Elbhang, wiewohl wie bei diesen zwei schmucke schlanke Türme, Aussichtsplattformen mit viel Glas gleich, links und rechts als Wächter beistanden. Das Gebäude war im nachgeahmten Historismus-Stil des ausgehenden 19. Jahrhunderts erbaut, offenbar aber noch keine fünf Jahre alt, mit prächtigen rötlichgelben Sandsteinplatten verkleidet und besaß hunderte tiekholzgerahmte Fenster. Alles super, alles prächtig, aber geschmacklos und überladen wie die meisten Protzbauten amerikanischer Millionäre nicht nur in Kalifornien sondern überall auf der Welt. Es fehlten auch nicht die obligaten Palmen, denn der reiche Amerikaner will immer und überall an Florida erinnert werden. Sie standen in Kübeln links und rechts des Aufgangs, den ein kupfergedeckter Baldachin überspannte. Welche Palmenart es war – keine Ahnung. Irgendwelche Palmen...

Ich parkte den Wagen neben dem Seiteneingang und tappte die Empfangstreppe hoch. Ein blitzender Messingklingelknopf zog die Blicke auf sich, lud mich ein, draufzudrücken. Ich drückte drauf und im gleichen Moment hörte ich tief im Haus die Anfangstakte der d-Moll-Toccata von Johann Sebastian Bach.

Dann hörte ich Schritte. Die Tür öffnete sich. Ein Mann in einer schwarzen, silbergestreiften Weste mit silbernen Knöpfen öffnete. Er murmelte Worte und einen Namen, den ich nicht verstand und nahm mir meine Baseballkappe und meine Visitenkarte ab. Gleich neben ihm tauchte ein zweiter Diener auf, noch festlicher und ehrwürdiger gewandet als der erste, im steingrauen Cut mit weißer Fliege und Hosen, deren Bügelfalten Brot hätten schneiden können. Auch er verneigte sich, fragte: Herr Aufdegger?

Ich nickte kurz. Beinahe hätte ich mich auch verneigt.

Wenn Sie mir bitte folgen wollen...

Es ging einen gedämpft beleuchteten Gang entlang. Kein Geräusch war zu hören. Der Fußboden war mit orientalischen Läufern belegt. An den Wänden sah ich alte holländische Gemälde, klein und raffiniert angestrahlt. Ob sie echt oder Kopien waren, konnte ich nicht feststellen.

Es ging um eine Ecke und es folgte ein noch längerer Gang. Ich trottete hinter dem Butler her. Mir schien es, als ob wir schon hunderte Meter zurückgelegt hätten.

Wir kamen an eine Tür. Ich glaubte dahinter Stimmen zu hören.

Der Butler öffnete ohne zu klopfen, trat sich verneigend beiseite, ich ging hinein. Es war ein großer, prunkvoller Raum, mit indirekten Deckenstrahlern, mit großen Gemälden von 2 x 3 Metern, Rubens oder so etwas, wahrscheinlich teure Kopien, mit zwei Ledergarnituren, eine in sanftem Grün, die andere in Gelb, gruppiert um einen Springbrunnen, der von innen her leuchtete wurde. In einer Ecke üppige Palmen, in der anderen zu einer Kaskade und einem Farbenfeuerwerk angeordnete Blumen, in der dritten eine Figurengruppe von schwarzem Marmor, irgendetwas aus der griechischen Sagenwelt, Laokoon mit Jungfrauen und Meerschlangen ringend oder so. Ich kenn mich da nicht so aus. Trotzdem, alles super gediegen und auf Bequemlichkeit getrimmt, nicht mal protzig, keine Angeberei, sondern eher großzügig und gelassen, ein Hauch Modernität vermischt mit Antike, als ob man Gemälde von Salvator Dali neben die Plastiken von Benvenuto Cellini platziert hätte.

In der grünen Sitzgruppe zwei Damen, in der gelben ein Herr. Sie hatten bei meinem Eintritt ihre Unterhaltung unterbrochen, die Gläser weggestellt, waren plötzlich verstummt, saßen neugierig da und sahen zu wie ich mich ihnen näherte.

Eine von den Damen war Lisa Pommer. Sie sah genauso aus wie zu unserer letzten Begegnung, in ihrem steingrauen Kostüm, allerdings diesmal mit einer ziegelroten, ziemlich tief ausgeschnittenen Bluse darunter, der gewagte, riesige Hut lag nicht weit daneben, auch trug sie jetzt auffällige, hochhakige rote Pumps und ihre Hände waren von mehreren Ringen geziert, die Nägel verschieden farbig lackiert.

Der Mann, ein Typ um die Sechzig, vielleicht auch schon Siebzig, mit ausgeprägter Stirnglatze und ziemlichem Bauchansatz. Er hatte einen hellen, sicherlich sündhaft teuren Leinenanzug an, so einen mit Edelknitter, dazu trug er ein schwarzes Seidenhemd, im Revers des Jacketts steckte auffällig und herausfordernd eine große lila Nelke. Nein, keine frische, wahrscheinlich bloß ´ne Kunstblume. Er wirkte ein bisschen wie ein Zuhälter, vielleicht aber sah dies nur so aus, etwa durch sein glänzendes dunkles Oberlippenbärtchen, das ein wenig an die Filmfigur des Hercule Poirot erinnerte, oder durch seine unsympathisch künstliche Solariumsbräune oder auch durch die protzigen goldenen Siegelringe an den jeweils kleinen Fingern seiner beiden Hände. Klar, der Mann war ohne Zweifel jener John Fitzgerald Dellamy, der Ölmilliardär aus Texas.

Die dritte war eine Dunkelhaarige. Sie war extravagant angezogen, so als würde sie zu einer hochwichtigen Vernissage erwartet, sie trug einen türkisfarbenen Hosenanzug von besonders raffiniertem Schnitt. Ich achtete nicht weiter auf ihre Bekleidung, sicher war dieser Anzug ein Vorführmodell eines hochbezahlten Schneiders, der mit Vorliebe VIP´s ausstattete. Und ich war sicher, sie würde schon zum richtigen Schneider gehen. That´s right. Nein, es schien alles so gezielt abgestimmt, dass sie anziehend jung und ihre Lapislazuli-Augen von geheimnisvollem Blau schimmern sollten. Ihr sehr dunkles, jedoch nicht gänzlich schwarzes Haar hatte den Glanz von Rabenfedern und kündete, wiewohl es sorgfältig frisiert war, von einer provozierenden Sorglosigkeit. Von den Rundungen einer sinnlichen Figur fehlte nicht eine und niemand hätte hier noch was verbessern können. Da war nirgends etwas zu viel oder zu wenig. Abgesehen von einem hauchdünnen Goldkettchen mit einem zierlichen Anhänger in Form eines Neptuns, trug sie keinen Schmuck. Ihre Hände, sehr gepflegt und langfingrig, waren nicht gerade klein aber im Ganzen wohlgeformt, die Nägel, wie es die Mode vorschreibt, verschiedenfarbig bemalt und mit winzigen Sternchen beklebt. Die ebenfalls nicht kleinen Füße steckten in glänzenden, korallroten Hausgaloschen. Am linken Knöchel schimmerte ein silbernes Kettchen, die Fußnägel waren wie die Fingernägel künstlerisch gestaltet... das also ist sie, dachte ich, die Chanel Santini, eine Transe. Aber verdammt, wenn man es nicht wusste, wäre man nicht auf die Idee gekommen, dass sie keine Frau wäre. Alles wirkte vollkommen überzeugend und echt.

Sie schenkte mir ein gekonntes Lächeln. Es wirkte professionell wie ein Bühnen- oder Filmlächeln, aber ich sah in ihren Augen auch eine verlegene Zurückgenommenheit, so als prüfe sie ihr Gegenüber und sinniere, mit wem sie es zu tun hätte. Ihr Mund, nur mit einem Hauch von hellem Lachsrosa geschminkt, war der Mund einer sehr sinnlichen Person, weich und wie zwei Möwenflügel geschwungen.

Wie nett, dass Sie gekommen sind, sagte sie und ihre warme Altstimme hatte das Tempre einer Kammersängerin, dies ist mein Mann, Mr. John Fitzgerald Dellamy.

Sie wies auf Lisa Pommer. Die Dame kennen Sie ja schon.

Ich gab allen die Hand, neigte höflich den Kopf.

Nehmen Sie doch bitte gleich neben mir Platz, Herr Aufdegger, oder noch besser, zwischen uns beiden Damen. Sie ließ ein dunkles, kurzes Lachen hören.

Ein wenig umständlich setzte ich mich.

Meine Nase geriet in Aufruhr: Jasminduft dominierte links, Lavendelduft hatte rechts die Oberhand. Oder war es umgekehrt? Welch verführerischer Duft von wo kam, konnte mein Riechzentrum im Kopf und gleich gar nicht mein überfordertes Riechorgan orten. Ich saß in einem Blütenmeer in einem italienischen Garten am Lago Maggiore.

Die Santini bat ihren Mann: Liebling, mix doch unserem Gast einen Drink...

Zu mir: Was trinken Sie? Wir sind hier alle auf dem Martini-Trip.

O.k., sagte ich, dann mir bitte auch einen Martini-Mix.

Mr. Dellamy, der aufgestanden war, reichte mir die Hand – wir hatten uns noch nicht begrüßt – die Hand war kalt und weich wie ein Stück Teig aus einem Backtrog. Seine Augen, feucht und traurig, schauten mich nicht an, sondern starrten irgendwo auf einen Punkt hinter mir.

Er mixte den Martini, wandte sich noch einmal halb um zu mir: Eis? Ja bitte!

Er gab mir den Drink.

Dann setzte er sich in seine Sesselecke und schwieg, drehte sein Glas wie geistesabwesend in den Händen.

Ich trank und blickte über den Glasrand zu Lisa Pommer. Komisch, sie tat, als ob wir uns nicht besonders kennen würden. Sie schien über irgendwas nachzusinnen.

Nun? begann die Santini, da Sie das dringende Bedürfnis zu haben scheinen, mit mir zu reden, so sei's drum: Fragen Sie, was Sie fragen müssen. Das hier (sie machte zwei kleine Bewegungen mit dem rechten Arm) ist mein Mann und dies hier meine Freundin. Vor denen hab ´ ich keine Geheimnisse. Tu´n Sie sich keinen Zwang an. Fragen Sie!

Ihre Stimme klang jetzt ein wenig rauer und zwei Oktaven tiefer, beinahe wie die einer Kettenraucherin oder einer Nachtkellnerin aus dem Speisewagen des Fernzuges Berlin – Rom.

Ich warf ihr einen kurzen Blick zu, antwortete, gut, o.k. - also zum ersten Punkt. Sie werden zugeben, er ist ein wenig heikel. Aber ich habe den Auftrag übernommen, so gilt es denn... also hören Sie, ich hab´ vor einiger Zeit einen älteren Mann getroffen, einen Buchhändler, er heißt Hans-Jörg Schlottau...

Ach der gute Schlottau, unterbrach mich die Santini und lachte. Der wollte, dass Sie mich finden? Stimmt das? Ha, ha, ha...

Sie beugte sich zu ihrem Amerikaner, tätschelte ihm die Schulter, fing ´ne kurze Unterhaltung auf Englisch an, es folgte ein Wortwechsel, kurz, ziemlich lustig. Leider verstand ich nicht alles. Beide lachten...

Dann sagte sie zu mir: Keine Angst, John weiß Bescheid. Er kennt diese Episode aus meinem Leben... wie auch alle anderen, h, ha, ha. Es ist aber auch wirklich ein schöner Witz. Bildet sich der gute, alte Schlottau doch tatsächlich ein, wir wären ein Paar gewesen... ich seine Frau, ha, ha, ha... und er mein Mann, ha, ha, ha... einfach köstlich! Zum Totlachen.

Ich sah, wie der Amerikaner schmunzelte. Sein Gesicht blieb beherrscht und gelassen, indes er amüsierte sich prächtig. Seine Bauchspeckfalten erlebten ein mittleres Beben von 4 oder 5 auf der Richter-Skala. Das Hemd unter dem halboffenen Jackett zitterte, als ob sich der Wind darin verfangen hätte.

Die Santini machte mir ein Zeichen, ihr Mann verstünde nicht jedes deutsche Wort, besonders nicht, wenn wir schneller redeten.

Hallo? Was soll das? dachte ich, will sie mich zu einem Verbündeten oder 'nem Mitwisser machen? Warum verdammt? Will sie mich verleiten, irgendwas auszuplaudern? Also, Vorsicht Falle! Sei auf der Hut, Franz! sagte ich mir. Trotzdem gab ich ihr zu verstehen, dass ich verstanden hätte. Sie lächelte, nickte mir mit Verschwörermiene zu, kniff sogar, ganz keck und ohne Angst, dass der Texaner etwas davon mitbekam, eine Auge zu...

Dann sprach die Santini weiter: Wissen Sie – sie unterbrach sich lachte, winkte ab: Was gucken Sie so? Sie haben doch bestimmt meine Akte gefilzt, wissen über mich besser Bescheid als ich selber, ist es nicht so? – also, ich brauchte damals ziemlich schnell 'ne Bleibe, 'nen sicheren, harmlosen Unterschlupf. So 'ne Art bürgerliche Existenz. Verstehen Sie? Sie wissen, es war die Zeit nach meiner Haftentlassung. Alles war mir 'n bisschen zu viel geworden. Vor allem wollte ich vor Freddy abtauchen. Der ödete mich an, wurde mir zu anstrengend mit der Zeit.... und da traf ich den herzensguten Schlottau, den Buchhändler. Er war gerade frisch geschieden und er hatte irgendwie in seinem ersten, wenn auch späten Outing entdeckt, dass er für so etwas wie mich eine Vorliebe hätte. Es war für mich ein Leichtes, den alten Bücherwurm zu verführen. Da brauchte ich mich nicht anzustrengen. Kurz und gut, ich zog zu ihm. Er regelte mit Behörden sogar, dass mein Verbleib in seinem Laden und mein Zusammenleben mit ihm als so eine Art Wiedereingliederung gewertet werden konnte. Ich glaube, er hat dafür sogar 'ne Eingliederungshilfe bekommen. Wie viel das in Euro war? Keine Ahnung. Wir kamen gut miteinander aus - andererseits, wer mit dem Schlottau nicht auskommt, der muss ein vollkommener Idiot sein. Ich half im Laden, in seinem Haushalt und bei der jährlichen Steuerabrechnung. Gut, schließlich hab ich ja sowas mal gelernt. Also, es gab keinen Stress... ein ruhiges, friedliches Leben, beinahe wie im Exil. Fernab von allen Aufregungen. Aber eben wie im Exil. Und dies war zugleich der Keim neuer Unzufriedenheit meinerseits. Das alles ging so ohne große Höhen und Tiefen fast zwei Jahre lang, doch dann... dann...

... dann kam der Freddy aus 'm Knast! unterbrach ich die Erzählung der Santini.

Genau. Sie sagen es. Und da ging die Scheiße wieder los. Ich spürte, ich musste weg, irgendwie untertauchen, ganz neu anfangen. Bei dem Buchhändler war ich nicht mehr sicher... es würde nur eine Frage der Zeit sein, dass mich der Freddy aufspürte, kidnappte oder mir Schlimmeres geschehen würde. Also fasste ich auf einer der letzten Partys bei meinem Freund Lehmann den Entschluss, abzuhauen. Lisa, meine gute liebe Lisa – sie legte der Pommer den Arm um den Hals – die kannte jemanden, wo ich ohne Ärger zu kriegen, untertauchen könnte...

Und dieser Jemand ist mein jetziger Mann John – sie lachte dem Texaner zu. Der lachte zurück, ich wusste nicht, ob er alles verstanden hatte – nun brauchte ich bloß noch ein bisschen Kohle, fuhr die Santini fort. Wir wissen, Geld ist nicht alles, aber ohne Geld ist alles nichts. Also suchte ich nach unserem alten Kumpel Blümel, Gregor Blümel, unserem Bankier. Ich hatte ihn aus den Augen verloren. Auch war er mehrere Male untergetaucht, hatte die Wohnsitze gewechselt wie ein Wolf seine Höhlen. In der Zwischenzeit wohnte ich auch schon ein paar Monate hier in Reichenberg. Es dauerte eine ganze Weile, bis ich den Blümel gefunden hatte. Aber er war freundlich wie immer und er wollte mir tatsächlich erlauben, dass ich etwas abhebe von unserem gemeinsamen Konto. Einen kleinen Anteil von meinem Guthaben... Wir vereinbarten einen Termin, die genaue Zeit, den passenden Ort...

... und der passende Ort schien Ihnen die Zweitwohnung Ihres Exfreundes Lehmann zu sein! Nicht wahr?

Eigentlich hätt ich fragen sollen, was das für Geld wäre, das der Blümel verwaltete und wo es herstammte. Dann hätte ich den Ahnungslosen besser spielen können. Aber natürlich fragte ich das nicht. Wusste auch nicht warum. Feigheit war es nicht, auch nicht Taktik.

Die Santini indes antwortete: Ja. Genau. Lehmann´s Zweitwohnung am Großen Garten, wo manchmal kleine Partys stattfanden. Woher wissen Sie das? Ist´s bloß Spekulation oder detektivische Finesse?

Suchen Sie´s sich was aus. Im einfachsten Fall nehmen Sie´s hin. Lassen Sie´s stehen wie einen zufällig gefundenen Gegenstand. Fakt ist, das mit dem Treff in der Lehmann´schen Wohnung war keine besonders originelle Idee! Da hätten Sie sich auch auf dem Parkplatz an der Schießgasse* treffen können (*Standort der Dresdner Polizeibehörde)... im Fadenkreuz der Überwachungskameras.

Allright. Da haben Sie sicher Recht. Als konspirativer Treff ist die Wohnung am Großen Garten ungeeignet. Zu viele wussten davon.

Stimmt! sagte ich, vor allem auch der, vor dem Ihnen wie nichts der Frack ging, der wäre auf die Idee mit diesem Treff ganz schnell gekommen. Höchstwahrscheinlich hat er die Wohnung seit Tagen beobachtet. Ach, Pardon „Frack" ist das falsche Bild - hätte ich String Tanga sagen sollen?

Oh nein, lachte sie, ´n String trage ich im Alltag nicht – zu unpraktisch. Sowas gehört zur Showgarderobe! Soll ich Ihnen mal `n paar vorführen?

Wieder lachte sie in ihrem dunklen, kehligen Alt.

O.k. Gut, sagte ich, wenn Sie wollen, später... doch für jetzt... wie ging´s dann weiter?

Heute, wo ich diese Zeilen niederschreibe, gestehe ich, dass ich damals im Angesicht dieser überaus reizvollen Transexuellen Chanel Santini die frivole Vorstellung nicht unterdrücken konnte, mir vorzustellen, wie ein String an ihr ausgesehen, ob die zwei Fingerbreit Stoff wohl ausgereicht hätten, ihre „Zuckerstange"[1] zu verbergen, welche sie in exhibitionistischer Absicht am liebsten vorgezeigt hätte...

Hm, hm, ja, wie ging es weiter? wiederholte sie meine Frage sie und wippte mit der Fußspitze, was soll ich da sagen? Sie brach den Satz

---

[1] Zuckerstange = pornographisch frivole Umschreibung des männlichen Gliedes. Ist keine Erfindung von mir. Hab ich aus dem Roman „Mitternacht im Garten von Gut und Böse" von John Behrendt (verfilmt von Clint Eastwood) entlehnt. Eine Transe, die dort auftritt, redet freimütig über sich und gebraucht dabei diesen Begriff.

ab, lachte, wippte wieder mit dem Fuß, sog an ihrem Zigarillo: Ich hab 'n Tipp bekommen und bin gar nicht erst hingegangen...

Voila! Da sind Sie aber haarscharf am Schlamassel vorbeigesegelt, meine Liebe. Glückwunsch!

Clever, nicht wahr?

Wieder lächelte sie, beschaute diesmal aber nicht ihre Fußspitze, sondern ihre verschieden bemalten Fingernägel, nahm sich ein neues Zigarillo, zündete es an.

Und wer war der Tippgeber? fragte ich.

Aber, aber Herr Detektiv, was stellen Sie für Fragen? Nein sowas, ts, tss. Das ist ja, als ob Sie wissen wollten, welches Intimspray ich verwende... sie warf mir einen Blick zu, wandte sich indes nicht ab, nein, sie fixierte mich geradezu.

Was blieb mir übrig, ich musste mich wegducken, ich senkte den Kopf.

Können wir nicht doch irgendwie zusammenkommen? sprach sie weiter, vielleicht wissen Sie etwas, was wir noch nicht wissen und wir könnten etwas wissen, dass Sie gebrauchen könnten?

Und sie schenkte mir ein Lächeln, das ich bis in die Nähte meiner Unterhose spürte.

Ich trank den Rest meines Drinks und ich fühlte wie er in meinen Adern Gutes tat. Es prickelte in allen meinen Leitungsbahnen und ich fühlte mich das erste Mal seit langem wieder richtig gut.

Zusammenkommen ist gut, sagte ich, Informationsaustausch auch, aber wenn Sie denken, ich wüsste, wo der restliche Zaster ist, auf den der Blümel aufpassen sollte, da sind Sie im Irrtum. Wüsste ich selber liebend gern. Das müssten Sie eigentlich besser wissen... auch, wer dem Blümel den Rest gegeben hat, weiß ich nicht und selbst denjenigen, der mir eine aufs Dach gab, den kenn ich nicht. Sie sehen, die Informationen sind ungleich verteilt. Was ich weiß, das ist allenfalls Krümelkram aus den Polizeiakten, sozusagen der Kistenkratz...

Mr. Dellamy drückte auf einen Knopf an seiner Sessellehne. Ein livrierter Bediener erschien.

Noch zwei, Charles!

Der Bedienstete ging ab, erschien kurze Zeit später mit einem Tablett, darauf die Drinks. Er warf der Pommer einen fragenden Blick zu. Doch die winkte ab, deutete auf ihr halbvolles Glas. Auch der Texaner wollte nichts. Er deutete mit dem Kopf zu seiner Frau.

Wir kümmern uns schon. Danke!

Der Bedienstete stellte das Tablett ab und ging hinaus.

Die Santini und ich, wir nahmen die Gläser, hielten sie. Die Santini schlug die Beine übereinander, ein bisschen zu lässig.

Wie gesagt, begann ich, ich weiß wirklich nicht, wo ich ansetzen soll... Sie müssten mir schon zu Hilfe kommen...

Sie schenkte mir noch ein Lächeln.

Wieder fuhr mir der Strom in die Hose.

Ach, da bin ich optimistisch, sagte sie, ganz um Beiläufigkeit bemüht, irgendwas ergibt sich schon... kannten Sie eigentlich diesen Blümel?

Bedaure, antwortete ich, nein, nur vom Hörensagen. Als ich ihn kennenlernen wollte, nachdem er bei mir angerufen hatte, war es bekanntlich zu spät. Da lag er in der Lehmann´schen Wohnung und schwieg für immer...

Die Santini blickte seitlich, schräg, ein wenig aus den Augenwinkeln zu Lisa Pommer hinüber. Aber die sah nicht, dass sie beobachtet wurde, weil sie gerade zwei, drei Worte mit dem Texaner sprach. Die Santini unterbrach die beiden, sagte zu ihrem Mann:

Du, Liebling, musst du dich mit diesen Geschichten belasten?

Der Texaner stand auf, er verbeugte sich in meine Richtung, sagte, dass es ihn gefreut habe, mich kennenzulernen, und er wolle sich, wenn ich gestatte, entfernen, er sei müde und habe einen anstrengenden Tag gehabt.

Bitte verzeihen Sie mir! Just i ´am going.

Es klang ein bisschen gezwungen, auch verhaspelte er sich, vermischte Deutsches mit dem Englischen. Er war so höflich und wirkte so entzückend hilflos, dass ich ihn am liebst auf meinen Armen hinausgetragen hätte.

Er ging, schloss leise, beinahe rücksichtsvoll die Tür, als fürchte er jemanden zu erschrecken.

Die Santini sah ihm nach, blickte noch eine Sekunde auf die geschlossene Tür, zauberte dann wieder ihr Lächeln ins Gesicht und blickte mich an.

Sie sagte, und ein gewisser Unterton war nicht zu überhören: Frau Pommer hat natürlich Ihr vollstes Vertrauen!

Oh mein Gott, entgegnete ich, niemand hat mein vollstes Vertrauen, nicht einmal ich selber.

Sie brauchte einen Moment, um den Witz zu verstehen, zeigte ein winziges Nicken.

Frau Pommer, ergänzte ich, weiß zufällig etwas von diesem Fall. Aber sie weiß nicht mehr und nicht weniger als nötig ist. Sie ist nicht meine Mitarbeiterin.

Gut. O.k. Die Santini nippte mit spitzen Lippen an ihrem Glas, kippte es dann in einem Zug hinter, stellte es auf den Tisch, lachte schrill auf, rief: Zum Teufel mit diesen Förmlichkeiten und dem höflichen Trinken. Zumindest in diesem Punkt, mein lieber Detektiv, können wir ja zusammenkommen... übrigens, das sei mir gestattet, zu sagen, für einen Mann aus dieser Zunft sehen Sie noch ziemlich gut aus. Wenn Sie wüssten, was ich da schon für Typen, inklusive die von der offiziellen Polizei, kennengelernt habe...

Da könnten Sie Recht haben, unsere Zunft ist gelegentlich sehr aufs Gemüt gehend und unappetitlich ist sie außerdem. Wer da noch seine äußere Form behält, ist im Vorteil. Danke für das Kompliment...

Ja, schon in Ordnung. Sagen Sie, kann man mit dem, was Sie machen, eigentlich Geld verdienen? Stelle mir das sehr mühsam vor. Was soll man Ihnen zum Beispiel berechnen, wenn Sie einen Kanarienvogel eingefangen haben?

Nun, einen Tarif für eingefangene Vögel gibt es schon, nur nicht für so kleine oder welche mit Federn, sondern nur für zweibeinige, größere, ab Schuhgröße 40.

Die Santini lachte. Auch Lisa amüsierte sich.

Nein, im Ernst, sagte ich, viel Geld verdient man nicht damit. Und es gibt immer eine Menge Ärger, meist unvorhersehbaren, aber manchmal hat man natürlich auch Spaß. Und immer juckt es einen, sich vorzustellen, dass mal ein großer Fall dabei sein könnte, ein ganz großer...

Die Santini hatte aufmerksam zugehört, das Glas in ihren Händen hin und her gedreht, sie lächelte in sich hinein, fragte: Sagen Sie mal, wie wird man eigentlich Privatdetektiv? Das ist doch kein Lehrberuf oder so?

Sie unterbrach sich für einen Moment, hob den Kopf, blickte mir ins Gesicht: Es macht Ihnen doch hoffentlich nichts aus, wenn ich Sie ein bisschen ausfrage? Und schieben Sie mir doch das Serviertischchen rüber, ja, gleich mit dem Fuß, da kann ich besser an die Drinks ran...

Nein, nicht mit den Fuß, sagte ich. Ich erhob mich, schob den Servierwagen zu ihr hinüber.

Sie mixte zwei neue Drinks. Mein drittes Glas war noch halbvoll.

Tja, wie wird man Privatdetektiv? Viele aus unserer Zunft waren früher bei der Polizei. Da wächst man eben manchmal so rein. Ich nicht. Ich bin ein Branchenfremdling, hab mal ein bisschen Jura studiert, vorher auch ein paar Bücher geschrieben...

Waas?? Sie haben Bücher geschrieben? So richtig wie ein Schriftsteller?

Sie machte große Augen und sie schien erstaunt zu sein, sich richtig zu freuen wie ein Kind. Diese Mimik stand ihr ausgezeichnet, sie sah reizend aus.

Ja, aber die Verlage wollten mich nicht. Zwei haben mich sogar richtig gefeuert.

Ihre Augen sprühten vor Vergnügen: Aber doch bestimmt nicht wegen Unfähigkeit, oder?

Nein, sagte ich, es war, weil ich den Verlagsleitern und den Lektoren dauernd widersprochen habe, weil ich nicht öffentlich lesen wollte, weil ich andere, manchmal auch eigene Cover bevorzugte, mit den Klappentexten nicht einverstanden war, und so weiter, tausend Dinge...

Sie haben Ihren eigenen Kopf!? Das gefällt mir. Ja, das finde ich toll. Ich bin nämlich auch so. Da haben wir ja viele Gemeinsamkeiten... sehen Sie, so ist das mit dem Zusammenkommen, es gibt unzählige Möglichkeiten...

Sie unterbrach sich, wandte den Kopf zu Lisa Pommer, sagte nur ein Wort: Nun?

Ihr Blick war vielsagend, sie klimperte mit den Fingern ungeduldig auf das Serviertischchen, ihr Armkettchen klirrte leise.

Lisa Pommer stand auf. Sie stellte ihr Glas auf das Tischchen, mir schien, dass sie dies ein wenig zu heftig tat, es polterte geradezu.

Sie trat vor die Santini, die sitzen blieb: Tja, der Vorrat ist noch groß genug. Sie werden nicht verdursten. Vielen Dank für das Gespräch Frau Santini. Ich werde von den Details keinen Gebrauch machen. Mein Wort darauf.

Mensch, Lisa, entgegnete diese, Sie wollen doch etwa nicht schon gehen?

Sie lächelte ihr Lächeln und dieses war weiß Gott noch mehrdeutiger als jenes der Mona Lisa.

Lisa Pommer klemmte ihre Unterlippe zwischen die Zähne, ließ sie dort, biss sogar noch drauf herum, als würde sie überlegen, ob sie die Lippe abbeißen und ausspucken sollte.

Tut mir echt leid, aber ich muss jetzt wohl... denken Sie dran, ich arbeite nicht für Herrn Aufdegger, wir kennen uns nur ein bisschen. Also Good bye Missis Santini und grüßen Sie den Hausherrn von mir. Er ist ein toller Bursche. Glückwunsch.

Die Santini lächelte ihr entzückendstes Lächeln.

Ich hoffe, my love, Sie lassen sich wiedermal sehen. Bye.

Sie klingelte nach dem Butler. Der hielt der Pommer die Tür auf, machte seine Verneigung.

Lisa war schnell hinaus. Ich sah noch ihren Hut und die Kostümjacke mit den gepolsterten Schultern. Die Tür schloss sich geräuschlos.

Eine paar Sekunden starrte die Santini auf die geschlossene Tür. Ihr Lächeln war nur noch 40 Prozent und erstarb schließlich. Sie drehte den Kopf zu mir: So ist es doch viel besser, denken Sie nicht auch?

Mir war, als ob ich einen Seufzer gehört hätte.

Ich nickte, antwortete: Viel besser!

Eine Szenenpause entstand. Ich sagte: Sie fragen sich wahrscheinlich, wie es kommt, dass sie so viel weiß, wenn sie nur eine gute Bekannte von mir ist... nun, sie ist ein neugieriges Mädchen, ein wenig vorbelastet durch ihren Vater, der Polizist war. Manches hat sie selbst herausgefunden, weil sie bei Lehmann als Putze und Majordomus...

oder sagt man: Majordomina? tätig war. Zum Beispiel, wer Sie sind und wer der Freddy ist oder der Blümel. Manches ist aber auch Zufall. Ich hab mich mit ihr mal abends auf 'm Parkplatz getroffen, und dann ging's noch ein bisschen weiter... Halt! Nein, nicht, was sie denken... auf 'n Stock hab ich sie mir noch nicht gespannt... ich feixte... und das soll vorerst auch so bleiben... lachen Sie nicht, es gibt Leute, für der Sex nicht das Wichtigste ist...

Olala! die Santini hob ihr Glas, prostete mir zu und grinste mich an.

Also, fuhr ich fort, Sie brauchen sich wegen der kleinen Pommer keine Sorgen zu machen, die ist verschwiegen, die kann den Mund halten. Sie kennt das von ihrem Alten... aber – hier machte ich eine kleine Pause, holte bedeutungsvoll Luft, nahm einen Schluck aus meinem Glas – nein, was mich viel mehr interessiert, Verehrteste: Kennen Sie eigentlich diesen Berliner Psychologen Cornelius Huber?

Mir schien, als ob die Santini, die sonst absolut beherrscht wirkte, ein kleinwenig zusammengezuckt wäre. Ein Schatten huschte über ihr Gesicht. Sie antwortete nicht, erst nach ein paar Sekunden wippte ihr wie von Rabenfedern glänzender Schopf und sie nickte.

Warum soll ich's verschweigen? Ein bisschen kenne ich ihn. Nur ein ganz kleines bisschen.

Und sie zeigte mir mit Daumen und Zeigefinger wie winzig sie meinte, dazu lächelte sie wieder in ihrer Art.

Ich entgegnete: Es wäre toll, Sie erzählten mir von dem kleinen bisschen...

Da muss ich nachdenken.

Sie dachte nach. Es war amüsant ihr beim Nachdenken zuzusehen. Sie hatte die Beine noch übereinandergeschlagen, lässig, scheinbar ohne Absicht.

Es war im letzten Jahr, sagte sie. Irgendeiner war zu diesem Typen als Patient hingefahren, ich glaube sogar, dass es der Lehmann gewesen ist. Und da bin ich eben mal mitgefahren. Eigentlich wollte ich in der Berliner City Einkäufe machen, aber der Huber hatte uns dann in ein Café, ich glaube „Unter den Linden" eingeladen. Es wurde ein langer Abend, ich habe zu viel getrunken. Auch ganz gut gegessen. Der Psychotyp ist ein amüsanter Plauderer. Endlos konnte er von seinen Fällen erzählen. Wir haben viel gelacht. Viel mehr weiß ich nicht...

Sie hob ihre schwarzseidenen Schultern. Ich versuchte meine Augen dort zu lassen, wo sie hingehören.

Ich fragte: Und er hat Ihnen keine kleinen Stimmungsaufheller gegeben?

Sie meinen Drogen?

Ich nickte.

Ja, sowas meine ich. Aber nicht die harmlosen Joints, sondern die härteren Sachen, Koks, Opium, LSD, sowas....

Na hören Sie mal.

Aber sie war nicht wirklich empört. Sie lächelte sogar, spielte mit ihrem Cocktailglas.

Sie können's mir ruhig sagen, sagte ich. Ist ja heutzutage nichts Weltbewegendes.

Da müsst 'ich zu Ihnen Vertrauen haben, antwortete sie.

Können Sie, meine Beste, wirklich, zu mir können Sie unbegrenzt Vertrauen haben, Vertrauen wie zu Ihrem Vater.

Oha! Sie kennen meinen Ollen nicht. Dem konnte ich nicht mal soweit trauen wie ich ihn sah. Der war das erste große Schwein in meinem Leben...

Tut mir leid. Aber zu mir, versicherte ich, mir können Sie vertrauen. Wirklich. Ich bin für meine Zunft sowieso viel zu vertrauensselig. Eine meiner Riesenschwächen. Glauben Sie mir.

Ja, sagte sie, ich hab 'so 'ne Ahnung, als ob das stimmen könnte. Schon vom ersten Augenblick dachte ich das. Der ist so ein Typ, dachte ich, dem kann man alles sagen...

So 'n Beichtvatertyp?

Genau.

Sehen Sie, deswegen halten die mich bei der Polizei für ungeeignet. Zu weich! Zu viel Verständnis! Noch zu viele Ost-Gene. Und der Kalthagen vorneweg. Das ist der Hauptkommissar, mit dem ich 's meistens zu tun habe.

Gut, sagte ich, nehmen wir den Faden wieder auf: Mir können Sie alles sagen... na, dann kommen Sie mal ins Reden. Na los!

Ihr Gesicht wurde ein bisschen hart, ihre Augen wachsamer.

Also dann nochmal zu dem Huber. Bitte. Hatten Sie zu *dem* Vertrauen. Immerhin, er ist Therapeut, so 'ne Art Seelenklempner, da werden sich schon viele ausgeweint haben. So einem muss man doch vertrauen können, sonst geht 's ja gar nicht...

Das stimmt. In einigen Dingen konnte man ihm vertrauen, in anderen nicht. Da gibt es Nuancen...

Ihre Art zu sprechen, kühl, ein bisschen zynisch und dennoch nicht ganz so abgebrüht, wie man das aus der Szene kennt, wo sie herstammt, all das war sehr angenehm. Sie konnte ganz gut artikulieren. Und dann natürlich – ihre Stimme. Dieser Kammersängerinnenalt mit dem einmaligen Tempre. Da konnte schon einiges in Schwingungen geraten. Vielleicht wäre sogar ein Kristallglas zersprungen. Ich musste an verschiedene Darsteller im Fernsehen denken. Ist schon Jahre her. Freilich, heute nicht mehr im Angebot: Mary and Gordy!

Na schön, fragte ich, und was halten Sie von Hubers Chinesen? Den haben Sie doch ganz bestimmt kennengelernt. Ohne Herrn Tsi kennengelernt zu haben, ist man nicht bei Huber gewesen. Ich habe ihn auch kennen gelernt. God damn! Und wie. Es war sehr eindrücklich... hat er sie nicht chauffiert mit dem großen Oldtimer, dem 59íger Packard?

Sie schüttelte den Kopf.

An dem Abend nicht, da ist Huber selber gefahren. Ich glaube, dieser Herr Tsi ist gar nicht dagewesen. Er hätte einen Großeinsatz, wurde gesagt.

Aha! Oder andere von Hubers Elitetruppe? Erinnern Sie sich an irgendwelche Herren?

Pause.

Sie reagierte erst gar nicht, dann, wie abwesend, antwortete sie: Ich kenne nur einen!

Sie schien plötzlich wie verwandelt, ganz so als ob sie eine „Tüte" genommen hätte. Sie schüttelte den Kopf, die schwarzen Haare umwirbelten ihre Schultern, wie bei einem Hund, der er aus dem Wasser kommt, sie erhob sich, ging ohne ein Wort in den Hintergrund des Raumes. Ihre Reaktion kam so heftig und unerwartet, dass ich ganz „baff" und wehrlos war.

Stille. Kein Laut.

Dunkelheit. Auf einmal war das Licht ausgegangen. Es war schlagartig stockfinster geworden. Mir wurde beklommen zumute. Was passierte hier? Reflexartig tastete ich nach meiner Sic-Sauer.

Dann, Bruchteile von Sekunden später, keine Ahnung woher, erstrahlten grell, provozierend, schräg, verschieden farbige Bühnenstrahler, rot, orange, blau, hellgrün, gelb. Und im Spot dieser Strahler erschien die Santini – in lackschwarzer Bühnenbekleidung, nein, kein Leder - Latex. Sie hielt ein kabelloses Silbermetallic-Mikro in der linken Hand, ging ein paar Schritte in die Raummitte. Die Scheinwerfer folgten ihr.

Plötzlich! Der Überraschungsangriff: Schlagartig, laut, ohrenbetäubend, knallhart ein einsetzendes Schlagzeug, ein Synthesizer, ein Bass - die ersten krassen Staccato-Takte des bekannten Amy-Winehouse-Titels „Back to Black". Jeder kennt diesen Song, ihr wisst, schon nach den ersten Klängen zieht er einen rein.

Die Santini kam mit tänzerisch rhythmischen Schritten auf mich zu, das Mikro ganz nah an ihren Lippen. Ihre Stimme war – und der Gesang war kein Playback, das hörte ich sofort – zum Verwechseln ähnlich wie die der englischen Rockröhre Winehouse. Sicher hatte sie das alles mehrfach geübt. Aber es klang ziemlich routiniert, professionell.

Ich kannte den Text, auch auf Deutsch, und so versuchte ich, parallel zum Gesang ihn für mich synchron zu übersetzen.

Die Santini stand jetzt direkt vor mir, 2 Meter Abstand, und sie sang mich, wie man so schön sagt, an. Ich gestehe, es ging mir durch Mark und Bein, und nicht nur in die Nähte meiner Unterhose:

„Timtam – de Timtam – de Timtam – dong, dong!" machte die Rhythmusgruppe

He left no time to regret
Kept his dick wet
With his same old safe bet

Me and my head high

And my tears dry
Get on without my guy
... ...

Im Geiste übersetzte ich:

Er hat seine Zeit nicht mit Nachtrauern verschwendet
Behielt seinen Schwanz feucht
Mit derjenigen, zu der er immer gehen konnte

Ich, mit erhobenem Kopf
Und getrockneten Tränen
Mache weiter ohne meinen Typen

Du bist zu dem zurückgegangen, was du kanntest
So weit entfernt von allem, was wir durchgemacht haben

Und ich beschreite einen unruhigen Pfad
Die Chancen stehen schlecht für mich
Ich werde wieder in Traurigkeit verfallen

Nur mit Worten haben wir uns verabschiedet
Ich starb hunderte Male
Du gehst zu ihr zurück
und ich zurück zu...

Ich gehe zurück zu uns

Ich liebe dich sehr
Es ist nicht genug
Du bevorzugst Kokain
Und ich Gras
Und das Leben ist wie eine Röhre
Und ich bin ein kleiner Pfennig, der die Wände im Inneren hinauf
rollt...

Der Abschlussrefrain erklang, mächtig, stimmgewaltig, eindrucksvoll:

> We only said goodbye with words
> I died a hundred times
> You go back to her
> And I go back to
>
> We only said goodbye with words
> I died a hundred times
> You go back to her
> And I go back to black

Der Schlussakkord dröhnte, ein Echo schwang aus:

> Donngg!

Aus!

Die Scheinwerfer erloschen, einen Moment herrschte noch Dunkelheit, dann ging das Licht wieder an. Stille! Die Santini stand mitten im Raum, ihre Arme hingen herab, die Fußspitzen einwärts gedreht, sie sah auf einmal merkwürdig klein, ganz armselig, einsam und verlassen aus.

Ich wollte klatschen, ich wollte Bravo rufen, hatte schon die Hände erhoben, aber ich konnte nicht, nein, ich ließ sie wieder sinken. Zu stark war der Eindruck des eben Erlebten. War es der schwermütige Alt dieser Stimme, das Einprägsame des Ausdrucks oder dieses unsentimentale Besingen eines Abschieds? Ganz beiläufig und doch wie selbstverständlich tauchen wichtige Elemente heutiger Jugend darin auf, Drogen, Drogen als Charakteristikum von Verschiedenartigkeit, Drogen als menschliche Eigenschaften bezogen auf die beiden Protagonisten, auf den davongegangenen Liebhaber und auf seine ihm nachtrauernde Freundin: *Du bevorzugst Kokain und ich Gras*, sollte heißen, er kokst und sie kifft, er ist der Aggressive, der treibend Drängende, und sie ist die Stille, die ruhig Leidende. So wie die beiden

Drogen verschieden wirken: Kokain und Marihuana. Oder war es die hackende, hämmernde, einprägsame Musik, die mich so gefangen nahm? Eine Musik, die forderte, die nicht lieblich ist, die alles im Text unterstreicht. Eine Musik, die mit wenigen Instrumenten auskommt. Da singt eine vom Abschied, aber sie singt ohne Sentimentalität, indes mit so viel Schwermut, dass einem bange ums Herz wird. Denn es singt da eine, die keine Zukunft mehr hat, die zurückgeht in die Nacht, die sich verkriecht in verflossene, verlorene Gemeinsamkeit, zurück in das Nichtmehrvorhandene, in das Unaussprechliche... wo in einer Ecke schon der Tod lauert. Oh, was für eine trostlose Metapher auf Heutiges, auf die Jugend, auf das Zusammensein, auf die Liebe... ein Lied, das keine Hoffnung macht, ein Lied, das verstört, das zerstört.

Der Song hielt mich wie mit klammen Riesenhänden umfangen, er atmete so viel Trostlosigkeit, so viel Schwärze wie eine Nacht, die den Tod gebracht hat. Indes, ich zweifelte auch, ja, ich glaubte nicht, dass diese Chanel Santini die Tiefe dieses Textes verstanden hätte. Sie ahmte nach, das wohl, hielt sich an die Musik, an die Rhythmik und das machte sie wirklich gut, aber es wären bei ihr, so dachte ich, sehr wahrscheinlich nur Äußerlichkeiten, so wie ein Papagei einen Satz nur nachspricht, täuschend echt zwar, aber ohne Seele, ohne ihn verstanden zu haben, ohne ihn je verstehen zu können... nein, mehr konnte ich einfach nicht glauben... nein, mehr nicht. Oder?? dachte es in mir, oder hat sie doch verstanden, was sie da singt? Werde ich es erfahren? Ja, verdammt, nun zweifelte ich aufs Neue, diesmal in die andere Richtig. Es ist eine Qual mit dem Zweifel. Der Zweifel ist ein zähes Tier, einmal geweckt, ist er nicht totzukriegen. Er kommt immer wieder, er zwickt und zwackt, er peinigt, wendet sich, greift wieder an, nein, ein Zweifel kann nicht sterben, selbst wenn er die Fakten vor sich hat, gibt er nicht auf...

Es entstand eine Pause. Kein Laut. Nirgends. Nur das Ticken der alten Kentucky-Standuhr neben der Tür und irgendwo das Summen eines Elektrogerätes waren zu hören.

Wie viele Minuten so vergangen waren, wie lange das Schweigen dauerte? Keine Ahnung.

Ich fühlte mich noch immer gefangen, war wie betäubt. Es dröhnte, es klang, wenn man das so sagen kann, es zitterte in mir, ließ meine Nervenbahnen, einfach alles in mir nachschwingen...

Plötzlich wieder die Santini.

Sie hatte sich umgezogen, war abgetaucht, wieder erschienen, und stand nun neben mir, ihren halbleeren Drink in der Hand. Sie strahlte mich an, schien wieder verwandelt, diesmal in ihrem alten Look, in allem wie vor dem Auftritt.

Na?? Wie war ich?

Nein, darauf war ich nicht gefasst, ich konnte nichts antworten.

Sie wiederholte ihre Frage: War ich gut? Fast wie die echte, stimmt's?

Ich wiegte den Kopf hin und her.

Was?! War ich etwa nicht wie die echte Winehouse? Also hören Sie mal...

Ach nein, ich schüttelte den Kopf, das ist keine Kritik. Niemals. Aber die echte und inzwischen tote Amy Winehouse kann man nicht so einfach nachmachen. Da sind zu viele Details und Nuancen. Vom Augenrollen bis zum angedeuteten Hüftschwung. Von den Nuancierungen in der Stimme ganz zu schweigen. Tausend Dinge! Nein, das geht einfach nicht... das kann keiner, die wirklich nachmachen; aber Sie waren gut, meine Liebe, wirklich gut, die beste Performance, die ich in letzter Zeit gesehen habe, echt professionell, Hand aufs Herz... Sie könn´ sich was drauf einbilden. Ehrlich.

Ihr Glück, dass Sie das jetzt gerade noch rausgehauen haben. Ich will bloß hoffen, dass Sie mich echt gut fanden... ehrlich... ich... aber... ich kann auch noch Andere imitieren – sie nahm ihre Finger zu Hilfe, fing an abzuzählen... wenn ich da an Ihr Alter denke, da ist zum Beispiel die Dietrich...

Also hören Sie... mein Alter... und die Dietrich, da passt was nicht zusammen. Die könnte meine Großmutter sein... und Ihre Urgroßmutter...

O.k. rief die Santini, aber in der Rolle sollten Sie mich wirklich mal sehen. Der absolute Knaller! Hab auch ´n paar Videoclips... die können Sie sich ja noch anschauen, heute oder wann Sie wollen... also die

Dietrich, wirklich... oh, glauben Sie mir... wenn ich da zum Beispiel meinen Polarfuchs umhänge und ´ne 10-Karatkette um den Hals lege... natürlich nichts weiter drunter. Klar? Sie verstehen? Sie lachte, glucksend wie trunkenes Huhn.

Und ob, und ob ich verstehe, rief ich... ich wette, ergänzte ich, und ich bemerkte, dass ich ein wenig zu aufgekratzt wirkte, dass ich mich mitreißen ließ... aber Sie würden traumhaft aussehen, besonders natürlich mit so einer Kette... Brillanten, Saphire, Rubine auf Ihrer Haut! Oh verdammt...

Na gut, lachte sie, von der Kette sieht man nicht allzu viel. Die hängt immer ziemlich tief...

Hm, hm, machte ich, aber Sie würden ja, wie ich Sie kenne, den Polarfuchs dann auch ein wenig tiefer hängen...

Die Santini tippte mir an die Schulter.

Eh, Sie? Sie haben wohl schon ´n kleinen Schwips, was?

Man hat mich schon nüchterner gesehen, das geb´ ich zu! sagte ich.

Sie warf den Kopf nachhinten und brach in ein schallendes Lachen aus. Ich habe in meinem Leben nur wenige Frauen gesehen – und in diesem Moment war sie eine ungeheuer echte Frau, echter ging es gar nicht – die so lachen konnten, ohne zu einer hässlichen Fratze zu werden. Und sie war so eine. Ihre Schönheit blieb erhalten. Die meisten Frauen bekommen, wenn sie derart lachen, etwas Wölfisches – das, was sie auszeichnet und verführerisch macht, verformt sich beim Lachen zu einer groben, tierhaften Maske....

Okay, nahm ich unser Gespräch von vor dem Song wieder auf, Herr Tsi ist zwar ein Ganove, aber einer mit Stil und Niveau. Er würde selbst dann noch höflich lächeln und eine seiner chinesischen Weisheiten verkünden, wenn er einem die Kehle eindrückte oder den Halswirbel bräche. Anders ist es mit den anderen Gesellen und Handwerkern des ehrenwerten Herrn Huber, zum Beispiel mit dem kleinen Dicken im weißen Anzug, oh Pardon, sein Name ist mir entfallen, oder auch mit der Dame aus Singapur.

Die Santini tat als überlegte sie, dann schüttelte sie den Kopf.

Ich kenne da niemanden.

Auch keinen, der mal ein Tütchen verteilt hat? Oder zwei oder drei? Oder ´ne ganze Kiste, samt Einwegspritzen? Sowas?

Sofort waren ihre Augen wieder auf der Hut.

Mich führen Sie nicht auf's Glatteis, sagte sie kalt und lächelte.

Sie nahm mir das Glas ab, um es neu zu füllen. Ich gab es ihr, obwohl es noch nicht ganz leer war. Dabei tasteten meine Augen die Linien ihres Halses ab. Und ich sagte mir: Sowas ist nun ein Mann. Kaum zu glauben...

Als sie die Gläser gefüllt hatte und wir sie wieder in unseren Händen drehten, sagte ich:

Mir geht es mehr um Tatsachen. Dann könnte ich Ihnen 'n paar Geschichten erzählen. Erst will ich aber wissen, was genau geschah, als Sie bei Huber zu Gast waren. Am besten mit allen Einzelheiten... und in chronologischer Reihenfolge...

Sie zog den Ärmel ihres schwarzen Seidenblazers hoch, freilich ein bisschen zu weit, sodass fast die ganze Schulter entblößt wurde. Festes, hellolivfarbenes Fleisch blendete mich. Sie starrte auf ihre goldglänzende Damenrolex...

Ich müsste jetzt eigentlich...

Lassen Sie ihn warten, parierte ich.

Was? Wie reden Sie von meinem Mann?

Pardon, ich wusste nicht...

Man kann auch ein bisschen allzu unverfroren sein, sagte sie.

Nicht in meinem Job, und ich bin im Grunde immer im Dienst. Los, beschreiben Sie mir den Tag bei Huber. Oder...

Was oder?

Oder lassen Sie mich beim Kragen und am Hosenbund packen und hinauswerfen. Zwingen Sie die graue Masse hinter Ihrer bezaubernden Stirn zu einer Entscheidung.

Ihre Augen blitzten auf, ein Lächeln rollte über die Nasenspitze, zum Mund, von da zum Kinn und hinterließ links und rechts entzückende Grübchen.

Neben mir würden Sie viel besser sitzen.

Ich ging auf ihren Ton ein und antwortete: Das hab' ich schon die ganze Zeit gedacht, und zwar genau von da ab, wo Sie ihre Beine so betont lässig übereinander geschlagen haben...

Sie zog den Blazer ein wenig herunter. Dieses blöde Teil rutscht einem immer bis zum Hals hoch, muss am Schnitt liegen.

Ich rutschte, wie man sagt, rüber, setzte mich neben sie auf die mattgelbe Wildledercouch.

Aha, kommentierte sie, Sie kommen aber schnell zur Sache... ich hatte nicht damit gerechnet, dass Sie meiner Aufforderung, „so ungesäumt" wie der Dichter sagen würde, nachkämen.

Ich gab keine Antwort.

Ihre Hand wanderte auf dem wildledernen Niemandsland zwischen uns, Finger für Finger, in meine Richtung.

Beschäftigen Sie sich oft mit solchen Sachen, Drogen und so...?

Immer noch in diesem aus amerikanischen Filmkomödien stammendem Ton antwortete ich:

Praktisch überhaupt nicht. Ich bin ja im Grunde ein Mönch aus dem Dominikanerorden, dem Sittsamkeit, fleischliche Enthaltsamkeit und Armut die höchsten Tugenden sind. Auch kasteie ich mich oft. Mein Rücken und das Gesäß sind von Wunden übersät. Dies tue ich aus Überzeugung und nur in meiner Freizeit...

Ha, ha und in der Freizeit holen Sie alles nach und sündigen nach Herzenslust!

Sie kicherte, lachte, putzte sich die Nase, prustete ins Taschentuch.

Ich sagte: Konzentrieren wir uns auf das Wesentliche, ich muss ´nen klaren Kopf behalten.

Gut. Sie wollen mir nachweisen, unterbrach sie mich, ob und wie ich in die Drogengeschäfte dieses Huber verwickelt bin und ob ich etwas mit den Morden an Herrn Blümel oder sogar mit dem an dem armen Lehmann zu tun habe? Stimmt's? Das wollen Sie doch? Deswegen sind Sie doch hergekommen? Das ist doch Ihr Wesentliches? Oder? Dafür brauchen Sie Ihr klares Köpfchen.

Sie haben eine wirklich nette Art, antwortete ich, die Dinge auf den Punkt zu bringen. Das muss ich Ihnen lassen.

Nicht wahr? Bloß, Ihre Schnüffelnase hat Sie diesmal in die falsche Richtung geführt – ich hab mit all dem nichts zu tun...

...sagte der Mörder, als man ihm die Waffe aus der Hand schlug... Ich lachte laut auf und klatschte mir auf die Schenkel. Was glauben Sie, wie oft ich sowas zu hören kriege... oder auch die Polizei?

O.k. lieber Herr Detektiv, sagte die Santini und sie war wieder ganz ernst geworden, das mit dem Blümel, das tut mir leid, aber stellen Sie sich mal vor, der Kerl ist mit meinem Geld abgehauen. Ist das nicht ´ne verdammte Scheiße? Bis heute weiß ich nicht, wo der Zaster hin ist... und es sind ja nicht bloß ´n paar Euro fuffzig. Mann, soll ich denn ewig mittellos bleiben?

Oh, wie traurig, mir kommen die Tränen. Soll ich weinen? Sie, eine mittellose Waise!

Trinken Sie was!

Sie goss mir nach, diesmal war es Scotch. Single Malt, 42%. Selber füllte sie ihr Glas mit dem hellbraunen Teufelszeug bis zu ihrem Daumen, der, zusammen mit den anderen Fingern ihrer linken Hand, das Glas gehalten hatte, nahm auch ´nen deftigen Schluck. Ein Drittel Inhalt war weg. Es schüttelte mich, bloß vom Zugucken. Aber es schien ihr ebenso wenig auszumachen wie Wasser ´ner Spülmaschine.

Also, fing ich wieder an, wo waren wir stehen geblieben?

Ich versuchte das schwere Kristallglas so zu halten, dass möglichst wenig Whisky auf den Fußboden tropfte.

Sie sah auf meine Hände, bemerkte, dass sie etwas zitterten, sie lächelte und antwortete:

Wir fuhren zu einer Party nach Dahlem. Blümel, Dody, Huber, Tsi und ich. Halt, ich vergaß, zwei Bodyguards waren auch noch dabei. Die fuhren mit einem zweiten Auto. In Dahlem in der Waldsiedlung wohnte ein Geschäftsfreund von Huber, ein Schönheitschirurg, namens Frederic Schönborn. Huber ging mit dem Chirurgen in einen Nebenraum, Herr Tsi war zeitweise auch dabei. Sie palaverten eine ganze Weile. Was sie dort trieben oder verhandelten? Keine Ahnung. Es dauerte alles in allem nicht länger als zwei Stunden. Wir aßen und tranken inzwischen, schauten ein paar Videos. Danach machte Huber den Vorschlag, auf ein paar Drinks und ein bisschen Spaß noch zur Band Hally Gally in der „Lizzy – Bar" vorbeizuschauen. Das war so ein Transen und Gay-Schuppen. Ich hab mich nicht wohlgefühlt. Zu ordinär, das Volk dort...

Ich hatte gespannt zugehört. Nun fragte ich: Gestatten Sie – zwei Fragen? Oder drei?

Meinetwegen, fragen Sie.

Sie zündete sich ein Zigarillo an, klirrte mit ihrem goldenen Armband.

Frage 1: Wer ist „Dody"? Frage 2: Haben die Herren, ich meine Huber und Tsi, von dem Chirurgen irgendwelche Geschenke, Päckchen, Pakete ins Auto geladen? Frage 3: War Freddy auch dabei? Und die Zusatzfrage: Hat es nicht ein paar Tütchen zur Belohnung gratis gegeben?

O.k. der Reihe nach: Tütchen zur Belohnung? Gut, ein bisschen haben wir gekifft und Herr Tsi hat wohl auch was in die Nase gezogen. Aber sonst? Nee, nichts im großen Stil. Zumindest solange ich dabei gewesen bin, gab es keine Extrarationen. Dann der Freddy? Gott bewahre! Nein, der war natürlich nicht dabei. Hätte mir noch gefehlt, dieser Johnny-Weißmüller-Verschnitt. Igitt! Ich weiß auch nicht, ob der damals überhaupt in Berlin gewesen ist. Huber weiß das. Den müssen sie fragen. Mich nicht. Nein. Und irgendwelche Päckchen? Pakete ins Auto? Sie meinen Drogen? Umschlagplatz oder so? Keine Ahnung. Freilich, der Wagen stand draußen und ein Boy hat ihn in die Garage gefahren. Dort stand er die ganze Zeit, wo wir da waren. Ob die da was verladen haben? I dont no. Hab auch nicht in den Kofferraum geschaut. Tiefer hing er jedenfalls nicht, der Wagen, falls Sie das meinen. Also, mit „tiefer" meine, dass er ein bisschen „Last" gehabt hätte. Nein, mir ist nichts aufgefallen. Und dies ist keine Schutzbehauptung. Ich decke oder schütze da niemanden. Klar? Allerdings spreche ich nur für mich... Und „Dody"? Ach mein Gott, wer ist der liebe Dody? Ganz einfach: Der war damals mein Lover, er heißt Dan Kobler, ein Stricher, aber von der Edelsorte, ein hübscher Junge, blond, sportlich, mit ordentlichen Maßen, auch verschwiegen und sehr gelehrig. Den treffen Sie manchmal in Dresden, im „Drag-Queen" oder in Leipzig, wenn Messe ist, eigentlich überall, wo Messen stattfinden, in Frankfurt, in München, in Hamburg oder auch in Köln. Der ist so ´ne Art Messe-Hostess. Wenn Sie verstehen, was ich meine...

Weiter war nichts? fragte ich. Nichts Besonderes? Irgendwas Außergewöhnliches?

Hm, ich weiß nicht. Oder doch, als wir heimfuhren – heim, heißt hier, zurück zu Hubers Anwesen am See – und zwar genau an der Stelle, wo der Abzweig von der offiziellen Straße ist, da zischt plötzlich ein ziemlich großer Wagen, ich glaube es war ein Benz oder ein Royce, ziemlich riesig jedenfalls, zischt an uns vorbei, streift unseren Kotflügel, fährt dann rechts ran, stoppt. Ein Mann – noch nie gesehen, unbekannter Typ – ein Mann, ungewöhnlich, weil in Hut und Mantel und mit einem weißen Operettenschal, kommt zu uns zurück, um sich zu entschuldigen. Huber und Tsi steigen aus. Sie palavern ziemlich lange. Auf einmal holt der Mann so eine Art Präsentkorb aus seinem Kofferraum, drückt ihn dem Chinesen in die Arme, steckt irgendwas, das ihm der Huber gegeben hat – ich hab ´es nicht richtig sehen können, eine Schachtel Zigarren oder so, in seine Manteltaschen, geht zu seinem Wagen und fährt davon. Mehr hab ´ich nicht gesehen, auch von dem Mann nicht, ging alles ziemlich schnell, höchstens, er war groß, überdurchschnittlich groß, so um die eins neunzig, schlank, überaus schlank, fast ein wenig dürr. Ach so, die Santini tippte sich an die Stirn, das fiel mir hinterher auf - der Mann ist, als er zu uns ans Auto kam, als er das Präsent aus dem Kofferraum holt, und auch später, als er wieder zurückging, da hat er sich kein einziges Mal so bewegt oder hingestellt, dass ihn der Scheinwerfer unseres Wagens hätte erfassen können. Er war irgendwie immer im Schatten, heißt im Schatten der Nacht, also nur ein grauer Umriss. Mehr nicht...

Ist ja klar, lachte ich, keiner glotzt gerne ins Scheinwerferlicht, noch dazu, wenn er was macht, was nicht ganz koscher ist... trinken wir noch einen? Diesmal lassen Sie mich mal ran... an den Servierwagen...

Jedenfalls, redete die Santini unbeeindruckt weiter, sie schien sich sozusagen in Stimmung gebracht zu haben, jedenfalls machte der Mann alles in einer Seelenruhe, während unser Huber von einer nervösen Eile getrieben schien...

Nervöse Eile? Dass ich nicht lache. Sein schlechtes Gewissen wird ihn angetrieben haben.

Oh halt! Da fällt mir noch was ein...

Sehen Sie, altes Prinzip von mir, unterbrach ich sie: Man muss die Leute nur reden lassen. Die staunen plötzlich, was sie alles wissen...

Ja. Stimmt. Sie haben Recht. Also, ich sah, als der Mann sich zu seinem Kofferraum bückte, dass da aus seiner Manteltasche ein kleiner, aufblitzender Gegenstand herausragte. Erst dachte ich mir nichts dabei. Später fiel mir ein, dass das vielleicht eine Pistole oder sogar eine Beretta-M12 oder eine kroatische Agram 2000 gewesen sein könnte...

Na, na? fragte ich, woher kennen Sie sich denn so mit Waffen aus? Das ist ja unglaublich...

Ach, nein, nicht unglaublich, das hat mir der Freddy mal beigebracht. Ich glaube, es sind auch die einzigen Typen, die ich mir gemerkt habe, Beretta und die Agram...

Aber, indem sie sich den Anschein von Unwissen und Ahnungslosigkeit gab, blitzten ihre Augen unmerklich auf wie bei einem Schüler, der als Klassenletzter dem Lehrer auch mal eine positive Antwort geben konnte.

Ja, fuhr sie immer noch ein wenig wichtigtuerisch fort, der Killgries besitzt mehrere solche Dinger, das heißt, wahrscheinlich hat er inzwischen sogar noch mehr... vielleicht sogar ´nen Panzer und ´n paar MG´s oder wie die heißen... ha, ha, ha. Sie lachte. Nee, ansonsten hab ich von Waffen keine Ahnung, könnte sie nicht mal richtig bedienen, so wie nachladen, entsichern und so was... treffen würd´ ich sowieso nicht, hab keine ruhige Hand, wüsste nicht mal, welche „Mumpeln" (sagt man so?), wo hineingehören...

Sie gab sich betont harmlos. Wie ein kleines Mädchen. Das gefiel mir nicht. Mein altes Misstrauen war urplötzlich wieder wie bei einem Wachhund munter geworden. Ich versuchte Witterung aufzunehmen... nein, ich glaubte ihr nicht, warf ihr einen prüfenden Blick zu.

Hastig fragte ich: Und was war dann? Fällt Ihnen noch was ein?

Nein, sagte sie und nahm einen Schluck aus ihrem Glas, nein, wir sind dann nach Hause, soll heißen zu Huber gefahren. War ja nur ein kurzes Stück. Lehmann und ich, wir flüsterten und gaben uns Zeichen, den Mund zu halten. Der Huber hat uns nicht ermahnt. Er tat so, als sei nicht das Geringste passiert. Auch Herr Tsi war stumm wie ein Fisch, nicht mal einen seiner Konfuzius-Kalauer gab er zum Besten...

Am übernächsten Tag – ich war inzwischen wieder in Reichenberg – bekam ich einen Anruf. Wir haben hier ja, wissen Sie, drei oder vier Anschlüsse bzw. Telefonnummern, mit den entsprechenden Nebenanschlüssen, davon einen in meinem Schafzimmer, auch John hat einen separaten Anschluss in seinem Geschäftszimmer und einen in seinem Schlafzimmer. Der Anruf kam in meinem Schlafzimmer an. Logisch, die Nummer steht nicht im Telefonbuch, ist auch im Web nicht zu finden...

O.k. sagte ich, das ist wie in der Filmbranche. Die müssen ihre Nummern auch anonym oder geheim lassen und bei Bedarf wechseln. Und weiter?

Ich sagte dem Anrufer - es war ein Mann – sie sollten sich an Lehmann wenden, der hätte alle Vollmachten... damit war das Gespräch beendet. Ich wollte mit diesen Geschäften, es handelte sich ganz sicherlich um Drogen, und der Lehmann hatte immer eine bestimmte Menge in seinem Lokal parat. Er war ´ne Art Lagerverwalter. Nein, kein Dealer. Damit gab er sich nicht ab. Das machten seine Leute. Die versorgten die Junkies und die ganz normale Laufkundschaft. Im Viertel weiß jeder, dass im Drag-Queen" was zu holen ist. Man muss nur die richtigen Leute kennen, die Zeichen und Parolen wissen. Ja, es ist ein kleiner Umschlagplatz! Wie es heute, nach Lehmanns Tod, funktioniert, weiß ich nicht? Keine Ahnung. Finden Sie ´s raus.

Aha! sagte ich. Langsam sehe ich klar. Vielleicht musste der gute, alte Lehmann aus ganz anderen Gründen in die ewigen Jagdgründe eingehen als ich dachte. Ins Gras beißen, gewinnt plötzlich ´ne ganz andere Bedeutung. Ha, ha, ha. Wer weiß...

Die Santini griff nach ihrem Glas, trank, hob dann den Kopf, sah mich mit einem ihrer wehrlos machenden Blicke an, lächelte:

Müssen wir noch lange über den ganzen Scheiß reden. Mich ermüdet das.

Und der Anrufer hat keine weiteren Bemerkungen gemacht? fing ich nochmal an.

Bitte. Hören Sie auf. Kann schon sein, dass er noch Irgendwas gesagt hat. Wahrscheinlich. Ich weiß das nicht mehr.

Sie gähnte ungeniert, hielt sich nicht einmal die Hand vor den Mund.

Ich saß neben ihr, das leere Glas in der Hand, und versuchte nachzudenken. Sie nahm mir das Glas ab und gab es mir gefüllt zurück.

Als ich ihr das Glas abnahm, wechselte ich es in die linke Hand, ergriff aber mit meiner rechten ihre linke. Sie fühlte sich warm, weich, zugleich aber kräftig an. Es war eine Männerhand. Sie drückte meine rechte und ich fühlte ihre Kraft. Sie war insgesamt muskulös, gut gebaut, nicht schwächlich, aufgeschwemmt oder lymphatisch.

Vielleicht hatte er eine ganz bestimmte Vorstellung, was er erreichen wollte, aber er hat nicht davon gesprochen. Ach, ich weiß wirklich nicht mehr...

Wie gut kannten Sie diesen Anrufer?

Oh, ein bisschen, nicht besonders gut. Er war früher mal bei einem regionalen Privatsender. Anlässlich eines Interviews, das er mit meinem Mann geführt hat – es ging darum, wie ein neu angekommener Amerikaner sich in Deutschland fühlt – haben wir ihn kennengelernt, John und ich. Ist noch nicht lange her. Vielleicht ein Vierteljahr.

Gefiel es ihm nicht mehr bei diesem Sender? Oder warum hat er dort aufgehört?

Keine Ahnung. Er soll wohl geerbt haben, ist ein bisschen zu Geld gekommen und nun recherchiert er privat und verkauft seine Reportagen an den Meistbietenden. Genaues weiß ich wirklich nicht. Pardon.

Hat er nur behauptet, zu Geld gekommen zu sein oder wissen Sie, dass er wirklich was besitzt?

Mann, Sie Detektiv, Sie können einem aber wirklich einen Wurm abdrehen. Wissen Sie, dass Sie ganz schön nerven?

Ich antwortete nicht, fragte nur weiter: Also, hat er Kohle oder nicht?

Sie zuckte mit den Schultern: Ist das irgendwie von Bedeutung?

Sie drückte meine Hand.

Sie sind tatsächlich ein bisschen altmodisch? Stimmt doch, oder? fragte sie und schaute auf ihre Hand, die ich immer noch hielt.

Noch geh´ ich nicht in den Feierabend, Verehrteste. Und außerdem sind Ihre Drinks so gut, dass es mir weiß Gott schwer fällt, trotz aller Vorschriften, nüchtern zu bleiben. Oder gehört es zu Ihrem Konzept, mich abhängig und betrunken zu machen?

Ich hab´ kein Konzept, bei mir ist immer alles live! Situationskomik, wenn Sie verstehen?

Sie zog ihre Hand aus der meinen und rieb sie sich, seufzte.

Was haben Sie nur für einen Griff? Waren Sie früher mal Ringer oder Schwerarbeiter?

Beides!

O.k.! Sie lächelte, sprach weiter: Und ehe Sie nach dem Lehmann fragen, da sage ich Ihnen gleich – wir waren nicht liiert oder ein Paar oder so ´n Quatsch, obwohl der es immer versucht hat, absolut „bi" und dauergeil wie der war. Außerdem war der Lehmann ´ne elende Sau, vollkommen verkommen, hinterhältig und verlogen. Die arme Alte, die er daheim hatte, hat sich vor lauter Gram in den Suff geflüchtet. Ist zum absoluten Flaschenkind geworden. Weiß nicht, ob die überhaupt mal nüchtern ist...

Ich kenne sie, sagte ich, über die brauchen Sie mir nichts zu erzählen. Irgendwann dreht sie ab ins Delirium. Da wird sie von der Polizei gefunden, irgendwo im Dreck...

Die Santini: Jedenfalls war der Lehmann ´ne verdammte Sau. Gut, dass der ins Jenseits abgefahren ist. Ich war ´n paar Mal bei ihm in seiner sogenannten Zweitwohnung am Großen Garten. Es endete immer im Suff. Meistens wusste ich hinterher nicht mehr viel. Er hat auch immer Fotos gemacht – freilich, nicht nur von mir. Fast von allen, die mit dabei waren – nicht immer Pornos, sondern meistens nur erotische, so in Klamotten, heißt in Bühnenbekleidung, Reizwäsche und so, wo einem der Fummel bis zum Hals hochgeschoben wird. Solche angedeuteten, wenn Sie wissen, was ich meine... manche geilt das auf.

Ich weiß, sagte ich, die alte Lehmann besitzt welche. Auch von Ihnen. Ich hab´sie gesehen... haben Sie hier auch welche? Ich meine natürlich bessere, freiere? Richtige Pornos? Oder gar ´n paar Video-Clips? Na? Wie wär´s?

Die Santini kapriziös, lachte, gab mir einen Klaps auf den Arm. Sie sind mir ja einer! Hätt´ ich nicht gedacht...

Eine Spur leiser fragte sie:

Wie ist Ihr Vorname?

Franz. Und Ihrer? fragte ich zurück.

Chanel! hauchte sie. Küss mich!

Bevor sie ihren Kopf in meinen Schoß sinken ließ, warf sie mir noch einen Blick zu, sagte in leisem Ton: Nichts ist anders als sonst. Hab´ keine Angst...

Eine Sekunde wusste ich nicht, was sie meinte, doch dann wusste ich es doch... Ich konnte die Begierde nicht mehr aufhalten, selbst wenn ich alle Vernunft aufgeboten hätte.

Ich beugte mich über ihr Gesicht und begann es abzuküssen. Sie bewegte sich nicht, lag still, nur der Atem ging schneller und die Augen zitterten hinter den geschlossenen Lidern. Einen Schrecken bekam ich, als ich auf ihrer linken Wange an eine Stelle kam, die rauer war als die übrige Haut, offenbar eine rasierte Stelle, wo Haare ganz zart nachzuwachsen begannen. Bartstoppeln! Außer der Wange meines Vaters, hatte ich nie einen Mann geküsst. Nicht mal meinen Bruder. Aber der war ja noch ein Kind, damals. Und das war jetzt mindestens vier Jahrzehnte her. Mit einem Schlag wurde mir bewusst, wen ich da abküsste – einen Mann! Das hatte ich vollkommen verdrängt. Diese Chanel hat mir vollständig den Verstand geraubt. Am liebsten wäre ich aufgesprungen und davongerannt, aber da hob sie ihren Kopf, drehte sich und gab mir einen Kuss, bei dem mir beinahe die Sinne schwanden. Ihre Zunge bewegte sich wie eine zustoßende Schlange. Ich vergaß alles, ließ mich gehen, die Lust hatte mich gepackt, mein kleines Ich stand auf und vergrößerte sich... was war nur los mit mir?

Da plötzlich, ging im Hintergrund des Raumes die Tür auf. John Dellamy kam herein. Er machte keinen Lärm, trat leise auf, näherte sich.

Ich hielt sie umschlungen, es war unmöglich von ihr loszukommen. Ich hob den Kopf, starrte den Texaner an, mit Augen so groß und geweitet wie einer, der einen Geist sieht. Ich erkaltete schneller als die Lava im Meer vor Kamtschatka abkühlen kann. Nur ein roter Schimmer blieb noch, ein paar Grad wärmer, dann sackte alles in grauschwarze Tiefen ab...

Der Schwarzkopf in meinen Armen rührte sich nicht, auch sie schien erstarrt, nicht einmal den halboffenen Mund schloss sie. Nur ein leises Zittern spürte ich. Ihr Gesicht, eine helle Maske, sah aus wie eine Mischung aus einem verzückten Traum und bitterem Sarkasmus.

Mr. Dellamy, zwei Meter entfernt, räusperte sich, verbeugte sich dann leicht, sagte: *Excuse me, please my darling – it's my blame!* Und zu mir auf Deutsch: Entschuldigen Sie bitte, es ist mir peinlich!

Er verneigte sich noch einmal, sein Gesicht verriet eine unendliche Traurigkeit, dann machte kehrt und verließ den Raum, verließ ihn, so leise wie er ihn betreten hatte. Die Tür schloss sich.

Ich befreite mich, schob den schwarzen, schwach duftenden Körper von mir, wischte mir Lippen Gesicht und Hals mit meinem Taschentuch ab.

Sie blieb liegen, in ihrer Stellung wie aus einem Operndrama, schräg über die Ledercouch hingehaucht, großzügig bot sie mir den Anblick von nackter Haut, auch oberhalb und unterhalb und rings um den Zwickel ihres Slips; es konnte kein Zweifel darüber bestehen, was dieses knappe Kleidungsstück so obszön ausbeulte, erweiterte und kaum verhüllte, weibliche Schamteile waren es jedenfalls nicht. Mit geradezu unverschämter Dreistigkeit fragte sie:

Sag, wer war das? Ich hab ihn nicht gesehen.

Mr. John Fitzgerald Dellamy, dein Mann!

Vergiss ihn!

Was konnte ich dazu sagen? Natürlich nichts. Nein, das war mir denn doch zu viel. Ich stand auf, ging ein paar Schritte beiseite und setzte mich in einen entfernten Sessel.

Nach einer mir ewig vorkommenden Zeit reckte sie sich. Es waren vielleicht zwei oder drei Minuten vergangen, ich weiß es nicht. Sie gähnte, setzte sich auf, warf mir einen scharf prüfenden Blick zu:

Nein, bitte, verstehe das nicht falsch. John weiß Bescheid. Es geht schon in Ordnung, er weiß Bescheid. Und was, zum Teufel, kann er schon erwarten? Reicht das jetzt? Mann, er ist krank, er hat vielleicht noch 1 Jahr zu leben oder nur ein paar Monate, ich weiß nicht. Er hat Krebs, das arme Schwein. Und zwar einen von der Sorte, die man nicht mehr operieren kann. Also, er lebt auf Abruf... was soll er sich da noch aufregen? Ich versüße ihm sein Dasein so gut ich kann, aber schließlich muss er mir doch gestatten, dass ich ein bisschen tu, was ich will. Klar?

Ich entgegnete. Spielen Sie mir hier keine Tragödie vor. Ich mag Laiendarsteller nicht...

Sie griff nach einem Krokodilledertäschchen, das neben ihr lag, holte ein kleines Abschminktuch heraus, betupfte sich Mund, Nase, Wangen, dann besah sie ihr Gesicht in einem kleinen runden Hohlspiegel. Sie kratze mit ihrem lackierten Fingernagel etwas aus dem Mundwinkel, betrachtete es, wischte es in das Tuch.

Vielleicht haben Sie Recht. Ein bisschen viel Alk heute... gut. Lassen wir das. Heute Abend im „Belvedere" einem Nachtclub in Radebeul? Elf Uhr?

Sie sah mich erwartungsvoll an, war kein bisschen verlegen.

Was ist das für ein Club?

Ach, nichts weiter, gehört einem alten Freund von mir. Vielleicht Kennen Sie ihn? Erik Grönvall!? Eigentlich eine Bar mit Pärchenbetrieb, machen aber auch Strip, Pole Dance und sowas, manchmal im Hinterzimmer ´ne Partie Poker oder Baccachara, nichts Besonderes also, treffe dort immer ein paar Freunde...

Gut. Meinetwegen, sagte ich. Es klang jämmerlich, unentschlossen. Ich war immer noch von dieser lähmenden Kamtschatka-Kälte und ich kam mir elend und wie ein Lump vor, wie einer, der einen Krüppel die Treppe zum Pissoir runter gestoßen oder einem Straßenbettler die Taschen umgestülpt hat.

Sie entnahm ihrem Täschchen einen Lippenstift und fuhr sich damit konzentriert die Konturen ihrer Lippen ab. Dann blickte sie kurz auf und warf mir den kleinen, runden Spiegel zu. Ich fing ihn auf, besah mein Gesicht, auch eine Stelle am Hals. Ich zog mein Taschentuch und rubbelte die Stelle weg. Ich stand langsam auf, gab ihr den Spiegel zurück.

Sie lag wieder in ihrer Operndivastellung auf der Couch, bot mir verlockend ihren Hals und einen Teil der nackten Schulter, beschaute mich unter langen Wimpern.

Na? Wie haben Sie sich entschieden?

Alles right. Um Elf im Belevedere. Ziehen Sie nicht Ihre prächtigste Abendgarderobe an, schminken Sie sich nicht zu auffällig. Ich komme nur in einem bescheidenen Abendanzug, ohne Hut und weiße Schal...

Sie gähnte wieder, nickte, beschaute mich aus halbgeöffneten erloschenen Augen.

Ohne irgendeinen Gruß, stand sie auf, ging hüftschwenkend durch den Raum, verließ ihn ohne sich noch einmal umzudrehen.

Draußen im Flur erschien der livrierte Diener und gab mir meine Schirmmütze. Sein Gesicht wirkte, als sei es modelliert und aus weißem Pappmaché wie eine chinesische Theatermaske. Hatte er Augen? Verzog er den Mund? War er stumm?

Langsam stieg ich die Empfangstreppe des Seiteneinganges hinab. Es war schon dunkel. Ich ging zu dem beleuchteten Vorplatz. Mein Auto stand noch da, wo ich es verlassen hatte, jetzt matt angestrahlt von einer der Peitschenleuchten. Ich stieg ein, startete und folgte, langsam im Schritt fahrend, den Kurven des Zufahrtsweges bis zum großen Tor. Diesmal hatte ein anderer Typ Dienst, der Cowboy, der mich eingelassen hatte, war nicht zu sehen. Mit einem Kopfnicken entließ mich der Wachmann, ich hörte wie sich hinter mir das eiserne Tor schloss.

Plötzlich eine Hupe, ein aufleuchtender Scheinwerfer. Ich blickte zur Seite. Da, sieh an! Unter einer matten Straßenlaterne stand der kleine Wagen von Lisa Pommer, verstaubt und ungewaschen wie immer. Rasch parkte ich hinter ihr ein, stieg aus und ging zu ihrer Wagentür.

Sie kurbelte die Scheibe herunter, ich lümmelte mich auf ihr Wagenfenster. Die Pommer blickte mich spöttisch und kühl an. Ihre Hände hatte sie auf dem Lenkrad gelassen, eine davon, die linke, steckte in einem gelben Rennfahrerhandschuh. Sie griente mich an, ziemlich frech und herausfordernd.

Ich habe auf Sie gewartet, sagte sie, ´s ging mich ja nicht viel an, da drin. Was halten Sie denn so von ihr… sie betonte das „ihr" in anzüglicher Weise.

Ich sagte: Das Einzige, was ich weiß, sie trägt einen schwarzen Seidenslip! Und keine Strumpfhosen, sondern Strümpfe mit Strumpfhaltern, und zwar mit rotem Druckknopf…

Verärgert und errötend gab sie zurück: Ihr blöden Anzüglichkeiten kotzen mich an, außerdem sind sie unter Ihrem Niveau… außer, es ist tatsächlich Ihr Niveau, was ich beinahe glaube, nach all dem... sie machte eine winzige Pause, dann ergänzte sie: Ich hasse Männer, vor allem so alte wie Sie...

Ich weiß, entgegnete ich, und außerdem hassen Sie Heldentenöre, Fußballspieler, Millionäre, Pianisten, Gymnasiallehrer, schöne Männer, wenn sie den Gigolo machen, Amateurganoven und natürlich Privatdetektive... letztere ganz besonders.

Ich feixte ungeniert in das Innere ihres Wagens, ohne daran zu denken, dass ich 'ne ziemliche Fahne haben musste.

Oh, rief sie, nun ist der „Kleine" wohl beleidigt... tut mir leid. Den Strumpfhalter können Sie ihr ganz bestimmt öffnen, so oft Sie Lust dazu verspüren. Das ist ganz leicht. Sie brauchen nur auf den kleinen roten Knopf zu drücken... schon geht die ganze Chose auf... sie lachte leise.

Ganz recht, ich weiß, eine leichte Übung, sagte ich.

Eines muss Ihnen aber klar sein, ergänzte sie, die Rosinen haben Ihnen schon ganz andere weggegessen...

Nun, Rosinen werden es wohl nicht sein, eher ziemliche Walnüsse, poliert und ohne ein einziges Haar dran, ganz bestimmt...

Franz, Sie sind ein ziemliches Schwein! Merken Sie schon keinen Unterschied mehr. Jetzt haben Sie eine Dame vor sich, da verbieten sich solche Zoten...

Mit ihrer linken Schulter an den Türholm gelehnt, blickte Lisa zu mir auf. Nein, sie lächelte diesmal nicht. Und was mir ihre graublauen Augen, trotz der miesen Beleuchtung, sagten, war, dass sie verletzt und vielleicht sogar ein bisschen traurig wäre. Ich sah es auch an ihrer, ein wenig zu langen Oberlippe, die schmollend vorgeschoben war. Doch sofort presste sie die wieder an die Zähne. Ein kurzes Zischen gab sie von sich. Leiser sagte sie:

Wahrscheinlich wollen Sie bloß wieder, dass ich mich um mich selber kümmern soll, dass Sie keinerlei Hilfe brauchen... aber, ich täte zu gerne was in dieser Sache, Sie brauchen es ja nicht Hilfe zu nennen...

Menschenskind, mein Mädchen... fing ich an.

Nennen Sie mich bitte nicht „Mädchen" und vor allem nicht „Ihres".

Sie starrte trotzig an ihrem Lenkrad vorbei auf die Straße, ihre Hände pressten den Kunststoff, sodass die Knöchel weiß hervortraten.

Nein, wirklich, versuchte ich es noch einmal, ich kann wirklich keine Hilfe brauchen. Die Polizei will ja auch keine von mir. Weder der Kalthagen, noch weniger der Baumgarten oder die anderen Pfeifen. Ich muss da ganz alleine durch... außerdem ist alles so verworren und verknotet, ich weiß noch gar nicht, von welcher Stelle ich das Garn aufwickeln soll. Und es sind ja auch mehrere Delikte, die da ineinander spielen, von Mord bis Rauschgifthandel und alles dazwischen... wahrscheinlich ist es 'ne ziemlich großflächige Sache... und auch die Santini steckt bis zum Hals mit drin... ich weiß nicht wie...

Jaaa, ja, unterbrach mich die Lisa und lachte sarkastisch, Sie wissen natürlich nicht, wie Sie diese Nutte vor die Flinte kriegen sollen... hat Sie eingewickelt, das Aas, stimmt's?

Ach, so 'n Quatsch, rief ich. Dabei wusste ich im Innern, dass dieses Mädchen Recht hatte. Ja, man hatte mich eingewickelt. Und ich war ganz dicht dran, dass ich noch schlimmer verarscht werden würde...

Ich wüsste schon, wie man es anstellen könnte... flötete die Pommer inzwischen und trommelte mit den Fingern auf ihr Lenkrad, ich wüsste es... im Fallenstellen bin ich nämlich einsame Spitze.

Ha, ha, ha, 'ne Fallenstellerin. Ich lach' mich tot. Kennen Sie wohl von den Pfadfindern, was? Also, was wüssten sie?

Ich fischte die Zigarettenschachtel aus dem Innern meiner Taschen hervor, nahm ein Stäbchen, zündete die Zigarette an, sog den Rauch tief ein, blies ihn aber, indem ich den Kopf drehte, neben das Auto in die Nachtluft. Ganz so unhöflich wollte ich ja nun nicht sein...

Ich wüsste eben wie, beharrte die Pommer und warf mir einen triumphierenden Blick zu, Frauen sind manchmal schlauer als Männer... echte Frauen, meine ich, richtige, nicht solche Schwanzweiber!

Diese Spitze mussten Sie jetzt loswerden, was? Fühlen sie sich besser? Also, na los, erzählen Sie... ich komm rum und setz mich neben Sie.

Ich ging um das kleine Auto herum, öffnete die Beifahrertür und zwängte mich hinein.

Verdammt eng hier!

Eng aber gemütlich, witzelte Lisa.

Na los, bat ich, lassen Sie mich an Ihren Weisheiten Anteil haben, ich bin ganz Ohr...

Die kleine Lisa fing an, mir ihren Plan auseinanderzusetzen. Es war ein typisches Weiberkonstrukt, voller Listen, Tücken und Fallstricke, aber womöglich ziemlich wirkungsvoll und am Ende voller brutaler Gewalt, so brutal wie es sich kein Mann je hätte ausdenken können.

Also, der Plan beruhte darauf...

Ach, ich lass es lieber. Ihr werdet ja sehen, wie sich alles ergab, denn ich hatte Lisa versprochen nach ihrem Fahrplan zu handeln, denn ich fand ihn wirklich gut. Und wenn ich jetzt alles erzähle, verschwindet die ganze Spannung. Das wäre nicht gut...

Also zurück zum weiteren Gespräch mit der Lisa Pommer.

Nachdem sie mir ihren Plan erläutert, wir darüber diskutiert hatten, ich alle Fragen losgeworden war, fragte sie mich ganz unvermittelt:

Und hat die Santini ihre Psycho-Masche durchgezogen?

Ich starrte sie verdutzt an: Psycho-Masche? Wieso?

Die Pommer enttäuscht: Ich dachte, Sie wären Privatdetektiv? So `ne Art Superhirn?

Ich schwieg, starrte vor mich hin.

Gut, sagte die Pommer, lassen wir das jetzt mit der Psychomasche. Vielleicht kommen wir nochmal drauf. Aber jetzt das andere: Machen Sie´s nun oder machen Sie´s nicht? Ich meine meinen Plan...

Jaaa. Mach ich... bitte, nerven Sie mich nicht. Jedenfalls, eines weiß ich, sagte ich, irgendwas soll vertuscht werden. Und es hat nichts mit Drogen zu tun... oder den Morden. Da muss ich mich nochmal reinknien... der Amerikaner ist ein schwerreicher Knopp, der platzt vor Geld... und die Polizei scheint es zu wissen, was da läuft. Na, Sie wissen ja, wer Geld hat, dem gehört auch das Recht samt Polizei und das ist nicht nur in den Staaten so, sondern auch hier in der Provinz, da brauchte sich der Texaner gar nicht umzustellen. Mich schirmen sie ab, ich darf nicht, ich soll nicht... usw. aber alles hängt wie immer mit allem zusammen...

Plötzlich die Pommer: Das stimmt. Das meiste vom Lippenstift haben Sie ja abgekriegt, schauen Sie mal in den Spiegel, bevor Sie in die Nachtbar in Radebeul gehen ...

Ihr Sarkasmus war unüberhörbar. Unwillkürlich tastete ich nach meinem Hals und dem Kinn.

Und, fügte sie noch an und kicherte, so viel zur Psychomasche, Sie Superhirn! Aber jetzt erst mal Tschüß! Ich wäre Ihnen dankbar, wenn Sie mein Wägelchen verlassen würden, ich muss nämlich heim...

Ich kletterte ziemlich verdattert aus dem Kleinwagen. Sie ließ den Motor an, knallte den Gang rein. Es knirschte, ich verzog das Gesicht. Ein Glück, sie hatte es nicht gesehen. In eine Staubwolke gehüllt, raste sie davon.

Ich sah ihr nach, sah die roten Rücklichter, die kleiner und schwächer wurden und nach einer Kurve schließlich ganz verschwanden. Was war die Pommer nur für eine? Richtig klug wurde ich nicht aus ihr. Die ganze Rückfahrt ging sie mir nicht aus dem Kopf.

Ich stieg in meinen Wagen, ein Blick auf die Uhr, es war kurz nach halb Zehn. Viel Zeit hatte ich nicht mehr, wenn ich pünktlich im „Belvedere" erscheinen wollte. Und waschen und rasieren musste ich mich auch noch.

Ich spürte, oh, der Scotch – oh, war der gut gewesen – er tat immer noch seine Wirkung, er perlte und kreiste in meinen Nervenbahnen, im Kopf und in allen Arterien.

Da gibt es also, redete ich unterwegs zu mir, wie ich in die Stadt zurückfuhr, irgendwo so ein nettes, kleines Mädchen. Und sie wäre die rechte für einen Kerl, der kapiert, dass sie wirklich anziehend und passend für ihn wäre. Aber er kapiert das einfach nicht und er benimmt sich scheußlich zu ihr wie ein pubertierender Rülps...

Keiner im Wagen sagte etwas darauf.

Ist er vielleicht tatsächlich nicht interessiert? fragte wieder die Stimme. Könnte es sein, dass er ein verdammter Idiot ist?

Keine Antwort.

Vergiss nicht, um elf im Belvedere! sagte ich zu mir.

Diesmal antwortete jemand, und dieser Jemand sagte: „Es stimmt! Er ist ein Vollidiot!" und außerdem schoss er ein „Pfui!" nach. Und diese Stimme klang wie meine eigene...

Es war fünf nach Zehn, als ich bei mir zu Hause und im Büro ankam. Es war still im ganzen Haus. Auch aus der Nachbarwohnung war nichts mehr zu hören. Ich ließ mich in meinen Drehstuhl fallen. Er knarrte, die Lehne kippte weg und er machte mit mir eine halbe Runde. Ich griff nach meiner Pfeife, suchte den ledernen Tabaksbeutel, fand ihn neben einem umgefallenen Aktenordner, ich stopfte die Pfeife mit Bedacht und mit spitzen, sorgfältigen Fingern, dann brannte ich ein Streichholz an. Als die ersten Wölkchen aufstiegen, fühlte ich mich endlich wieder entspannt. Ich beschloss erst mal nachzudenken...

ॐ

Einen Tag später. Ich saß ohne Lust und Antrieb im Schlafanzug auf dem Bettrand und überlegte, ob ich aufstehen sollte. Lieber wäre ich im Bett geblieben. Ich fühlte mich nicht richtig wohl, andererseits auch nicht so schlecht, wie ich mich wahrscheinlich gefühlt hätte, wenn ich jetzt hätte aufspringen müssen, mich in alle Eile hätte waschen, rasieren, Zähne putzen, anziehen und frühstücken müssen, um an einen Arbeitsplatz im Rahmen eines bezahlten Lohnjobs zu hasten, dort pünktlich anzukommen, den ganzen Tag ohne aufzublicken zu rabotten, damit das Gehalt regelmäßig auf meinem Konto eingezahlt würde. Der Kopf tat mir weh, und nicht etwa, weil ich den Schmerz von dem Totschläger noch spürte, sondern, weil ich einfach am Abend zuvor in diesem verfluchten Belvedere zu viel und zu viel durcheinander getrunken hatte. Aber es war nicht nur der Kopf, obwohl der sich anfühlte, als hätte er die doppelte Größe. Nein, es war noch anderes. Die Zunge war pelzig und offenbar dreimal so groß wie sonst, der Hals war steif und im Kinn hatte ich gar kein Gefühl mehr. Auch von weiter unten, vom Magen her, meldete sich Ungemach. Es blubberte, mich stieß es auf und ein saurer Geschmack meldete sich. Übel war mir auch noch ein bisschen. Freilich, es hatte Tage gegeben, da hatte ich mich schlechter gefühlt, doch, das tröstete mich jetzt nicht. Nachdenken über den Abend, oder besser die Nacht in diesem Club, wollte ich nicht. Das musste sich erst setzen, dann würde ich es sortieren. Zurückgeblieben war auf alle Fälle ein Gefühl, meine Zeit völlig blödsinnig vergeudet zu haben. Nichts hatte ich erfahren, was ich nicht schon wusste. Ich hatte unbedeutende Leute kennengelernt, belanglose Gespräche geführt und nur die Santini hatte sich wie eine Queen aufgeführt. Ein Scheißabend. Wäre ich doch bloß mit zu der kleinen Pommer gefahren, hätte ich mich nur nicht wie ein Idiot aufgeführt, hätte, wäre, wenn...

Ich schaute zum Fenster. Es war ein trüber Morgen, viel zu kalt, mit Nieselregen, selbst die Bäume und Sträucher draußen machten einen armseligen und bekümmerten Eindruck.

Ich schraubte mich vom Bett hoch, massierte mir den Nacken, betastete die Magengegend, wo es vom Erbrechen noch eine empfindliche Stelle gab. Seltsamerweise tat mir auch der linke Fuß weh und ich hatte keine Ahnung warum oder was mit ihm los war.

Logisch, dass ich vor mich hin fluchte. Doch mitten in mein Fluchen hinein, hörte ich wie es an meiner Tür pochte. Kein Klingeln, nein, ein Pochen. Verdammt, dachte ich, wer pocht um diese Zeit – es war gegen 9 Uhr – an meine Tür. Nachbarn, die Post oder irgendein neuer Kunde konnten es nicht sein. Wer also pochte? Missmutig und so wie ich war, im Schlafanzug, ging ich zur Tür. Das Pochen hörte nicht auf, im Gegenteil, es verstärkte sich, es wurde fordernder, sozusagen amtlich, so konnte nur die Staatsmacht an meine Tür pochen. Ich schob den Riegel zur Seite, drehte den Schlüssel zwei Umdrehungen nach rechts, öffnete die Tür einen Spalt – und, es war tatsächlich die Staatsmacht. Oberkommissar Baumgarten stand draußen. Er war adrett angezogen, trug sogar einen Wildlederhut, einen grauen Anzug, einen hellblauen Schlips. Aber sein Blick war wie immer unfreundlich und misstrauisch.

Ich erweiterte den Spalt, der Oberkommissar drückte gegen die Tür, ich trat einen Schritt beiseite. Er enterte meine Wohnung vollends, schaute sich um. In seiner ewig schlechten Laune sagte er: Seit zwei Tagen bin ich hinter Ihnen her, Aufdegger. Er schaute mit kurz in die Augen, mein Wohnzimmer aber, in das er getreten war, schien ihn mehr zu interessieren.

Ich war nicht auf der Höhe, log ich, ich war krank..

So? Immer noch die Birne?

Die auch. Worum geht es?

Er antwortete nicht, schlenderte indes in meinem Zimmer umher, als wäre er hier zu Hause. Dann legte er seinen Hut, sorgsam, wie einen kostbaren Gegenstrand, auf meinen Wohnzimmertisch, bedeckte damit ein paar Zeitungen, die da lagen.

Aber nicht hier?

Was nicht hier?

Ich meine, hier zu Hause haben Sie sich nicht kuriert?

Nein, ich musste in eine Klinik, log ich weiter.

In welche?

Was geht Sie das an? wagte ich einzuwenden.

Die Polizei geht alles was an, zumal Sie für uns arbeiten... äh... in die Ermittlungen einbezogen sind... bzw. sich dauernd einmischen... In welcher Klinik also waren Sie?

In der Tierklinik auf der Rennplatzstraße.

Er fuhr herum, als hätte ich ihm eine Ohrfeige versetzt. Wie ein Regenwurm, der aus der Erde kriecht, schwoll seine Zornader auf der Stirn.

Leuten wie Ihnen, Aufdegger, hilft nicht mal ´ne Pferdekur!

Ganz offen, Oberkommissar, ich war tatsächlich krank, außerdem hab ich heute noch nicht mal mein Morgenei und den Kaffee gehabt. Also bitte, verlangen Sie keinen Humor von mir. Und über Pferdewitze kann ich sowieso nicht lachen...

Schön, schnauzte Baumgarten weiter, Sie erinnern sich bestimmt, dass ich Ihnen und auch der Hauptkommissar, dass wir Ihnen verboten hatten, an dem Fall Lehmann etc. weiterzuarbeiten? Haben Sie das vollkommen vergessen?

Ich fläzte mich in meinen Fernsehsessel, ein Bein über der Lehne, ließ den Pantoffel am Fuß baumeln, feixte den Oberkommissar ins wütende Gesicht:

Oh, Baumgarten, Sie sind weder Gott, noch Jesus, auch nicht einer von seinen Jüngern. Mir gegenüber haben Sie keine Befehlsgewalt. Falls *Sie* das vergessen haben sollten: Ich bin selbstständig, ich zahle Steuern auf mein Gewerbe und wenn mir jemand Befehle gibt, dann nur der Gesetzgeber oder ein gut zahlender Kunde. Sie gehören zu keiner dieser Kategorien...

Wütend giftete er: Sie können sich nicht vorstellen, Sie armseliger Wicht, was ich Ihnen für Schwierigkeiten machen könnte?

Doch, dazu reichen meine Phantasie und Acht-Klassen-Grundschule aus.

Baumgarten hatte sich, die Hände in den Jackettaschen, vor mir aufgebaut. Er wippte auf den Fußspitzen wie Napoleon. Wichtigtuerisch tönte er: Wissen Sie, warum ich das noch nicht getan habe? Ihnen einen in die Magengrube zu treten?

Ja.

Na? Warum nicht?

Er beugte sich zu mir herab. Unsere Nasenspitzen berührten sich fast.

Warum nicht? wiederholte er.

Ich wandte den Kopf ab, der Kerl roch aus dem Mund. Knoblauch. Ölsardinen. Bier. Unreife Äpfel.

Weil Sie mich nicht aufspüren konnten. Deshalb. Und weil Sie mir gleich ein Angebot machen werden...

Er schnellte wieder hoch, kippelte jetzt auf seinen Absätzen, schnauzte:

Ich dachte, Sie würden wieder eine von Ihren Frechheiten raushauen... und, wenn Sie´s getan hätten, hätt ich Ihnen eins auf Ihre angeschlagene Birne gegeben...

Ich baumelte mit meinem braungelbkariertem Pantoffel.

Oh, mein lieber Baumgarten, Sie sind schon lange nicht mehr so freundlich gewesen und ich verstehe natürlich, dass Sie Ihre Dienstvorschriften haben. Vorschriften sind Vorschriften, alles andere ist egal...

Er atmete ein paar Mal tief ein und aus. Offenbar hatte ich einen wunden Punkt berührt. Umständlich fingerte er ein Päckchen Zigaretten aus seinen Taschen, riss die Zellophanhülle auf. Ich sah, wie seine Finger zitterten. Es konnte Wut sein oder Aufregung oder er war unterzuckert. Er nahm eine Zigarette heraus, steckte sie sich zuerst mit der Tabakseite in den Mund, nahm sie wieder heraus, spuckte die Tabakkrümel auf meinen Teppich, drehte sie um und schob sich dann die Filterseite zwischen die Lippen. Mit den Augen suchte er das Streichholzheftchen, das er auf meinem Tisch entdeckt hatte, ging zum Tisch, riss eines von den Hölzchen heraus, zündete die Zigarette an. Es gelang nicht beim ersten Mal, erst beim zweiten Versuch klappte es. Gewissenhaft drückte er das Papphölzchen in meinen Aschenbecher aus. Tief inhalierte er bei den ersten beiden Zügen…

Ich habe Ihnen vor einigen Tagen am Telefon einen Rat gegeben, sagte er und stieß den Rauch ausatmend gegen die Zimmerdecke. Am Donnerstag! ergänzte er.

Nein, es war einen Tag vorher, am Mittwoch, korrigierte ich.

Richtig, am Mittwoch! Aber das scheint ja nicht gefruchtet zu haben. Warum – keine Ahnung. Doch da wusste ich noch nichts von Ihren Unterschlagungen von Beweismaterial und den Zeugenbeeinflussungen. Ich wollte Ihnen damals nur ein paar kameradschaftliche Tipps geben…

Ich hielt dagegen: Was für Beweismaterial und welche Zeugen? Wenn Sie schon bluffen, sollten Sie Ihre Trümpfe auch aufdecken.

Er schwieg, starrte mich nur wie ein beißwütiger Bullterrier an.

Soll ich uns einen Kaffee machen, damit Sie wieder zum Menschen werden?

Nein.

Ich mach´ trotzdem einen. Ich sagte Ihnen ja, dass ich meinen Morgenkaffee heute noch nicht hatte… und, auch wenn Sie hier rumsitzen und den wilden Mann geben, will ich mir durch Sie meine Tagesgewohnheiten nicht durcheinanderbringen lassen…

Ich stand auf, um in meine kleine Küche zu gehen. Die Tür war weit offen. Ich würde nicht unsichtbar sein.

Bleiben Sie hier! schnauzte Baumgarten, ich bin mit Ihnen noch nicht fertig.

Ich ging weiter. An der Küchentür blieb ich stehen, drehte mich um: Falls Sie es noch nicht gemerkt haben, mein Bester, Sie befinden sich in meiner Privatwohnung. Noch gilt das Hausrecht… hier bin ich ein freier Mann. Sie haben mir nichts vorzuschreiben.

Ich ließ Wasser in die Kaffeemaschine, stopfte einen Papierfilter rein, füllte drei gehäufte Maßlöffel Kaffee, kippte sie in die Filtertüte, drückte auf die rote Starttaste. Dann trank ich ein Glas kaltes Wasser, trat an die Küchentür, beschaute den Oberkommissar.

Er hatte sich auf seinem Stuhl nicht bewegt, breitbeinig, bullig saß er da, der Zigarettenrauch schwebte um seinen Kopf, brütend stierte er auf meinen Fußboden.

Wie konnte ich wissen, dass Sie mich sprechen wollten? Ich war eingeladen, bei Mr. Dellamy. Hätte ich absagen sollen? Und wenn, mit welcher Begründung? Bei allem Respekt, aber ich habe auch noch so ´ne Art Eigenleben, bin bei Ihnen nicht angestellt und muss mich nicht an – oder abmelden...

Davon war nicht die Rede, wehrte Baumgarten ab. Das habe ich Ihnen nicht vorgeworfen?

Nein, sagte ich, aber Sie wollten gerade damit anfangen.

Erzählen Sie mir keinen Stuss! Der Amerikaner hat Sie gar nicht rufen lassen oder etwa eingeladen. Sie haben sich der Santini aufgedrängt und die Lisa Pommer dafür als Boten missbraucht...

So? fragte ich, das ist ja hochinteressant. Eine Doppelagentin! Bezahlen Sie die auch anständig?

Baumgarten hatte den Kopf gehoben. Sein Blick war wie grauer Stein, aber die roten Flecken unter den Jochbögen zeigten, dass er noch ziemlich erregt war.

Hinter mir zischte und brodelte die Kaffeemaschine. Ich trat einen Schritt zurück, um sie auszuschalten. Als ich wieder zur Küchentür wollte, stand plötzlich die massige Gestalt des Oberkommissars im Türrahmen.

Aha, fragte ich, Sie wollen also doch ´n Kaffee?

Er antwortete nichts. Ich hätte mich nicht gewundert, wenn aus seinen Nasenlöchern und den Ohren kleine Dampfwölkchen aufgestiegen wären.

Was denn nun? Kaffee oder nicht?

Nein.

Sie hat Ihnen erzählt, ich hätte mich ihr aufgedrängt?

Nein.

Wer war´s denn nun, die Ihnen das verklickert hat: Die Pommer oder die Santini? Oder der Texaner?

Nein.

Ich grinste. Nicht doch 'n Kaffee?

Ich goss mir einen Pott ein, Sahne, Zucker dazu, rührte mit einem Löffel um.

Baumgarten war in der Küchentür stehen geblieben.

Er sagte: Diese Bande arbeitet schon 'n paar Jahre zusammen. Spezialität Bankraub. Neuerdings Zusatzgeschäft: Drogenhandel. Dafür ist der Berliner Huber mit drin. Doch diesmal haben sie 'ne Linie überschritten. Sie haben zwei eigene Kumpels platt gemacht, den Lehmann und den Blümel. Und ich glaube auch, dass ich weiß, wer's war und wer den Auftrag gab.

Na prima! sagte ich, da lassen Sie doch die Falle zuschnappen. Würde der Aufklärungsquote bei Ihnen gut anstehen. Bandenkriminalität bekämpft! Sowas macht sich immer gut. Auch in der Presse, vielleicht sogar mal im Fernsehen...

Nett, wie Sie das sagen, antwortete Baumgarten, und so ganz frei von zynischen Untertönen...

Ich behaupte nicht, Lobeshymnen gesungen zu haben.

Verdammte Scheiße, rief der Oberkommissar, können Sie nicht mal was sagen, ohne Anspielungen und ohne Ihr dreckiges Feixen. Man weiß nie, wie ernst Sie es meinen...

Jetzt 'n Kaffee?

O.k. Wenn ich jetzt 'ne Tasse mittrinke, werden Sie dann mit Ihrer blöden Art aufhören, alles ins Absurde und Lächerliche zu ziehen, können wir dann endlich wie vernünftige Leute, wie Kollegen miteinander reden?

Wie Kollegen? Ich hör' wohl nicht recht. Das ist ja ganz gegen Ihre Dienstvorschrift.

Schon wieder, stöhnte der Oberkommissar, schon wieder Ihre Lästertour. Polizisten vertragen nun mal keine Ironie. Nehmen Sie doch mal Rücksicht.

O.k., Oberkommissar, sagte ich, ich will's versuchen, aber ich kann nicht garantieren, dass ich mir deshalb alle guten Einfälle verkneife.

Ich glaube, sagte er und es klang nach einem Kompromiss, es hörte sich an wie der Versuch, sich zusammenzunehmen - ich komme auch ohne Ihre Einfälle aus.

Schönen Anzug haben Sie an. Wahrscheinlich aus 'm Katalog?

Prompt stieg Röte in seine Wangen.

Und sofort empörte er sich auch: Mann, ich hab dafür Vierhundertachtzig bezahlt.

Mein Gott, rief ich, seien Sie doch nicht bei jedem Wort so empfindlich. Ist ja furchtbar. Der Anzug gefällt mir, ehrlich, und es ist mir vollkommen egal, wo Sie ihn her haben oder wie viel er gekostet hat, ob Sie ihn von Ihrem Bruder abtragen, im Second-Hand-Laden gekauft oder beim Schneider haben machen lassen.

Ich ging zurück zur Kaffeemaschine. Baumgarten trat neben mich an den Herd. Er schnupperte, hob die Augenbrauen.

Der riecht gut. Wie machen Sie den?

Nichts Besonderes, Filter vom Melitta, fünf gehäufte Maßlöffel von peruanischem Hochlandkaffee, drei bis vier mittlere Tassen Wasser , ein bisschen Salz, ´ne Prise Kakao... und weil Sie mittrinken, als Gästebonus noch ´ne Fingerspitze Kardamon...

Toll. Kannte ich noch nicht...

Ich nahm den Zucker aus dem Wandregal, die Sahne aus dem Kühlschrank, lege zwei kleine Silberlöffel (aus dem Bestand meiner Geschiedenen – eine Scheidungsbeute) hin. Einander gegenüber, oder besser „über Eck" ließen wir uns in der Sitzecke nieder.

Baumgarten rückte seinen Kopf über die Tassen auf mich zu. Leise fragte er und gab sich dabei den Anschein von Loyalität: War das ein Spezialwitz von Ihnen – ich meine Ihr Kranksein und das mit der Klinik?

Ich staunte, Baumgarten war auf einmal so fromm wie ein Osterlämmchen, er konnte sogar lächeln. Ein Gesinnungswandel. Wahrscheinlich hatte ihn mein Kaffee besänftigt.

Nein, kein Witz, sagte ich, ich hatte ein paar Unannehmlichkeiten gehabt, in der letzten Woche, als ich in Berlin war.

Ah, ja ich weiß, lächelte der Oberkommissar, unsere Berliner Kollegen haben uns Bescheid gesagt. Sogar ein Protokoll haben sie mitgeschickt. Die Burschen haben Sie ja ziemlich durchgenommen, oder? Mensch, Aufdegger, Sie machen Sachen...

Ich mache Sachen? So? Gut. Na dann wissen Sie ja Bescheid. Jedenfalls musste ich meinen Hausarzt konsultieren und der hat mich zwecks Laborproben, Röntgen und so ins Krankenhaus geschickt.

War wohl 'ne harte Sache wie? Bei dem Huber und seiner Crew? Sie haben offenbar 'ne Schwäche für Rosskuren und wollen hart angefasst zu werden?

Wie man's nimmt, Oberkommissar? Sie lieben ja mehr die ruhige Büroarbeit... nee, ich mag es auch lieber freundlicher und netter, aber man kann 's sich ja manchmal nicht aussuchen. Aber dort bei dem Huber in Zehlendorf am Schlachtensee und dann in seinem Weekend-Haus, so war's noch nie. Zweimal hat man mich niedergeschlagen, sogar mit dem Kolben meiner eigenen Pistole hat man mich traktiert und ein Gorilla von einem Chinesen hätte mich beinahe erwürgt. Bewusstlos haben sie mich in ihre Drogenklinik – das war das Weekendhaus – geschleppt, dort eingeschlossen, zweitweise bin ich sogar angeschnallt gewesen. Und nichts davon könnte ich beweisen, außer den Schrammen am ganzen Körper und dem Gewusel in meinem Blutbild oder dem Strickmuster an Nadelstichen auf meinem linken Oberarm...

Am Schlachtensee in Zehlendorf? fragte der Oberkommissar zwischen zwei Schlucken aus meiner Lieblingskaffeetasse (blaugeblümte Sammeltasse, ein Geschenk meiner Geschiedenen).

Ich nickte.

Klingt wie ein alter Schlager aus den Fünfzigern „In Zehlendorf am Schlachtensee – da waren wir noch jung, juchhe", gesungen in einer dreckigen Badewanne mit rostbraunen Streifen... was haben Sie denn gemacht, da oben in diesem Zehlendorf bei Berlin?

Ach, ist eigentlich mehr 'n Zufall gewesen – ich musste schnell 'ne Story erfinden – bin dorthin, weil ich 'n Mann treffen wollte...

Einen Mann namens Cornelius Huber, nicht wahr?

Stimmt.

Und warum haben Sie die Zigaretten vom Tatort mitgehen lassen?

Ich schaute in meine Tasse. Leider war die leer und nur ein kleiner, brauner Ring zeigte an, dass da eben noch Kaffee drin gewesen war. Diese verdammte, kleine Kröte, dachte ich.

Ist schon merkwürdig, sagte der Oberkommissar und feixte wie ein türkischer Gebrauchtwagenhändler, ja, das ist seltsam, dass der Blümel so ein Etui bei sich hatte. Mit Joints drin. Und wenn ich mich nicht irre, dann waren diese Dinger als echte russische Machorkas getarnt, mit schwarzem Tabak, so mit Pappmundstück, dem Zarenwappen und allem...

Er schob mir die Sammeltasse hin und ich nahm sie und goss ihm nach. Als ich sie wieder hinschob, blickte er auf und seine etwas hervorstehenden Augen tasteten mein Gesicht ab wie mit einem Laser-Lesegerät, Falte für Falte, Bartstoppel für Bartstoppel, Pore für Pore wie der gute, alte Holmes mit seinem Vergrößerungsglas oder der Poirot mit seinem Monokel.

Davon hätten Sie mir erzählen sollen, Freundchen, sagte er in ziemlich scharfem Ton.

Ich schwieg. Was sollte ich machen, ich nickte schuldbewusst.

Er wischte sich mit dem Handrücken einen Kaffeetropfen aus dem Mundwinkel.

Aber immerhin, Sie haben sie nicht mitgehen lassen. Das hat mir das Mädchen gesagt.

Aha? Das Mädchen? Ich denke, Sie meinen *Fräulein* Pommer – wie man früher sagte? Frau Lisa Pommer, antwortete ich, in Ordnung, das stimmt, aber neuerdings kann man als Mann sowieso nur das bestätigen, was Weiber gesagt haben. Fängt ganz oben an. Passen Sie nur auf, dass der Kalthagen nicht demnächst durch eine Frau ersetzt wird... ha, ha.

Wissen Sie, dass die Sie mag? Baumgartens Gesicht wirkte so treu und aufrichtig wie in alten Goldwyn-Mayer-Filmen, wenn die Polizeibeamten einem Ganoven ins Gewissen reden. Selten hat man, redet er weiter, so einen guten Polizisten gesehen wie den alten Herrn von der Pommer. Ich hab´ ihn noch gekannt. Oh, was waren das für Zeiten. Da haben die Politik und dieser ganze Genderblödsinn in der Polizeiarbeit noch keine solche Rolle gespielt wie jetzt. Da ging es noch um richtige Kriminalfälle. Jetzt müssen wir Streits schlichten, wo die Brauteltern nicht wollen, dass ihr Söhnchen ´nen BH und Strumpfhalter trägt oder ihr Töchterchen im Stehen pinkelt. Oder in der Schule gibt es Ärger mit dem Lehrer, weil er die Gendersternchen benotet hat. Und alles artet immer gleich in Gewalt und Messerstechereien aus. Und die Lehrer brauchen neuerdings ´nen Anwalt. Was für Scheißzeiten! Nein, und Baumgarten kam wieder auf sein Thema zurück, es war nicht Ihre Sache, die russischen Zigaretten mitzunehmen... aber sie mag Sie!

Ja, sie ist ein nettes Mädchen, wirklich, sagte ich, aber sie ist nicht mein Typ.

Sie mögen Weiber wohl nicht, wenn sie nett sind?

Er hatte sich eine Zigarette angezündet und nebelte meine Sitzecke ein. Mit seiner linken Hand versuchte er den Rauch wegzuscheuchen.

Ich antwortete: Ich mag Mädchen oder sagen wir besser, Frauen – Mädchen, das klingt so nach Verführung Minderjähriger – also Frauen, die ein bisschen ausgekocht sind und schon mal in die Sündenecken dieser Welt geschnuppert haben. Solche!

Aha, diese Art Weiber also. Aber durch die landen Sie immer auf der falschen Seite und beim Gesundheitsamt...

Na klar, lachte ich, hab' ja schon 'zig Mal den Tripper gehabt und zweimal die Syphilis. Sie sollten sich die Hände desinfizieren, wenn Sie hier rausgehen... und besonders, wenn Sie bei mir auf der Toilette waren.

Zum ersten Mal, seit er bei mir war, lächelte er. Wahrscheinlich hatte der Baumgarten ein persönliches Lächellimit – höchstens dreimal am Tag gestattete er sich, zu lächeln.

Viel ist aus Ihnen nicht rauszuholen, konstatierte er.

Ich zuckte die Achseln. Berufsrisiko! sagte ich.

Baumgarten stierte in seine leere Kaffeetasse. Sein Löffel rührte und kratzte auf dem Tassenboden. Meine Verflossene hätte geschimpft: Pass auf, du zerkratzt meine schöne Sammeltasse. Ich zog nur eine missmutige Miene, aber das kapierte der Oberkommissar nicht.

Sagen Sie mal, begann er aufs Neue, was haben Sie für einen Eindruck von diesem Huber, denn der ist ja wohl der Verteiler, wenn nicht gar der Produzent dieser falschen Machorkas?

Den denkbar schlechtesten, antwortete ich. Für mich ein grauenhafter Typ. Ich kann mir gar nicht vorstellen, dass er mit seinem Drogenhandel sooo viel Geld scheffelt. Und mit seinem Psychoschwindel auch nicht. Das ist wahrscheinlich nur sein Aushängeschild. Außerdem kann er das immer nur 'ne Zeit auf bestimmter Höhe halten, solange nämlich wie er 'ne Art

Modepsychiator ist, für Künstler und Sternchen vom Film, vom Fernsehen und für perverse Maler, für bestimmte Geschäftsleute, vielleicht für manche Politiker, für Halbweltdamen und so, dann verebbt der Scheiß wieder – ich geb ihm nicht mehr lange. Könnte auch sein, dass dort mal ´n Mord passiert, wenn einer zu viel mitgekriegt hat. Hätte ja beinahe mit mir geklappt. Wahrscheinlich aber ist da noch mehr, viel mehr... wie gesagt, ich hatte nicht die Zeit und man ließ mich nicht, die haben mich ganz schön durch den Wolf gedreht, diese Schweine...

Hm, tja, machte der Oberkommissar, wir werden uns, zusammen mit unseren Berliner Kollegen, den Herrn mal näher besehen... doch, nochmal zurückgeblättert zu unserem Gernot Blümel, Sie wissen, das ist der, über den Sie sozusagen gestolpert sind, als der sich in der Lehmann´schen Zweitwohnung zur Ruhe gebettet hatte und dem Sie letzten Endes Ihre nette Bekanntschaft mit der kleinen Pommer verdanken...

Ich weiß, die mag mich! Wann hören Sie mit diesem Weib auf, stöhnte ich, Sie nerven mich.

Gut. Also wie war das mit unserem Freund Blümel?

Was fragen Sie mich? Da hat doch der Kalthagen schon alles abgegrast. Ich bin kahl wie ein frisch gemähter Golfplatz. Tun Sie nicht so, Sie wissen doch alles?

Regen Sie sich nicht auf. Bleiben Sie einfach cool und beantworten meine Fragen. Bitte.

Mann, Sie können ja sogar „bitte" sagen?

Ja. Ich kann noch viel mehr, wenn sie lieb sind...

Der Oberkommissar lächelte zum zweiten Mal.

Ich sagte: Nein, Herr Oberkommissar, mehr Liebe von Ihnen vertrag ich nicht.

Na dann los, sagen Sie mal, wie war das mit dem Blümel, Wann und wo haben Sie ihn kennen gelernt?

Gar nicht. Ich hab´ ihn gar nicht kennen gelernt. Er hat mich einfach angerufen. Keinen Namen. Nichts. Auch nicht, worum es ging. Er verweigerte dazu die Aussage. Ich wäre doch Profi und da müsste ich praktisch wissen, dass man solche Fragen nicht stellt. Den einzigen Anhaltspunkt, den er gucken ließ, war, dass er sagte, eine gemeinsam

Bekannte hätte mich empfohlen. Wer das aber wäre? Keine Ahnung. Konnte ja auch erfunden sein.

Ok. Sie fuhren also hin?

Ja, ich fuhr zu Lehmanns Zweitwohnung. Sie kennen die ja. Ich blieb erst 'ne Weile im Wagen und dachte nach. Dann ging ich rauf. Ich klingelte. Niemand öffnete. Alles blieb still, es schien also niemand in der Wohnung zu sein...

Oder man öffnete absichtlich nicht! sagte Baumgarten. Und der Mörder befand sich noch in der Wohnung. Er wartete sozusagen auf Sie... Baumgaten grinste hämisch. Er muss, nachdem er den Blümel erschlagen hatte, sprach er weiter, gewusst haben, dass der noch einen Besucher erwartete – nämlich Sie. Womöglich wusste er sogar von Ihnen. Nämlich, nicht, dass irgendeiner käme, sondern, dass Sie kommen würden, Sie mein Lieber - der Tollpatsch.

Wieso Tollpatsch?

Na, Sie sind doch ohne jede Sicherung in die Wohnung rein, nachdem niemand geöffnet hatte. Die Wohnungstür war sicher nur angelehnt, stimmt's?

Ja, stimmt, es war nicht abgeschlossen. Auf leichten Druck öffnete sich die Tür wie von Geisterhand. Sie machte keinerlei Geräusch...

Und da sind Sie einfach rein spaziert? Einfach so.

Gewiss, ich dachte...

Oh, der Herr Aufdegger dachte sich was...

Baumgarten war glänzend aufgelegt, er freute sich seiner Überlegenheit und seines Hohnes. Mit seinen behaarten, dicken Fingern trommelte er auf der geblümten Wachstuchdecke meines Ecktisches herum wie ein Pianist vor dem Konzert.

Ja, ich dachte, sagte ich, es wäre so eingerichtet, falls ich vor dem Anrufer eintreffen sollte...

Oh, verdammt, es wäre sooo eingerichtet?? Mein Gott! Was für eine Heilige Einfalt! Sie sind wirklich der größte Trottel der jüngeren Kriminalgeschichte. Und es ist beinahe schon ein Lob, dass Sie eins über die Birne gekriegt haben. Das ist quasi folgerichtig.

Ich schwieg beleidigt.

Und nachdem Sie drin waren in der Lehmann´schen Lusthöhle und bevor Sie eins drüber kriegten, ist Ihnen da was aufgefallen?

Irgendwas? I r g e n d e t w a s ! Ich meine nicht etwa die berühmten Schuhspitzen, die unter dem Vorhang hervorschauen oder kalter Zigarettenrauch, wo man die Zigarettenmarke erraten kann. Vielleicht hat der Mörder ja eine von Blümels Machorkas geraucht? Auch keine herumliegende Jacke oder Mütze ist Ihnen aufgefallen? Von Waffen oder Ausweisen ganz zu schweigen...

Nein, sagte ich, nichts Dergleichen, antwortete ich. Und dann lag da ja auch gleich der Blümel, quer über der Schwelle zum Schlafzimmer. Und ich dachte zuerst nicht, dass der tot wäre. Ich vermutete einen Unfall oder sowas. Wer denkt, wenn er einen Toten sieht, auch gleich an Mord?

Nein, oh nein, ein Privatschnüffler wie Sie denkt da ganz bestimmt nicht an Mord, höhnte der Oberkommissar, Leute wie Sie denken an sowas ganz bestimmt nicht zuerst. Das stimmt. Gehört nicht zu Ihrem Berufsbild. Sie müssen ja unentwegt entlaufene Weiber einfangen oder streunende Pubertierende oder entflogene Wellensittiche...

So, jetzt reicht es aber, Herr Oberkommissar. Warum wollen Sie mir laufend Blödheit unterstellen?

Weil Sie tatsächlich blöd sind, mein Bester. Ich wollte nur mal aus Ihrem Munde hören, wie Sie einen vorgefundenen Tatort beschreiben. Prüfung nicht bestanden! Mann Gottes, was sind Sie nur für ein Typ! Und sowas nehmen wir ernst. Seien Sie froh, dass der Kalthagen trotzdem noch große Stücke auf Sie hält.

Das ist also der Grund, warum Sie gekommen sind? Ein Eignungstest?

Baumgarten nickte.

Der Kalthagen will es nicht glauben. Der denkt immer noch, Sie sind ein Profi und wissen Dinge, von denen wir keine Ahnung haben. Ich hab gesagt, ich mach mal den Test und siehe, er ist so verlaufen wie ich gedacht hab´.

War aber ´n Schnelltest, ohne viel Inhalt...

Der Oberkommissar runzelte die Stirne. Wie meinen Sie das?

Ich zuckte mit den Schultern. Wo soll´s auch herkommen, dachte ich, bei diesem Blödmann. Insgeheim aber triumphierte ich. Ich bin den Arschlöchern mindestens drei Schritte voraus. Und so wird´s auch bleiben...

Ich goss Kaffee nach.

Baumgarten neigte seinen Kopf schräg über meine Tischplatte.

Bisschen fleckig, was? sagte er wie geistesabwesend, richtete sich dann auf und fixierte mich mit seinem steinernen Blick.

Vielleicht, sprach er nachdenklich weiter, sollten wir etwas anders an die Sache herangehen. Nicht viel, aber ein bisschen. Ich glaube nämlich, dass das - wie Sie früher schon mal dem Hauptkommissar Kalthagen erzählt haben – und was Sie bei dem Gernot Blümel und seiner Bande vermuteten, offensichtlich zutrifft. In seinem Bankschließfach – Sie glauben gar nicht, was sogar wir als Polizei für Hürden überwinden mussten, um da ranzukommen - fanden wir achthundert Riesen in bar und nochmal für eine halbe Million Obligationen der Deutschen Bank, der Commerzbank und der Schweizer Kreditbank. Aber wir sind sicher, dass dies nur die Spitze des Eisberges gewesen ist, irgendwo muss noch mehr rumliegen. Die Kerle haben ja seinerzeit nicht nur die Raiffeisenbank um ein paar Milliönchen erleichtert, sondern noch ein paar Banken mehr. Leider, leider wissen wir nicht, wo der Rest – oder sagen wir die Hauptmasse – des geraubten Kieses lagert. Das scheint der gute Blümel mit ins Jenseits genommen zu haben. Irgendwas muss aber diese Santini auch wissen. Aus purer Freundschaft hat sie mit dem Blümel sicher nicht rumgemacht. Und ob ihr Texaner in dieses Geschäft reingezogen worden ist, wissen wir eben auch nicht. Mit den Raubzügen hat er nichts zu tun, das ist klar, aber vielleicht mit der Wäsche der Kohle... tja, mein Lieber, Sie sehen, wie wenig wir im Grunde wissen. Es ist ein Kreuz...

Der Oberkommissar nahm seinen – das heißt: meinen - Silberlöffel und schlug damit in leichtem Schwung gegen den Rand der Untertasse, was einen hellen Klingelton erzeugte.

Jetzt können Sie hören, sagte ich, was das für gutes Porzellan ist. Man hört es an diesem Ton, diesem hellen Glockenton.

Doch Baumgarten hörte nicht zu, ihm ging es nicht darum, ob mein Porzellan echt und wertvoll wäre, er verstand diesen Klingelton als eine Art Aufmerksamkeitszeichen für mich, denn er sagte: Das interessiert Sie, was? Wo die Millionen sind? Die würden Sie gerne finden, gelle?

Ich nickte naiv, sagte leise und betreten: Sie haben Recht.

Nun, wir haben in Blümels Schließfach noch andere Sachen gefunden, ziemlich wertvolle Sachen. Schmuck, ein paar Armreifen und Ketten, Perlen, Ringe, sogar ein Diadem. Wir wissen nicht, aus welchem Raub das Zeug stammt. Vielleicht ist es auch gar kein Diebesgut, sondern es sind Geschenke, Bestechungsmaterial und sowas. Im Ganzen wäre der Kerl ja ein vermögender Mann, aber er war ja nur der Bankhalter, der Consiliere der Gang, er hatte die Verwaltungshoheit. Sehr wahrscheinlich hingen da noch mehr Gangster mit drin,, als wir bisher wissen, nicht bloß der Killgries, die Santini, der Lehmann, sondern womöglich sogar der ehrenwerte Herr Huber und weitere...

Wieder nickte ich harmlos und zustimmend, wiewohl ich dies doch alles selber wusste.

Merken Sie was? fragte Baumgarten mit einem Triumphgefühl in der Stimme.

Was soll ich merken, Oberkommissar?

Ich lächelte und tat so naiv wie ich konnte. Warum sollte ich diesem Polizisten nicht mal einen Gefallen tun? Er liebte gewiss bei anderen ein gewisses Maß an Naivität und Beschränktheit. Das gab ihm ein herrliches Gefühl von Kraft und Stärke, streichelte sein ramponiertes Selbstbewusstsein. Und dies hatte so ein armer Scheißkerl von einem Oberkommissar sicher nötig, von Zeit zu Zeit.

Wissen Sie, Aufdegger, fuhr er denn auch großspurig fort, an dieser ganzen Scheiße wird jedenfalls eines klar, nämlich, warum ihr Privaten mit der Polizei nicht mitkönnt. Nein, euer Horizont reicht nicht. Ihr seht nur bis zum eigenen Tellerrand oder sozusagen bis zur Bezahlschranke.

Ach so?

Mein Gott, wie blöd muss ich in diesem Augenblick ausgesehen haben - wie einer aus der Dummschule, hätte meine Großmutter gesagt.

Tja, mein Lieber, höhnte der Oberkommissar, bei uns läuft alles zusammen über die neuesten Morde und zweifelhaftesten Todesursachen, bis zu den raffiniertesten Betrugsmaschen, allen möglichen Drogendelikten, bis zu dem neuesten Scheiß-Terror und der noch beschisseneren Ausländerkriminalität. Alles. Verdammt. Wir müssen diese Meldungen genauestens durchackern, so ist die Vorschrift. Und zwar jeden Tag. Jeden verdammten Scheißtag! Genau wie es Vorschrift ist, dass man einen von der Staatsanwaltschaft bestätigten Wisch braucht, um eine simple Hausdurchsuchung durchzuführen. Dasselbe bei einer sogenannten körpernahen Durchsuchung auf Waffen und Drogen. Alles ist geregelt – mit Vorschriften und Dienstanweisungen. Freilich, man kann das nicht täglich im Kopf haben, sonst kriegst du ´s ja im Kopf. Und wir setzen uns auch drüber weg. Weil wir müssen, denn sonst würde gar nix. Verstehen Sie? Nun, am Beispiel, ich habe heute früh, bevor ich zu Ihnen kam, ein paar Meldungen durchgelesen. Bin gestern nicht mehr dazu gekommen. Und was musste ich da lesen? Da wurde von einem Tötungsdelikt im Affekt berichtet. Im Umfeld des Neustädter Bahnhofs oder besser ganz in der Nähe dieses Transen-Schuppens „Drag-Queen". Oder eigentlich in dem Schuppen selber drin soll ´s passiert sein. Blöd, die Tat war schon ein paar Tage her. Zehn Tage oder so... und es gab angeblich Augenzeugen. Trotzdem, ist die Scheiße einfach untergegangen. Doch, jetzt kommt ´s – wer war der Täter? Na? Ein gefährlicher Vorbestrafter namens Freddy Killgries. Und nun noch zwei Knaller, mein Freundchen: Der Erste – Sie waren einer der Zeugen. Ja, da glotzen Sie, was? Und der zweite Knaller: Der Fall ist auf dem Tisch von unserem Chef, dem Hauptkommissar Kalthagen, gelandet... Peng! Was nun?

Ich zog ein amüsiertes Gesicht, ja, ich feixte dem Oberkommissar sogar direkt ins Gesicht.

Wie oft lesen Sie Ihre Berichte? He? Einmal im Monat? Oder einmal im Vierteljahr? Wegen der Sache bin ich doch von Hauptkommissar Kalthagen schon ausführlich durch die Zitronenpresse gedreht worden. Waren Sie bei der Vernehmung nicht sogar dabei? Mann Baumgarten, mir so ´ne Scheiße zu erzählen, kommen Sie extra hierher, vertrödeln Ihre Dienstzeit und versauen mir den Morgen. Sie sollten mit Ihrem Chef öfter mal die aktuellen Fälle durchgehen. Haben Sie mit ihm darüber gesprochen? Weiß der davon?

Baumgarten wirkte einen Augenblick lang ziemlich verwirrt. Er fuhr sich durch die Haare, kratzte sich hinter dem linken Ohr. Sogar husten musste er vor lauter Nervosität.

Ja, huch, huch, ich hab also nachgeschaut, fuhr er nach ein paar Sekunden immer noch ganz schön unsicher fort, ich blätterte um, sagte er, und suchte, wer den Bericht verfasst hatte und da stieß ich, man glaubt es nicht, auf den Namen von meinem Chefs, dem Kalthagen. Verdammt, dachte ich, ausgerechnet der, ganz schön geschlampt. Und ausgerechnet der Chef, der immer so auf Ordnung achtet, vor allem natürlich bei uns... aber – und was ich Ihnen jetzt sage, das ist absolut vertraulich, mein Lieber, da haben Sie Ihr Maul zu halten. Verstanden? - nun wissen wir in der Abteilung alle, der Chef ist seit ein paar Monaten nicht mehr der alte. Irgendetwas hat er, wir wissen nur nicht genau was. Irgend ´ne Krankheit vielleicht oder Eheprobleme oder Schulden oder irgendeinen Scheiß. Jedenfalls wusste ich sofort: Der Fall war versaut und zwar von vornherein... kennen Sie die Sache mit der Kohlmüller, Sabine?...

Ich schüttelte den Kopf. Nee, noch nie gehört...

Der Baumgarten beugte sich über den Tisch – ich konnte seinen Atem riechen, verdammt ekelhaft roch der, so nach vergorenem Obst und verfaultem Magen - und er sprach, ´ne Spur leiser, beinahe flüsternd weiter: O.k. das ist vor zwei Monaten gewesen...

Ich unterbrach ihn: Eh, Oberkommissar! Hier ist außer uns niemand. Sie brauchen meine Ohren nicht zu testen. Flüstern ist nicht nötig.

Er machte eine wegwerfende Handbewegung.

Schon gut, sagte er, also die Sabine Kohlmüller... das war so...

Ich hörte nicht richtig hin, wie der Baumgarten über diesen alten Fall sprach, bei dem der Kalthagen irgendeine Scheiße gemacht haben soll... mir schoss stattdessen der Gedanke durch den Kopf, dass es womöglich der einzige Grund dieses Oberkommissars gewesen wäre, am frühen Morgen bei mir aufzukreuzen, nämlich, um seinen Chef schlecht zu machen und mit meiner Hilfe einen Komplott gegen ihn zu schmieden... ja, so wird es sein, dachte ich, er will mich zu seinem Komplizen machen, dieses fiese Schwein, und ich erinnerte mich, dass in der Kriminalabteilung Nord schon immer das Gerücht kursierte, dass die beiden, der Baumgarten und der Kalthagen, gegeneinander Intrigen schmieden, das einer dem anderen nicht den geringsten Erfolg, dass sie sich, wie man sagt, nicht die Butter aufs Brot gönnten, dass sie sich bei jeder Gelegenheit, ob offen oder verdeckt, Knüppel in die Beine warfen. Und es war ein offenes Geheimnis: Beide wollten sie, wiewohl nicht mehr jung, und was Kalthagen betraf, so war der schon über die Fünfzig, beide wollten nach oben, der eine, Baumgarten, wäre zu gern Hauptkommissar und wenn es nach ihm gehen würde, weil daran eine deutlich höhere Besoldungsstufe hing, sogar Erster Hauptkommissar geworden, das heißt, es gelüstete ihn, wie einen Trinker nach einem Rollmops, so erstrebte er Kalthagens Stuhl und Stellung und dieser wiederum hätte sich im Siebtem Himmel seiner Träume gewähnt, wenn er endlich Polizeirat geworden wäre. Seine Hoffnungen waren durchaus real, denn der derzeitige Polizeirat, ein rechthaberischer Trottel, war schon im Rentenalter und hockte nur deshalb noch auf seinem Drehsessel, weil sie angeblich keinen geeigneten Nachfolger gefunden hätten, der auch im Ministerium Zustimmung finden würde. Beide, der Baumgarten wie auch der Kalthagen, strebten also nach Höherem, allerdings bedachten sie im Eifer ihrer ewigen Streitereien und Stänkereien nicht, dass, wenn sie sich laufend gegenseitig bekriegten und Schwierigkeiten machten, die eigene Beförderung ohne Aussicht auf Erfolg bleiben musste - sie konnten nur zusammen aufsteigen oder sie mussten dort bleiben, wo sie sich eben gerade befanden. Beinahe jeder in der Dienststelle, sogar die Putzfrauen und der Pförtner, wussten von diesen Absichten ihrer beiden „Chefs" - und ein jeder amüsierte sich im Stillen. Man machte Witzchen und lästerte. Und wenn alle in der Kaffeeküche gerade bei diesem schönen Thema waren und einer der Beiden unversehens hereinkam, dann verstummten sie wie die Schulklasse, wenn der Lehrer das Klassenzimmer betritt, sie wechselten schnell das Thema, redeten vom Wetter oder vom Fußball oder vom Fernsehprogramm...

Nichts Unterschiedlicheres, nichts Verschiedeneres konnte man sich vorstellen als diese beiden Kontrahenten. Kalthagen, ein hagerer Typ mit großem, hervorstehenden Adamsapfel, und gelbbräunlichen Fingerspitzen vom Zigarettenrauchen, war der typische Sanguiniker, leicht reizbar aber voller Ideen, er sah aus wie ein Apotheker oder ein Oberstudienrat für Latein und Griechisch, und er liebte das Schachspiel. Manchmal in der Mittagspause holte er ein Taschenschachspiel mit Steckfiguren aus seinem Aktenkoffer und versuchte berühmte Weltmeisterpartien nachzuspielen. Er kannte sie alle. Sein Lieblingsduelle waren das von Akiba Rubinstein gegen Rotlewi, gespielt 1907in Lodz und das von Bobby Fisher gegen David Byrne, gespielt 1956 in New York. Er kannte alle Züge, jedes Detail. Und wenn einer zuschauen kam, redete er wie ein Wahnsinniger von den Einzelheiten, beinahe so, als wäre er dabei gewesen. Er wusste, warum wer Sieger geworden war und kein Anderer eine Chance gehabt hätte.

Baumgarten ließ Schach und alles Intellektuelle kalt, er war grobschlächtig mit borstigen roten Haaren und groben, dicken Fingern. Er schien vom Lande zu stammen und sah aus wie ein Schweineschlächter oder ein Dorfschmied und er liebte das Skatspiel über alles. In seinen Sakkotaschen oder im Mantel fanden sich immer komplette, meist ziemlich abgegriffene Skatkarten. Gezinkte, mit umgeknickten Ecken, wie manch einer von seinen Lästerern behauptete. Kein Tag verging, wo er nicht mit irgendwelchen Kollegen, meist mit niederen Chargen, Wachtmeistern oder Oberwachtmeistern, mit Fahrern oder Leuten vom technischen Dienst in einer Ecke einen Skat klopfte... in seiner Freizeit nahm er an Turnieren teil und auf seinem Wohnzimmerschrank soll eine stattliche Anzahl von gewonnenen Pokalen zu sehen sein...

Einmal bin ich Zeuge eines Streitgespräches gewesen, wo die beiden, der Kriminalhauptkommissar und sein Stellvertreter, heftig darüber diskutierten, welches Spiel für einen Kriminalisten geeigneter wäre, das Schach- oder das Skatspiel, welches den Verstand und das Kombinationsvermögen mehr schärfe und herausfordere. Es war eine endlose Diskussion, ich bin beizeiten gegangen und weiß daher nicht, wer Sieger geworden ist. Ich vermute der Dienstvorgesetzte hat sich durchgesetzt und damit den Groll seines Stellvertreters noch mehr gesteigert. Persönlich meine ich, dass es wohl tatsächlich das Schachspiel ist, was uns mehr fordert. Es ist ein Strategiespiel, bei dem man die Folgen seiner Handlungen und

Aktionen, einschließlich der des Spielgegners einschätzen können muss. Man muss sozusagen vorausdenken, die Konsequenzen bedenken, während beim Skat das Glück die größte Rolle spielt. Da kommt es darauf an, was man für ein Blatt hat, was man im Skat findet und wie die Trümpfe verteilt sind. Skat ist was für Biertrinker, Schach mehr für den Rotweingenießer. Ich selber beherrsche weder das eine noch das andere perfekt, nein, bin überhaupt kein Spieler... in allem wie auch als Privatdetektiv ein Anfänger, wobei ich das Schachspiel doch für die edlere Sache halte. Nein, Leute, ich spiele nicht, da lese ich lieber ein gutes Buch. Das macht mir mehr Freude...

Das alles fiel mir ein, daran also musste ich denken, wie der Baumgarten jetzt mit finsterer Verschwörermiene auf mich einredete...

Und nun! Stellen Sie sich einmal vor, hörte ich ihn sagen, da waren doch plötzlich im Falle dieser Sabine Kohlmüller die ganzen Akten verschwunden, ja, alle Akten mit den Zeugenprotokollen und den Laborwerte und Tatortfotos, alles, drei dicke Ordner voll waren plötzlich weg... 'n paar Tage herrschte totale Hektik, absolut vollkommenes Wuling. Das Unterste wurde nach oben gekehrt, für nichts anderes war mehr Zeit. Und der Alte, also der Kalthagen, hatte doch tatsächlich die Stirn, mich, seinen Stellvertreter, zu beschuldigen, ich hätte mit diesem Akten-Verschwinden etwas zu tun. Ja, Sie Baumgarten, hat er gebrüllt, Sie mit Ihrer Schlampigkeit, ihrer Saumseligkeit sind daran schuld und niemand sonst... Ich war so fertig, kann ich Ihnen sagen, dass ich zu Hause sogar meine Alte angeschnauzt und den Waldi, unseren reinrassigen, rotbraunen Langhaardackel, verdroschen habe. Er war um mich herumgesprungen und hatte mich frech mit fliegenden Ohren angebellt und meine Frau hatte ihm noch Recht gegeben, diesem vorlauten Mistvieh. Das muss man sich mal vorstellen...

Gut. Ihr Dackel, meinetwegen. Doch was war nun mit diesem Fall Kohlmüller? Worum ging es da eigentlich? Ich weiß es nämlich nicht. Kommen Sie doch mal zur Sache, Oberkommissar. Wenn mich diese Sache auch kaum interessiert, so hätte ich doch gern gewusst, wie 'ausgegangen ist... aus reiner Neugier versteht sich.

Wollt ich doch eben sagen... Es war einer von diesen angefaulten Fällen unseres verehrten Hauptkommissars, entgegnete Baumgarten, und seine Laune war nicht besser geworden. Er kratzte mit dem Fingernagel auf meiner Wachstuchdecke herum, starrte auf irgendein Blümchen. Nein, mich ansehen war nicht sein Ding. Er schaute nicht auf. Die Muster und Blümchen auf meiner Tischdecke schienen ihm spannender. Kürzlich hatte ich Interessantes gelesen: War da was mit Körpersprache? Sollte der Kerl doch eine Spur schlechten Gewissens haben? dachte ich.

Na los, sagte ich, lassen Sie sich nicht alles aus der Nase ziehen... außerdem, *Sie* haben davon angefangen – nicht ich. Nun bringen Sie´s mal zu Ende.

Eine Pause entstand. Der Oberkommissar schien nachzudenken. Es war so still, dass ich die Küchenuhr ticken hörte.

Doch zu meiner kompletten Überraschung antwortete Baumgarten nach dieser Pause nicht auf meine Rede. Im Gegenteil. Völlig aus dem Zusammenhang heraus fing er ein anderes Thema an. Ein uraltes Thema. Es war so alt wie 14 Tage alte Hundescheiße an meinem Stiefelabsatz.

Er sagte: Stellen Sie sich das mal vor. Vor zwei Tagen hab´ ich den Kalthagen angerufen. Abends gegen neun. Er saß noch in seinem Büro und ich konnte den kalten Zigarettenrauch durchs Telefon riechen. Erst druckste er so rum, ich hörte, wie er in den Papierkorb spuckte, dann rückte er damit heraus, Sie, ja Sie Aufdegger, Sie hätten ihm von einer Idee erzählt, welche diese Transe Chanel Santini betreffe, die früher mal mit dem Freddy Kielgries zusammen gewesen wäre und Sie hätten die Lehmann-Witwe besucht, in Hellerau, wo der Lehmann ein Häuschen besessen hat und Sie hätten herausgefunden, dass der Blümel die Grundschuld von dem Haus übernommen hätte...

Stimmt nicht! rief ich dazwischen, das is´ne glatte Lüge. Das mit der Grundschuld hab´ ich nicht gewusst... und das hab´ ich dem Kalthagen deshalb auch gar nicht sagen können.

Egal, sagte Baumgarten und winkt mit seiner rotbehaarten Pranke ab, der Kalthagen hat mir das so gesagt. Aber ich glaub´ Ihnen, Aufdegger, ich meine, dass Sie das gar nicht gesagt und gewusst haben, weil Sie´s nicht wussten. Und da sehen Sie mal, wie der

Kalthagen alles durcheinander haut. Der verwechselt Fremdinforma-
tionen mit eigenen Ermittlungen. Dauernd passiert das bei dem. Is´
aber egal. Ich glaube, wir kommen der Sache langsam auf den Grund.

Ja, vielleicht, antwortete ich, aber dumm ist, dass die Scheiße enorm
riecht nach viel mehr aussieht, als tatsächlich dahinter steckt. Die
Lehmann wusste nicht, wo die Santini steckt, ob sie noch lebt und so,
aber vor dem Killgries ging ihr gewaltig der Arsch. Von dem wollte sie
nicht besucht werden, hat regelrecht gezittert, die alte Schnapspulle.
Ja gezittert hat sie, und das war nicht bloß vom Alkohol, den sie in
sich hinein schüttet wie eine Bekloppte. Wenn die so weitersäuft, ist
sie Weihnachten im Himmel...

Ich ging in den Flur, wollte in meine Jacke greifen. Irgendwo
müssten die Fotos von der Santini, die ich von der Lehmann
mitgenommen hatte, doch noch sein? dachte ich. Dann fand ich sie im
dritten Reißverschlussfach. Ich nahm sie heraus, ging zurück in die
Küche zu meiner Essecke, wo der Baumgarten unbeweglich saß und
vor sich hin starrte, als hätten sie ihn ausgeschaltet und vom Netz
genommen. Ich zeigte ihm die Fotos. Er belebte sich, sah sie sich
genau an.

Nee, mir völlig unbekannt. Haben Sie noch eins?

Ich gab ihm das zweite Foto.

Das ist ein Pressefoto von der Santini, erklärte ich, hat mir die
kleine Pommer besorgt.

Baumgarten feixte. Für Hunderttausend würde sogar *ich* die
nehmen.

Ich ließ ihn lachen und sagte dann: Ich muss Ihnen noch was sagen.

So? Was denn?

Er hob den Kopf, starrte mich neugierig an.

Ja, als ich von den Huber-Leuten in der sogenannten Klinik auf dem
Lande eingesperrt war, da hab´ ich den Killgries gesehen... ist also
höchstwahrscheinlich auch noch 'n Ganovenversteck dort. Da staunen
Sie, was? Ja genau, den Freddy hab ich gesehen...

Was?? Sagen Sie das nochmal.

Ich sag´s doch - der Freddy Killgries saß dort ganz gemütlich in
einem Zimmer.

Sind Sie sicher? Und was hat er gemacht?

Weiß nicht. Er saß da bloß rum. Hat nichts gemacht. Döste so vor sich hin. Wissen Sie, was das für 'n Schrank ist? Unverwechselbar. Ich bin eins fünfundsiebzig, aber der überragt mich um mindestens drei Köpfe. Also ich schätze, der is' 2 Meter Minimum. Wirklich, breit wie ein Möbelwagen, Hände von der Größe eines Klodeckels. Schuhgröße fünfzig. Und ein Maul. Da passt ein Brötchen quer rein...

Na, nun machen Sie 's mal halblang.

Der Baumgarten kicherte.

Kaum zu glauben, rief er und klatschte mit seiner Pranke vergnügt auf meinen Tisch, da hat der Kalthagen den Freddy schon zweimal verhaftet und dann sitzt der in 'ner Nervenklinik oder in 'ner Ganovenabsteige, ganz egal, was es nun war, sitzt da einfach so rum. Ich fass es nicht. Da könn'n se mal sehen, Aufdegger, was unser Chef für 'n Rundläufer ist. Nee. ein Schaumschläger isser, verdammte Scheiße. Ein Nichtskönner. Zweimal hat der 'n Falschen hopp genommen und uns gegenüber so getan, als wären wir die Idioten und zu blöd für so een'n wie dieses Riesenbaby Killgries... - also wie war das? Ich höre, Mann... erzähl' n Se ma...

Nein wirklich, Oberkommissar, sagte ich, das war wirklich kein Spaß als ich an der halboffenen Tür haltmachte, nein, ich weiß nicht, ob der mich gesehen hat, jedenfalls stand er plötzlich auf und steuerte auf die Tür zu. Sie könn' n sich' s denken, da kriegte ich natürlich 'nen Mordsschreck. Herzklopfen wie 'n Karnickel vorm Schlachten. Schweißausbrüche. Ich war ja noch nicht richtig fit durch die Spezialbehandlung, die man mir dort gewährt hatte. Wenn der Freddy mich am Schlafittchen schnappt, dachte ich, der schüttelt mich wie 'ne Gliederpuppe, da fallen mir die Eier aus der Hose. Aber ein Glück, er kam nicht raus. Kurz vor der Tür bog er rechts ab und ging zu irgendeinem der Wandschränke...

Und? Was war dann?

Er rumorte in den Wandschränken. Plötzlich hörte er auf, es wurde still, mucksmäuschenstill.

Und dann?

Und dann stand er plötzlich vor mir in der halboffenen Tür, er streckte seinen Arm nach mir aus, einen Arm so lang wie ein Schaufelstiel, aber doppelt so dick...

Und?

Er zerrte mich zu sich rein ins Zimmer.

Was willst du hier? nuschelte er mit einem Bass wie Fjodor Tschaljapin.

Ich stand vor ihm, er hielt mich an der Schulter fest. Fest wie ein Schraubstock. Er hätte mir glatt den Hosengürtel um den Hals legen können – wir befanden uns auf gleicher Höhe, der Gürtel und mein Hals.

Ich stotterte irgendwas. Plötzlich schien er zu wissen, wer ich war.

Hoch über mir dröhnte seine Stimme: Du bist doch der Scheißdetektiv, der bei dem Kalthagen mit herumturnt... Ich wackelte, wie es sein Griff zuließ, zustimmend mit meinem Kopf, antwortete mit belegter Stimme: Ja, der bin ich! ... und fügte an: Los, gehen wir die Lehmann besuchen!

Und der Freddy? Was hat der da gesagt?

Der? Der hat erst gar nichts gesagt. Dann hat er sich wieder auf sein Sofa gesetzt, sich 'ne Zigarette in sein breites Maul gesteckt, die sah da drin aus wie 'n Zahnstocher... und dann hat er von mir gefordert: Erzähl' mir doch du erst mal die Geschichte von den Lehmanns, und zwar von Anfang an... ich kenn ja nur das Ende... von ihm, ha, ha...

Ich erzählte sie ihm. Er hörte mir zu, war dabei ganz still, starrte auf mein Gesicht. Keine Regung zeigte er, kein Zucken, nicht mal 'n Wimpernschlag.

Dann senkte er seinen Riesenkopf. Mmh! machte er nur.

Und dann?

Was dann?

Was er dann gemacht hat, *Ihr* Freddy?

Mein Freddy?! Na hör 'n Se mal... nichts hat er gemacht. Was soll er gemacht haben? Er hat sich wieder auf seinem Scheißsofa ausgestreckt, die Füße ragten hinten einen Meter über die Lehne, und dann hat er sich 'ne neue Zigarette angebrannt, den Stummel von der alten hat er, ohne sie auszumachen, in hohem Bogen in die Stube geschmissen und dann hat er mit seiner Riesenpfote... da hat er mir gewinkt.

Ja und? Gewinkt? Was sollte das heißen?

Das sollte heißen, ich soll mich dünne machen... und zwar schleunigst und das hab ich mir natürlich nicht zweimal sagen lassen, ich bin abgehauen, nichts wie fort...

Und das war alles?

Ja alles.

Eine Minute herrschte Stille. Der Oberkommissar schnäuzte sich in sein altes, schmutziges Taschentuch.

Und was war nun der Huber für ein Typ? fragte er mich plötzlich und kratzte wieder auf der Tischdecke herum. Wie hat der ausgesehen?

Mit dem Fingernagel popelte der Polizist an einem Blümchen herum, das auf meiner Tischdecke aufgedruckt war. So ein Arsch! dachte ich, macht mir noch meine neue Wachstuchdecke kaputt.

Der Huber? fragte ich.

Ja, dieser Psychoheini...

Ach, antwortete ich, im Grunde der typische Suchtabhängige. Und zugleich auch wie sie alle aussehen, diese Rauschgifthändler – ich beschrieb ihm den Huber so gut ich konnte.

Baumgarten nickte. Aha, so, so... brummte er, dann stand er auf, latschte in mein Wohnzimmer, um von dort aus mit meinem Telefon und mit einer Selbstverständlichkeit, als wäre er hier zu Hause, mit irgendjemandem zu telefonieren. Das erboste mich. Was der sich rausnimmt! dachte ich. Aber ich sagte nichts, protestiert hab ich nicht, ich feiger Mensch, ich ging stattdessen in meine Küchenecke, um frischen Kaffee aufzubrühen. Mir war eingefallen, dass ich endlich mein ausgefallenes Frühstück nachholen sollte, zwei Eier kochen, ein Brötchen aufbacken, es in zwei Hälften schneiden, sie mit frischer Butter und Honig bestreichen. Ich setzte mich, stellte Teller, Kaffeetasse und das Besteck bereit. Das Fiepen zeigt an, dass das Brötchen fertig gebacken sei, auch die Eier würde gleich fertig sein, der Kaffee war durch gelaufen...

Baumgarten war aufgestanden und an meinen Frühstückstisch getreten. Ohne weitere Umstände setzte er sich, stützte sich auf seine Ellenbogen.

Ich habe ein paar Leute vom Rauschgiftdezernat mit einer fingierten Anzeige und einem Durchsuchungsbeschluss in diese Klinik geschickt, sagte er, die Berliner werden auch mit dabei sein. Ich schätze aber, den Killgries werden wir nicht mehr kriegen. Der wird noch am Abend, nachdem sie fort waren, getürmt sein. Das ist affensicher...

Ich schlug mein Ei auf, ich war ein bisschen ungeschickt, dass Dotter lief an der Seite raus. Warum lassen Sie das nicht gleich die Berliner alleine machen? monierte ich, von Rechtswegen brauchen Sie sich darum nicht zu kümmern. Ist nicht Ihr Ressort. Zu großer Aufwand. Das wird Geld kosten. Da werden Sie Ärger kriegen...

Baumgarten sagte nichts. Als ich mein Ei gerettet hatte und zu ihm rüberblickte, machte er ein verlegenes Gesicht. Sogar ein bisschen rot ist er geworden.

Sie sind weiß Gott, sagte ich in väterlichem Ton, ein ziemliches Sensibelchen. Das größte Sensibelchen, das ich bei der Polizei kennengelernt habe.

Machen Sie ein bisschen flott mit Ihrem Frühstück, wir müssen los... antwortete er. Seine Stimme klang verlegen und belegt.

Ich müsste aber erst noch duschen und mich rasieren, widersprach ich.

Scheiß drauf. Können Sie nicht gleich in Ihrem jetzigen Aufzug mitkommen?

Er hatte wieder seinen alten bissigen Ton drauf.

Ich sah an mir herunter. In Filzpantoffeln und halb angezogen?

Wir gehen erst noch nach nebenan in Ihre Räuberhöhle – er zeigte mit dem Daumen hinüber auf meine Diensträume - und nehmen die restlichen Joints mit, wenn die noch da sind. Kann ich auch alleine machen, während sie sich waschen, das Kinn schaben und anziehen.

Nee, mein Lieber, da geh ich schon mit. Alleine lass ich Sie nicht in meine Büroräume. So viel Vertrauen hab´ ich nun auch wieder nicht. Außerdem ist vielleicht frische Post da.

Tatsächlich, es waren ein paar Briefe da, aber es lohnte nicht, sie zu lesen, Werbung, Behördenpost und so ´n Kram. Die zwei aufgeschnittenen Zigaretten lagen noch so da, wie ich sie liegen gelassen hatte, niemand schien mein Büro durchwühlt zu haben, es herrschte die übliche, kreative Unordnung.

Baumgarten nahm die zwei russischen Zigaretten an sich, er roch daran, bevor er sie einsteckte, verzog die Nase.

Na?? fragte ich, kriegen Sie nicht Lust auf ´n Joint? Riechen gut, die Dinger, was? Bisschen zu süßlich, vielleicht.

Quatschen Sie nicht so viel. Geh´n wir!

೮೨

Die alte Späherin vom Lehmann´schen Nachbarhaus, machte die Tür einen Spaltbreit auf. Ihre lange, krumme Nase erschien. Sie schnupperte lange und gründlich wie ein Karnickel, dem man das Ställchen aufgemacht hat. Dann spähten ihre kleinen, hellen Späheraugen, ob die Straße frei und ohne verdächtige Passanten wäre, erst nach links, dann rechts. Schließlich nickte sie befriedigt. Ihr weißer Haarschopf sah wirr und aufgelöst aus. Hinten hing ein kleines, geflochtenes Rattenschwänzchen. Die Tür öffnete sich um eine weitere Handbreite.

Baumgarten und ich, wir verneigten uns grüßend.

Guten Morgen, Frau Rohde-Moritz, sagte ich.

Guten Morgen, Frau Oberstudienrätin, wenn ich bitten darf, ergänzte die Alte.

Meinetwegen auch das, brummte Baumgarten. Ich hielt mich zurück, sollte der Oberkommissar im Wettbewerb der Unhöflichkeiten ruhig den ersten Platz belegen.

Doch dann sagte ich: Liebe Frau Rohde-Moritz, verehrte Oberstudienrätin, wir kennen uns ja schon länger. Das hier ist der Herr Oberkommissar Baumgarten vom Präsidium. Wir würden gern einen Moment reinkommen und Sie in einer Angelegenheit befragen. Es dauert auch nicht lange... ich bitte Sie herzlich...

Ach du mein Herrgott, das passt mir aber gar nicht. Ich habe von einer Kollegin ein paar Aufsatzhefte von der Zwölf übernommen. Ich habe ja jetzt als Pensionärin etwa mehr Zeit und die Kollegin ist überlastet. Ich wollte die Hefte nur kurz durchsehen... übrigens, Herr Aufdegger, wandte sie sich an mich: Sie dürfen natürlich die Hamburger Anrede verwenden, also „Armgard" sagen und das „Sie"...

Oh, recht vielen Dank, das ist sehr liebenswürdig.

Ich verneigte mich und fuhr fort: Wie gesagt, wiederholte ich, wir halten Sie nicht lange auf. Übrigens, wenn ich das sagen darf, Sie sehen heute wieder wesentlich jünger aus... und Ihre Frisur! Wirklich modern, mein Kompliment... Baumgarten warf mir einen Blick zu. Beinahe hätte er losgeprustet.

Sie trat von der Tür zurück, und wir huschten an ihr vorbei in den halbdunklen Flur, in dem es nach Minze und Baldrian roch. Wir traten in ihr aufgeräumtes Wohnzimmer. Überall Spitzendeckchen und auf dem runden Wohnzimmertisch tatsächlich ein Stapel Schulhefte. Indes aus dem hinteren Teil der Wohnung kroch ein Geruch von abgekochter Marmelade, offenbar Pflaumen oder Pfirsiche, herein. Auch Gelierzucker schien im Spiel zu sein. Sie ging auf die Tür zu, schloss sie behutsam als wäre sie aus Zuckerguss.

Sie trug heute ein graues Kostüm mit weißem Kragen, darüber eine ebenfalls weiße Halbschürze mit einem gehäkelten Rand. Ihre kleinen grauen Augen schienen sich hier im Halbdunkel der Wohnung vergrößert zu haben, am Kinn entdeckte ich ein paar einzelne weiße Barthaare, die aus einer Fleischwarze sprießten.

Sie baute sich einen Meter vor mir auf, reckte ihr Kinn vor und zischte halblaut: Sie hat keinen Besuch gekriegt!

Ich tat so, als verstünde ich sofort, nickte langsam und sah den Baumgarten an. Dieser brummte irgendetwas Unbestimmtes, schritt zum Fenster und zwar an jenes auf der Seite zum Haus der Lehmann und sah hinaus. Einen Moment blieb er stehen, starrte hinüber und kam dann mit schlurfenden Schritten zurück. Dass der nie seine Flossen heben kann, dachte ich. Er sah ein wenig unschlüssig und verlegen aus, drehte seinen Wildlederhut in der Hand, beinahe wie ein englischer Detektiv vom Yard.

Sie hat also keinen gekriegt, fragte ich die Oberstudienrätin, Besuch mein´ ich.

Nein, hat ´se nicht. Und letzten Samstag war der erste April, der Narrentag, hi, hi, hi... sie musste lachen, hielt aber plötzlich inne, überlegte, ob sie sich mit dem Schürzenzipfel die Augen wischen sollte, entschied sich dann aber dagegen, wahrscheinlich wollte sie keine Flecken auf dem blütenweißen Teil. Ihr Mund verzog sich zu einer Dürrpflaume.

Sie redete weiter: Als vorgestern der gelbe Postmann kam, und nicht die paar Meter zu ihrem Hauseingang ging, kam sie aus dem Haus geschossen und hat ihm irgendwas nachgerufen, ich hab' es nicht verstanden. Der Mann hat nur den Kopf geschüttelt, sich aber nicht mal umgedreht, ist zum nächsten Haus gegangen. Sie ist wieder rein in ihre Bude und hat die Tür geschmissen, und zwar so heftig, dass ich dachte, jetzt würden gleich die Butzenscheiben aus der Tür fliegen. Wie 'ne Wahnsinnige! sag ich Ihnen.

Donnerwetter! rief ich aus.

Die Frau Oberstudienrätin drehte sich mit einem Ruck dem Baumgarten zu.

Zeigen Sie mal Ihren Ausweis, junger Mann! Diesen hier, den Aufdegger, den kenn' ich zwar, aber das letzte Mal hatte der 'ne ganz schöne Schnapsfahne. So richtig trau ich dem nicht.

Baumgarten holte seine Plastikkarte raus und zeigte sie ihr.

Ich hab' auch noch 'ne geprägte Marke!

Nee, das reicht mir. Sieht echt aus!

Eifrig fuhr sie fort: Also, übers letzte Wochenende war hier nichts weiter los. Sie ist bloß bis zum „Netto" gelatscht, um Schnaps zu holen. Mit zwei Flaschen billigen „Blended Scotch" zu je Fünf fuffzig oder was es sonst war, ist sie wiedergekommen. Die eckigen 0, 75'iger Pullen ragten links und rechts aus ihren Manteltaschen.

Oder waren's vielleicht zwei Flaschen Gin? fragte ich

Kann auch sein. Ist sogar wahrscheinlich. Anständige Leute trinken so 'n Fußel ja nicht. Obwohl, Gin haben die da dort beim Netto gar nicht im Angebot... na, ist ja auch egal.

Ja, sagte ich, und dann kam der gestrige Tag und der Briefträger hat wieder nicht an ihre Tür geklopft. Wie sauer wird sie da erst gewesen sein... sind noch alle Scheiben ganz?

Was für ein vorlauter Rüpel der ist, sagte die Oberstudienrätin, blickte den Oberkommissar an und zeigte auf mich, der kann kaum abwarten, bis erwachsene Leute ausgeredet haben...

Pardon, Frau Moritzhagen, protestierte ich, aber, es gibt eben Dinge, die wichtig sind...

Komisch, antwortete sie mir, aber Ihrem Kollegen scheint es nicht schwer zu fallen, mal den Mund zu halten und sich zurückzunehmen...

Oh, liebe Gnädigste, aber mein Kollege ist verheiratet, da hat er Übung darin, den Mund zu halten... ich weiß nicht, ob Sie sich noch dran erinnern können wie das war, als Ihr Mann noch lebte...

Für 'nen Moment schien ihr die Spucke wegzubleiben, ihr Gesicht färbte sich bläulich, dann keifte sie los: Also, das ist ja wohl die Höhe. Muss man sich im eigenen Hause... sie sprach den Satz nicht zu Ende. Japste: Man müsste gleich die Polizei holen!

Vor Ihnen steht ein Polizeibeamter, meine Dame! sagte Baumgarten und trat einen halben Schritt auf sie zu. Er überragte sie um fast zwei Köpfe.

Beruhigen Sie sich bitte! Es besteht keine Gefahr!

Ja, ja, ich weiß schon. Trotzdem, ich kann Ihren Kollegen nun mal nicht ausstehen.

Er ist nicht mein Kollege.

Hätte mich auch stark gewundert.

Nun gut, Liebe Frau Oberstudienrätin, sagte Baumgarten, aber, wir interessieren uns doch mehr für Ihre Nachbarin, Frau Lehmann, und die hat den bewussten, eingeschriebenen Brief noch immer nicht bekommen...

Nein, noch immer nicht, ich weiß. Ihr Ton war gereizt und abweisend. Plötzlich fing sie an zu sprechen, und sie redete schnell und verschluckte halbe Silben: Gestern Abend waren drüben ein paar Leute da. Richtig gesehen hab ich sie nicht. Wir waren gerade aus dem Kino gekommen. Eine alte Freundin hatte mich mitgeschleift. Lust hatte ich keine, aber der Film war ein alter DEFA-Film mit dem Manne Krug und den sehen wir so gerne. Jedenfalls, wir waren eben aus dem Taxi gestiegen, da ist nebenan ein Auto losgefahren. So 'ne dunkle Limousine. Riesengroß. Voll besetzt. Da Gesicht von der Lehmann konnte ich gerade noch erkennen, weil, die hatte ihre Nase so an die Scheibe gedrückt. Wahrscheinlich wollte sie rauskriegen ob ich es gewesen bin, der aus dem Taxi ausstieg. Auf alle Fälle rasten die los, wie besengt und ohne Licht. Die Nummer hab ich nicht erkennen könn', auch nicht, was das für 'n Typ war, der Wagen...

Ihre Augen streiften mich, blieben an meinem Gesicht haften, als ob sie feststellen wollte, was ihre Rede für einen Eindruck auf mich machte.

Ich trat einen Schritt beiseite und ging zum Fenster, hob mit zwei Fingern die Tüllgardine hoch. Oh verdammt, roch die alt und ungewaschen, alle Dünste der letzten Monate schienen in ihr verewigt. Ich sah wie sich draußen ein Mann in gelbschwarzer Postuniform dem Haus näherte, über der Schulter trug er eine große Posttasche. Sein Fahrrad hatte er ein paar Häuser weiter an einen Zaun gelehnt.

Grinsend wandte ich mich vom Fenster ab.

Sie lassen nach, Frau Moritzhagen, sagte ich. Sie haben die Sache nicht mehr im Griff. Nächstes Jahr werden Sie in die Kreisklasse zurückgestuft.

Baumgarten hob bedauernd die Schultern. Er gab einen Zischlaut von sich...

Er zeigt zum Fenster. Herr Aufdegger hat Recht, schauen Sie mal aus dem Fenster.

Sie tat es nicht, sie stand steif und wütend neben der Tür.

Wir warteten auf das Geräusch. Wir kannten dieses Geräusch. Jeder kennt es. Es ist das Geräusch, wenn in einem ansonsten stillen Haus etwas Mittelschweres durch den Briefschlitz geworfen wird. Es hätten irgendwelche Reklamezettel oder ´ne kostenfreie Anzeigenzeitung sein können. War es aber nicht. Wir hörte Schritte, die sich über den Gartenweg entfernten, dann auf dem Gehweg, die Straße. Baumgarten war wieder ans Fenster getreten. Der Postbote ging an Frau Lehmanns Haus vorbei. Ruhig und unaufgeregt latschte er vorwärts, ein wenig schief, denn über der linken Schulter trug er die schwere Posttasche.

Baumgarten, immer noch am Fenster, fragte ohne sich umzudrehen: Wie oft wird die Post hier in diesem Viertel am Tag ausgetragen, Frau Moritzhagen?

Die alte Dame versuchte durchzuhalten: Zwei Mal. Früh kommt die „Rote Post" oder die „Post moderne" wie sie sich nennt, und im frühen Naschmittag kommt dann die richtige Post, die schwarzgelbe. Die einen haben rote Fahrräder, die anderen gelbe. Die Gelbschwarzen haben neuerdings schon elektro-getriebene Lastenfahrräder, mit zwei großen Kästen drauf, wo sie auch Pakete ausfahren.

Die Alte war ziemlich aufgeregt. Ihre Augen fuhren blitzschnell hin und her, das Kaninchenkinn zitterte. Sie war am Rande eines Zusammenbruchs, ihre Hände knüllten die Halbschürze. Wenn die die nur nicht zerreißt, dachte ich.

Die Rote Post, wie Sie sagen, ist schon eine Stunde vorbei. Die haben wir nicht mehr gesehen. Werden Einschreiben oder wichtige zu quittierende Behördenpost nicht von der normalen oder gelben Post ausgetragen? wollte Baumgarten wissen. Er ließ nicht locker. Die Alte stöhnte.

Mit vibrierender Stimme antwortete sie: Ja, die Frau Lehmann hat solche Post immer nur durch einen Eilboten zugestellt bekommen. Die fahren ja die gelben Postautos...

Aha, machte Baumgarten, aber am Samstag ist sie aus dem Haus gerannt, dem Briefträger ein Stück hinterher und hat ihm irgendwas nachgerufen. Aber von Eilzustellung haben Sie kein Wort gesagt, Verehrteste...

Nein! Halt! Warten Sie! Herr Oberkommissar, ich habe mich getäuscht. Das war letzte Woche, als sie aus dem Haus gerannt kam. Am Samstag vor einer Woche! Ja, letzte Woche. Seither hab´ ich sie nicht mehr gesehen... nein, sie ist nicht mehr rausgekommen. Das stimmt.

Aha, also, eine ganze Woche ist das her, Gnädigste? Plötzlich eine ganze Woche! Da staun´ ich aber... Sie gehen ja ganz schön großzügig mit der Wahrheit um. Das muss ich schon sagen...

Ich sah ihm mit Genuss zu, wie er die Alte bearbeitete und ich musste lächeln. Endlich einmal war nicht *ich* das Opfer seiner Verhörpraktiken, sondern eine unbeteiligt zuschauende, dritte Person...

Die Oberstudienrätin war ziemlich am Ende. Ihr Altweibermund ging weit auf und ihre falschen Zähne hatten einen schönen, frischen Perlmuttglanz, was vielleicht daran lag, dass sie die ganze Nacht in einem Glas Pflegeflüssigkeit mit Pfefferminzgeschmack gelegen hatten. Indes, ich konnte den Anblick nicht lange genießen, denn die Alte gab plötzlich einen unterdrückten Schrei von sich, so einen jammervollen Quieklaut wie ein geschundenes Karnickel, und sie zog die Schürz hoch über ihren Kopf mit den scheußlichen Haaren und rannte dann aus dem Zimmer...

Baumgarten schaute zur Tür, hinter der die Alte verschwunden war und schüttelte den Kopf.

Ich sagte: Wenn sie nochmal so durchdreht, müssen wir sie auf normale Touren bringen.

O.k., sagte Baumgarten, er kenne da ein paar Dinger... und er wäre im Grunde nicht hart gegen so alte Damen, aber wenn sie ihm auf die Nerven gingen und ihn austesten wollten, wie weit sie ´s treiben könnten, dann... er schlug sich mit der Faust in die andere hohle Hand... dann könne er auch sehr unangenehm werden. Bei einem Einsatz vor einem Vierteljahr wäre er auch auf so ´ne Olle gestoßen... zum Schluss habe er den Notarzt holen müssen, aber es wäre nur ´ne psychosomatische Aktion gewesen, eine Spritze in die Unterarmvene und schön wär sie neutralisiert gewesen. Ein paar Tage später habe der Neffe der Alten, der irgendwie Anwalt oder sowas gewesen wäre, mit Dienstaufsichtsbeschwerde gedroht. Er, Baumgarten habe nur gesagt: Na denn los! Aber es sei nichts draus geworden... still ruht der See bis heute, ha, haha. Nee, mein Lieber, fuhr der Oberkommissar fort, nur nicht verrückt machen lassen...

Und was diese Moritzhagen betreffe, die habe ja erst mal ganz richtig angefangen, mit Tatsachen, soweit sie die kannte. Aber irgendwie ging es ihr nicht schnell genug und sie hat sich in ihr eigenes Lügengarn verstrickt, hat die Fäden nicht mehr auseinander gekriegt, alles verwechselt, die Zeiten durcheinander gehauen und da dachte sie, es ginge auch mit Märchenerzählen, wir wären sicher blöd genug, hätten keine Zeit und wären froh mit ihrer Story...

Los, kommen Sie.

Wir gingen hinaus in den Flur. Ein leises Schluchzen kam von irgendwoher. Ein stoßweises Jammern mit kurzzeitigem Aufheulen, als ob ´ne Platte ´n Sprung hätte. Für irgendeinen geduldigen Trottel oder ihren schon lange toten Mann wäre dies bestimmt die letzte Waffe gewesen, mit der sie ihr Waterloo hätte hinauszögern können. Für mich wie auch für den Baumgarten war sie indes nichts weiter, als ´ne flennende, alte Schachtel. Und da kam bei solchen Typen wie wir es, sind, der Oberkommissar und ich, natürlich keinerlei Mitleid oder irgend ´ne weiche Stimmung auf, wir sind da abgehärtet, wir kennen das, unsere Seelen tragen schon seit längerer Zeit ´ne dicke Hornhaut...

Leise und auf Zehenspitzen gingen wir aus dem Haus, vorsichtig, beinahe zärtlich schloss der Baumgarten die Haustür, achtete darauf, dass das darin befindliche, offene kleine Fensterchen nicht klirrte oder zuschlug.

Baumgarten schlappte die paar Stufen zum Fußweg runter, spuckte aus, setzte seinen Wildlederhut auf und seufzte tief.

Von der hinteren Terrasse war immer noch deutliches Schluchzen zu hören.

Der Briefträger war inzwischen drei Häuser weitergegangen.

Kommen Sie, sagte Baumgarten zu mir, wir haben zu tun. Polizeiarbeit!

Wir gingen zum Nachbarhaus über ein verwildertes Zwischenstück, wo uns Melde und Disteln in Hüfthöhe kratzten und streichelten. Ich stolperte über einen Ziegelbrocken. Es roch nach Hundescheiße und Abfällen. Wahrscheinlich führten die Anwohner ihre Lieblinge besonders gern hierher und sie kippten bei dieser Gelegenheit ihre Kübel einfach aus, weil sie zu faul waren, bis zu der 30 m entfernten Müllbox zu laufen, schließlich war alles gut verdeckt und schlecht einzusehen durch das hohe Gras und das wuchernde Unkraut.

Vor uns also das Haus der Lehmanns. Frau Lehmann hatte noch nicht einmal die Wäsche von der Leine genommen. Immer noch flatterten und tanzten die Unterhemden, die Höschen und Strümpfe an der gelben Plastikleine im Wind.

Wir stiegen die drei Treppenstufen hoch und klingelten. Nichts rührte sich. Baumgarten klopfte mit seiner Riesenfaust gegen die Tür, wummerte dagegen, dass die Butzenscheiben klirrten. Nichts.

Ich sagte: Das letzte Mal war nicht abgeschlossen.

Der Oberkommissar nickte stumm, er stemmte sich, vorsichtig die Hände mit dem Körper deckend, dagegen. Scheiße, abgeschlossen! brummte er. Wir gingen um das Haus herum, vielleicht wäre irgendwo eine Tür oder ein Fenster offen. Natürlich schlichen wir zu der Seite, wo die alte Schnüffelnase von Gegenüber nichts sehen konnte.

Die hintere Verandatür hatte ein Fliegenfenster. Es sah morsch und mitgenommen aus. Baumgarten rüttelte und klopfte an der Tür. Nichts. Hinter dem Haus war ein Holzschuppen. Er sah aus als ob man nur niesen müsste, damit er zusammenstürzte. Baumgarten machte mir ein Zeichen, stehenzubleiben. Er selber ging auf den Schuppen zu. Ich sah wie er seine Waffe im Holster lockerte. Mein Gott, dachte ich, da hat er wohl zu viele Kriminalfilme gesehen. Die alte Brettertür, nur noch von grünen Farbresten zusammengehalten, quietschte beim Öffnen. Drinnen war indes niemand, nur altes unbrauchbares, verstaubtes Gerümpel, verrostete Gartengeräte, ein kaputter Rasenmäher, ein paar kleinere, angerostete blaue Blechtonnen mit wer weiß was drin, wahrscheinlich Unkrautmittel oder Teer fürs Vordach, in den Ecken liederlich gewebte Spinnennetze, schon ein paar Jahre alt. Baumgarten machte die Tür wieder zu. Er hatte Glück, sie fiel nicht auseinander, quietschte nur wie ein gequältes kleines Tier.

Wir gingen wieder zur Vorderseite zurück. Niemand reagierte auf unser Klingeln und Klopfen.

Ich glaube, sagte Baumgarten, die hintere Tür zur Veranda geht am leichtesten. Wir müssen da rein. Egal, ob die alte Ziege drüben was merkt oder nicht. Die kann sowieso nichts dagegen haben, so wie die uns die Hucke vollgelogen hat.

Ich folgte dem Oberkommissar hinter das Haus. Er holte ein uraltes Taschenmesser aus der Hosentasche. Sauber schob er die Klinge in den Türschlitz und ob den Haken an. Damit war der Weg auf die Veranda frei. Überall standen Blechbüchsen mit Katzenfutter, manche geöffnet, manche noch halbvoll, andere leer. Ein Tummelplatz für blauschillernde Fliegen und ihre Puppenkinder. Maden, überall Maden. Sie quollen aus den Büchsen. Es summte und brummte um uns herum. Und es roch säuerlich und vergoren nach vergammeltem Katzenfutter

Mein Gott, was für ein Haushalt! sagte Baumgarten.

Die hintere Balkontür ging leicht. Ich musste ran. Ich hatte einen Schlüsselbund für alle Gelegenheiten, Baumgarten wusste das. Er nickte mir aufmunternd zu. Na los! Heute mal mit behördlicher Genehmigung. Einer meiner Universalschlüssel für Zweivierundzwanzig öffnete das Schloss. Aber Scheiße, innen war ein Riegel vorgeschoben.

Das kotzt mich jetzt an, schimpfte ich. Ich denke, die wird abgehauen sein. So abzuschließen, ist nicht ihre Art, dazu ist sie zu schlampig.

Ihre Mütze ist älter als mein Hut, sagte Baumgarten. Er besah sich die Glasfüllung.

Borgen Sie sie mir mal. Das Glas wird keine Schwierigkeiten machen. Oder bevorzugen Sie die radikale Lösung?

Warum so höflich? Einfach eintreten. Wen kümmert das jetzt? Ich denke, hier ist Gefahr im Verzug.

Da haben Sie mal Recht, Aufdegger! Also los!

Er ging ein, zwei Schritte zurück und trat mit aller Kraft, sein Bein befand sich dabei fast in der Waagerechten, gegen das Schloss. Es gab einen ziemlichen Krach und die Tür stand einen Spalt offen. Wir drückten sie ganz auf. Baumgarten hob drinnen ein Eisenteil vom Schloss auf und legte es fein säuberlich auf die Kommode neben die Geschirrablage und einer leeren Ginflasche.

Fliegen summten auch hier, am Küchenfenster und überall. Wir wehrten sie mit den Händen ab. Irgendwie stank es ganz fürchterlich. Baumgarten, der mitten im Raum stand, besah sich sorgfältig den schmutzigen Linoleumfußboden.

Dann ging er, bemüht leise auftretend, ins Wohnzimmer. Die Schwingtür hatte er mit der Fußspitze aufgestoßen. Auch den Stopper hatte er betätigt, sodass die Tür offen blieb. Das Wohnzimmer sah so aus wie ich es in Erinnerung hatte. Allerdings war es merkwürdig still. Das Radio, das bei der Lehmann immer und ewig dudelte, es war ausgeschaltet.

Baumgarten ging bis zu diesem Radio, er ließ sich auf die Knie nieder.

Ein gutes Gerät, mit schönem, sattem Klang, besonders die Bässe kamen immer gut, sagte ich.

Ich weiß, sagte Baumgarten, wir haben auch so eines gehabt, früher, als wir noch zusammenwohnten, meine Frau und ich.

Oh, na, da staun ich aber, sagte ich, ich denke, Sie führen 'ne Musterehe.

Ja, manchmal tun wir sogar heute noch so.

Baumgarten war aufgestanden, er ging um das Radio herum und bewegte mit der Fußspitze ein loses Kabel, es war ziemlich lang, der Stecker rausgezogen und es lag in losen Schlingen auf dem textilen Fußbodenbelag.

Ja, brummte er vor sich hin, ganz schön raffiniert. Auf so ´nem Kabel kriegst du keine kompletten Fingerabdrücke fixiert.

Stecken Sie den Stecker doch mal rein, Baumgarten, bat ich. Mal sehen, ob ´s noch funktioniert?

Baumgarten tat wie ich ihm vorgeschlagen hatte, er steckte den Stecker in die Dose an der Fußbodenleiste. Sofort ging das Licht auf der Skala an, das Gerät brummte einen Augenblick und dann dröhnte irgendeine Musik überlaut aus dem Lautsprecher. Erschrocken zog der Oberkommissar das Kabel wieder heraus. Sofort herrschte wieder unheimliche Stille.

Baumgarten richtete sich auf. Abenteuerlustig, wie unter einem Jagdinstinkt, glitzerten seine Augen.

Kommen Sie mit! rief er mir zu.

Wir traten ins Schlafzimmer. Der durchdringende Gestank wurde stärker.

Ach, du Scheiße! rief der Oberkommissar halblaut aus und blieb abrupt stehen.

Verdammt, können Sie nicht aufpassen! zischte ich.

Beinahe wäre ich ihm auf die Hacken getreten, hätte ihn umgerannt. Quer über ihrem Bett, aber verkehrt herum, lag die Lehmann – in einen halboffenen, türkisfarbenen Morgenmantel, nein, *gehüllt* konnte man dazu nicht sagen, eher *enthüllt*, wäre das richtige Wort. Wo der Mantel zurückgeschlagen war, schimmerte gelblich ihr faltiger Bauch, das Haar um ihre Scham strotzte grau und filzig. Ihr Kopf war ein wenig zur Seite gerutscht und lag knapp neben dem unteren Bettpfosten. Dessen Holz, es war heller Nussbaum, sah dunkler aus als seine Umgebung, beschmutzt von einer offenbar klebrigen Flüssigkeit, welche die Fliegen sehr zu lieben schienen. Klar, natürlich war es Blut. Und sie war offenbar schon lange genug tot, sodass die Fliegen sie als gedeckten Tisch wahrnahmen.

Baumgarten schaute nachdenklich auf die Tote. Er berührte sie nicht. Dann schaute er zu mir und ich erschrak über sein Gesicht, das auf einmal einen wölfisch satanischen Zug zeigte, er hatte die Oberlippe hochgezogen und bleckte seine gelblich weißen Zähne.

Hirnreste auf dem Gesicht, murmelte er, das sieht man nicht so oft. Aber Scheiße, hier ist es nun so, dass wir das Wirken bloßer Hände erkennen. Allerdings, beim Satan, was für Hände. Hier – und er deutete auf Druckstellen am Hals – solche Abstände zwischen den Fingern. Das ist ja wie aus einem Horrorfilm. Nein, das hatten wir noch nicht. Verdammt, ist denn ein neuer Riesenaffe, ein Gorilla, eine Godzilla irgendwo ausgebrochen?

Ja, konstatierte ich, das sieht ganz nach dem Freund von unserem Hauptkommissar aus, dem lieben Riesenbaby Freddy; jetzt kann der Kalthagen nicht mehr von einem Routinemord aus der Neustädter Szene oder vom Bahnhof Neustadt faseln. Jetzt scheint es ein bisschen mehr zu sein...

Ich gebe zu, das mit dem Kalthagen war von mir ein bisschen zu dick aufgetragen, aber warum sollte ich dem lieben Oberkommissar nicht ein bisschen Honig ums Maul schmieren. Schließlich wusste ich ja, wie sie zueinander standen...

Aus den Augenwinkeln sah ich, mein Bolzen gegen den Hauptkommissar war gut angekommen.

౭౦

Ein goldschimmernder Brummer, behaart wie ein Rowdy, mit einem großen Paar dunkelblauer Facettenaugen, trippelte über die Ablage von Baumgartens Schreibtisch. Ab und zu hielt er an, tippte mit seiner Zunge, die aussah wie ein abgewinkelter, kleiner Greifarm, auf der Unterlage herum. Waren da irgendwelche Krümel? Gut, ich wusste der Baumgarten war ein großer Zuckernarr. Ab und zu stopfte er sich einen ganzen Würfel in den Mund, auch ohne Kaffee, und lutschte darauf herum. Wahrscheinlich lagen ein paar winzige Zuckerabfälle auf der Ablage, fürs menschliche Auge unsichtbar. Eine Straße der Versuchung, eine Spur von Leckerlis für so einen Brummer. Er schnupperte nur kurz, dann trippelte er weiter. Er schien ziemlich vollgefressen und zu schwer für seine dünnen, behaarten Beinchen, er wankte wie ein altersschwacher Postzusteller, der zu viele Pakete in seiner Tasche hat.

An einem Nachbartisch vernahm ein Beamter einen sogenannten Neuzugang, ein mageres, struppiges Bürschchen, das sie beim Ladendiebstahl in einer DM-Filiale beim Bahnhof geschnappt hatte. Er musste all seine Taschen, die Hosentaschen ausleeren, die Schuhe ausziehen. Schmutzige Zehen schauten aus zerrissenen Socken wie die Figuren bei einem Handpuppentheater. Der Kerl stotterte irgendwas, musste es ein paar Mal wiederholen, weil der Beamte auf seiner klapprigen Schreibmaschine nicht so schnell nachkam. Warum verwenden die keine Aufzeichnungsgeräte? dachte ich.

Der Brummer hatte inzwischen die Schreibtischkante erreicht. Er stoppte und schien zu überlegen, was er tun sollte. Er hatte ja mehrere Optionen: sich fallenzulassen und im Tiefflug die Täler und Niederungen des Polizeibüros zu erkunden oder abzuheben und ein paar Runden im Zimmer zu drehen, zu den hellen Fenstern zu fliegen, aber dort rannte man sich im Anflug den Kopf ein - oder aber er blieb einfach sitzen, gestützt auf seine sechs Beinchen und wartete ab, ja, da wäre das Beste, vielleicht fänden sich irgendwo auf der dunkelgrünen Ebene von Baumgartens Schreibtischplatte noch ein paar Leckerli...

Plötzlich kam von irgendwo aus einem Lautsprecher eine Durchsage. Es ging um einen Verkehrsunfall, der sich im Süden an einer Ausfallstraße ereignet hatte, ich hörte nicht richtig hin, überlegte, ob ich mir jetzt nicht ´ne Zigarette anbrennen sollte. Baumgarten war aus dem Zimmer gegangen. Er hatte mir befohlen sitzenzubleiben und auf seine Rückkehr zu warten. Das war vor fast zehn Minuten. Ich beschloss noch Schlag fünf Minuten zu warten und dann einfach zu gehen. Schließlich war ich nicht sein Angestellter oder irgendein Untergebener. Der konnte mir gar nichts. Aus reiner Höflichkeit war ich geblieben...

Da! Die Tür ging auf und Baumgarten kam mit ein paar maschinebeschriebenen Blättern herein. Mit seinen langen Schritten durchmaß er das Zimmer, warf sich in seinen Bürodrehstuhl, dass der zurückfederte und vor Schreck eine halbe Drehung machte.

Er schob mir die Blätter über den Tisch.

Los! Unterschreiben Sie die vier Kopien. Nehmen Sie meinen Stift, wie ich sehe, haben Sie mal wieder nichts zum Schreiben bei der Hand.

Ich nickte und unterschrieb.

Der Brummer hatte sich ohne Eile hinter Baumgartens Telefon geflüchtet. Dort saß er und schien unschlüssig, was er tun sollte. Offenbar hatte er noch ein paar Zuckerkrümel entdeckt und wartete nun, dass wir uns davonmachten.

Indes, als ich mir die lange verdiente Zigarette angezündet hatte, startete er, allerdings ohne Hast oder Hektik, er warf seine Rotoren an und schwirrte brummend zum Fenster, welches ein Beamter sofort, ja beinahe hektisch geöffnet hatte, nachdem ich mir die Zigarette aus der Schachtel genommen hatte.

Baumgarten hatte es sich inzwischen in seinem Drehstuhl bequem gemacht, er machte denselben Eindruck wie immer, breit, ein bisschen übelgelaunt, ekelhaft, gönnerhaft, sogar mit einem Hauch Liebenswürdigkeit, je nach Situation und Laune.

Ich will Ihnen jetzt mal noch ein paar Sachen sagen, begann er, damit Sie schön am Boden bleiben und nicht weder zu Höhenflügen ansetzen, vor allem ihre Finger aus unserer Suppe nehmen, uns einfach unsre Arbeit tun lassen wie es sich gehört...

Ich faltete die Hände vor dem Bauch.

Baumgarten ließ sich Zeit, ich sah wie er es genoss, dass ich auf seine Ausführungen warten musste.

Also, sagte er langsam und betont, keinerlei Fingerabdrücke in dieser Ginhöhle... Sie wissen, von welcher Bude ich rede. Das Kabel des Radios wurde herausgerissen, um es abzustellen. Wahrscheinlich war sie es selber, ob nun in Not oder in Todesangst oder nur aus Trunkenheit. Man kennt das, Trinker lassen das Radio gewöhnlich laut laufen, um irgendwas zu übertönen oder um sich abzulenken oder einfach aus Vergesslichkeit. Aber hier war es anders. Das Genick der Frau wurde gebrochen. Offenbar mit bloßen Händen. Sie war bereits tot, als der Kerl dann anfing, ihren Schädel irgendwo, wahrscheinlich am Bettpfosten gegenzuhauen. Warum er das tat, wissen wir nicht 100 pro... wahrscheinlich, weil er übersehen hatte, dass er ihr das Genick bereits gebrochen hatte oder er wollte sichergehen, wollte ihr sozusagen zweimal den Tod geben. Jedenfalls, er hatte eine Stinkwut auf die Alte... eine totale Stinkwut. Verstehen Sie? Sehen Sie, das ist detektivische Deduktion, klar?

Ja. Leuchtet irgendwie ein, Oberkommissar, sagte ich.

Baumgarten: Also, warum hatte der Kerl so 'ne verdammte Stinkwut auf die alte Schnapsdrossel, he? Das muss doch 'n Grund haben, oder? Jedenfalls musste er sie im Verdacht haben, ihn betrogen zu haben. Und das kann nur mit dem Bruch bei der Volksbank zusammenhängen. Freddy wurde damals verpfiffen. Blümel ist es gewesen. Das ist sicher. Vielleicht auch die Santini? Oder beide zusammen? Das wissen wir nicht genau. Jedenfalls hat der Blümel 'ne fette Belohnung kassiert. Zwotausend! hat er quittiert. Das ist aus unseren Akten ersichtlich. Und Freddy dachte nun, die Lehmanns haben da beide mit dringesteckt. Deshalb erst *der* Lehmann und nun *die*... und der Blümel hat ja auch dranglauben müssen. Vielleicht hat er die Lehmann auch bloß 'n bisschen geschüttelt, wollte die Wahrheit aus ihr rausschütteln... aber, so alte Leutchen soll man nicht schütteln. Das weiß man. Na ja, bei so 'ner dürren Pflanze knickt eben beim Schütteln schnell mal de Blüte ab. Hm, ja, so könnte es gewesen sein... also, was sagen Sie?

Deduktion! Ich verstehe, sagte ich.

Baumgarten nickte zufrieden.

Er fuhr fort: Er hat ihren Hals nur einmal gepackt und sie geschüttelt und seine klobigen Finger sind nicht verrutscht. Wenn wir ihn haben, können wir ihn auch wegen dieser Würgemale überführen, seine Griffel genau messen und karteimäßig klassifizieren. Der Arzt und auch der Rechtsmediziner, beide meinten, sie sei gestern Abend zwischen zehn und zwölf, also zur besten Fernsehzeit, zu Tode gekommen. Bis jetzt können wir die Sache noch nicht zu 100 pro auf unseren Freddy festnageln, aber es sieht sehr nach ihm aus... wenn man alles zusammenzählt...

Hm ja, stimmte ich zu, da gebe ich Ihnen Recht, Oberkommissar, offenbar ist es tatsächlich der Killgries gewesen. Wissen Sie, was ich denke? Wahrscheinlich hat er die alte Schnapsdrossel gar nicht umbringen wollen, ich wette, bestimmt sogar hat er das nicht gewollt.

Was Frauen angeht, ist er nicht der Mördertyp, aber er weiß höchstwahrscheinlich nicht wohin mit seinen rohen Kräften...

Das wird ihm nicht helfen, kam es grimmig von Baumgarten.

Ja, das glaub ich auch. Er ist für mich nicht der alles umnietende Killertyp. Er macht einen platt, wenn er in die Enge getrieben wird, und dann macht er das ohne jeden Skupel, aber er tötet nicht zum Vergnügen oder weil er jemanden quälen will oder auch für Geld, nein, und an Frauen würde er sich im Grunde nicht vergreifen... nein, nicht der Freddy!

Oho? Ist das schon so 'ne Art von vorgezogenem Plädoyer?

Mann, Baumgarten, Sie sind doch selber lange genug dabei, da werden Sie doch wissen, was es hier für Typen gibt... und ich wette, Sie wissen das längst, vielleicht schon länger als Ihr Chef, der Kalthagen, nämlich, was der Freddy für 'ne Type ist?

Der Oberkommissar starrte mich an. Er schwieg, starrte mit halboffenem Mund, wirkte wie unter einem abruptem Stupor, dass ich schon dachte, sein Betriebssystem hätte sich wiedermal aufgehängt. Passierte bei ihm manchmal. Er saß dann, mitten in einer Unterhaltung, auch bei einer Vernehmung ist es schon vorgekommen, als hätte ihn der Schlag gerührt... Diesmal ließ er sich (natürlich unfreiwillig) sogar so viel Zeit, dass der Polizeifunk via Lautsprecher weitere Einzelheiten zu dem Verkehrsunfall im Süden der Stadt bekanntgeben konnte...

Dann blitzartig, klappte er den Mund wieder zu und sagte zu meiner Überraschung:

Aufdegger, ich denke, wir haben uns heute Vormittag ein bisschen angefreundet. Es würde mich freuen, wenn das so bleiben könnte... Wissen Sie was? Fahren Sie wieder nach Hause und ruhen Sie sich mal 'n bisschen aus. Sie sehen richtig spitz und blass aus. Überlassen Sie uns den Mord an der ollen Lehmann und die anderen beiden Gewalttaten, an Lehmann und an dem Blümel, und dass wir den Freddy finden und ergreifen...

Aber ich hab´, antwortete ich, noch zwei offene Rechnungen, sozusagen Aufträge, die ich bis zum Schluss abarbeiten muss...

Aber die Santini haben Sie doch schon gefunden? Und dass die nicht wieder zu ihrem Buchhändler zurückwill, ist doch nicht Ihre Sache...

und den Auftrag von der Santini selber? Na, den können Sie komplett vergessen. Das ist Quatsch...

Was soll ich aber Ihrer Meinung nach tun? Sagen Sie ´s mir. Geben Sie mir ´n Rat. Los!

Wieder starrte er mich an, wieder schloss er den Mund nicht. Wieder bildete sein Speichel in den Mundwinkeln kleine Bläschen. Dann sagte er: Weiß ich doch auch nicht, Mann. Aber ich bin kein Unmensch. Ich schau mal nicht so genau hin... damit Sie Ihre Lizenzen abrechnen können.

Aber Sie wissen, entgegnete ich leise, wenn wir den Amerikaner im Rücken haben, dann...

Baumgarten klappte den Mund zu. Er dachte nach. Ich wusste, nie würde er zugeben, dass ich Recht hätte, auch wenn es nur zur Hälfte wäre.

Er straffte sich, blickte mich scharf an, und sagte dann, indem er mit seinem dicken Zeigefinger auf die Schreibtischplatte klopfte: Nur, damit Sie mich verstehen und klar sehen, mein Lieber - wenn Sie mir diesen Fall auch noch verpfuschen, dann werden Sie ganz übel in Schwierigkeiten kommen, da werde ich Sie ganz persönlich durch den Wolf drehen. Da bleiben von Ihnen nicht mal Krümel, Aufdegger! Da hilft auch kein Herauswinden mehr. Mann, Sie werden sich hier bei der Kripo noch so viele Feinde machen, dass Sie nicht mal mehr ´nen Ladendiebstahl beim Vietnamesen aufklären können...

∞

Es war gegen elf, als ich die Nummer von Chanel Santini in Reichenberg anrief. Ich dachte, dass es wahrscheinlich zu spät wäre, um sie noch zu erreichen, aber ich irrte mich. Über kleine Umwege und Schaltbahnhöfe wie Butler und Zimmermädchen, kriegte ich sie endlich an die Strippe. Ihre Stimme klang heiter, unbeschwert, sie schien gut aufgelegt.

Wir hatten ja verabredet, sagte ich, dass ich dich anrufe – Pardon, waren wir eigentlich schon beim „Du"? – es ist ein bisschen spät, aber es ging nicht früher, viel zu tun...

Was kann einer wie Du – ja, bleiben wir beim „Du" – schon zu tun haben? Ihre Stimme war ein paar Grad dunkler und kühler geworden.

Ach, da fällt mir 'ne Menge ein... übrigens, sag mal, fährt Dein Autolenker so spät noch draußen rum?

Der fährt so lange, wie ich es will.

Gut. Wie wäre es, wenn du vorbeikommst und mich abholst? Ich press' mich inzwischen in meinen Jugendweiheanzug, vorher dusch ich mich, pople' mir die Nägel sauber und kämm' mich mal ordentlich durch. Vielleicht noch 'n paar Tropfen *Hugo Boss* oder *Dior Sauvage* oder *Guerlain Vetiver*... Was riechst du am liebsten?

Deinen Schweiß! Sie lachte.

O.k. da geh ich schnell noch 'ne Runde auf 'n Hometrainer.

Sie sagte gedehnt: Soll ich mir wirklich die Mühe machen?

Komisch, nichts war mehr von ihrem kleinen Sprachfehler zu hören. Sie hatte sonst ein bisschen mit der Zunge angestoßen. Sollte der Huber das wirklich hinbekommen haben? Oder irgendein anderer? In den paar Tagen? Seltsam.

Ich will dir meine Bude zeigen.

Ach wirklich? Und die Briefmarken auch? Ist das nicht 'n bisschen viel für so 'n angebrochenen Abend.

Wart's ab.

Gut. Bin gespannt... dann in anderem Ton: Geben Sie mir doch mal Ihre Adresse!

Nanu? Wieder beim „Sie".

Ja. Man weiß ja nie... „Du Versager", sagt sich leichter als „Sie Versager".

Woher weißt du, dass ich versagen werde?

So redeten wir noch zwei, drei Sätze in diesem blöden Ton, dann gab ich ihr meine Adresse...

Pass auf, sagte ich noch, unten ist meistens abgeschlossen und der Summer geht nicht. Ich geh dann mal runter und schieb 'n Stück Zeitung oder Fußmatte oder was gerade zur Hand ist, dazwischen...

Prima, da brauch ich mein Werkzeug nicht mitzubringen. Wieder lachte sie leise.

Sie legte auf, und ich hatte das blöde Gefühl, mit jemandem gesprochen zu haben, den es gar nicht gab.

Ich schlappte in Pantoffeln runter. Ein Glück, im Hausflur kein Schwein. Auch sonst absolute Stille. Natürlich gab es unten weder Fußmatte noch Zeitung. Zum Glück fand ich einen flachen Stein. Den klemmte ich dazwischen. Ich probierte. Es funktionierte, die Tür blieb offen. Hoffentlich kommt jetzt nicht noch so ´n Ordnungsfanatiker, dachte ich, und nimmt den Stein wieder weg. Dann wär alles umsonst gewesen.

Ganz in Gedanken stapfte ich wieder hoch. Oben in meiner Bude angekommen, begab ich mich unter die Dusche, nahm viel Seife und Lotion. Viel mehr als sonst. Rubbelte mich ab, saute das ganze Badetuch ein, beroch es. Prima Geruch. Ich war zufrieden. Erst wollte ich mich ´n bisschen hinlegen, sozusagen Kräfte tanken, aber dann schlurfte ich zu meiner Kochnische, wo ich allerlei Gläser und ´ne Flasche Single Malt, auch ´n Kirsch-Likör bereitstellte, von denen ich mir den klassischen Verführungseffekt versprach. Komisch, der Gedanke, dass die Santini ja gar nicht wirklich ´ne Frau wäre, kam mir nicht. Ich bin ja sonst eigentlich nie auf der anderen Seite gewesen, nur als Oberschüler hatten wir mit ´n paar Jungens mal so "rumgemacht". Aber Scheiße, diesmal machte ich mir keinen Kopf, auch wollte ich ja was ganz anderes, keinen Sex, oder sagen wir: nicht unbedingt, höchstens als Hilfsmittel, als Dosenöffner, als Weg zum Ziel. Ich wollte die unbedingte Aufklärung dieses Falles, der auf jeden Fall der meine gewesen war. Und zwar von Anfang an. Mochte die Polizei Neid und ihre Bedenken haben oder nicht, mir war das egal. Ich wäre schließlich allen Akteuren am nächsten gewesen und an mir wäre es, dachte ich, den Schlusspunkt zu setzen. Außerdem hatte sich in dieser Sache meiner Seele eine leichtfertige Fröhlichkeit bemächtigt, sofern ich nur an diese Chanel dachte. Beim Satan, sie verfügte über eine unwiderstehliche Anziehungskraft, welche Männer wie Frauen gleichermaßen befiel, so als ob sie der Teufel wäre, ein Lustteufel, der jedwede Bedenken mit einer Handbewegung wegwischte. Was wäre schon dabei, ließ sie einen jeden denken, der, einer Biene gleich, ihren Nektar kostete, der Rausch währte nur kurz und zu bereuen gäbe es nichts, es zählte am Ende nur der schöne Augenblick. Wie soll man die Liebe auch bezahlen, denn man bekommt sie geschenkt. Ein vollendeter Orgasmus ist die einzige die Währung, die man gelten lassen kann…

Ich legte mich aufs Bett. Drunter nur eine leichte Bekleidung, zartseidene Shorts, 'n T- Shirt, darüber meinen dunkelblauen Morgenmantel, den, der innen mit ziegelrotem Futter bekleidet war, aus Seide gefertigt, und der ein goldgesticktes herzogliches Monogramm auf der linken Brust trug. Bete! sagte ich mir, bete! Es bleibt dir nur noch das Beten.

Ich schloss die Augen.

Ich muss verdammt müde gewesen sein, denn irgendwie sackte ich sofort weg. Und wie von Ferne hörte ich leise das Meer rauschen und ein Geruch von brackigem, fauligem Meerwasser erreichte meine Nase, auch heißes Maschinenöl roch ich, solches, das die niedersausenden Kolbenpleuel von Dampfmaschinen auf Schiffen glänzend gleiten lässt und einen Italiener sah ich im roten Hemd mit 'nem goldenen Ring im Ohr. Er saß auf einem dreibeinigen Holzschemel und las unter einer langsam hin und her schwankenden Glühbirne in einem halbzerlesenen *Corriere* und auf der Nase saß ihm 'ne Brille, ein Drahtgestell mit Gläsern, so grob und groß wie aus den Böden von Senfgläsern gestanzt. Ich aber kletterte wie der Hamster in seinem Rad in einem Ventilationsschacht nach oben, sah über mir die vergitterte Öffnung mit dem Tageslicht. Ich klettere und kletterte, kletterte immer schneller, aber die Öffnung über mir wurde statt größer und heller immer kleiner und dunkler. Trotzdem kam ich nach unendlichen Mühen oben an, ich stemmte mit letzter Kraft das Gitter auf und blickte in mindestens zehn Maschinenpistolenläufe. Die Kerle hinter den Maschinenpistolen sagten kein Wort. Sie stierten mich finster an. Nur einer, ein Chinese oder Taiwanese mit einem Gesicht so gelb wie ein Postauto, redete in einer fremden, seltsam quiekenden Sprudelsprache auf mich ein. Die Männer um uns herum wurden plötzlich zu schlitzäugigen Schwertkämpfern einer fremden kaiserlich chinesischer Armee. Die Lage wurde bedrohlich. Plötzlich dachte ich an einen rothaarigen Riesen mit violetten Augen. Der würde mich befreien und er wäre überhaupt der netteste Mensch, den ich je getroffen hätte.

Ich hörte auch auf, irgendetwas zu denken. Mir war, als hätte jemand 'nen Schalter umgelegt. Ich sah Lichterketten, dann fühlte ich mich als Ballon, der irgendwo dahinschwebte. Plötzlich. Der Ballon platzte mit einem Krach. Ich stürzte zur Erde und wurde zu einem rotgepunkteten Käfer, der kopfüber an den Wänden hochlief, natürlich rückwärts.

Ich schlief traumlos weiter.

Ich weiß nicht, wie lange ich geschlafen hatte. Ein paar Minuten oder 'ne halbe Stunde. Langsam wurde ich wach und kiloschwer hoben sich meine Lider. Ich sah über mir ein Licht – es war die Schlafzimmerlampe. Irgendetwas bewegte sich außerhalb meines Gesichtskreises. Ich lauschte. Es war eine verstohlene, leise und schleichende Bewegung. Aber eine Bewegung von einem, der ein Riese war, mit dem Schädel kurz unter der Zimmerdecke. Zentimeter für Zentimeter drehte ich meinen Kopf - und ich erblickte Freddy Killgries. Er schlich, bemüht von mir nicht gesehen zu werden, an den Wänden und vor den Schränken herum. In seiner rechten blinkte ein mattglänzender Gegenstand, ölig, schussbereit. Fast konnte ich ihn riechen. Es war sein 45 'iger US-Armee-Colt. Er trug das Basecap ein wenig in den Nacken geschoben, die Blende nach hinten gedreht, was ihn verwegen und jünger aussehen ließ. Irgendetwas schien ihn zu erregen. Er bewegte die Nasenflügel wie ein Jagdhund seine schwarzglänzenden Nüstern.

Dann. Irgendwie hatte er gesehen, wie ich die Augen aufgemacht hatte. Fast unhörbar kam er an den Bettrand, blickte auf mich herunter.

Bleiben Sie vorläufig nur liegen, Kleiner, sagte er, ich will nur erst mal schauen, ob der Laden hier wirklich sauber ist. Draußen hab' ich keine Bullen gesehen. Auch keine parkenden Limousinen mit dösenden Figuren drin. Sollte es dennoch 'ne Falle sein, werden Sie oder wer hier noch da ist oder uns unangemeldet besuchen kommt, in grauen Plastikkisten raus geschafft. Das wette ich. Klar?

Ich bewegte mich auf meinem Bett ein paar Zentimeter nach rechts und schon – schwupps – fasste er mit seiner Riesenpfote unter mein Kopfkissen, fand aber nichts.

Er fluchte leise: Scheiße!

Sein Gesicht war groß wie ´n mittlerer Kürbis, nur bleicher, nicht gelb und seine Augen, daran erinnerte ich mich seltsamerweise genau, waren sanft wie die eines Klavierspielers. Er trug einen langen, weiten Mantel. Der war an der Schulternaht eingerissen. Ganz sicher die größte Konfektionsgröße, die sie im Angebot gehabt hatten, aber für Freddy war er eben immer noch zu klein.

Ich hatte gehofft, sagte ich, dass Sie vorbeikommen würden nach meinem Anruf. Keine Angst, kein Polizist weiß etwas davon, dass Sie zu mir kommen, dass wir uns treffen. Ich will Sie nur mal sprechen und... vielleicht treffen Sie hier heute jemanden, den Sie schon lange treffen wollten.

Ich? Ich wollte jemanden treffen? Wer is´n das, he? fragte er.

Abwarten, ich denke, es wird Ihnen eine Freude sein...

Spann mich nicht auf die Folter, Freundchen, brummte er unheildrohend, so viel Zeit hab´ ich nicht... also, was wolltest du mir sagen?

Er trat einen Schritt zur Seite, bis zu meiner Kommode. Dort legte er seinen 45 ´iger hin, zerrte sich den Mantel über die Schulter herunter und ließ sich langsam und in aller Ruhe in meinen alten Korbsessel nieder. Der knarrte und knirschte gefährlich. Ich hatte schon Angst, dass er ihn zusammendrückt wie ´n Elefant, der sich auf einen Pappkarton setzt. Aber nein, der Stuhl hielt. Vorsichtig lehnte Freddy sich ein wenig zurück, tastete nach seinem Colt, nahm ihn aber nicht in die Hand, sondern drehte ihn nur auf der Kommode in eine griffbereite Richtung. Mit der anderen puhlte er ein Päckchen Zigaretten aus den Tiefen seiner Taschen, schüttelte die Packung, hielt sie schräg und nahm mit seinen gespitzten Lippen, fast so geschickt wie ein Orang Utan im ZOO ein Zweiglein aus einem Busch Äste ertastet, eine Zigarette heraus, tat das, ohne sie mit den Fingern zu berühren. Plötzlich hielt er auch ein Feuerzeug in der Hand, eine Flamme zischte auf. Scharfer Tabakgeruch zog durch mein Schlafzimmer.

Bist du krank oder sowas? fragte er.

Ich schüttelte den Kopf,

Bloß, weil du hier mitten am Tag, erklärte er in seinem tiefen Bass, so rumliegst.

Nein, entgegnete ich, ich hab mich nur kurz hingelegt.

Warum?

Das hängt mit dem Besuch zusammen, der hier gleich erscheinen wird. Sie erinnern sich, ich sprach von einer angenehmen Überraschung für Sie... da wollte ich ausgeruht sein. Klar?

Is woll 'ne Dame, die da kommt, he? fragte Freddy und paffte Rauchwolken gegen meine Zimmerdecke.

Ja. Könnte man so sagen, sagte ich.

Eh, Freundchen, wenn der Besuch was mit 'n Bullen zu tun hat, bist du so gut wie tot. Klar?

Nein, hat er nicht. Glauben Sie 'mir nur. Machen Sie sich keine Sorgen. Vielleicht kommt sie ja auch nicht... wer weiß das so genau.

Also doch 'ne Dame, he?

Mann! brüllte er plötzlich los: Verarsch' mich hier nicht, Freundchen. Doch dann, plötzlich in freundlicherem Ton, fragte er: Was is 'n das für 'ne Dame, he? Sag mal! Los!

Ach, nichts Besonderes. Werden Sie schon sehen... Sie kennen die übrigens... ist einfach 'ne Dame eben. Haben Sie plötzlich Angst vor Damen?

Freddy paffte, hustete und lachte. Ich und Angst? Angst vor Weibern? Du spinnst wohl?

Ein unmerkliches Lächeln umspielte sein blasses Gesicht, kaum dass sich die Lippen bewegten. Offensichtlich schmeckte ihm die Zigarette nicht, er hielt sie ungeschickt und paffte nur ganz kleine Züge.

Wie bist du drauf gekommen, dass ich Interesse haben könnte, hierher zu dir zu kommen?

Ich weiß nicht – vielleicht Intuition? sagte ich, und die Spekulation auf die Neugier, die jedem zu eigen ist...

Weißt du, ob die Bullen hinter mir her sind?

Hat Sie das je gestört?

Wieder lächelte er schwach, bewegte den Kopf hin und her, was offenbar „nein!" heißen sollte.

Ich sagte: Dass Sie die Alte umgebracht haben, Sie wissen schon, die Lehmann, das war ein ziemlicher Fehler... und vor allem vollkommen unnötig...

Halts Maul. Quatsch nicht mehr davon. Ich will das nicht...

Aber dadurch haben Sie sich alles vermasselt, widersprach ich. Ein richtiger Blödmann sind Sie! Wissen Sie das? Ich weiß aber, Sie sind im Grunde kein Killer, Sie wollten die alte Schnapsdrossel nicht umbringen. Warum aber mussten Sie ihr den Schädel so einschlagen, dass ihr das Hirn rausläuft? Und dann das viele Blut. Wird schwer werden, sich da vor Gericht da rauszuwinden. Sowas macht immer ´ n miesen Eindruck. Da wird jeder Richter zornig... und ´n Verteidiger muss das Maul halten.

Noch bin ich nicht vor Gericht! Vielleicht kommt es gar nicht dazu. Und... was dich betrifft, Freundchen, so sag ich dir: Du riskierst ziemlich viel, wenn du hier so auftrumpfst... ich hör mir gerne viel an, aber, wenn ´s mir *zu* viel wird... kehr hier nicht ´n Anwalt raus....

Ich glaube, Sie sollten mal lernen, Ihre rohen Kräfte richtig einzusetzen...

Dazu ist es sowieso zu spät. Das lern´ ich nicht mehr.

Er wirkte plötzlich wie ´n ertapptes Kind, ziemlich schwach und schlapp.

Ich redete weiter: Ich wette, Sie wollten ihr was erzählen, ihr gut zureden, auszupacken. Und da haben Sie sie einfach beim Genick gepackt und ´n bisschen geschüttelt – so wie manche Mütter das mit ihren Kindern machen oder Hunde mit ihren Welpen. Aber, Pech für Sie – Sie hätten sie gar zu schütteln brauchen. Die arme Alte war schon tot, als Sie die hochzerrten, beim Genick packten und gegen den Bettpfosten schlugen... sie haben ´ne Tote erschlagen...

Er starrte mich an. Die Zigarette war ihm aus dem Mund gefallen.

Aber wer?

Wer es dann gewesen ist, meinen Sie? Auf alle Fälle jemand, der vor ihnen schon da war. Wer es war, weiß ich nicht genau, ich aber ´ne Ahnung und das wird sich schon noch aufklären... vielleicht sogar heute noch...

Wer? fragte er dumpf und schlug sich mit den Fäusten gegen den Kopf.

Wir kriegen das noch raus, Freddy. Ein bisschen Geduld bitte... Ich kann mir aber durchaus vorstellen, sagte ich, was Sie der Frau sagen wollten, oder besser, was Sie von ihr wissen wollten... ist nicht schwer, sich das vorzustellen, mein lieber Herr Freddy. Es ging um die Kohle von dem großen Bruch? Stimmt´s? Wie es schon bei ihrem Mann um die Kohle gegangen war. Um Ihre Kohle! Von der Sie glaubten, die Lehmanns hätten was damit zu tun. Oder? Hatten die aber nicht... die Lehmanns jedenfalls nicht. Deine Kohle haben ganz andere...

Er war aufgestanden und zum Fenster gegangen. Seine Riesengestalt verdeckte Gardine und Fensterkreuz. Mann, was war das für 'n Kerl. Er hätte mit seiner Stirn die Gardinenstange runter stoßen können.

Plötzlich sah ich wie er zitterte. Es schüttelte diesen Kraftmenschen wie einen Schuljungen auf dem Dreimeterbrett. Er ballte die Fäuste, warf den Kopf in den Nacken. Seine ganze Riesengestalt wirkte wie unter Strom gesetzt. Irgendetwas hatte er draußen entdeckt. Auf der Straße vorm Haus. War die Polizei tatsächlich im Anmarsch? Nein, das konnte nicht sein. Woher sollten die wissen, dass... ? Nein, unmöglich. Oder doch? Hatten die etwa mein Haus die ganze Zeit im Visier gehabt? Baumgarten – das Schwein, durchzuckte es mich.

Nein. Ich hatte falsch kalkuliert.

Intuitiv und von einer Ahnung getrieben war ich aufgestanden und zur Tür gegangen, ganz leise und vorsichtig, auf Zehenspitzen, ein wenig krumm, während der Freddy immer noch und wie versteinert auf die Straße starrte.

Ich schlich in den Flur, öffnete die Tür.

Da stand sie vor mir! Die Chanel.

Zum Küssen nah. Nur eine halbe Armlänge entfernt. In einem raffinierten, dunklen Kostüm, einen weißen, leichten Kunstpelz über den Schultern. In eine Duftwolke gehüllt. Sie lächelte mich an.

Komm ich zu früh?

Ich sagte nichts.

Sie sah an mir herunter, ihr freundliches Lächeln erstarb, es wurde ein bitteres, sarkastisches.

So ist das also. T-Shirt, seidene Shorts und darüber einen Morgenmantel. Um mir seine apparte, kleine Bude zu zeigen. Was bin ich doch für eine Eselin!

Ich verneigte mich so wie ein Butler um Verzeihung bittet, trat beiseite, hielt ihr die Tür auf.

Es ist ganz und gar nicht so wie du denkst. Ich war gerade beim Anziehen als Blitz-Platz die Polizei hier auftauchte. Erst vor einer Minute sind sie wieder weg. Sie...Du müsstest sie noch gesehen haben, mit 'n Privatwagen, dunkelgrüner VW.

Der Kalthagen?

Nee, der Baumgarten war' s, alleine... ich lächelte sie an, verlegen, um Vergebung bittend. Mit 'nem Lächeln zu lügen ist zwar immer noch 'ne Lüge, aber sie ist nicht mehr so schlimm.

Eine Sekunde verharrte sie. Sie zögerte. Die Vorsicht des Wildes. Dann ging sie in eine Wolke ihres parfümierten Pelzes gehüllt an mir vorbei.

Ich schloss die Tür. Ich hatte kein gutes Gefühl, sogar mulmig war mir geworden. Sie ging langsam durch den Flur, betrachtete ohne irgendeinen Ausdruck die Wände, die falschen Drucke, die da hingen, wandte sich dann aber blitzschnell um.

Dass wir uns einig sind, mein Bester, sagte sie, so 'n einfaches Häschen bin ich nicht. Billige Schlafzimmerromantik, vorher 'n halbblauen Sekt, 'n Krabbencocktail oder irgendein animierendes Video – so 'n Scheiß kannst du bei mir vergessen. Früher, als ich noch ungestüm war und mich ausprobieren wollte, da vielleicht. Da bin ich auf sowas noch reingefallen. Jetzt muss die Sache Niveau haben und nach Geld riechen, verstehst du?

Möchtest du 'n Drink, bevor du wieder gehst? fragte ich, meiner Stimme 'n unsicheren Klang gebend.

Fuck! Wer sagt dir denn, dass ich gehen will?

Oh, ich... ich dachte, stotterte ich, dass du gleich gesehen hättest, dass das hier nicht dein Stil ist...

Oh, damn'd, no Sir. Ich wollte nur von Anfang an klarstellen, wie ich die Sache sehe. Wie ich dir klarzumachen versuchte, bin ich keines von den Flittchen, die denken, sie verpassen was, wenn sie nicht gleich bereit sind und ins Bettchen hüpfen; nein, mein Lieber, ich bin durchaus zu haben, aber nicht für jeden Heini und um jeden Preis. Das müsstest du doch inzwischen mitgekriegt haben? Oder hast du nicht aufgepasst, in Reichenberg. Gut, o.k. mach ´n Drink. Du weißt ja, was ich bevorzuge…

Also Whisky?

Yes Sir ´n Whisky, aber was wirklich Gutes. Ab 500 Euro aufwärts die Flasche. *Glenfiddich*, Single Malt, 30 Jahre im Eichenfass gereift, sowas in der Art…

Na dann!? Right. Hab´ grad ´n *Highland Park* hier, die Flasche allerdings nur für 135. Klar, auch Single Malt. Würdest du *den* von mir annehmen?

Sie nickte. Ja, gut. Einverstanden. Für deine Verhältnisse ganz passabel.

Sie hatte sich in meine Essecke gesetzt, die Beine übereinander geschlagen, ihr weißes Pelzcape ein wenig gelüftet, auch die Kostümjacke aufgeknöpft, sodass sich eine ihrer nackten Schultern zeigte. Verdammt, was für ein Blickfang! Verführerisch wie nichts! Ich konnte mich kaum abwenden. Sie wippte mit ihren hochhakigen Pumps, beschaute interessiert die Fußspitzen. Dass ihre linke Schulter entblößt war, schien sie weder zu stören, noch zu bemerken…

Während ich die Gläser füllte, hatte ich meine Lauscher aufgestellt, ich peilte akustisch wie ein Luchs zu meinem Schlafzimmer rüber, aber von dort war kein Laut zu hören, nicht mal ein Atmen, nichts. Was ist mit Freddy? dachte ich. Langsam bekam ich Angst. Wie würde das ausgehen?

Sie nahm ihr Glas, spitzte die Lippen, nahm ein kleines Schlückchen. Sie schaute über den Rand ihres schweren Kristallglases, denn sowas hatte ich ihr in die Hand gedrückt, schaute zur gegenüberliegenden Wand, als ob sie dort etwas entdeckt hätte. Ich bekam einen ordentlichen Schrecken, denn ich dachte, sie hätte irgendwas von Freddy gesehen. Aber dem war nicht so, sie sagte:

Weißt Du, ich mag es nicht besonders, wenn mich Männer mehr oder weniger in Unterwäsche empfangen. Nein, das ist doch zu komisch. Ich hab´ dich wirklich gern, mein kleiner Detektiv… aber das musst du nicht machen… das ist albern.

Ich nickte und trank.

Weißt du, sagte sie, die meisten Kerle sind nichts als Triebtiere. Eigentlich ist unsere Welt voller Tiere... Tiere in Menschengestalt. gemein und ohne Stil. Primitiv.

Vielleicht könnte Geld da raushelfen? fragte ich, fragte ein bisschen hintersinnig und doch um einen harmlosen Ton bemüht.

Aber nur, wenn du früher mal ´n armes Schwein gewesen bist. Da denkt man so. Da glaubt man, Geld könnte helfen, aber glaub´ mir, es hilft in Wahrheit nicht. Je mehr du davon hast, desto größer die Scheiße! Really.

Sie lächelte seltsam.

Man vergisst eins ganz schnell, wie schwer es vorher war... ohne Kohle.

Sie nahm ein vergoldetes Zigarettenetui aus ihrem Umhängetäschchen. Ich stand auf, trat zu ihr, hielt ihr ´n Streichholz hin. Sie stieß eine riesige Rauchwolke aus, wedelte sie dann mit der Hand weg, hüstelte.

Komm, setz dich zu mir!

Sie rückte ein bisschen zur Seite. Lass uns mal ´n paar Worte reden.

Worüber?

Ach, da gibt´s ´ne Menge Themen.

Ja, ich weiß – über meinen alten Buchhändler, der Sehnsucht hat...

Nein, Verehrteste, wir sollten über Mord reden.

Sie antwortete nicht, ihr Gesicht zeigte keine Veränderung, kein Muskel zuckte. Nur eine Wolke Tabakrauch entließ sie aus ihrem linken Mundwinkel und der Nase.

Hast du kein anderes Thema? Willst du mir den Abend verderben?

Ich sah ihr in die Augen, schnippte mit dem Finger.

Der Blümel ist bestimmt kein Heiliger gewesen und auch nicht zuverlässig, um Millionen zu verwalten, aber ich hab´ trotzdem keine Lust, von ihm und seinem Tod zu reden. Im Grunde geht es mich auch nichts an...

Sie erwiderte meinen Blick, kühl, dann griff sie in ihr Handtäschchen, um ein Taschentuch herauszuholen.

Ich sagte: Gewiss, dein Blümel war kein Tugendbold. Aber er war ´ne kleine Nummer. Eigentlich ´n Nümmerchen. Die Polizei tut nun zwar so, als wäre er der Dreh- und Angelpunkt und ein

Riesenkrimineller, aber die wollen sich nur wichtigmachen, weil sie den entscheidenden Zugriff noch nicht hingekriegt haben. Nein, der Blümel war für den Job ´ne Nummer zu klein, mit ´n Hang zum Griff in die Kasse anderer Leute...

O.k. das könnte stimmen.

Der Ton ihrer Stimme war jetzt einige Grad unter null.

Ich sprach weiter: Allerdings, meine Liebe, ist das nicht die ganze, nicht mal die halbe Wahrheit... nein, es ist wirklich schrecklich nett von Ihnen (ich war wieder zum „Sie" gewechselt, weil es mir passender schien), mal zu mir herzukommen. In meine Bude. Trotzdem glaube ich, wir haben da noch ´n paar Dissonanzen, Sie und ich, meine ich. Ich denke nämlich nicht, dass der Blümel von irgendeiner imaginären Bande oder gar von dem schrecklichen Freddy platt gemacht wurde, ich glaube nicht mal, dass er in die Lehmann´sche Wohnung gekommen ist, um mir irgendwas mitzuteilen oder mir gar Geld für ´ne Information anzubieten oder für irgendeinen Job, nein, der Blümel wurde herbeizitiert, sagen wir mal, er wurde hergelockt, mit welchen Worten weiß ich nicht, er wurde jedenfalls herbestellt, um eiskalt umgebracht zu werden, denn irgendwie ist er dran gewesen, er musste weg... im Übrigen glaube ich auch nicht, dass die alte Lehmann von diesem Tarzan Freddy umgebracht worden ist. Die Polizei denkt das – ich nicht. Der Baumgarten denkt das. Der Kalthagen denkt das. Ich glaube nicht daran. Nein. Nein, es war derselbe Typ (das Geschlecht lassen wir mal offen – wir wollen ja frei sein für alle Interpretationen), es war genau derselbe Typ, der den Blümel mit ´n Totschläger erledigt hat - allerdings, das fällt auf, dieser Mörder ist ein ziemlicher Amateur gewesen, er hinterließ ein Superarsenal von Spuren... wie schon bei der Lehmann... richtig üppig hat er uns ein regelrechtes Spurenmenü serviert. Nett von ihm. Wirklich. Wahrscheinlich dachte er nicht, dass er geschnappt würde

Die Santini beugte sich ein paar Zentimeter vor, ihr Lächeln, da ihre Stimme schon unter null war, fror jetzt endgültig ein. Und ich sah, dass sie plötzlich, von einem Augenblick auf den anderen, nicht mehr schön war. Nein, sie war in Bruchteilen von Sekunden gealtert, die Nase spitz, der Mund hart, die Augen gläsern und starr, wächsern das

Kinn, sie glich jetzt einer verbissenen, faltigen UFA-Schickse aus einem uralten Stummfilmkrimi vom Ende der Zwanzigerjahre des letzten Jahrhunderts...

Sie antwortete mir nicht, auch ihr Blick blieb derselbe, aber ihre Hand mit den grellen Krallen tippte herausfordernd, aber noch unentschlossen auf ihr goldenes Täschchen.

Oh ja, wiederholte ich, ein ziemlicher Amateurmörder, vielleicht sogar einer Frau, fahrig und unkonzentriert wie beim Autofahren, ungefähr so ein Anfänger wie der Altweibermörder Raskolnikoff in Dostojewskis „Schuld und Sühne"... solche Leute muss man sehr ernst nehmen und schnell aus dem Verkehr ziehen. Die sind gefährlich, sogar manchmal für sich selber... - der Student Raskolnokoff hatte 'ne Axt genommen, bei Blümel tat es der Totschläger...

Und du meinst, fragte sie, der, welcher den Blümel erledigte, hätte beinahe noch jemand anderen ins Jenseits befördert? Aus Versehen, sozusagen? An wen dachtest du da?

Sie wirkte wieder harmlos und neugierig wie ein Weib beim Kaffeekränzchen.

An mich, meine Liebe... an mich, dachte ich. Und ein Versehen war es keineswegs. Der... oder die... oder wer es auch gewesen sein mag, kam nur nicht mehr dazu. Ein kleiner Zwischenfall. Man wurde gestört. Oder besser, es fummelte irgendwer im Hausflur am Schloss herum, da wollte einer... oder eine... rein in Lehmanns Edelabsteige, in sein Porno-Etablissement...

Und wer soll das gewesen sein?

Na, die Lisa Pommer natürlich. Niemand anderes als die Pommer. Die wollte, wie immer, aufräumen und saubermachen. Und, stellen Sie sich vor, diese Kleine hat mir das Leben gerettet... ja, mich gerettet durch ihren Diensteifer, um sich ein paar Euro zu verdienen - sonst säße ich jetzt nicht hier. Also, man hat nicht richtig eingeschlagen auf meinen Kopf... man wollte zwar, aber man konnte nicht, es war ein sogenannter verkürzter Schlag... einer mit Schlaghemmung. Verstehen Sie?

Ach komm, rief die Santini und lachte, das glaubst du doch selber nicht. Wer soll dir denn an den Kragen wollen? Du bist doch weiß

Gott nur ein ganz kleines Ding... ein harmloses Ding wie ein... sie sucht nach einem Vergleich...

Wie ein Radiergummi!

Genau, wie ein Radiergummi. Ha, ha, ja, genau. Nee, das bildest du dir alles nur ein, Franz. Du warst und bist niemals in Gefahr gewesen.

Sooo? Wirklich nicht?

Nein... oder besser: Ja. Keine Gefahr.

Wir starrten einander an. Sie hatte ihre rechte Hand wieder in ihrem Handtäschchen. Ich konnte mir ihre Hand ziemlich gut vorstellen, auch wonach sie tastete oder was sie womöglich schon umklammert hielt... aber, es war offenbar noch nicht soweit. Alles braucht seine Zeit, braucht die Gelegenheit und den rechten Moment...

Gut, hören wir auf, mit dem Quatsch, sagte ich. Wir sind hier ganz allein (Oh, wieder eine Lüge, dachte ich, was bin ich nur für ein charmanter Lügner. Warum springe ich nicht auf und hole den Freddy herein? Warum mach´ ich ein Spiel daraus? Wen will ich herausfordern? Das Schicksal?) Niemand kann uns hören, log ich weiter. Nichts, was wir hier sagen, hat gegen den anderen irgendeine Beweiskraft. Alles hebt sich gegeneinander auf. Hören Sie, ich will Ihnen eine kleine Geschichte erzählen.

Eine Geschichte? Schön. Sie nickte, nahm die Hand, blank und bloß aus dem Täschchen.

Gut. Also die Geschichte: Ein Junge aus einfachsten Verhältnissen, der entdeckte mitten in seiner Pubertät, dass er als Mädchen Erfolg haben könnte, einen Erfolg, den er sonst nicht gehabt hätte; also schlüpfte er in die fremde Rolle und wurde in relativ kurzer Zeit eine schöne, begehrenswerte Kurtisane. Freilich geschah dies nicht ohne den Rat und die Hilfe von zahlreichen, oft von falschen, sehr falschen Freunden, ja sogar die eigene Mutter trat in Aktion. Sie hatte eine entsprechende, eine schillernde Vergangenheit. Und es war dies auch kein Weg ohne Fallstricke und ohne kriminelle Verirrungen. Selbst das Zuchthaus blieb ihm nicht erspart. Und er lernte Menschen kennen, die er besser hätte nicht kennenlernen sollen, Menschen, die seinen Weg bis heute kreuzen. Aber wurde geliebt und bewundert, er hatte Talent für die Bühne und die Gabe, viele Menschen, Männer wie Frauen, in sich vernarrt zu machen. Das gefiel ihm und streichelte seine Seele wieder und wieder. Aber es geschah, dass sein Spiel immer gefährlicher wurde. Nach einem großen Coup in der Raiffeisenbank – das war vor knapp zwei Jahren - musste er untertauchen. Ein alter Trottel von einem Buchhändler fiel auf ihn herein, bot ihm eine Lebensstellung an, mitsamt komfortablem Familienanschluss. So verschwand er für ein paar Monate aus der Öffentlichkeit, auch für seine Freunde wurde er unsichtbar. Doch niemand entrinnt seinem Schicksal auf Dauer. Er wurde aufgespürt. Da vollzog er wie Phoenix eine neue Verwandlung. Als Superlady wurde er die Frau eines amerikanischen Ex-Öl-Multis, der hier in mery-old Germany den Rest seines Lebens verbringen wollte. Irgendwann aber, durch Zufälle wie sie das Leben immer bereithält, wurde diese Lady von einer schäbigen, alten Alkoholikerin erkannt und erpresst. Das konnte natürlich nicht ewig so weitergehen. Freilich, die Alte war billig und mit wenig zufrieden, und sie wusste längst nicht alles. Etwas mehr wusste der Ehemann der Alten und der ging auch professioneller vor. Das machte im Grunde nichts, zumindest solange nicht, bis ein schwerer Junge aus dem Zuchthaus frei kam, ein Mann von enormer Kraft aber wenig Hirn, ein Mann, der ihn als „seine Süße" im Knast kennengelernt und nach Knastsitte mit ihr verlobt war, der jetzt aber seinen Anteil aus einem früheren Bruch nicht verlieren wollte und diesen nun einforderte. Er wusste, sie und ein alter Bekannter, das kleine Arschloch Gernot Blümel, verwalteten die Hinterlassenschaften. Und irgendwie wollten die beiden nichts mehr herausrücken... und da fingen die Verwicklungen an. Und plötzlich tauchte zu allem Unglück auch noch ein Scheißprivatdetektiv auf, einer, der ziemlich schnell Bescheid wusste und dadurch mehr und mehr im Wege war.

Und dann war plötzlich einer zu viel im Spiel. Einer, der zu viel wusste. Nein, nicht ich bin damit gemeint, meine Beste. Es war einer von euren alten Kameraden, einer, von dem man wusste, der schwatzt zu viel, der wird undicht und läuft aus, wenn ´s zu heiß wird. Also muss aufgeräumt werden. Und zwar schnell, ehe es zu spät ist, ehe der was ausplaudern kann, heißt:

Weg mit ihm! Ganz einfach und schnell.

Mit 'nem Totschläger. Und zwar von Ihnen, Madame... ja, starren Sie nicht so, 'ne „Frau" wie Sie kann so 'n Ding problemlos handhaben, 'n flottes Händchen genügt...

Die Santini zuckte mit keiner Wimper, sie machte nicht mal 'ne Schluckbewegung. Alles, was sie tat, war ein blitzschneller Griff in ihre Handtasche. Und als die Hand Bruchteile von Sekunden später wieder auftauchte, hielt sie 'n netten, kleinen Browning in ihren Fingern... alles, was sie weiter tat, war, dass sie ein Lächeln auf ihrem Gesicht erscheinen ließ, ein Lächeln wie die Sonne zwischen zwei Wolken, und dass sie die kleine, graue Pistole auf mich richtete.

Der Abstand zu meinem Körper waren keine dreißig Zentimeter.

Alles, was ich tat, war, dass ich nichts tat, dass ich mich nicht rührte, nichts von mir gab, keinen Ton, kein Wort, kein Ächzen, keinen Laut des Erstaunens...

Doch, das war noch nicht alles, was in diesem Augenblick geschah: Denn Freddy Killgries kam durch die Verbindungstür zum Schlafzimmer herein, er hielt seine 45 'iger in seinen behaarten Pranken und die sah bei ihm aus wie 'ne Spielzeugpistole.

Er tat, als ob er mich überhaupt nicht sähe, ich schien für ihn Luft.

Er blieb vor der Santini stehen, beugte sich aus seiner Riesenhöhe zu ihr herab und sagte mit sanfter Kinderstimme: Mensch, ich hocke da im Nebenzimmer und höre eine Stimme. Und ich sage zu mir, eh, Alter, eh, Freddy, die kennst du doch, diese Stimme! Das ist doch deine Süße! Und ich sage weiter zu mir, Mensch, eh Alter, wie viele Jahre hast du diese Stimme nicht mehr gehört? Und ich stehe im Nebenzimmer die ganze Zeit und lausche auf deine Stimme wie auf 'ne alte Märchen-CD. Ja, wie 'n Märchen kam es mir vor. Und jetzt? Fuck! Jetzt seh' ich dich life vor mir. Eh, das ist wie 'n Wunder! Aber, eines sag ich dir, Kleines, mit roten Haaren hast du mir besser gefallen. Auch das Kostüm ist nicht super. Hast du nicht dein hübsches Schwarzes noch? Das kurze Showkleid, weißt du? Na egal. Grüß dich. Eh, wie lange haben wir uns nicht gesehen? Wie viele Jahre ist das her?

Sie schwenkte den Browning.

Mach, dass du fortkommst, blöder Pisser!

Er erstarrte, als hätte er einen Eimer kaltes Wasser ins Gesicht bekommen, seine 45 ´iger hing herunter wie ein unbrauchbares Stück Holz. Er atmete schwer, beinahe keuchend als er sagte:

Das hätte man mir mal früher sagen sollen, dass meine Süße mir so blöd kommt. Jetzt ahn´ ich, wer mich verpfiffen hat. Das warst du, verdammte Schwuchtel! Fick dich!

Ich warf die Glenfiddich-Flasche, aber ich hatte den Drill unterschätzt, ich verfehlte das Ziel.

Sie schoss ihn sechsmal in den Bauch, fast das halbe Magazin feuerte sie leer. Komisch, dachte ich, dass das so leise klingt. Das hört man ja kaum auf der Straße.

Dann richtete sie die Waffe auf mich. Ich wusste, es war ein zweireihiges Magazin drin. Sie hatte noch sieben Schuss. Sie drückte ab, aber die Waffe hatte eine Ladehemmung. Ich dankte Gott. Sie drückte und drückte, aber es klickte nur, kein Schuss löste sich. Sie bückte sich schnell nach Freddys 45 ´iger. Aber diesmal traf ich sie mit einem von den Stuhlkissen. Bevor das Kissen von ihrem Gesicht rutschte, war ich um den Tisch herum, hatte sie beiseite gestoßen und Freddys Waffe an mich genommen.

Killgries stand immer noch, aber er schwankte und hielt sich den Leib. Blut rann ihm zwischen den Fingern durch. Er stand nicht mehr lange, höchstens ein paar Sekunden, dann kippte er zur Seite und blieb mit dem Gesicht nach unten liegen. Ich hörte wie sein Atem stoßweise ging, schließlich röchelte er nur noch. Er lag unbeweglich.

Ich hatte den Telefonhörer in der Hand, bevor sie Anstalten machte, sich zu bewegen. Sie sah jetzt eher wie eine Tote aus, mit grauen, starren Augen und einer verzerrten Visage. Sie hastete zur Tür, ich versuchte nicht, sie aufzuhalten. Sie hatte die Tür weit offen gelassen. Ich ging ihr nicht nach, hörte auch nichts. Sie war weg.

Ich wandte mich Freddy zu. Er war noch nicht tot. Ich legte ihm ein Kissen unter den Kopf, hob seinen Kopf, damit er nicht an seinem Erbrochenen und am Blut erstickte.

Das Telefon klingelte. Es war Baumgarten. Ich hatte ihn nicht erreicht und um dringenden Rückruf gebeten. Ich sagte: Kommen Sie schnell. Killgries in meiner Wohnung. Sechs Schüsse im Bauch. Er lebt noch, fragt sich nur wie lange. Den Notdienst habe ich verständigt.

Baumgarten fragte: Es war doch sie, die geschossen hat. Oder?

Ich: Ja. Aber sie ist entkommen.

Herrlich! sagte der Oberkommissar, Sie sind wirklich das Unglückshuhn vom Dienst. Und wieder alles ohne uns. Menschenskind, Aufdegger!

Als der Rettungswagen ankam, versuchte Freddy gerade sich aufzurichten. Er kniete neben dem Tisch und hielt ein paar blutige Handtücher gegen den Bauch gepresst.

Der Sanitäter sagte: Vielleicht kriegen wir ihn durch, hängt davon ab, was im Innern zerfetzt wurde und wie viel Blut er verloren hast. Eine kleine Chance hat er aber noch.

Ich glaube, sagte ich, er hat keinen Bock mehr auf Chancen.

Und so war es auch. Er starb in derselben Nacht.

&

Sie sollten einen Leseabend veranstalten. Inhalt - Ihre Erlebnisse im Gangstermilieu. Das wäre doch mal was! Besser erlebtes Milieu, statt erfundenes. Was ist ein geschriebener Krimi gegen einen miterlebten Mord? Was ist das Reden über einen Bankeinbruch als die erbeuteten Scheinchen Papierchen für Papierchen zu zählen und sorgsam in Omas Pappkoffer zu packen? Was für Gefühle mögen einem da in der Brust wühlen? Die Hände in schimmernden Steinchen zu baden? Oder als Höhepunkt? Dem Verbrecher beim eigenen Todeskampf zuzusehen...

Lisa Pommer lachte kurz auf und ging dann in ihre Küche. Ich hörte Flüssigkeiten in Gläser gurgeln, Eisstückchen klirren, Schälchen mit Snacks rascheln. Dann kam sie zurück und servierte den Drink und die Snacks, dazu lächelte sie ziemlich herausfordernd, setzte sich mir gegenüber.

Sie trug einen raffiniert geschnittenen, schwarzweißen Hausanzug, der eine Schulter nackt hervorschauen ließ. Um den Hals ein dünnes Goldkettchen und an den nackten Füßen, deren Nägel dunkel lackiert waren, hochhakige knallrote Pumps.

Sie presste die Handflächen aneinander, beugte sich vor, fragte:

Sie ist also entkommen?

Ja! Ich nickte.

Es liegt doch hoffentlich nicht an Ihrer mangelnden Fitness? Wieder lachte sie, freute sich an ihren kleinen Gemeinheiten.

Nein, entgegnete ich in ernstem Ton. Was denken Sie von mir? Außerdem hat sowas nichts mit mangelnder Fitness zu tun – jedenfalls meistens nicht.

Ja, ich weiß, verzeihen Sie mir. Ich wollte bloß wissen, wie geht es weiter?

Ja, sie ist erst mal weg. Nach Reichenberg ist sie nicht gefahren, da bin ich mir sicher. Sie wird irgendwo ein kleines Versteck haben. Ich könnte mir sogar denken, wo das sein könnte. Sie muss sich umziehen, ihr Äußeres verändern können. Zugriff auf ein paar Reserven haben. Meistens geht das alleine nicht, sie wird einen Mitverschworenen haben, einen, der ihr aufs Wort glaubt. Irgendeinen Trottel. Sie war alleine als sie zu mir kam. Erst dachte ich, sie würde sich chauffieren lassen, käme in einem großen Schlitten angebraust, schon aus reiner Protzerei. War aber nicht so. Sie ist alleine gekommen. In einem Kleinwagen, ich glaube, es war ein 500 ′er Fiat. Weiß oder elfenbeinfarben... konnte das Wägelchen nicht richtig sehen, weil sie es ziemlich weit weg, direkt in einer Kurve geparkt hatte.

Sie werden sie kriegen... sie müssen nur richtig wollen.

Lisa lächelte in ihrer frechen Art, nahm sich eine Zigarette.

Ich sagte: Seien Sie doch nicht immer so kratzbürstig. Sie könnten ruhig freundlicher zu mir sein... Ja, sie wird geschnappt, das denke ich auch. Vielleicht nicht von mir - aber sie hat auch gegenteilige Chancen: Bei den Millionen, die ihr zur Verfügung stehen dank ihres Ölmultis, dank ihrem hübschen Gesicht, dank ihrer enormen Wandlungsfähigkeit... und ihr die Morde an Blümel und der Lehmann nachzuweisen, wird ziemlich schwer werden. Verdammt schwer. Alles, was man in der Hand hat, ist ein schwerwiegendes Motiv und ihre Vergangenheit – falls da noch was zu reaktivieren ist. Vorbestraft ist sie zwar, aber das sind uralte Lappalien.

Und wie ist das bei der Sache mit Freddy?

Auch das wiegt nicht viel. Er hat ein Vorstrafenregister wie ′ne Auskunftskartei vom Meldeamt. Und er ist bewaffnet gewesen. Da wird jeder einigermaßen gewiefte Anwalt auf Notwehr plädieren. Nee, das zieht nicht... ja, es wird schwer. Der Amerikaner sagt, sie hätten irgendwann in Europa geheiratet und sie hätte ihren richtigen Namen eintragen lassen. Er will nicht sagen, wann und wo das war und wie dieser wirkliche Name lautet. Er will nicht sagen, wo sie sich aufhält, er wisse das nicht, sagt er – und das glaube ich ihm sogar. Die Polizei glaubt es ihm nicht. Aber die haben ja schon immer ein gebrochenes Verhältnis zur Realität...

Warum will er das nicht sagen?

Die kleine Pommer bettete ihr Köpfchen auf ihre verschränkten Hände, schaute mir tief in die Augen, unmerklich lächelte sie.

Woher soll ich das wissen? entgegnete ich. Der alte Öltrottel ist vernarrt in dieses raffinierte Luder und da ist es ihm vollkommen Rille, auf welchem Schoß sie gerade sitzt. Außerdem denkt er an die Macht seiner Millionen. Sowas zieht mehr als ein Magnet. Die wird schon zurückkommen, sagt er sich. Vielleicht kennt er sie sogar ein bisschen. Wie gesagt, es ist ihm wurscht...

Hoffentlich haben *Sie* was davon gehabt, als sie auf Ihrem Schoß saß, verehrter Meister?

Verdammt, dachte ich, wie abgebrüht dieses Mädchen lächeln kann.

So ruhig wie möglich antwortete ich: Ja gewiss, ein bisschen gespielt hat sie mit mir. Aber ich hatte auch meinen Spaß. Und sie hatte Furcht vor mir, war ziemlich unsicher. Richtig umbringen wollte sie mich sicher nicht. Sie wusste genau, einen wie mich umzubringen, einen, der so nahe zur Polizei steht, das bringt nur Ärger. Nein, da ist sie nicht abgebrüht genug. Am Ende aber bin ich schon in Gefahr gewesen. Das mag sein. Und sie hätte es vielleicht sogar doch noch gewagt, wenn sie mehr Zeit gehabt hätte, genauso wie sie der alten Lehmann den Hals umgedreht hat... obwohl, das war vielleicht etwas voreilig, da hätte sie den Freddy ruhig die Drecksarbeit machen lassen sollen.

Ich wette, es macht ´n Riesenspaß, wenn solche „Schwanzweiber" mit einem spielen, oder?

Ich sagte nichts.

Sie konnte es nicht lassen, sie musste eben auf ihre Art immer wieder ein bisschen kratzig sein, musste reizen und motzen. Ihre goldgesprenkelten Augen funkelten lustig. Aber sie beherrschte sich schnell, kehrte wieder zu ihrer Befragung zurück.

Glauben Sie, dass sie den Freddy töten wollte?

Sie hatte auf alle Fälle Angst vor ihm, sagte ich. Sie hatte ihn damals ja der Polizei ausgeliefert. Ich denke, er hat das gewusst. Aber er hätte ihr nie irgendwas zu Leide getan, er war in sie verliebt, bis über beide Ohren wie man sagt, verknallt wie ein Oberschüler, obwohl er nie eine Oberschule besucht hat. Sie aber kennt weniger oder besser gar keine Rücksicht, ihre Seele ist vernarbt wie der Rücken eines Galeerensträflings. Wer ihr im Wege ist, wen sie zur Hölle wünscht, den will sie auch töten. Egal wen. Und es gibt 'ne Menge Leute, die ihr im Wege sind. Auch auf mich hatte sie ja schon angelegt, drüben in meiner Bude, aber da hat ihre Pistole den Geist aufgegeben - hatte wohl Mitleid mit mir, das Eisenteil. Nein, sie hätte mich damals in Lehmanns Absteige erschlagen und neben dem Blümel ablegen sollen, aber da sind ja Gottseidank Sie gekommen, meine Liebe, und haben mich mit Ihrem Schlüsselgeklapper gerettet...

Aber die Pommer tat unbeteiligt, sie überging es einfach, als hätte sie nichts gehört oder ich nichts gesagt, stattdessen sagte sie mit ganz weicher Stimme:

Er hat sie eben geliebt, ich meine den Freddy, das Riesenbaby. Und es hat ihm offenbar nichts ausgemacht, dass sie ihm in den ganzen sechs Jahren keinmal postlagernd in den Knast geschrieben, dass sie ihn nicht ein einzige Mal besucht hat. Es hat ihn nicht gestört, dass sie ihn wegen einer lächerlichen Belohnung an die Polizei verraten hatte. Er hat sich einfach neu eingekleidet, als er rauskam, hat sich rausgeputzt wie ein Gigolo, von dem Geld, was er im Knast verdient hat. Und dann hat er angefangen, „seine Süße" zu suchen und die anderen Verräter zu bestrafen... und als er sie endlich gefunden hat, da knallt sie ihm sechs Kugeln in den Bauch. Warum? Ich weiß es bis heute nicht. Finde keine vernünftige Erklärung. Eine Scheißwelt.

Ich trank mein Glas aus, nahm ein Käsestängli, fing an zu knabbern.

Krümeln Sie mir nicht den ganzen Teppich voll. Hab gestern erst die ganze Bude sauber gemacht. Einen halben Tag Arbeit!

Ich hielt mir die Hand unters Kinn. Geht's so?

Lisa musste lachen.

Wissen Sie, wie komisch Sie aussehen?

Sie wechselte wieder das Thema: Und dem Amerikaner musste sie erzählen, wo sie herstammte und was sie für eine war. Aber ihm schien das nicht viel auszumachen. Er ist mit ihr weggefahren, um sie unter anderem Namen zu heiraten, und er hat große Anteile seiner verschiedenen Geschäfte verkauft, darunter sogar eine Webplattform mit Radio- und Fernsehprogramm, wahrscheinlich, um sich unsichtbar zu machen. Er hat ihr alles geschenkt, was man für Geld nur kaufen kann... und sie? Was hat sie ihm geschenkt?

Ihre Liebe und ihre Jugend – das hat sie ihm geschenkt, sagte ich, oder sagen wir: das hat sie ihm verkauft - ein faires Geschäft. Oder?

Lisa sagte nichts. Sie schwenkte ihr Glas, sodass die Eiswürfel darin kreisten und klingelten, dann setzte sie es ab, ohne zu trinken.

Ich denke, sagte sie leise, dass sie ihm auch sowas wie Stolz zurückgegeben hat, einem alten, verbrauchten Mann, der sich etwas darauf einbilden konnte, noch einmal so ein Wesen wie die Chanel zu besitzen und es wird ihm gleichgültig gewesen sein, ob sie ein Weib oder ein Kerl gewesen ist, er konnte seinen Schwanz noch einmal aufrichten, ganz ohne Viagra und er konnte ihn hinein gleiten lassen, egal wohinein. Und sie wird es ihm besorgt haben wie die schärfste Edelnutte, mit allen Tricks und Raffinessen, aber die Hauptsache, er konnte und kann sich mit ihr sehenlassen, sie macht immer Eindruck, egal ob unter Strichern oder Playgirls, ob unter Unternehmergattinnen oder Operndiven, er konnte sie singen und tanzen lassen wie ein Aufziehpüppchen. Sowas erfreut einen alten Mann, der sein Ende schon kommen sieht. Und deshalb hat er ihr auch alle Launen nachgesehen und alle Lover verziehen, nein, er war nie eifersüchtig und ist es bis heute nicht. Er liebt sie... ja, er liebt sie, so wie Freddy sie geliebt hat. Komisch, es gibt Menschen, die werden geliebt, wiewohl sie es gar nicht verdienen. Die haben so etwas Gewisses... ich weiß nicht was, kann es nicht beschreiben. Man müsste Schriftsteller sein...

Ach kommen Sie, schlug ich vor, lassen Sie uns ein bisschen hinunter an die Elbe gehen. Das hat mich immer beruhigt... aber zuerst will ich noch ´n Schluck nehmen.

Sie können meinen haben, sagte Lisa. Sie stand auf, ging um den Tisch herum und brachte mir ihr fast unberührtes Glas.

Sie betrachtete mich, suchte meinen Blick, schaute mir in die Augen und sagte schließlich mit einem fast träumerischen Augenaufschlag: Wissen Sie, dass ich Sie wunderbar finde?

So? Das finde nun ich wunderbar.

Nein, machen Sie jetzt bitte keinen blöden Witz draus, wenn ich Ihnen schon mal 'ne Liebeserklärung mache... nein, Sie sind wirklich ein tapferer Junge und Sie arbeiten für so wenig Geld. Jeder haut Ihnen eins über den Schädel, knallt Ihnen was vor den Latz, pumpt sie voll mit Drogen. Sie aber gehen locker oben lang, klopfen weiter auf irgendwelche Büsche, bis allen schließlich die Puste ausgeht. Was verdammt ist es nur, dass Sie so unkaputtbar und doch so liebenswert macht?

Ich sagte: Machen Sie nur weiter, ich hör' das gerne, wirklich. Nicht mal meine Oma hat so zu mir gesprochen... und die hat mich sehr lieb gehabt.

Fast ein bisschen wütend sagte Lisa: Einen Kuss will ich von Dir, du Scheusal.

∞

Es dauerte nicht sehr lange, keine drei Monate, bis Chanel Santini gefunden war.

Eines Nachts ging ein Zivilfahnder namens Nagelschmitt mitsamt seiner körpernahen Kamera, man hatte sie ihm unsichtbar unter dem Revers seiner Jacke angebracht, in der liebenswerten und verwinkelten Bergstadt Freiberg in einen Nachtclub, der nannte sich „Karma", lag mitten in der Stadt in der Nähe der alten Stadtmauer. Nagelschmitt hörte einer ziemlich brachialen 3-Mann-Band zu und bestaunte ein schönes, schwarzhaariges Mädchen beim Strip, er lauschte ihrem Gesang, denn sie sang bei ihren lasziven Bewegungen bemerkenswert gut, und sie tanzte auch. Eigentlich dachte er gar nicht an die abgetauchte Santini so wie er auch nicht glaubte, dass der Ex-Öl-Milliardär, ihr Gatte, nichts von ihrer Flucht wüsste und ihr nicht geholfen hätte, zu verschwinden. Nein, er dachte an all das nicht, er war gefangen genommen von diesem Strip, dem Gesang und von dieser Stripperin, die ganz geschickt immer wieder das Letzte verhüllte, es dadurch aber nur noch aufreizender machte und die ihn von allem, was ihn bedrückte und was er sonst noch dachte, ablenkte. Vor allem Ihr Gesicht war es, das ihn berührte. Es beschwor eine schmerzliche Erinnerung, eine Erinnerung an seine verlorene Tochter, über die er nichts wusste und die irgendwo unbekannt wie ein ferner Schatten im Süden der USA lebte. Er sah dieses Gesicht und irgendetwas in ihm geriet in Schwingungen, beinahe wäre er sentimental geworden...

Kurz vor Mitternacht schaute er auf die Uhr, wartete die Nummer ab und ging er zurück in seine Dienststelle, dort nahm er sich, mehr gelangweilt als zielsicher, die Fahndungslisten vor, blätterte darin herum, trank einen Kaffee, rauchte eine Zigarette.

Plötzlich stutzte er. Das war doch... nein, unmöglich. Das konnte nicht sein. Lange betrachtete er das Fahndungsfoto, er summte die Melodie, nach der das Mädchen eben noch in der Karma-Bar getanzt hatte.

Schließlich sprang er auf, sagte zwei Kollegen Bescheid, sie sollten ihn begleiten. Zu dritt und schnellen Schrittes gingen sie zu dem Nachtclub.

Sie liefen zum Hintereingang. Der Geschäftsführer und ein Bodyguard vertraten ihnen den Weg. Ausweise und Dienstwaffen wurden gezückt. Der Geschäftsführer trat beiseite, entschuldigte sich. Er beschrieb den Beamten den Weg zu den Garderoben.

Es roch süßlich und schwer, es roch nach Marihuana. Offenbar war es das, was hier am meisten geraucht wurde. Der Fahnder hatte eine gute und trainierte Nase. Er erschnüffelte auch eine Spur von Koks.

Leise drückte er die Tür mit der Nummer 15 auf. Es war die Garderobe der Tänzerin. Die Santini saß vor einem dreiteiligen Spiegel und schminkte sich mit einem Wattebausch ab. Das Haar hatte sie mit einem hellblauen Frottétuch zusammengedreht. Ihr Oberkörper war nackt und die Beamten staunten nicht schlecht, dass da ein Junge saß und keine Frau.

Ohne ein Wort ging der Oberkommissar Nagelschmitt auf die Santini zu und reichte ihr den Haftbefehl. Sie las das Papier durch, wackelte damit herum, las es lange, sehr lange durch und lachte dann ziemlich laut und kurz auf. Offenbar gab es für sie viel zu überlegen und nachzudenken, während sie las.

Nagelschmitt hat sich auf einen Hocker gesetzt, die Pistole im Gürtel. Er überlegt, ob er sich 'ne Zigarette anzünden soll. Nein, ein Kaffee wäre ihm jetzt lieber. Da entspannt sich sofort alles und wird gemütlicher. Schließlich ist man hier in Freiberg schon mitten im Sächsischen Erzgebirge. Und da sind Gemütlichkeit und familiäre Atmosphäre das oberste Prinzip. Auch bei der Polizei, selbst wenn die Lage noch so prekär ist. Und ein Kaffee!? Der wirkt immer...

Die beiden Kollegen sind bei der Tür stehen geblieben. Sie schauen und staunen...

Nagelschmitt gibt sich einen Ruck, er entschließt sich und fragt: Kann man hier nicht mal irschendwo 'n Kaffee kriegen?

Klar doch, Inspektor, antwortet die Tänzerin. Sie ruft nach dem Inspizienten: Hey, Kolbe, hey Rudi, wir würden gern 'n paar Kaffee haben... die Polizei, Rudi, nicht ich, die Polizei bittet um Kaffee! Eine kleine Zeit vergeht. Dann. Irgendwo aus den Tiefen der Garderoben ruft es dumpf zurück: Verstanden! In Ordnung. Kaffee kommt!

Und, nur ein paar Minuten später kommt der Kaffee tatsächlich, serviert auf einem Tablett und er dampft sogar und duftet. Die Löffel klingen auf den Untertassen.

Nagelschmitt atmet erleichtert auf. Danke, Herr Kolbe.

Einen Augenblick später faltet die Santini das Papier mit dem Haftbefehl zusammen. Mit einem Seufzer reicht sie es dem Polizisten zurück, lacht ein kleines Verlegenheitslachen, sagt:

Sie sind wirklich ein gwieftes Kerlchen, Oberkommissar. Ich glaubte, ich hätte eine Stimme, an die man sich ohne weiteres erinnert. Eine alte Freundin hat mich sofort wiedererkannt, einfach, weil dieser Titel, den ich heute gesungen hab', seit fast zwei Monaten regelmäßig in einem Lokalsender zu hören ist. Nun tingle ich hier mit dieser Band schon ein paar Wochen immer denselben Titel, im Radio dudelt er... und keinem Schwein ist was aufgefallen...

Pardon, wendet der Zivilfahnder Nagelschmitt ein, aber Ihre Stimme hab' ich noch nie vorher gehört... und ich würde, wenn's um 's Erkennen geht, auch nicht gleich an Ihre Stimme denken...

Hö, hö, hö – die begleitenden Beamten lachen.

An was denn sonst, Sie Spaßvogel, he? Ihren Wisch da! sie zeigte auf den Haftbefehl, den Nagelschmitt immer noch in der Hand hält, den könn 'n Sie sich sonst wohin stecken. Da steht nicht *ein* Grund drin, der auf mich zutrifft... ich wette, Sie werden sehr bald die entgegengesetzte Order kriegen, und ich wette, da arbeitet der Anwalt von mei' m Mann schon dran...

Das mag ja sein, Verehrteste, aber bis dahin... begleiten' Se uns erst mal zur Dienststelle...

Nagelschmitt erhebt sich.

In die Beamten an der Tür kommt Bewegung.

Sie nehmen die Künstlerin in ihre Mitte. Vorher hatten sie mit einer gewissen, zurückhaltenden Verlegenheit ein paar Minuten lang gewartet, bis die Tänzerin sich vollständig angekleidet hat.

Halt, ihr fehlt noch der Mantel. Sie macht eine Bewegung zum Wandschrank hin. Die Handtasche hat Nagelschmitt schon an sich genommen. Sie hält dem Zivilfahnder ihren Mantel hin. Er soll ihr hineinhelfen. Nagelschmitt ist Gentleman. Er wird das tun. Die Beamten machen Platz.

Doch wie die Künstlerin in ihren Mantel schlüpft, so schnell hat sie auch aus einer Seitentasche eine Pistole zur Hand. Das geschieht blitzschnell. Niemand kann etwas dagegen tun. Überraschung ist das falsche Wort. Jedenfalls schießt sie durch ihren Mantel hindurch dreimal auf den Nagelschmitt. Dann stürmt sie nach draußen. Die zwei Beamte hinterher, den Nagelschmitt lassen sie erst mal liegen.

In der Nachbargarderobe hat sich die Santini verschanzt. Sie hat noch drei Patronen in ihrer Waffe. Sie schießt, als die Beamten die Tür eintreten. Eine Kugel geht fehl, die beiden letzten gibt sie sich selbst...

Als die Beamten sie auffangen, ist sie nur noch eine leblose Puppe...

Der Zivilfahnder Nagelschmitt lebte noch bis zum nächsten Tag, hat mir der Baumgarten ein paar Tage später erzählt. Er soll bis zum letzten Atemzug geredet haben, der Nagelschmitt. Alle Einzelheiten...

Hat sich reichlich doof angestellt, kommentierte Baumgarten. Hat der nicht gewusst, dass die bewaffnet ist? Sowas wie die untersucht man doch erst einmal, verdammt. Und auch die Garderobe. Warum hat er dort nicht alles auf den Kopf gestellt? Fast könnte man denken, er hat sie laufenlassen wollen. Sie soll ihn ja an seine verschwundene Tochter erinnert haben, hat er kurz vor seinem Ende erzählt. Na, ich sag´s ja, der ist befangen gewesen...

Ich schüttelte langsam den Kopf. Halt ich für unwahrscheinlich.

Hat sich glatt durchs Herz geschossen – zweimal, die Transe, redete Baumgarten weiter. Obwohl, irgendwann hab ich mal bei einer Gerichtsverhandlung von ´nem Sachverständigen gehört, das gehe gar nicht, sich zweimal durchs Herz zu schießen.

Scheint ja doch zu gehen, widersprach ich, und hängte den Witz dran, viel eher hätte ich gedacht, sie hätte gar kein Herz gehabt... - der „Kalte-Herz-Effekt", wissen Sie?

Mann, Aufdegger, maulte der Baumgarten, sie haben wirklich ´n Gemüt wie ´n Fleischerhund.

Aber Oberkommissar, nehmen Sie von mir doch nicht immer alles so wörtlich.

Baumgarten winkte ab.

Geschenkt. Trotzdem, ich sage, es war dumm von ihr, den Nagelschmitt zu erschießen... irgendwie ´ne Kurzschlussreaktion. Strunzdumm!

Wieso dumm?

Weil die niemals verurteilt worden wäre. Bei ihrem Aussehen, bei ihrem Geld, bei ihrem Amerikaner und den Anwälten, die der aufgefahren hätte. Niemals. Da wär ´ne Story ausgewalzt worden, ´ne Seifenoper. Vielleicht ´n Film. Scheiße! Im Grunde war sie ´n armes Transengirl aus ´m Showbiz, weiter nichts. Ihr sind einfach die Nerven durchgegangen. Hätte ich wirklich nicht gedacht. Hab Sie für cooler gehalten. Es wäre weiß Gott cleverer von ihr gewesen, zu dem Milliardär zurückzukehren, ja zu ihm zurückzugehen als einfach bloß blöde abzuhauen und auf eigene Faust irgendwas zu versuchen.

Vielleicht wollte sie ihren Amerikaner einfach nur raushalten?

Und der hat ihr das geraten, um sie später wieder aufzulesen, aus ´m Dreck? Ja, ´s könnte alles verabredet gewesen sein?

Beweisen Sie das mal. Wird schwer.

Gut, aber deswegen hätte sie den Nagelschmitt doch nicht erschießen müssen.

Wissen Sie, Oberkommissar, sagte ich. Ich denke, es ist Reue gewesen. Und Liebe. Und Kurzschluss. Alles zusammen. Eine Art von Selbstjustiz. Sie hat plötzlich begriffen, dass sie mit dem Freddy den falschen erschossen hat. Wie heißt es bei unserem alten Goethe? „Und sieht solch ein Köpfchen keinen Ausweg mehr, so stellt es sich gleich das Ende vor!

Mein Gott, Sie sind ja tatsächlich 'n richtiger Lebensphilosoph.

Nein, kein Philosoph, ich habe nur im Gegensatz zu Ihnen sowas wie 'ne klassische Allgemeinbildung…

Ja klar. Machen Sie 's gut.

Ich stieg die Treppe runter und ging vor die Tür, ich spürte, dass ich dringend frische Luft brauchte. Es war 'n kühler Abend. Oben blinkten schon die Sterne. Trotz der Dunkelheit konnte man noch ziemlich weit ins Umland sehen. Von der Stadt zu meinen Füßen hörte ich das Brausen des Verkehrs. Es roch nach Herbst und feuchtem Laub. Ich weiß nicht warum, aber ich fühlte wie sie mir fehlte, die Chanel. Irgendwas war unvollendet… Doch dann dachte ich gleich an die kleine Lisa. Ja, die würde ich jetzt anrufen. Vielleicht hätte sie sogar Zeit und wir könnten endlich… nein, nicht, was ihr denkt. Wir könnten 'n paar alte Fälle durchgehen. Und ich könnte ihr den verlangten Kuss geben…

ENDE